W0186418

Anna Nicholas

Das Teufelshorn

Der erste Fall für Isabel Flores
Ein Mallorca-Krimi

ROMAN

Aus dem britischen Englisch von
Eva Regul und Alexandra Berlina

Diogenes

Titel der 2019 bei Burro Books, London,
erschienenen Originalausgabe: ›The Devil's Horn‹
Copyright © 2019 by Anna Nicholas
Covermotiv: Foto von Kerrick
Copyright © Kerrick/iStock

Der Diogenes Verlag wird vom Bundesamt für Kultur
für die Jahre 2021–2025 unterstützt

Die Nutzung dieses Werks für Text und Data Mining im
Sinne von § 44b UrhG behalten wir uns explizit vor

Alle deutschen Rechte vorbehalten
Copyright © 2025
Diogenes Verlag AG Zürich
info@diogenes.ch · www.diogenes.ch
In Fragen zur Produktsicherheit (GPSR):
truepages UG (haftungsbeschränkt)
Westermühlstraße 29, 80469 München
info@truepages.de
300/25/852/1
ISBN 978 3 257 30113 7

Für Karen Chandler
Eine treue Leserin, die zu einer
langjährigen Freundin wurde

Prolog

Strand von Pollença, Mallorca. Montag, 20. August, 14.00 Uhr

Miranda warf einen flüchtigen Blick zurück zu ihrer Mutter, dann rannte sie los über den heißen Sand. Der kleine, aber schwere Rucksack auf ihrem Rücken hüpfte auf und ab, die Plastikriemen scheuerten auf den nackten Schultern. Immer wieder strich sie sich die verschwitzten Haare aus dem Gesicht und atmete schwer, schwindelig vor Hitze und Aufregung, dann eilte sie weiter.

Geschickt wich sie den vielen Menschen aus, die am Strand in der Sonne lagen oder Ball spielten, den Blick fest auf das glitzernde Meer gerichtet. Plötzlich blieb sie kurz stehen und ließ ihren roten Plastikeimer und die Schaufel in den Sand fallen. Einen Moment später war sie schon am Wasser, wo der heiße Sand kühl und dunkel wurde. Sie bespritzte sich mit Wasser, genoss die Wellen, die ihre Zehen umspülten. Sekunden später merkte sie, dass jemand sie stumm und geduldig beobachtete.

Neben ihr, umgeben von Sonnenlicht, stand eine Frau mit langen blonden Haaren, die sie anlächelte. Miranda sah mit zusammengekniffenen Augen auf.

Wie in Zeitlupe griff eine kühle entschlossene Hand

nach ihrer und zog Miranda weg; mit schnellen Schritten eilte die Frau über den Strand auf die Promenade zu. Am Straßenrand ließ ein blaues Auto die Scheinwerfer aufblinken, kaum zu erkennen im hellen Licht, aber die Frau packte die Hand des kleinen blonden Mädchens noch fester und ging zielstrebig darauf zu. Einen Moment später fuhr das Auto davon.

Lächelnd wandte Mrs Walters sich vom Tresen ab und steckte die Restaurantrechnung in ihre Handtasche. Mit einem entspannten Gähnen trat sie nach draußen auf die schattige Terrasse und sah sich nach ihrer Tochter um, die hier gerade noch gespielt hatte. Sie rief nach ihr, ging langsam die Treppen des Café del Mar hinunter und ließ den Blick über den Strand schweifen. Miranda war nirgends zu sehen. Innerhalb von Minuten überkam Mrs Walters eine albtraumhafte Angst. Sie hastete im Zickzack über den heißen Sand, und ihre immer panischeren Rufe, *Miranda, Miranda!*, mischten sich mit dem Kreischen der Möwen. Aber es war zu spät: Miranda war verschwunden.

Eins

Knapp über dem zerklüfteten Kamm der Serra de Tramuntana, die sich wie eine gutmütige Eidechse um das Tal schmiegte, ließ sich zaghaft die Sonne blicken. Nicht ohne Mühe stieg sie bis über den höchsten Gipfel und schaute die Orangen- und Zitronenhaine hinab. Dann fiel ihr Blick auf ein winziges gelbes Auto, das ziemlich munter die steile Bergstraße hinaufratterte.

Isabel Flores Montserrat gab die letzte Strophe von *Big Yellow Taxi* wild und laut zum Besten, und der leichte Wind trug sie vergnügt davon. Inzwischen schwebte die Sonne am Himmel wie ein launischer Luftballon und blendete Isabel so sehr, dass sie kaum die Straße sehen konnte. Sie klappte die Sonnenblende herunter, ließ dann wieder den linken Ellbogen auf dem offenen Fenster ruhen, während sie mit der rechten Hand steuerte. Ihre vom Schwimmen feuchten schwarzen Locken tanzten im Wind; wieder einmal strich sie sich eine Strähne aus dem Gesicht und schaltete einen Gang hinunter, um eine besonders enge Kurve zu nehmen. Da entdeckte sie zu ihrer Verblüffung Leben auf der Straße – einen Rentner, der vor ihr mühsam in die Pedale trat. Zu dieser frühen Stunde konnte das nur der alte Bartomeu sein. Sie grinste und bremste mit einem kurzen Hupen ab, bis sie im Schritttempo neben dem Fahrrad rollte.

»Ich hätte im Auto noch Platz!«

Der alte Mann starrte sie mit wässrigen grauen Augen an und gackerte heiser. »*Gràcies,* Bel, aber so lebensmüde bin ich auch wieder nicht.«

Isabel lachte, winkte, ließ den Motor aufheulen und rauschte an Bartomeu vorbei. »Pass auf, Pequeñito«, sagte sie zu ihrem Auto und trommelte auf das Lenkrad, »wenn wir im Dorf ankommen, halte die Scheinwerfer nach einem Parkplatz offen, ja?«

Der kleine Fiat schaffte schnaufend den steilen Anstieg nach Sant Martí und ruckelte, als Isabel in einer engen Kopfsteingasse beschleunigte. Die meisten Parkplätze hier waren bereits von Urlaubern belegt, die zweifellos noch in ihren Betten vor sich hin träumten. Gelegenheitsdiebe wurden von diesen Autos geradezu magisch angezogen, denn die meisten trugen einen verräterischen Mietwagenaufkleber an der Windschutzscheibe. Bestimmt würden die Banden, die in der Sommersaison von Palma in die ländlichen Gegenden ziehen, ein paar davon ausräumen – das war so sicher wie das Amen in der Kirche! Die ehemalige Polizistin in Isabel ärgerte sich. Sie bremste am ruhigen Dorfplatz ab, bog links in die Calle Feliu und dann rechts zum Rathaus. Ganz hinten entdeckte sie einen freien Besucherparkplatz im Schatten einer hohen Platane. Sie schoss mit dem Fiat in die Lücke, stellte den Motor ab und klopfte liebevoll aufs Armaturenbrett.

»Bis dann, Pequeñito!«

Erst als sie ausgestiegen war, bemerkte sie Pau, den treuen Dorfpolizisten. Er kam auf sie zu, drohte mit dem Finger und zeigte auf Pequeñito.

»Bel, du kannst hier nicht parken. Dieser Platz ist für den Tourismusminister reserviert. Er besucht heute den Bürgermeister.«

Isabel breitete dramatisch die Arme aus. »Steht etwa sein Name drauf? Und überhaupt: Wenn es ebendiese Touristen nicht gäbe, könnte ich in aller Ruhe woanders parken!«

»Das mag ja sein, aber diesen Platz brauche ich trotzdem.«

»Komm schon, Pau, solltest du nicht lieber den Minister bequatschen, damit er sich mal um einen neuen Parkplatz in Sant Martí kümmert? Wenn der mehr Touristen will, soll er eben das Geld lockermachen …«

Der junge Mann zog sich die blaue Uniformmütze vom Kopf und wischte sich die Stirn ab.

»Heiß wird es. Warst du schwimmen?«

Sie nickte. »Ich hole mir einen Kaffee. Kommst du mit?«

Er schnaufte und setzte sich die Mütze wieder auf. »Danke, aber ich muss hierbleiben, bis der Minister eintrifft.«

»Schade. Dann fahre ich mal weg.«

Mit einem Seufzer gab sie sich geschlagen und begann, halbherzig nach dem Autoschlüssel zu suchen. Pau legte ihr die Hand auf den Arm.

»Schon gut. Ich finde einen anderen Parkplatz für seinen Chauffeur. Recht hast du, was glauben diese Politiker eigentlich, wer sie sind? Es wird Zeit, dass wir hier Geld für einen neuen Parkplatz bekommen.«

Isabel schenkte ihm ihr strahlendstes Lächeln. »*Gràcies*, Pau. Du bist ein Engel!«

Als sie in Richtung der Bar Castell schlenderte, wünschte

sie sich, alle Problemchen des Lebens wären so einfach zu lösen.

*

Ein Kreischen zerriss die schwüle Morgenluft auf der Plaça de Sant Martí. Isabel ließ ihre Zeitung sinken und schaute aus dem Korbstuhl auf der Barterrasse in den blauen Himmel, entdeckte aber nicht etwa eine Möwe, sondern einen graziösen Zwergadler. Entrückt beobachtete sie seinen Flug – bis ihre Träumerei unsanft von einer eindringlichen Stimme unterbrochen wurde, die von der *plaça* unten kam.

»He, Bel! Bist du da oben etwa eingenickt?«

Isabel blinzelte und suchte den gepflasterten Platz ab, bis sie eine junge Frau mit weinendem Kind auf dem Arm entdeckte – ihre Freundin Marga nebst Tochter.

Isabel grinste auf die beiden herab. »Das Geräusch eben, war das Sofia?«

Marga zuckte die Achseln. »Deine geliebte Patentochter ist in den Springbrunnen gefallen. Ein Glück, dass ich Wechselsachen für sie dabeihatte. Können wir uns zu dir setzen?«

Isabel warf ihr dunkles Haar zurück. *»Venga!«*

Als sie ihren *Diario de Mallorca* zusammenfaltete, zwinkerte ihr der Regionalpräsident von der Titelseite zu. Mit ihrem angeknabberten Fingernagel tippte sie auf seine Nase und schaute ihm in die Augen. »Flirten Sie nicht mit mir, *Señor Presidente*! Haben Sie nichts Besseres zu tun, als eine neue Galerie zu eröffnen?« Sie warf ihn in die Tasche und mit ihm die üblichen Verdächtigen der Nachrichtenseiten –

korrupte Politiker, betrügerische Bauunternehmer, Drogendealer, Taschendiebe und gewalttätige Ehemänner. Rafael, der Barbesitzer, blickte zu ihr, während er am Tresen ein Glas polierte. Sie lächelte ihn an.

Isabel war schon immer Stammgast der Bar Castell gewesen, und Rafael schien nie zu altern. Ob er aus dem Jungbrunnen getrunken oder einen Pakt mit dem Teufel geschlossen hatte? Wie auch immer, seine wilden grauen Locken wurden nicht dünner, und auf seinen geraden Rücken wäre auch ein halb so alter Mann neidisch gewesen.

»Es sieht dir gar nicht ähnlich, so lange hier herumzusitzen«, rief er zu ihr rüber. »Kann der junge Pep denn allein die Stellung halten?«

Isabel gähnte. »Ein bisschen Freiraum hat noch niemandem geschadet. Er beschwert sich immer, ich würde ihm im Nacken sitzen.«

»Armer Pep! Ich würde nicht für eine Frau arbeiten wollen. Ihr behandelt uns alle wie Sklaven.«

Sie grinste: »Stimmt.« Und da Marga und Sofia inzwischen die steile Treppe erklommen hatten, fügte sie hinzu: »Apropos Sklaven: Wo bitte sind unsere Kaffees?«

Die beiden Frauen tauschten Küsschen aus, und Isabel wollte das Mädchen in die Arme nehmen, aber die Kleine wehrte sie ab und trippelte mit dem wankenden Schritt eines alten Säufers an die Bar zu Rafael.

Isabel schaute ihr nach. »Du bist mir eine. Hast Rafael lieber als deine Patentante, was?«

Marga seufzte. »Für Rafaels Schokomilch würde sie ihre Seele verkaufen.«

Sie folgte ihrer Tochter, zog winzige nasse Sachen –

Shorts, Söckchen und ein T-Shirt – aus ihrer voluminösen Strohtasche und legte sie auf die gekachelte Fensterbank, damit sie in der Sonne trockneten.

Rafael hob die Kleine auf den Tresen. »Für ein Bad ist es nie zu früh, was?«

Er wuschelte ihr durch die Haare, nahm eine kleine Flasche Cacaolat aus dem Kühlschrank, öffnete den Deckel und drückte ihr die Schokomilch in die Hand.

»Pajita!«, befahl sie.

Rafael zog einen blauen Papierstrohhalm aus einem Terrakottatopf und steckte ihn in die Flasche. Sofia schüttelte den Kopf.

»*Roja y blanca,* Rafa!«

Geduldig ersetzte er den Strohhalm und lachte, als Sofia mit einem ernsten Nicken die rot-weiß gestreifte Variante guthieß.

Marga kam auf die Terrasse heraus und ließ sich neben ihrer Freundin im Schatten eines riesigen Sonnenschirms auf einen Stuhl fallen. Rafael kam mit zwei Tässchen dampfenden Kaffees herüber, dazu eine frisch gebackene *ensaïmada* für Marga. Nach altem spanischen Kaffeeritual schüttelten die Frauen ihre Zuckerpäckchen kräftig, bevor sie diese in ihre Tassen leerten.

»Und, wie läuft es so mit meinem kleinen Bruder?«, fragte Marga und steckte sich genüsslich ein Stück Blätterteig in den Mund.

»Oh, Pep macht sich gut! Obwohl …«

Isabel nahm einen Schluck und ließ den starken Cortado auf sich wirken: den Geschmack, den Kick des Koffeins, die Süße des Zuckers und die Sanftheit der aufgeschäumten

Milch. Rafael wusste, wie man Kaffee kocht, deswegen ging sie lieber in seine unauffällige Bar mit der bescheidenen Terrasse als ins Café Jordi auf der anderen Seite der *plaça*. Dabei war Jordi ein Freund ihres Onkels Idò, und sie mochte, wie er in seinem Café schwatzte und Karten spielte. Aber er nahm nun mal die billigen Kaffeebohnen und servierte seine Cortados in Gläsern statt in Tassen, mit viel zu viel schaumiger Milch obendrauf, wie kleine, minderwertige Cappuccinos.

Isabel kannte Marga schon ewig. Sie dachte an ihre klapprige Bank in der Dorfgrundschule. Damals hatten sie ihre Namen ins Holz geritzt, mit dem Taschenmesser, das Isabel ihrem älteren Bruder Eduardo geklaut und in ihrem Schulranzen versteckt hatte. Faule Sommertage hatten sich in die Länge gezogen wie Karamellbonbons; sie und Marga spielten mit *canicas* oder rasten unter dem wohlwollenden Blick der alten Rathausuhr mit ihren Rollern über die *plaça*. Einmal ließen sie Stinkbomben in den hinteren Kirchenbänken los, ein anderes Mal Böller, zur Empörung der Matronen in ihren schwarzen *mantillas,* die sich ächzend vor dem Altar niederließen. Sie kippten einen Eimer Frösche in der Sakristei aus oder tranken eine halbe Flasche Messwein aus Padre Agustís Sakristeischrank. Erwischt wurden sie selten, und auch bei der Beichte gaben sie ihre Schandtaten niemals zu, obwohl sie sich vor dem Schlafengehen aus Gewohnheit bekreuzigten.

Wenn die Olivensaison begann, fuhren die beiden Mädchen mitsamt Familien und Freunden zu den Olivenhainen hoch über dem Dorf. Stundenlang schufteten sie unter der glühenden Spätsommersonne, pflückten die grünen Früchte von den Bäumen, bis ihre Finger rot wie Jalapeñoschoten waren. Wenn die Sonne die zerklüftete Felswand des L'Ofre mit flüssigem Gold übergoss, sammelten sie ihre Beute ein, luden sie in die Lieferwagen und kehrten ins Dorf zurück, wo sie in der Bar Castell mit ein paar Peseten und einem Glas eiskaltem *limón granizado* belohnt wurden.

Isabel war als Teenager aufs Festland gezogen, nach Kastilien-La Mancha, aber jeden Sommer, sobald der Oleander blühte, kehrte sie für die langen, langen Ferien mit ihrer Familie in die mallorquinischen Hügel zurück, von Juni bis in den Herbst. Inzwischen waren sie und Marga Anfang dreißig und immer noch die besten Freundinnen. Isabels Gedanken kehrten zurück zu Pep, Margas jüngerem Bruder, der seit Kurzem in ihrer Agentur für Ferienwohnungen arbeitete.

»Ich glaube, Pep findet es schwer, eine weibliche Chefin zu haben.«

Marga stieß Luft aus und fuchtelte mit den sonnengebräunten Armen. »*Claro!* Ein Macho wie die alle.«

Isabel überlegte kurz. »Ach, da gibt's doch noch ganz andere. Allerdings ist Furó von ihm nicht so begeistert. Wahrscheinlich dieses italienische Aftershave.«

»Dein Frettchen hat eine gute Nase. Pep nimmt das Zeug literweise. Und seine Klamotten, eh?«

Isabel nickte. Pep trug alle möglichen exotischen Marken aus Amerika, Italien und Frankreich. Aber gut, er war erst vierundzwanzig, da ist das Image noch wichtig. Sie selbst hatte wenig Ahnung von Designermarken und konnte sich nicht vorstellen, warum ein geistig gesunder Mensch astronomische Summen dafür bezahlen würde, als lebendige

Werbung herumzulaufen. Andererseits hatte sie selbst erst letztes Jahr aus plötzlich entflammter Leidenschaft für einen alten Fiat 500 unsinnigerweise achthundert Euro an den Mechaniker Bernat hingeblättert, der das Auto von einem noch älteren Italiener geerbt hatte. Wie sehr sie diesen temperamentvollen kanariengelben *bambino* mit seinem launischen Motor und dem wackeligen Schalthebel liebte!

»Wie läuft es in der Agentur?«, fragte Marga.

»Viel los. Diesen Monat kommen jede Menge Urlauber.«

»Ich hoffe, Pep schafft es. Sonst muss er eben wieder Fliesen legen.«

»Er kommt schon zurecht. Ich bin's nur gewohnt, allein im Büro zu sein. Und bei dir im Salon?«

»Jetzt sind die Touristen da, auf einmal ist es sehr voll geworden. Stell dir vor, wie bei dieser Hitze fünf Föhne auf Hochtouren laufen. Da könnten wir gleich eine Sauna aufmachen.«

Sie lehnte sich zurück und musterte ihre Freundin. »Das morgendliche Schwimmen bekommt dir.«

Isabel wischte sich eine Schweißperle von der Stirn und blickte herausfordernd in den gleißenden Himmel.

»Dabei kann ich am besten nachdenken.«

Sie sah den leeren Strand und die sanften violetten Wellen vor sich, in denen sie gerade noch geschwommen war. Sie konnte noch das Salz auf ihren Lippen schmecken, und kurz erschien ihr das Bild des anmutigen Seidenreihers, der knapp über dem Meer geschwebt hatte. Die beiden Frauen unterhielten sich über dies und das, dann leerte Isabel ihre Tasse und machte sich bereit zum Aufbruch. An der Theke nahm sie die kichernde Sofia auf den Arm und wirbelte sie herum, während Marga die fast schon trockenen Klamotten einsammelte. Die Dorfuhr schlug neun. Isabel reichte Rafael einen zerknitterten Fünfeuroschein.

»Stimmt so«, sagte sie lächelnd.

»Da fehlt noch ein Euro!«, rief er, aber sie war schon aus der Tür. Grummelnd steckte er den Geldschein in die Schürzentasche. »Frauen!«

Draußen schlenderte Isabel die Westseite der *plaça* entlang, vorbei am Café Jordi mit seinen Leinenstühlen und schmiedeeisernen Tischen, dann unter den silbrigen Platanen zum Steinbrunnen vor dem Rathaus. Sie trat auf die Marmorstufe, nahm einen großen Schluck Wasser und wischte sich den Mund ab.

Für ein Dorf mit gerade einmal sechshundert Menschen schien der Platz etwas zu breit und pompös, vor allem, was die neugotische Sant-Antoni-Kirche anging mit ihrem barocken Inneren und dem imposanten Glockenturm, dem *campanar*. Das Rathaus gegenüber war eine andere Geschichte: Das gute alte *ajuntament* aus grauem Kalkstein wirkte trotz seines großen Torbogens und seines respektablen Alters gemütlich. Es wurde gemunkelt, im Gebäude spuke ein Gespenst herum: Antonio Ribes, ein Adliger, der im siebzehnten Jahrhundert wie so viele auf Mallorca an der Pest erkrankt war und sich angeblich vom Dach aufs Kopfsteinpflaster gestürzt hatte. Josep, der etwas makaber gesinnte Hausmeister des Rathauses, erzählte eines Abends im Café Jordi, er habe mitten in der Nacht gesehen, wie das Gespenst durch das Büro des Bürgermeisters schwebte, nackt, übersät von Eiterbeulen so groß und schwarz wie

Pflaumen und vor Schmerzen heulend. Mit jedem Schluck Vino Tinto und erst recht mit jedem Schluck seines Lieblingsschnapses Fundador wurde die Geschichte gruseliger.

Vor der Kirche unterhielten sich gerade einige Einheimische mit Padre Agustí. Der Priester stand geduldig da, die Hände locker vor der düsteren schwarzen Soutane verschränkt, den mit weißem Flaum bedeckten Kopf von den Sonnenstrahlen abgewandt. Da öffnete sich knarrend eine der beiden massiven, gewölbten Rathaustüren, und heraus kam der kleine dickliche Bürgermeister Llorenç Bestard. Wie er sich bewegte, hatte er etwas von einer eifrigen Spinne. Er blieb stehen, als er Isabel sah, und grinste. »Hey, *guapa*! Auf dich habe ich gewartet.«

Sie trat einen Schritt vor und küsste ihn auf beide Wangen.

»Wenn es um diesen VIP-Parkplatz geht –«

Er lachte laut auf. »Ah ja, Pau hat mir davon erzählt. Wie konntest du den armen Jungen nur so frech überlisten? Als ob wir in Sant Martí einen Parkplatz bräuchten. Wir haben schon genug Touristen.«

»In Fornalutx gibt es inzwischen drei Parkplätze, und das ist ja auch nur ein Dorf.«

»Schön für Fornalutx.«

Isabel verschränkte die Arme. »Aber im Sommer kann man nirgends parken.«

»Das sind die Touristen mir wert. Und dein winziger Fiat kann sich ja ab und zu in meinen VIP-Bereich quetschen.«

Seine Augen huschten verstohlen vom Ausschnitt ihrer weißen Bluse zum marineblauen Leinenrock und den schlanken gebräunten Beinen.

»Sehr nett von dir, Llorenç. Also, warum wolltest du mich sehen?«

»Ach, nichts Dringliches. Einer britischen Touristin wurde die Handtasche gestohlen. Natürlich spricht sie kein Spanisch und schon gar kein Mallorquinisch.«

Isabel runzelte die Stirn. »Ist es hier in Sant Martí passiert?«

Er winkte ungeduldig ab. »Natürlich nicht. Auf dem Markt von Sóller. Die Polizei vor Ort muss die Anzeige aufnehmen, aber heute ist niemand im Büro, der Englisch spricht. Da haben sie wie immer gefragt, ob du helfen kannst.«

Sie nickte. Daran war sie gewöhnt. »Hat die Frau den Dieb denn gesehen?«

Er schüttelte energisch den Kopf. »Nein, aber er kommt bestimmt nicht von hier. Der Markt ist heutzutage ja voller Ecuadorianer, Peruaner, Osteuropäer, Marokkaner –«

»Gott bewahre, dass es ein Mallorquiner sein könnte«, unterbrach Isabel mit ernster Miene.

Der Bürgermeister plusterte sich auf. »Machst du dich über mich lustig, Bel?«

Sie unterdrückte ein Grinsen. »Wie wäre es, wenn ich am Mittag vorbeikomme?«

»Ausgezeichnet. Bis dahin werde ich mit dem Minister fertig sein, und dann können wir das schnell erledigen. Vielleicht magst du mit mir danach einen Happen essen?«

Als Isabel zögerte, bedachte Llorenç sie mit einem Hundeblick. »Im Can Busquets gibt es heute frische *gambas rojas*. Genau wie du sie magst, gegrillt, mit Olivenöl, Petersilie und Knoblauch.«

Isabel spitzte die Ohren. Llorenç kannte ihre Achillesferse. Einen Teller saftige, süße rote Garnelen abzulehnen – das überstieg Menschenkräfte.

»Gut, dann essen wir zusammen.« Sie verabschiedete sich und bog in eine Gasse seitlich der Kirche, die zur Calle Pastor führte. Padre Agustí rief ihr mit brüchiger Stimme etwas zu, aber sie wollte sich nicht weiter ablenken lassen und ging mit einem fröhlichen *»Uep!«* weiter. Im Mallorquinischen konnte das alles und nichts bedeuten.

Zwei

Die Calle Pastor, in der Isabel wohnte, war eine Oase des Friedens abseits des Dorftrubels, gesäumt von Schatten spendenden Platanen und bernsteinfarbenen Bruchsteinhäusern. Der Vorgarten von Ca'n Moix, dem »Katzenhaus«, mit seinen kleinen stämmigen Palmen und den zahllosen Terrakottatöpfen voller Wildblumen und Kräuter fiel sofort ins Auge. Über die Steinmauer an der Grundstücksgrenze zu Doktor Ramis, dem Nachbarn zur Rechten, quollen Bougainvilleen, und in der Luft lag ein schwerer Jasminduft. Als Isabel den Riegel der Gartenpforte hob, warf sie einen Blick zurück auf den Puig Major, den höchsten Gipfel der Bergkette, die das Tal wie ein riesiger Kranz umschloss.

Dann ging sie auf die von Bögen eingerahmte Veranda zu, die sich halb hinter einem ausladenden Mandelbaum versteckte. Sie war über und über mit grünem Efeu bewachsen, der in seinem ehrgeizigen Bestreben, die Fenster der oberen Etage zu erreichen, auch schon den größten Teil der Fassade bedeckte. Aus der Tür, die sperrangelweit offen stand, drang rhythmische Musik. Isabel schüttelte den Kopf und seufzte tief, bevor sie die kühle Diele betrat und ihre Sandalen abstreifte. Gegenüber strömte durch zwei elegante Terrassentüren goldenes Licht in den Raum. Hinter der Terrasse erstreckte sich ein Obstgarten voller Orangen-, Zitronen- und Olivenbäume, in dem ein Hahn mit seinem Harem aufgeregter Hennen im hohen Gras Verstecken spielte. Auf der rechten Seite der Diele befand sich ein traditioneller Kalksteinkamin, und auf der anderen Seite führte eine Marmortreppe nach oben. In der ersten Etage hatte Isabel ihr Büro, das Stockwerk darüber war ihr privates Reich.

Aus der rustikalen Küche mit der offenen Speisekammer gelangte man auf die Terrasse aus liebevoll in konzentrischen Kreisen verlegten grauen und weißen Steinchen. In der Mitte standen unter einem Sonnenschirm ein Tisch und vier Korbsessel mit knallbunten marokkanischen Kissen. Hier saß Isabel spätabends manchmal bei Kerzenschein mit einem Glas kräftigen Rotweins, las einen Krimi, betrachtete die Sterne und lauschte dem rhythmischen Zirpen der Zikaden. Sie liebte es besonders, wenn ein leichter Wind aus den Bergen den Duft von Rosmarin und Thymian mit sich trug und die Kerzenflamme tanzen ließ.

Jetzt stieg sie die kühlen Marmorstufen zum Büro hinauf, und die hektische und, zumindest für ihre Ohren, misstönende Musik wurde lauter. Als sie das Büro betrat, saß Pep mit dem Rücken zu ihr auf seinem Stuhl, die Füße auf dem Schreibtisch, und nickte im wummernden Takt der Musik mit dem Kopf. Der neugierige Furó hockte auf dem Sofa und musterte ihn mit argwöhnischem und leicht verächtlichem Blick. Isabel schnappte sich eine Mappe mit Unterlagen und zog sie Pep sanft über den Kopf. Er sprang auf und sah sie beleidigt an.

»He, was soll das?«

Isabel musterte den braun gebrannten, sportlichen jungen Mann. Jeans, blütenweißes T-Shirt, große schwarze Rehaugen. Wieder einmal staunte sie über seine dunklen, geschwungenen Wimpern. Ob Pep wohl hörte, wie die Herzen der jungen Frauen klopften, wenn er mit breitem Lächeln über die *plaça* lief? Aber für ihn gab es natürlich nur eine Frau, zumindest behauptete er das: die kapriziöse Angélica, einzige Tochter des Bürgermeisters.

Isabel blickte ihn streng an. »Wenn du eine Disco aufmachen willst, geh nach Ibiza.«

Er stellte die Musik auf seinem Telefon aus. »Ach, komm schon. So laut ist es doch gar nicht. Siehst du, sogar Furó mag es!«

Beim Klang seines Namens blickte das Frettchen auf und zuckte forschend mit den Schnurrhaaren. Sofort war Isabels Ärger verraucht, sie ging zum Sofa und streichelte Furó über das rostbraune Fell. Sie hatte ein schlechtes Gewissen, dass sie ohne ihn schwimmen gegangen war, aber er hatte so tief und fest geschlafen, sie hatte ihn nicht wecken wollen. »Dir gefällt dieser Lärm nicht, oder, Furó?«

Wie aufs Stichwort ließ das Frettchen ein tiefes Knurren hören.

»Du Schuft!«, zischte Pep.

»Na dann«, wechselte Isabel fröhlich das Thema. »Wie war dein Wochenende?«

»Welches Wochenende? Angélica war stinksauer. Diese neuen Gäste, Mr und Mrs Fox, sind mit ihrer Nobeljacht vom Festland rübergesegelt, aber es war ordentlich Seegang, deshalb waren sie erst abends um elf in Port de Sóller. Ihr Schiff heißt *Monique La Magnifique*, wer immer das sein soll.«

»Vielleicht ist damit Mrs Fox gemeint.«

»Nein, sie heißt Sarah mit Vornamen.«

»Und wann waren sie am Ferienhaus?«

»Um Mitternacht. Danach hatte ich erst Feierabend.«

»Das nenne ich Einsatz, Pep, genau darum geht es hier.«

Er verdrehte die Augen. »Erklär das mal Angélica. Ich habe jedenfalls im brütend heißen Auto auf die beiden gewartet, und –«

»Warum bist du nicht reingegangen?«

»Meinst du etwa, ich setze mich in der tiefsten Pampa in ein Spukhaus?«

Isabel sah ihn ein wenig genervt an. »*Venga, hombre!* Du glaubst doch wohl nicht an solchen Quatsch?«

»Also, mein Bruder hat bei der Renovierung dieser Finca mitgearbeitet, und er hat mir ein paar merkwürdige Sachen erzählt. Einmal hat er im Obergeschoss ein Kind singen hören, obwohl niemand da war, und einmal –«

»Ja, ja, diese Märchen kenne ich«, fiel Isabel ihm ins Wort. »Natürlich hat Ca'n Mayol eine traurige Vergangenheit, aber jedes alte Haus hier in der Gegend kann doch eine Geschichte erzählen. Das Problem ist, dass in diesem Dorf alle an Gespenster glauben. Aber egal, hat ihnen das Haus denn gefallen?«

Er nickte. »Ich glaube schon. Sarah Fox war auch echt nett, aber ihr Mann ist ein ganz schöner Griesgram. Ihrem Akzent nach scheint sie Französin zu sein, bei ihm weiß ich nicht. Anscheinend ist er Schriftsteller und möchte seine Ruhe haben, während er hier ist.«

Isabel blickte geistesabwesend auf eine offene Mappe auf Peps Schreibtisch und zuckte die Schultern.

»Was an sich kein Problem ist«, fuhr Pep fort, »aber sie haben das Haus für einen ganzen Monat gemietet, da muss Onkel Idò mit den Mädchen einmal pro Woche vorbeikommen, um den Pool zu reinigen und die Wäsche zu wechseln.«

»Und wie sieht's mit unserem koksschnüffelnden Rechtsanwalt und seiner Frau aus, die Ca'n Julia in Fornalutx gemietet haben?«

»Die Jays? Die fliegen heute Abend zurück nach England. Holst du die Schlüssel bei ihnen ab?«

Sie nickte. »Mit Mr Jay muss ich mal ein paar Worte unter vier Augen wechseln.«

Pep warf ihr einen besorgten Blick zu. »Du willst ihm doch hoffentlich nicht auf den Kopf zusagen, dass er Drogen nimmt? Selbst wenn es stimmt, geht uns das nichts an. Er ist nur ein Kunde.«

»Das ist mir bewusst, *gràcies*.«

Isabel durchquerte das Zimmer und betrat ihr eigenes Büro mit Blick in den Garten. Sie legte ihre Tasche auf dem Schreibtisch ab, holte ein zusammengeknülltes weißes Handtuch und einen noch feuchten roten Bikini mit weißen Punkten heraus und warf alles über die Lehne ihres altmodischen Drehstuhls. Auf den Papieren auf ihrem Schreibtisch lagen verstreut ein paar Sonnenblumenschalen. Pep rief ihr hinterher: »Ich wette, jede Menge Touristen koksen.«

Isabel schob die Schalen in den Papierkorb. Wie viele Sonnenblumenkerne sie wohl jeden Tag futterte? Zweihundert vielleicht? Sie warf einen Blick aus dem offenen Fenster in den Garten und ließ einen Pfiff los, als sie zwei Hennen im Gehege herumstolzieren sah.

»*Buenos días,* Miss Buncle, *buenos días,* Cleopatra!«

Beim Klang ihrer Stimme legten die Hennen die rotbraunen Köpfe schief und blinzelten zu ihr hoch. Pep stand stirnrunzelnd in der Tür. »Warum haben deine Hennen eigentlich so alberne Namen?«

»Wenn du ein bisschen mehr lesen würdest, fändest du sie gar nicht so merkwürdig.«

Sie ging zurück ins große Büro.

»Und was Mr Jay angeht, mache ich mir nicht nur Sorgen wegen des Kokains. Ich bin dazu noch überzeugt, dass er eine Affäre hat. Auch das geht mich natürlich nichts an, aber es wird sein ohnehin kompliziertes Leben nicht unbedingt leichter machen.«

»Wie hast du das denn rausgekriegt?«, rief Pep überrascht.

»Als ich letzte Woche am Haus die Pflanzen gegossen habe, hat er mit einer Francesca telefoniert und die ganze Zeit geflüstert.«

»Das war wahrscheinlich seine Mutter. Meine macht mich auch immer ganz verrückt, weil sie ständig anruft.«

»Ach, Quatsch. Außerdem kann man sein schlechtes Gewissen förmlich riechen.«

Pep schüttelte den Kopf. »Entschuldige mal, aber sind wir jetzt ein Detektivbüro?«

»Für einen Angestellten hast du ein ganz schön freches Mundwerk. Ich muss Marga sagen, sie soll mal ein bisschen die Zügel anziehen.«

Pep setzte sich wieder an seinen Schreibtisch und fing an, mit einem Stift herumzuspielen. »Weißt du, was dein Problem ist? Du hältst dich immer noch für eine Polizistin.«

»Kommissarin, bitte.«

»Siehst du! Es fehlt dir nämlich. All die aufregenden Fälle, die Drogen, die Morde.«

»Du hast eine blühende Fantasie, Pep. Polizeiarbeit ist größtenteils Routine.«

»Das mag sein, aber du musst doch zugeben, dass du als Polizistin auf dem Festland den ganzen Actionkram geliebt hast. Es muss todlangweilig für dich gewesen sein, als du nach Mallorca gekommen bist.«

»Bei der Policía Nacional in Palma war es überhaupt nicht langweilig.«

Pep seufzte. »Hier passiert einfach nie was. Wir brauchen mal einen anständigen grausigen Mord.«

Isabel grinste spöttisch. »Sei vorsichtig, was du dir wünschst.« Sie zögerte kurz. »Ehrlich, mein jetziges Leben gefällt mir viel besser. Ich habe meine eigene Firma, verdiene gutes Geld und genieße alle Freiheiten. Was will man mehr?«

Aber in Wirklichkeit fuchsten Peps Worte sie doch. Es war jetzt zwei Jahre her, dass sie ihren Job als Kommissarin bei der Nationalpolizei in Palma aufgegeben und die kleine, schlecht laufende Ferienhausvermietung ihrer verwitweten Mutter Florentina übernommen hatte. In dieser kurzen Zeit hatte sie die Agentur in ein florierendes Unternehmen verwandelt, das Luxusimmobilien bis nach Pollença im Norden und Santa María und Binissalem im Zentrum der Insel vermietete. Sie hatte die Firma Hogar Dulce Hogar getauft – Home Sweet Home.

Es gab natürlich noch andere Ferienhausagenturen im Tal, die wenigsten davon gehörten Einheimischen, aber Isabel hatte sich deswegen nie Sorgen gemacht. Sie hatte mehr zu tun, als ihr lieb war, und eine lange Warteliste mit ausländischen Gästen. Inzwischen beschäftigte sie sechs Putzkräfte, ihren Onkel Idò, den älteren Bruder ihrer Mutter, der als eine Art Mädchen für alles fungierte, und Pep, der ihr bei den Buchungen und Kundenkontakten zur Seite stand. Außerdem engagierte Isabel den örtlichen *gestor,* den Buchhalter im Dorf, damit die ganze Sache einigermaßen legal über die Bühne ging. Es mussten Steuern und Sozialabgaben gezahlt werden – was nicht hieß, dass kein *dinero negro* im Spiel war, aber es war immer klug, seine Finanzen zumindest pro forma korrekt zu verwalten.

Oder machte sie sich wirklich etwas vor? Sehnte sie sich insgeheim zurück in die Zeiten, als sie in Madrid und Barcelona und zuletzt in Palma als Kommissarin gearbeitet hatte? Wenn Isabel einen Kriminalfall in den Medien verfolgte, verspürte sie ab und zu den Drang, noch einmal ein Ermittlungsteam zu leiten, aber das verging auch wieder. Ihr letzter Fall war ihr ein wenig zu nahe gegangen, hatte sie zu viel Kraft gekostet und dazu noch fast ihre Familie zerstört. Sie konnte sich nicht vorstellen, noch einmal dahin zurückzukehren, wo man sich an kleinliche Regeln halten musste und in Bürokratie erstickte. Ihr kometenhafter Aufstieg zur Kommissarin mit nicht einmal dreißig Jahren war absolut verdient gewesen – sie hatte schließlich genügend Fälle gelöst –, aber ihre Methoden galten bei ihren Vorgesetzten als unorthodox und exzentrisch, und ihre Kollegen hatten sie immer argwöhnisch und sogar ein bisschen ängstlich beäugt. Manche nannten sie aufgrund ihrer verblüffenden Fähigkeit, selbst die undurchschaubarsten Fälle zu lösen, *la bruja*, die Hexe, andere weniger erfolgreiche Kollegen hatten ihre Leistungen als reines Glück abgetan. Isabel ignorierte diese Missgunst und verließ sich weiterhin auf ihren scharfen Verstand und ihr Bauchgefühl, das sie nur selten täuschte.

Doch, es war der richtige Zeitpunkt gewesen, den Dienst zu quittieren. Sie verstand sich immer noch gut mit vielen Mitgliedern der örtlichen Polizei, und ihr ehemaliger Chef in Palma, Hauptkommissar Tolo Cabot, war ein enger Freund. Einige Kollegen hatten damals sogar vermutet, dass die beiden mehr als Freunde waren, aber das war nichts als der übliche Büroklatsch. Die Leute wollten ständig heimliche Affären aufdecken, wo es gar keine gab.

Isabel hatte zurzeit sowieso die Nase voll von Beziehungen. Ihr letzter Freund, Fernando, ein verwöhnter Rechtsanwalt, war ihre Eigenheiten schon nach wenigen Monaten leid gewesen, und sie hatte ihrerseits genug von seinem oberflächlichen Lebensstil. Was hatte sie nur in ihm gesehen? Klar, ihre biologische Uhr tickte inzwischen etwas lauter, aber sie hatte immer noch genug Zeit, übers Kinderhaben nachzudenken, und außerdem gab es ja schon mehrere Kinder in ihrem Leben – die beiden kleinen Söhne ihres älteren Bruders Eduardo aus Toledo, der sie oft besuchte, und ihr Patenkind Sofia. Isabels Beziehung mit Fernando endete abrupt, als ihr Nachbar Doktor Ramis ihr Furó schenkte, der für Fernando nicht viel mehr als eine Kanalratte war. Sie musste sich entscheiden – entweder er oder das Frettchen. Natürlich entschied sie sich für Furó.

Auch bei der Guardia Civil, der grün uniformierten Militärpolizei, die für die ländlichen Gemeinden auf Mallorca zuständig war, kannte Isabel einige der Beamten. Sie kamen oft auf einen Kaffee zu ihr ins Büro, meist, um sie nach ihrer Meinung zu fragen, wenn in der Gegend ein Verbrechen aufzuklären war. Nur den despotischen und ehrgeizigen Capitán Álvaro Gómez konnte Isabel überhaupt nicht leiden, aber das war eine andere Geschichte.

Isabel nahm Furó auf den Arm, als plötzlich das Telefon klingelte. Pep schnappte sich den Hörer. *»Home Sweet Home, how can I help you?«*, meldete er sich.

Isabel schmunzelte. Pep sprach nicht besonders gut Englisch, aber er war immer rührend bemüht. Sie selbst hatte als Jugendliche Privatstunden über sich ergehen lassen müssen, denn ihr Vater, ein ehrgeiziger *jefe superior* bei der Nationalpolizei in Castilla-La Mancha, beherrschte selbst viele Sprachen. Zu Hause praktizierte die Familie ein munteres Wechselspiel zwischen dem mallorquinischen Dialekt – der Sprache von Isabels Mutter – und Spanisch, der Sprache ihres Vaters. Die Mahlzeiten waren immer eine besondere Herausforderung, denn ihr Vater redete abwechselnd englisch, deutsch und fanzösisch, um Isabel und ihren Bruder Eduardo auf Trab zu halten.

Pep kam triumphierend in Isabels Büro getanzt. »Ich habe soeben eine Buchung für den gesamten September angenommen. Was sagst du dazu?«

»*Enhorabuena!* Wenn das so ist, werde ich dich diese Woche vielleicht sogar bezahlen.«

Isabel setzte Furó in sein Körbchen und ließ sich auf ihren Schreibtischstuhl fallen. »Zeit für etwas Süßes.«

Pep zuckte in gespieltem Entsetzen zurück. »Igitt! Von diesen Dingern verfaulen dir die Zähne.«

»Dann mach dich wieder an die Arbeit, damit du es nicht mitansehen musst.«

Sie griff in eine Terrakottaschale voller bunter Lollis auf ihrem Schreibtisch, wickelte genüsslich ein knallrotes Exemplar aus und steckte es sich in den Mund. Pep schüttelte missbilligend den Kopf, dann zog er ab, um den nächsten Anruf entgegenzunehmen.

*

Isabel stellte Pequeñito in einer Seitenstraße am Hafen ab und sah sich um. Es war dunkel, und der hartnäckige Mond, der noch über dem Horizont schwebte, warf sein fahles Licht aufs Wasser. Nachdem Isabel einige Zeit lang vergeblich versucht hatte, in der drückenden Sommerhitze einzuschlafen, war sie schließlich genervt aus dem Bett gesprungen und mit Furó zum Hafen gefahren. Keine Menschenseele war in Sicht, als sie über die stille Promenade zum Strand ging. Auf den schwarzen Wellen zerrten Jachten und Fischerboote in einer frischen Brise knarrend und ächzend an ihren Leinen. Isabel grinste, als sie ein sportlich aussehendes Schiff entdeckte, das den Namen *Monique La Magnifique* trug. Mr und Mrs Fox, die Neuankömmlinge, waren offensichtlich nicht ganz mittellos.

Isabel zog ihre Espadrilles aus und seufzte vor Wonne, als die kleinen plätschernden Wellen ihre erhitzten Füße überspülten. Furó patschte durchs flache Wasser, der Spaziergang zu nachtschlafender Zeit schien ihn nicht zu verwundern. Als Isabel am hinteren Ende der Platja d’en Repic angekommen war, machte sie es sich auf ihrem Lieblingsfelsen gemütlich und genoss den herrlichen Blick aufs Meer. Plötzlich entdeckte sie auf dem Wasser ein schwach beleuchtetes Schiff, das eilig auf den Hafen zusteuerte. Es schlingerte wie ein alter Trawler, aber was hatte ein Fischerboot zu dieser unchristlichen Zeit draußen auf dem Meer zu suchen? Das machte Isabel neugierig. Sie pfiff nach Furó und ging mit schnellen Schritten über den Strand zurück.

Als sie den Hafen erreichte, tuckerte das Boot schon rückwärts in einen Liegeplatz am Kai. Isabel schlüpfte wieder in ihre Schuhe, befestigte Furós Leine an seinem Halsband, schlich an der langen Reihe schaukelnder Jachten vorbei und trat in den dunklen Hauseingang einer Bar. Ein paar Minuten später erstarb der Schiffsmotor, und sie hörte laute, wütende Stimmen. Furó knurrte und zerrte an der Leine, aber Isabel beruhigte ihn und zog ihn zurück hinter ihre Füße. In diesem Moment erschien eine junge Frau auf dem Kai, die laut mit zwei Männern schimpfte. Isabel konnte nicht verstehen, was sie sagte, aber sie schnappte das Wort »Polizei« auf. Als die schmale Silhouette der Frau im Halbdunkel über die Promenade auf sie zukam, drückte Isabel sich noch tiefer in den Schatten. Einer der Männer rannte wütend hinter der Frau her, drehte sie am Arm herum und schüttelte sie. Isabels Herz raste, und sie überlegte fieberhaft, ob sie eingreifen sollte, aber da begann die junge Frau zu schluchzen und folgte dem Mann mit gesenktem Kopf zu einem weißen Van, der nur einen Steinwurf von Isabels Versteck entfernt stand. Isabel hielt den Atem an, als die beiden wieder zu streiten begannen.

»Hör zu, Felip, ich will damit nichts zu tun haben. Bring mich einfach nach Hause, und ruf mich nie wieder an.«

Er drehte sich wütend zu ihr um. »Du machst mich krank, weißt du das? Du steckst da mit drin, ob du willst oder nicht. Und jetzt halt die Klappe, und steig ein.«

Er machte die Autotür auf, schob sie unsanft auf den Beifahrersitz und wartete, dass sein Begleiter hinterherkam. Der war kleiner und hatte dunklere Haut, und er schleifte zwei Trockensäcke hinter sich her, die er in den Kofferraum lud. Dann stieg er ebenfalls ein, und der Van brauste mit quietschenden Reifen davon, doch im Licht einer Straßenlaterne hatte Isabel gerade noch einen Blick auf die Gesichter der drei Gestalten erhaschen können.

Drei

Als Isabel nach ihrem nächtlichen Abenteuer zu Hause ankam, konnte sie nur ein paar Stunden schlafen – am Morgen hatte sie einiges zu erledigen. Erst um elf war sie wieder in Ca'n Moix angekommen, beladen mit Zitronen, Auberginen und der Wäsche, die sie von der Reinigung abgeholt hatte. Furó trottete ein paar Schritte hinter ihr her und beschnüffelte jeden Winkel der Treppe, als machte er das zum ersten Mal. Im Büro ließ sie alles auf ihr geliebtes Chesterfield-Sofa fallen, das ihr ein alter britischer Bewohner von Sant Martí überlassen hatte. Es war muskatbraun und so alt, dass weiße Wattebüschel wie Kaninchenschwänze aus den Kissen hervorlugten. Sie liebte es trotzdem.

Furó sprang in seinen Korb und schlief sofort ein: Im Hafen hatte er sich ausgepowert, und eigentlich schlief er sowieso die meiste Zeit. Isabel ließ sich vor dem Computer nieder, gähnte und ging ihre E-Mails durch. Nichts Weltbewegendes. Wenige Augenblicke später knallte die Tür zum Büro auf, und vor ihr stand ein zerzauster, verschwitzter Pep.

»Ist das wirklich für mich?«, schnurrte sie, als er ihr einen Cortado auf den Schreibtisch stellte.

Pep runzelte die Stirn. »Was ist denn mit dir passiert?«

»Keine gute Nacht. Du siehst aber auch nicht so toll aus.«

Pep ließ sich aufs Sofa fallen und warf einen misstrauischen Blick in Furós Richtung.

Isabel zwinkerte ihm zu. »Mach dir keine Sorgen, er hat schon gefrühstückt. Also, was gibt's?«

»Ich hasse August. Es ist einfach zu heiß.«

»Sei doch nicht so ein Baby.«

Pep wedelte mit dem Saum seines T-Shirts. »Sogar mit der Klimaanlage ist es unerträglich.«

»Du kannst von Glück reden, dass wir überhaupt eine Klimaanlage haben. Onkel Idò sagt, es ist die reinste Geldverschwendung.«

»Klar sagt er das. Er muss ja nicht hier arbeiten.«

Sie nahm einen Schluck Kaffee und verzog das Gesicht. »Kein Zucker?«

Widerwillig zog er ein Päckchen aus der Tasche und warf es ihr auf den Schreibtisch.

»Und, was hat dich letzte Nacht wach gehalten?«

Isabel rührte langsam in ihrem Kaffee. »Es ist was Seltsames passiert. Ich konnte vor lauter Hitze nicht schlafen –«

»Na also, du auch.«

»… also bin ich aufgestanden und mit Furó im Hafen spazieren gegangen.«

»Wann war das?«

»So gegen drei Uhr nachts.«

»Du spinnst doch.«

»Na ja, jedenfalls sah ich dabei einen Trawler in den Hafen einlaufen.«

»Komisch. Wer fischt denn um diese Zeit?«

»Ganz genau. Deshalb habe ich nachgesehen.«

Pep unterdrückte ein Stöhnen. »Okay. Erzähl weiter.«

»Zwei junge Männer und eine Frau sind an Land gegangen. Sie hatten einen heftigen Streit.«

Pep lehnte sich vor. »Und dann?«

»Ich sah sie zwei Trockensäcke in einen weißen Lieferwagen laden.«

»Und was war drin?«

»Leider hatten meine hellseherischen Kräfte gerade einen Aussetzer. Zerstückelte Leichen vielleicht?«

Pep schüttelte sich. »Mach doch nicht solche Witze, Bel! Und dann?«

»Sie stiegen alle in den Van und fuhren weg.«

»Und das war's?«

»Nicht ganz. Als das Auto vorbeifuhr, konnte ich noch einen Blick auf sie erhaschen. Ich habe alle erkannt.«

»Jetzt sag schon, wer war's?«

»Aina Ripoll, die Tochter der Bäckerin in Morells, und diese beiden Taugenichtse, die jungen Fischerbrüder – Felip und Francesc Torrens.«

»Echt jetzt? Und warum waren sie um diese Zeit unterwegs?«

Isabel streichelte nachdenklich ihr Kinn.

»Ich habe keine Ahnung, Pep. Aber ich finde es heraus.«

»Ist das eine gute Idee?«

»Wahrscheinlich nicht.«

Er schwieg kurz. »Tja, im Gegensatz zu dir hatte ich einen völlig abenteuerlosen Abend.«

»Und zwar?«

»Stell dir vor: Beide Mieterpaare kamen pünktlich an.

Also brachte ich sie in ihre Fincas und ging mit Angélica essen.«

»Nette Leute?«

»Alles Schweden, und ja, sehr nett. Wie war eigentlich dein Mittagessen mit unserem hochgeschätzten Herrn Bürgermeister gestern? Offenbar erschöpfend, wenn du es nicht mehr zurück ins Büro geschafft hast …«

Isabel grinste. »Du solltest deinem künftigen Schwiegervater mehr Respekt zollen.«

Pep zuckte zusammen. »Lass das, du machst mich nervös.«

»Schon gut, schon gut. Er hat mich einem englischen Paar vorgestellt – die Frau dachte, man hätte ihr die Tasche gestohlen, dabei hatte sie die auf dem Markt fallen lassen, und ein galanter marokkanischer Standbesitzer gab sie im Rathaus von Sóller ab.«

»Also ein Happy End?«

»*Exacto*. Deshalb haben Llorenç und ich beschlossen, mit einer halben Flasche Viña Sol und zwei riesigen Tellern *gambas rojas* im Can Busquets zu feiern.«

»Du lässt es dir ja gut gehen.«

Sie hob eine Augenbraue. »Es war ein Geschäftsessen. Wir haben wichtige Dinge beredet, zum Beispiel den Mangel an Parkplätzen in Sant Martí und die Vorbereitungen für die Nit de Foc in Sóller.«

»Aah, ich wünschte, ich wäre nicht in diesem Organisationskomitee. Niemand hört auf mich, schon gar nicht Llorenç – obwohl er mich überhaupt erst dazu überredet hatte mitzumachen.«

»Vergiss nicht: künftiger Schwiegervater. Womöglich.«

»Kannst du bitte damit aufhören?«

Isabel seufzte. »Die Feuerfiesta findet schon in zwei Wochen statt, ist dir das klar? Und jetzt hat es sich Llorenç auch noch in den Kopf gesetzt, am Abend davor bei uns im Dorf ein eigenes Fest zu veranstalten …«

»Ohne mich! Ich brauche schon für diese Verrückten in Sóller meine ganze Kraft. Letztes Jahr habe ich glühende Kohle in den Schuh bekommen, meine Socken hätten beinahe Feuer gefangen.«

Isabel gluckste. »Du trägst Socken im August? Jedenfalls hat Llorenç schon jede Menge *coca* und *sobrassada* für unser Dorffest bestellt, es ist also deine heilige Pflicht zu kommen. Wer soll das alles sonst aufessen?«

»Schon wieder *coca*? Das ist doch im Grunde nur Pizza ohne Käse! Und *sobrassada*-Wurst ess ich schon zu Hause fast jeden Tag. Können wir nicht einmal mit der Tradition brechen und bei dem Fest was anderes anbieten?«

»Sei nicht albern. Wir sind doch in Sant Martí. Was hättest du denn lieber?«

»In Palma gibt es auf Stadtevents Canapés …«

»Aber *sobrassada* ist das Herz und die Seele von Mallorca! Denk doch nur mal dran, was für eine Kunst es ist, das Schweinefleisch perfekt zu pökeln und mit Paprika und Gewürzen zu mischen …«

»Lieber nicht.«

»Es ist ja, also wolltest du Italienern verbieten, Pasta zu essen. Oder die Griechen ohne Moussaka lassen. Oder die Briten ohne Eier und Speck –«

»Ich will doch nichts verbieten. Ich würde nur gern einmal etwas anderes ausprobieren.«

»– oder die Bulgaren ohne ihren Schopska-Salat …«

Sie stockte. Die Bulgaren waren etwas unerwartet in ihre kulinarische Tirade gerutscht. Sie lehnte sich zurück und schloss mit einem leidenschaftlichen »Es gäbe einen Volksaufruhr!«.

Pep atmete aus. »Schon verstanden.« Er musterte sie kurz. »Übrigens, hast du gestern in Ca' na Julia Mr Jays Schlüssel abgeholt? Er ist ja jetzt zurück nach London.«

Isabel sortierte mit gespielter Lässigkeit die Papiere auf dem Schreibtisch. »Natürlich.«

Er beäugte sie misstrauisch. »Ich hoffe, du hast nichts zu ihm gesagt.«

»Also echt jetzt. Ich habe es gleich bei der Ankunft gesehen – der Mann hat ein Loch in der Nasenscheidewand. Habe ich bei der Drogenfahndung in Madrid oft genug gesehen. Das kriegt man, wenn man lange genug Kokain nimmt.«

»Und, wie hat er reagiert?«

Sie leerte ihre Tasse. »Wir hatten ein Gespräch unter vier Augen; seine Frau war gerade nicht da. Natürlich hatte er nicht erwartet, von mir harte Wahrheiten über seine Ehe und seine Sucht zu hören, aber er nahm es mit Fassung.«

»Stimmen deine Vermutungen denn überhaupt?«

»Natürlich. Er behauptete, die Affäre sei nichts Ernstes, und schob die Drogen auf Arbeitsstress.«

»Du bist unmöglich! Der arme Kerl wollte Urlaub machen und nicht von seiner Vermieterin ins Kreuzverhör genommen werden.«

Isabel fuhr unbeirrt fort. »Ich habe ihm den Namen eines guten Beraters in London gegeben, ich kenne ihn von der

Arbeit. Und ich habe gesagt, dass wir ihm und seiner Frau eine Woche in einem unserer Häuser schenken, wenn er sich bis zum nächsten Sommer bessert.«

»Wie bitte? Ist das etwa gut fürs Geschäft?«

»Ist es nicht. Also mach dich an die Arbeit, und beschaff uns ein paar neue Buchungen.«

Am frühen Abend klingelten beide Telefone. Einen der Anrufe stellte Pep zu Isabel durch. Es war Tolo Cabot, ihr ehemaliger Chef bei der Polizei in Palma. Er klang erschöpft.

»Wie läuft es denn so in der großen bösen Stadt?«, witzelte Isabel.

»Schlecht. Ich brauche deine Hilfe.«

»Was ist denn los?«

»Ein Kind wurde entführt.«

Isabel sprang auf. »Wo?«

»Am Strand im Hafen von Pollença, heute Nachmittag gegen zwei.«

Isabel stellte auf Lautsprecher um und steckte sich einen Sonnenblumenkern in den Mund.

»Muss das sein?«

»Was?«

»Dieses verdammte Kerneknacken.«

»Es hilft mir, mich zu konzentrieren, das weißt du doch. Junge oder Mädchen?«

»Ein achtjähriges britisches Mädchen, Miranda Walters. Sie war mit ihrer Mutter am Strand von Pollença und ist beim Mittagessen einfach verschwunden.«

»Niemand kann ›einfach verschwinden‹. Es sei denn, sie ist ein Geist. Was ist mit Zeugen? Überwachungskameras?«

»Bis jetzt haben wir nichts. Am Strand wimmelte es von Menschen, aber niemand scheint etwas gesehen oder gehört zu haben. Auf die Materialien von den Überwachungskameras warten wir noch. Mir gefällt das alles nicht, Bel. Du weißt, Zeit ist in so einem Fall alles.«

»Hat die Familie Geld?«

»Nicht viel, ein Kidnapping würde ich ausschließen. Außerdem hat niemand ein Lösegeld gefordert.«

»Dysfunktionale Eltern?«

Er lachte heiser. »Haben wir nicht alle welche? Ehrlich gesagt weiß ich noch nicht viel. Die Jungs von der Guardia Civil reden gerade mit der Mutter und dem Stiefvater. Sie sind natürlich erschüttert.«

»Wenn die Guardia schon an Bord ist, warum bist du überhaupt dabei? Du bist doch für Morde zuständig.«

»So einfach ist das nicht. Es geht um Schadensbegrenzung. Die Guardia und die Nationalpolizei müssen zusammenarbeiten; heute Abend kommen die Schwergewichte aus Madrid. Der Polizeichef will, dass ich dabei bin – er rechnet damit, dass die Sache in einer Mordermittlung endet.«

»Ah, dein charmanter Chef. Immer noch so fröhlich wie eh und je?«

»Ganz genau. Ich hoffe wohl auf ein Wunder, vielleicht hat sich das Kind ja einfach verlaufen und wurde von netten Einheimischen aufgenommen? Jedenfalls ist sie wahrscheinlich nicht ertrunken, baden war sie schon vor dem Mittagessen, und ihr Badeanzug hing gerade zum Trocknen aus.«

»Wann genau ist sie verschwunden?«

»Während ihre Mutter gerade die Rechnung bezahlte, ist sie mit ihrem Eimer zum Meer gelaufen, um ihn aufzufüllen. Sie kam nicht mehr zurück. Eine Sache von Minuten.«

»Das ist leider oft so.«

»Ich weiß. Wie du dir vorstellen kannst, ist der Tourismusminister dem Schlaganfall nahe. Der Präsident hat eine inselweite Durchsuchung durch alle Kräfte angeordnet. Straßensperren überall, es wird zu Lande und von der Luft aus gesucht.«

»Gut. Und die Presse?«

»Heute Abend auf allen Nachrichtensendern. Das wird ein Zirkus! Die internationalen Medien huschen bereits zu uns rüber wie die Kakerlaken.«

Isabel schmunzelte. »Wenn die Guardia Civil involviert ist, wird die Ermittlung also von dir und dem herzallerliebsten Capitán Gómez gemeinsam geführt?«

»Leider Gottes, wie die Richtlinien es vorsehen. Er wurde dem Fall zugeteilt. Aber wenn er mir auf die Füße tritt, kann er was erleben.«

»Habt ihr alle Häfen alarmiert? Und den Flughafen?«

»Komm schon, Bel, ganz so blöd sind wir auch wieder nicht. Klar haben wir das. Eine Fliege könnte nicht entkommen.«

»Und wann hast du alles mobilisiert?«

»So schnell wie möglich. Um drei Uhr war die Insel geschlossen.«

»Nicht schlecht«, sagte Isabel leise. »Aber wenn das Mädchen entführt worden ist, könnte es bis dahin schon in irgendeinem Unterschlupf gelandet sein. Und schlimmstenfalls auf einem Schiff nach Marokko.«

»Wenn irgendeines dieser Monster dem Kind auch nur ein Haar krümmt, bring ich es persönlich zur Strecke.«

Isabel fühlte mit Tolo. Er war seit Langem ehrenamtlicher Berater in einem Zentrum für missbrauchte Kinder in Palma, wo er Fälle von Pädophilie und Kinderhandel zu sehen bekam, die sich nur schwer verkraften ließen.

»Wie kann ich helfen?«, fragte sie.

»Hör zu, ich weiß, du hast Kontakte in Pollença. Halt bitte die Ohren offen, und …«

Er schwieg. Isabel sog ungeduldig die Luft ein. »Ja?«

»Könntest du helfen, die Eltern zu befragen? Sie sind verständlicherweise verzweifelt, und dein Englisch ist besser als meins.«

»Komm mir doch nicht mit so einem Quatsch, du hast genug Dolmetscher.«

»Na gut, die Karten auf den Tisch – dieser Fall braucht dich.«

»Guter Versuch, Tolo, aber die Antwort ist nein.«

»Willst du mich nicht wenigstens anhören?«

Isabel knackte einen Kern. »Ich höre zu.«

»Also, die alten Kumpel deines Vaters im Innenministerium in Madrid haben ausdrücklich deine Beteiligung gefordert, weil du so viel Erfahrung auf dem Gebiet hast.«

Sie lachte bitter. »Sie waren keine so guten Kumpel für meinen Vater, als sein Bruder verschwand, oder? Und jetzt, wenn es ihnen passt, wollen sie also, dass ich helfe.«

»Du bist eine Spezialistin, hast in mehreren komplexen Fällen von Kindesentführung ermittelt. Und rein zufällig bist du auf der Insel.«

»Rein zufällig bin ich auch in Sachen Mord und Drogen

ziemlich gut, aber ich kann mich nicht entsinnen, dass du mir bei jeder Koksrazzia und jedem Todesfall ein Ohr abgekaut hättest.«

»Soll ich denn? Das ließe sich einrichten.«

»Lass das. Du hast mich aus einem sehr guten Grund nicht kontaktiert, und zwar, weil ich nicht mehr bei der Polizei bin. Ich habe gekündigt, um ein eigenes Leben zu haben, weißt du noch?«

»Nein, du hast eine großartige Karriere hingeschmissen, weil du so frustriert warst wegen deines verschwundenen Onkels.«

Isabel studierte angewidert ihre abgebissenen Fingernägel.

»Reden wir nicht darüber. Also, was genau schlägst du vor?«

»Du bekommst deine Polizeimarke zurück und wirst externe Beraterin in meinem Team.«

»Das hört sich nicht nach der üblichen Praxis an.«

»Ist es auch nicht.«

»Würde ich also offiziell oder inoffiziell tätig sein?«

»Ein bisschen von beidem. Und ich würde auf jeden Fall versuchen, dich unter dem Radar zu halten.«

Isabel schwieg.

»Wenn es ums Geld geht, Bel …«

»Beleidige mich nicht, Tolo. Du kennst mich gut genug«, antwortete sie müde.

»Hör zu, wir müssen schnell handeln, wenn wir Miranda lebend finden wollen.«

Isabels Gedanken schweiften zu ihrem letzten Entführungsfall in Madrid. Ein Sechsjähriger wurde von einem

Pädophilen von der Straße entführt. Sie hatte Glück; nach drei Tagen hatten sie und ihr Team den Mann mithilfe von Überwachungskameras und Augenzeugen aufgespürt. Das Kind wurde aus seinen Fängen gerettet, aber der Schaden war getan. Ein Leben unwiderruflich verändert.

Tolo spürte, dass sie nachgab. »Denk doch nur an deine Erfolgsquote bei Entführungen. Weißt du noch, dein letzter Fall in Madrid?«

Isabel schloss die Augen und versuchte, die verstörenden Bilder auszublenden, die sich den Weg zurück in ihr Bewusstsein bahnten. Ihre linke Hand zitterte ein wenig. War es Angst?

»Was soll ich denn noch tun, niederknien und betteln?«, knurrte Tolo entnervt.

»Eigentlich eine nette Idee, aber lieber nicht am Telefon. Gut. Ich mach's.«

Er atmete erleichtert auf. »Ich fürchte, du wirst auch mit der Guardia zusammenarbeiten müssen, aber Befehle musst du nur von mir entgegennehmen, nicht von Gómez.«

Isabel knackte noch einen Kern. »Nein, Tolo. Wir machen Folgendes. Wenn ich dir bei dem Fall helfe, wird mir niemand etwas befehlen. Ich werde gern mit dir und der Guardia zusammenarbeiten, aber nach meinen eigenen Methoden, und niemand kommt mir in die Quere. Wenn es vorbei ist, gebe ich die Marke ab. Hörst du mich?«

Tolo wusste, wenn er schachmatt gesetzt war.

»Laut und deutlich. Du musst noch ein paar Formulare ausfüllen.«

»Wann treffen wir uns?«

»Morgen früh um acht Uhr auf dem Polizeirevier von

Pollença. Könntest du nach dem Briefing mit Mirandas Mutter und Stiefvater reden und dir den Tatort anschauen?« Er schwieg kurz. »Und was deinen Onkel angeht, gib die Hoffnung nicht auf.«

»Niemals.«

Nach dem Anruf saß Isabel gedankenversunken da, bis Furó aufwachte und ihr auf den Schoß sprang. Vielleicht spürte er ihr Unbehagen? Sie zerzauste das dicke Fell und nahm seine schnurrbärtige Schnauze in die Hand. Sein Gesicht hatte etwas Tragikomisches. Die Schnauze war glatt und beige, der dunkle Fellstreifen um die Augen ließ das Frettchen wie einen Banditen aussehen.

»Was soll ich tun, Furó? Kann ich das denn überhaupt noch? Vielleicht bin ich ganz aus der Übung.«

Das Frettchen grunzte und sprang von ihrem Schoß.

Sie sah ihm nach. »Na, vielen Dank aber auch für diesen Vertrauensbeweis.«

Ein paar Minuten später schaute Pep herein. »Was ist denn mit dir los?«

Sie rieb sich die Augen. »Nichts, Pep. Nur sehr müde.«

»Na, dann kann ich dich ja aufmuntern: Deine Mutter war gerade am Telefon. Sie hat uns *albondigas* gemacht!«

»Ausgezeichnet«, sagte Isabel, und tatsächlich fühlte sie sich mit einem Mal viel munterer. »Ich sage dir, Pep, hätte Paris die Fleischbällchen meiner Mutter probiert, hätte er Helena sitzenlassen!«

Pep starrte sie verständnislos an.

»Hast du nie was vom Trojanischen Krieg gehört?«

»Hat das was mit Fußball oder Mode zu tun? Na also. Was wollte der Hauptkommissar denn?«

Isabel gähnte. »Komm, machen wir Schluss für heute. Ich erzähle es dir bei gutem Essen und ein paar Glas Wein.«

»Ich habe nichts dagegen. Furó kommt wohl mit?«

Wie aufs Stichwort tauchte der Kopf des Frettchens unter ihrem Schreibtisch auf. »Natürlich. Furó würde Mamas *albondigas* um nichts in der Welt verpassen!«

Vier

Isabel lehnte sich mit einem Gläschen Hierbas in ihrem Gartenstuhl zurück und lauschte den Zikaden. Pep saß ihr gedankenversunken gegenüber. Eine Handvoll zarte weiße Sterne funkelte in der dunklen Höhe. Aus dem hohen Gras kam ein Scharren, und Furós neugierige Schnauze tauchte kurz auf, bevor er sich wieder in seine Geheimnisse vertiefte. Pep lehnte sich gegen den Tisch, zog eine Kerze zu sich heran und strich schnell mit dem Finger durch die Flamme. Isabel tat es ihm nach, ließ ihren Finger aber ein paar Sekunden länger verweilen.

»Angeberin.«

Sie lachte. »Stimmt. Als Kind habe ich mir mal beim Versuch, deine Schwester bei diesem Spiel zu schlagen, eine heftige Verbrennung zugezogen.«

»Und wer hat gewonnen?«

»Marga natürlich.«

Sie hörten in der Küche das Geschirr friedlich klirren. Isabel schätzte es aufrichtig, regelmäßig bei ihrer Mutter zu essen, in ihrem alten Haus mit seinem weitläufigen Garten. Florentina kochte großartig und wollte dabei nie Hilfe haben. Die Küche war ihr Reich, und sie scheuchte Isabel auf die schattige Terrasse, wo sie sich am Ende eines langen Tages mit gutem Gewissen entspannen konnte. Seit ihr Vater vor zwei Jahren gestorben war, passte Isabel auf ihre Mutter auf, kam jeden Morgen vorbei und sorgte dafür, dass sie so lange eine aktive Rolle im Vermietungsgeschäft spielte, wie sie wollte.

»Möchte jemand Kaffee?«, rief Florentina aus der Küche.

Pep überlegte kurz. »Wenn ich einen kleinen Espresso haben könnte, Florentina? *Gràcies!*«

Isabel unterdrückte ein Gähnen. »Einen Cortado für mich, Mama. Soll ich ihn selbst machen?«

»Nein, bleib du bloß aus meiner Küche weg. Du machst nur was kaputt.«

»Das sagt sie immer«, beschwerte sich Isabel.

Pep zündete sich eine Zigarette an. »Aber es stimmt ja auch. Wer hat den Fotokopierer im Büro kaputt gemacht? Und letzte Woche die Klinke der Badezimmertür abgebrochen?«

»Die war schlampig befestigt!«

»Du weißt einfach nicht, wie stark du bist.« Er stieß eine Rauchwolke aus. »Erzählst du mir denn jetzt von deinem Gespräch mit dem Polizeichef?«

Als sie das tat, legte sich Peps Stirn in Falten. »Warum will die Polizei dich dabeihaben? Warst du auf dem Festland wirklich die große Entführungsspezialistin?«

Sie nahm etwas geschmolzenes Wachs von der Kerze und knetete eine Kugel. »Ein paar Fälle habe ich gelöst.«

»Was meint die Polizei denn, wer das Mädchen entführt hat?«

»Du nimmst also an, sie wurde entführt.«

»Was könnte denn sonst passiert sein?«

»Wer weiß? Vielleicht ist sie weggelaufen, hat sich den

Kopf gestoßen und ihr Gedächtnis verloren. Vielleicht ist sie ertrunken. Vielleicht …«

»Was?«

»Vielleicht kannte sie ihren Entführer schon und ging freiwillig mit. Es gibt keine Zeugen, weshalb es kaum eine gewaltsame Entführung gewesen sein kann.«

»Wieso?«

»Ein Kind wird nicht einfach am helllichten Tag von einem überfüllten Strand mitgenommen, ohne dass es jemand bemerkt.«

»Doch! Womöglich hat der Kerl sie mit Chloroform betäubt oder ihr Schlafmittel in einer Kugel Eis gegeben.«

»Du schaust zu viele Filme. So etwas vor so vielen Menschen abzuziehen, das wäre schon ein Kunststück. Außerdem, warum muss es ein Mann gewesen sein?«

Er schnaubte. »Pädophile und sonstige Spinner sind nun mal Männer.«

»Nimm nicht so viel an. Man muss für alle Möglichkeiten offen bleiben, Pep.«

Florentina kam mit einem Kaffeetablett aus der Küche, stellte es ab und blieb vor den beiden stehen, die Hände in die Hüften gestemmt, das Geschirrtuch über der Schulter. »So, und was sind eure Pläne für morgen?«

»Isabel fährt nach Pollença, also übernehme ich das Büro.«

»Wieso Pollença?«

Isabel warf Pep einen warnenden Blick zu. »Oh, nur ein paar neue Kunden.«

Florentina lächelte. »Was du aus unserem Unternehmen gemacht hast! Dein Vater wäre so stolz auf dich gewesen.«

Isabel reichte Pep den Espresso. »Ich glaube, es wäre ihm lieber gewesen, ich wäre bei der Polizei geblieben.«

Ihre Mutter schüttelte den Kopf. »Nein, nicht nach dem, was Hugo passiert ist. Juan hat der Polizei sein Leben gewidmet, aber als sein Bruder verschwand, wollte niemand etwas davon wissen.«

»Wer ist Hugo?«, fragte Pep.

»Hugo Flores Romero, Zwilling meines Vaters. Man nimmt an, er sei tot.«

»Das – das tut mir leid. Du hast ihn nie erwähnt.«

»Warum sollte ich?«, antwortete Isabel ausdruckslos.

Florentina legte Pep eine Hand auf die Schulter. »Hugo ist vor vier Jahren verschwunden. Er war ein Enthüllungsjournalist in Barcelona, einer der besten, aber er wusste nicht, wann er besser aufhören sollte zu graben.«

Florentina zog einen Stuhl neben Pep heran, setzte sich und fächelte sich mit dem Geschirrtuch Luft zu. »Er war einem Drogenbaron auf der Spur, der Verbindungen zu Pablo Escobar hatte – dem berüchtigten kolumbianischen Warlord. Der wurde in den Neunzigern von den Regierungstruppen getötet, aber da warst du ja noch ein Kind. Jedenfalls war er in alles verwickelt, von Drogen über Erpressung bis hin zu Mord.«

»Hugo war auch kurz davor, einen führenden ETA-Aktivisten zu identifizieren«, warf Isabel ein.

»ETA? Das ist diese baskische Terrorgruppe, richtig?«

»Na ja, sie selbst würden eher ›Separatisten‹ sagen. Oder ›Freiheitskämpfer‹.« Sie lächelte lauwarm. »Das heißt, sowohl die ETA als auch ein kolumbianisches Drogenkartell könnten ihn ins Visier genommen haben.«

»Und dann?«

Isabel griff nach der Zuckerdose. »Wir glauben, Hugo wurde entführt. Eine Frau will gesehen haben, wie er vor seinem Zeitungsbüro von zwei Männern in ein Auto gestoßen wurde. Aber die Ermittler in Barcelona behaupten, sie sei eine unzuverlässige Zeugin. Die Frau ging nämlich auf den Strich und nahm Drogen.«

Sie ließ einen Löffel Zucker in ihren Kaffee rieseln und rührte langsam um. »Bevor ich nach Madrid zog, war ich bei der Polizei in Barcelona. Ich ging zurück, um meinen Onkel zu suchen, aber niemand wollte mit mir reden – nicht mal Kollegen, die ich für Freunde gehalten hatte.«

»Wieso?«

»Ich bin mir nicht sicher, Pep. Mehrere führende Enthüllungsjournalisten wie Hugo wurden in der Vergangenheit von der ETA entführt oder ermordet. Es war einfacher, ihnen die Schuld in die Schuhe zu schieben, und fertig.«

»Du denkst aber –«

Isabel nahm einen Schluck Kaffee. »Die ETA hat sich nie dazu bekannt, und Hugos Leiche ist nie aufgetaucht. Ich glaube, diese sogenannten ›dunklen Mächte‹ waren viel näher. Es riecht nach Vertuschung.«

Pep drückte seine Zigarette aus und zündete sich eine neue an. »Echt? Bei der Polizei?«

Isabel zuckte die Achseln. »Ich weiß nur, dass mein Vater bis zum Ende seiner Tage verzweifelt versucht hat, die Wahrheit herauszufinden.«

»Und was hat es ihm gebracht?«, fragte Florentina bitter. »Juan ist vor zwei Jahren gestorben, ein gebrochener Mann. Er hat nie erfahren, was aus seinem Bruder geworden ist.«

Pep wandte sich ihr zu. »Hat ihm sein Einfluss bei der Polizei denn nicht geholfen?«

Isabel sah ihre Mutter an. Florentinas Gesicht wirkte in diesem Moment so verletzlich, als wäre sie ein Kind. Sie seufzte. »Juan war zu dieser Zeit ja schon ein paar Jahre im Ruhestand. Dass er mal Hauptkommissar in Kastilien-La Mancha gewesen ist, war allen egal. Es war, als hätte Hugo nie existiert.«

»Du bist also nach Mallorca gezogen, als Juan in Rente ging?«, fragte Pep.

Florentina nickte. »Ich wollte näher bei meiner Familie sein. Während Juan versuchte, seinen verschwundenen Bruder aufzuspüren, gründete ich mit einer Erbschaft von meiner Mutter eine kleine Vermietungsagentur, einfach, um was zu tun und nicht zu versumpfen. Isabel war bereits von Madrid hierhergezogen, um eine neue Stelle als Kommissarin anzutreten. Dann starb Juan vor zwei Jahren an einem Herzinfarkt.«

Pep blickte zu Isabel. »Hast du deshalb bei der Polizei aufgehört?«

»Kann schon sein, dass der Tod meines Vaters das endgültig entschied. Das und die Tatsache, dass Hugos Verschwinden nie richtig untersucht wurde. Außerdem hat der Job einfach keinen Spaß mehr gemacht.«

»Sie hat es auch für mich getan. Ich konnte die Agentur nicht allein leiten«, sagte Florentina.

Pep starrte seine Chefin an. »Du versuchst also nicht mehr, Hugo zu finden? Du hast aufgegeben?«

Isabel zog eine Augenbraue hoch. »Ich sag ja, Pep, nimm nicht so viel an. Jetzt, wo ich es mir leisten kann, habe ich einen Privatdetektiv in Barcelona angeheuert, Emilio Navarro. Eines Tages finde ich die Wahrheit heraus. Wer weiß, vielleicht lebt Hugo ja noch?«

Fünf

Tolo Cabot wartete in einem zivilen Auto in der Nähe der Polizeistation auf Isabel. Er trug ein hellblaues Hemd unter einer cremefarbenen Leinenjacke und nippte trotz der Hitze an einem Kaffee. Isabel zwinkerte ihm mit den Scheinwerfern zu und fand eine Parklücke auf der anderen Seite der Calle de Vicente Buades. Im Rückspiegel sah er, wie sie schwungvoll auf ihn zuschritt. Sie war unbestreitbar attraktiv: ausdrucksstarke Gesichtszüge, gute Wangenknochen, eine hochmütige Nase. Ihm gefiel auch, wie sie sich kleidete, immer schlicht und stilvoll. Kein Schmuck. Nicht einmal eine Uhr. Falls sie Make-up trug, war es für ihn unsichtbar. Sie war eine Hedonistin, genoss gutes Essen und guten Wein. Sie las viel, mehr als er. Trotz der unglücklichen Umstände, die sie gerade zusammenführten, schlug sein Herz höher bei dem Gedanken, wieder mit ihr zu arbeiten.

Sie steckte den Kopf durch sein offenes Fenster. »Jetzt los! Ich brauche einen Kaffee und ein Frühstück.«

Er hielt seinen Einwegbecher hoch und lachte, als sie die Nase rümpfte.

»Komm schon, ich kenne was Gutes hier. Die besten Tortillas.«

Tolo stieg aus dem Auto, beförderte den Becher in den

nächsten Mülleimer und begleitete Isabel zügig die Straße entlang. Dabei warf er einen flüchtigen Blick auf das Gedränge der Fotografen und Reporterinnen vor dem örtlichen Polizeipräsidium.

»Sieh sie dir nur an! Jetzt kampieren sie schon vor dem Präsidium. Alles für eine Schlagzeile. Diese Leute haben keine Seele.«

Isabel drehte sich zu ihm um. »Jetzt sei nicht so. Sie machen doch nur ihren Job. Genau wie wir.«

Tolo lächelte und wechselte das Thema. »Wie geht's deinem Frettchen?«

»Prima geht's ihm! Heute früh waren wir beide schwimmen, und den Rest des Tages verbringt er bei meiner Mutter. Sie kümmert sich rührend um ihn.«

»Was frisst er denn, abgesehen von Menschenopfern?«

Sie grinste ihn an. »Meistens Fleisch und Katzenfutter. Frettchen bevorzugen eine protein- und fettreiche Ernährung.«

»Dann haben dein Frettchen und ich eine Menge gemeinsam. Wusstest du, dass man sie in den USA darauf abrichtet, Drogen zu erschnüffeln? Das könnten wir hier auch machen.«

»Lass bloß die Finger von Furó.«

»Das musst du mir nicht zweimal sagen. Letztes Mal hätte er mir beinahe die Hand abgebissen.«

Isabel steuerte einen kleinen schmuddeligen Laden an der Promenade an. Der ältere Besitzer begrüßte sie wie eine lang vermisste Tochter. Als sie nach dem Geschäft fragte, zog er eine Grimasse und reichte ihr eine Ausgabe von *El Periódico*. Auf der Titelseite blickte ihr ein blaues Augenpaar aus dem Gesicht eines kleinen blonden Mädchens entgegen. Die Überschrift lautete schlicht: »Wer hat Miranda gesehen?«

Tolo und Isabel tauschten angespannte Blicke aus. Der Besitzer reckte das Kinn in Richtung Meer.

»Guter Tag für einen Sonnenschirm und eine Liege. Der Strand bleibt heute bestimmt leer.«

Tolo hörte ein Brummen und schaute hoch: Über den nahen Hügeln kreiste ein Polizeihubschrauber. »Da bin ich mir nicht so sicher. Bald wird ein Haufen Schaulustiger hier herumschwirren.«

Der alte Mann schüttelte bekümmert den Kopf. »Armes kleines Mädchen. Hoffen wir, dass sie gefunden wird. Also, was kann ich dir bringen, das Übliche?«

Isabel nickte. »Und das Gleiche für ihn, aber dazu ein Cappuccino mit einem extra Espresso.«

Tolo warf ihr einen anerkennenden Blick zu. »Du weißt es noch.«

»Ist ja nicht so lange her, dass wir zusammen Kaffee getrunken haben.«

»Also ich finde es viel zu lang«, sagte er mürrisch.

Sie saßen auf der schattigen Terrasse und blickten auf den Strand. Tolo kratzte sich nachdenklich an den grauen Bartstoppeln.

»Hast du vergessen, dich zu rasieren?«

Seine dunklen Augen ruhten auf ihrem Gesicht. »Das ist mein neuer Look. Gefällt er dir nicht?«

»Nein. Und einen Haarschnitt kannst du auch gebrauchen. Langsam siehst du aus wie ein alter Rocker.«

Er grinste. »Was tut man nicht alles, um seine Vorgesetzten zu ärgern. Mit sechsundvierzig kann ich mich doch jetzt gehenlassen. Dabei muss ich jetzt direkt an ein hohes Tier im Innenministerium in Madrid berichten.«

»Warum das denn?«

»Die Regierung will über alle Entwicklungen im Fall Miranda Walters auf dem Laufenden bleiben.«

»Gut, dass sie die Sache so ernst nehmen.«

»Sie haben keine Wahl, Bel. Das Verschwinden eines Kindes wäre eine Katastrophe für den Tourismus.«

»Wie oft wirst du nach Madrid müssen?«

Er hob eine Augenbraue. »Keine Ahnung. Jedenfalls kommen die Guardia- und die Nationalpolizei-Bonzen morgen für ein Briefing rüber. Meine Verbindungsperson im Innenministerium wird dabei sein, Lola Rubio heißt sie.«

»Ach, eine Sie?«

»Anscheinend eine große Nummer in der Regierung. Jung, klug und ehrgeizig, wie man hört.«

Isabel schwieg.

»Schau, keine hohen Tiere, jedweden Geschlechts, können mich von diesem Fall ablenken. Wo auch immer ich bin, ich werde rund um die Uhr dran sein und dich und mein Team in Palma unterstützen.«

»Wie sieht dein Arbeitspensum denn allgemein so aus?«

»Wenn du schon fragst – unmöglich. Wir sind unterbesetzt und überarbeitet.«

Isabel nickte. »Dann werde ich dich nach Möglichkeit in Ruhe lassen.«

Tolo warf einen Blick auf die Ausgabe von *El Periódico* auf dem Tisch. »Der Typ geht mir auf den Geist.«

»Wer?«

»Josep Casanovas. Ein wandelndes Pulverfass.«

Isabel schmunzelte. Sie spürte eine Prise Rivalität. »Er ist ein guter Redakteur. Ich hatte noch nie ein Problem mit ihm.«

»Mag sein, dass er gut ist. Solange du da warst, schnüffelte er immer hier im Kommissariat herum. Jetzt sehen wir ihn kaum noch.«

»Er hat mir bei der Arbeit eine Menge Gefallen getan. Ich sollte mit ihm reden.«

»Wenn du meinst.«

»Was ist mit der Expat-Zeitung hier?«

»*Mallorca Daily Bulletin*? Der Chefredakteur ist ein guter Kerl, aber die britische Presse sitzt ihm im Nacken. Er will Antworten, wie wir alle.«

Isabel trommelte ungeduldig auf den Tisch. »Also, was haben wir bis jetzt?«

»Zwei Menschen behaupten, sie hätten gestern Nachmittag gegen zwei Uhr ein Mädchen gesehen, nach der Beschreibung könnte es Miranda sein. Sie hat den Strand mit einem Mann verlassen.«

»Freiwillig?«

»Sie meinen, schon. Dann berichtete ein französischer Tourist heute Morgen, er habe etwa zur gleichen Zeit zwei Männer gesehen, die ein kleines blondes Mädchen in ein Auto setzten. Am Strand gibt es aber jeden Tag eine Menge kleine blonde Mädchen. Die Guardia hat hier alles in Bewegung gesetzt, sie gehen von Tür zu Tür, befragen Leute auf der Straße, aber bisher hat das nichts gebracht.«

»Und wer kümmert sich um was? Ich will nicht, dass Capitán Gómez mir in die Quere kommt.«

»Keine Sorge. Wir leiten die Ermittlung.«

Er schaute auf die Uhr. »Auf dem Kommissariat bekommst du deine Dienstmarke und kannst tun, was du für richtig hältst. Sollte jemand, auch die Medien, deine Rolle infrage stellen, sag einfach, du wurdest meiner Abteilung zugeordnet. Und Gómez überlass einfach mir.«

»Mit Vergnügen.«

Er klopfte auf seine Aktentasche. »Hier habe ich die Hintergrundinformationen für dich.«

»Du kommst nicht mit zu Mirandas Eltern?«

Tolo schüttelte den Kopf. »Ich habe noch eine Pressekonferenz in Palma. Und der Polizeichef braucht außerdem ein Briefing, bevor morgen die Delegation aus Madrid eintrifft.«

Isabel sah ihn nachdenklich an. »Wenn sich immer noch kein Kidnapper gemeldet hat, geht es bei Mirandas Entführung offensichtlich nicht um Geld.«

»Offensichtlich.«

»Erzähl mir doch mal etwas über die Eltern.«

Ein Kellner stellte die Kaffees auf den Tisch. Tolo hielt inne, bis er außer Hörweite war.

»Die Situation ist ein bisschen kompliziert. Mirandas Mutter, Jane Walters, hat einen mallorquinischen Partner, Marc Got. Von Frank Walters, dem Vater des Mädchens, ist sie geschieden. Er ist Künstler und momentan in der Schweiz unterwegs. Wir haben es gerade erst geschafft, ihn zu kontaktieren; er fliegt heute Abend hierher.«

Isabel pustete auf ihren Kaffee. »Du sagtest, Miranda hat mit ihrer Mutter zu Mittag gegessen, bevor sie verschwunden ist. Nur zu zweit?«

Er nickte.

»Und wie genau ging es weiter, nachdem die Mutter Alarm schlug?«

»Der Strand wurde sofort abgesucht. Jede Menge Menschen, keine Miranda.«

»Sie muss also schnell gelaufen sein, ob nun allein oder nicht.«

Sie wartete, während der Kellner Tortillas, frisches Brot, Oliven und Tomatenscheiben vor ihnen abstellte.

»Das ist selbst für deine Verhältnisse ein Festmahl«, bemerkte Tolo.

»Wir brauchen Kraft für den Tag. Du weißt, ohne Essen funktioniere ich nicht.«

Sie träufelte etwas Olivenöl auf ein Stück Brot und nahm einen Bissen. »Was ist mit dem Freund der Mutter?«

Er lächelte schwach. »Ach ja, das wird dir gefallen. Ihm gehört der Nachtclub Romeo's in Magaluf.«

»Wo wir vor drei Jahren die Drogenrazzia hatten?«

»Ganz genau. Er hat erst vor einem Jahr übernommen, aber der Ruf des Clubs hat sich nicht geändert, und er selbst hat zwei Verurteilungen in Sachen Rauschgift.«

»Meinst du, er hat etwas mit Mirandas Verschwinden zu tun?«

Tolo legte Messer und Gabel weg. »Weiß ich noch nicht. Für die Zeit zwischen eins und drei hat er jedenfalls kein Alibi.«

»Und wie gut geht es dem Club?«

»Wir sind dran. Mein neuer Stellvertreter hat einige Nachforschungen angestellt. Gaspar Fernández, weißt du noch?«

»Natürlich. Hat er immer noch diese verrückte Haarpracht?«

»Nein, alles abrasiert. Er wollte wie ein bedrohlicher Schlägertyp aussehen. Hat sogar funktioniert.«

»Wie schade um seine Locken!«

»Wie auch immer, Gaspar ist das Geschäftsjahr durchgegangen, und es sieht nicht gut aus. Leute aus anderen Clubs sagen, Got steckt in Schwierigkeiten und schuldet Geld.«

Isabel nahm einen Schluck Kaffee. Der stechende Geruch von Ozon und ein ferner Möwenschrei lenkten sie ab. Sie legte den Kopf in den Nacken, am Horizont erschien ein Vogelschwarm und fiel dann kreischend vom Himmel. Jetzt konnte sie einzelne graue Flügel und gelbe Schnäbel erkennen, die nach Insekten schnappten. Fischerboote und Jachten schmiegten sich in Grüppchen aneinander. Ein einsamer alter Mann in Badehose, dessen Haut fast durchsichtig schien, stand am Wasser und berührte mit dem rechten Fuß die Ausläufer der Wellen. Er wirkte klein und verletzlich, als er einen zögerlichen Schritt ins schimmernde Wasser machte. Sie schaute wieder hoch. Ein Hubschrauber flog über der Bucht.

»Wie lange ist Marc Got schon mit Mirandas Mutter zusammen?«

»Seit letztem Sommer. Sie kam in den Ferien gleich nach der Scheidung hierher und traf ihn im Romeo's.«

»Wie romantisch. Und was ist mit Frank Walters?«

»Er hat eine Verlobte in der Schweiz. Sie und Miranda sollen sich prächtig verstehen.«

»Also lauter glückliche Familien?«

Tolo wischte sich den Mund ab. »Offenbar. Ich hoffe nur, dass da kein Pädophilenring im Spiel ist.«

Isabel schnappte sich das letzte Stück Tomate. »Aber Pädophilenringe handeln ja nicht spontan. Du weißt doch, wie sie sich langsam das Vertrauen der künftigen Opfer erschleichen. Sie würden es kaum riskieren, am helllichten Tag ein zufällig ausgewähltes Kind von einem öffentlichen Strand zu entführen.«

»Stimmt schon, aber ein potenzieller Triebtäter könnte vorher Kontakt geknüpft haben. Sie war mit ihrer Mutter ja wahrscheinlich öfter dort?«

»Das ist mir auch in den Sinn gekommen, die ganze Aktion scheint mir aber für einen Pädophilenring zu riskant.«

Isabel erhob sich und wartete, während Tolo einen Blick auf die Rechnung warf und ein paar Scheine auf dem Tisch hinterließ.

Er folgte ihr zur Tür. »Hoffen wir, dass du recht hast.«

Sie runzelte die Stirn. »In diesem Puzzle gibt es Teile, die nicht ganz zusammenpassen.«

»Und zwar?«

Sie seufzte. »Wenn ich das wüsste, Tolo, hätte ich den Fall schon gelöst.«

Sechs

Mrs Walters saß zusammengesunken auf dem Sofa in ihrer Ferienwohnung, ein zerknülltes Taschentuch vor den roten Augen.

»Sie ist meine ganze Welt. Ich kann einfach nicht fassen, dass das wirklich passiert ist.«

Mit flehendem Blick auf Isabel schluchzte sie auf und bedeckte das Gesicht mit den Händen. »Und es ist alles meine Schuld! Ich hätte sie nie allein am Strand lassen dürfen. Aber es ist alles in einem Sekundenbruchteil passiert.«

Marc Got saß neben ihr, sein tätowierter Arm um ihre Schultern.

»Jemand muss doch etwas gesehen haben!«, brüllte er. »Wurden schon alle am Strand befragt?«

Isabel schwieg und ließ ihn die Wut abreagieren.

»Hören Sie mal, wir haben es beide satt, befragt zu werden. Die Guardia, die Polizei, was auch immer. Alle nutzlos! Warum sollten Sie anders sein?«

»Ich hatte als Kommissarin der Nationalpolizei mit ähnlichen Fällen in Madrid und Barcelona zu tun. Deshalb wurde ich zurate gezogen.«

»Und warum suchen Sie Miranda dann nicht, anstatt hier zu sitzen, verdammt noch mal? Wenn sie von irgendeinem

Perversling entführt wurde, kann er doch nicht weit sein, oder?«

»Leider ist es eine große Insel, Señor Got. Aber wir lassen nichts unversucht, glauben Sie mir.« Isabels Blick fiel auf den großen Diamanten am linken Ohr des Mannes und auf die schweren, ebenfalls diamantbesetzten Goldringe an beiden Ringfingern. »Für einen Mallorquiner sprechen Sie sehr gut Englisch.«

Er starrte sie unverfroren an. »Meine Mutter war Britin. Ihr Englisch ist auch nicht schlecht für eine Mallorquinerin.«

»Für einen mallorquinischen Mischling.« Isabel lächelte. »Erzählen Sie mir von Ihrer Mutter.«

Er zuckte die Achseln. »Da gibt es nicht viel zu erzählen. Sie kam in den Sechzigern hierher und lernte meinen Vater kennen, als er noch kellnerte. Bei seinem Tod war er Besitzer einer ganzen Kette von Bars.«

»Beeindruckend.«

»Diese Wohnung gehörte meiner Mutter, aber sie war selten hier. Vor ein paar Jahren ist sie gestorben. Ich habe die Wohnung geerbt und sie diesen Sommer Jane und Miranda überlassen.«

»Warum zogen Sie nicht in Ihren Club in Magaluf?«

»Ehrlich gesagt ist meine Wohnung über dem Romeo's eher schäbig.«

»Sie leben also selbst dort?«

»Unter der Woche ja, und jeden Freitagabend fahre ich hierher. Mein Manager übernimmt die Wochenenden.«

»Und wie verstehen Sie sich mit Miranda?«

Er starrte sie an. »Was soll das denn heißen?«

»Manchmal fällt es Kindern schwer, sich an die neuen Partner ihrer Eltern zu gewöhnen.«

»Miranda nicht. Wir verstehen uns super, sie hatte sehr viel Spaß hier.«

»Haben Sie selbst Kinder?«

»Nein. Warum, ist das ein Problem?«

»Nicht für mich.«

Mrs Walters sah auf. »Sie vergöttert Marc, und er verwöhnt sie.«

Er strich ihr liebevoll über den Arm. Isabel fiel ein Tattoo auf seinem linken Handgelenk auf, eine grüne Eidechse. Auf der Haut war noch Wundschorf. Das Maul der Echse war offen; Isabel hätte eine herausgestreckte Zunge erwartet, sah aber keine.

»Das sieht ziemlich frisch aus.«

»Ja, es ist noch nicht fertig. Ich lasse es nach und nach in den Mittagspausen machen.«

»Von Marley in Magaluf?«

Er beäugte sie mit Interesse. »Sie kennen ihn?«

»Klar. Der beste Tätowierer auf der Insel. Waren Sie gestern dort?«

Kurz schwieg er. »Ja. Er hat mein Bein fertig gemacht.«

Isabel musterte das rohe rote Herz an seinem rechten Schienbein. In der Mitte prangten in Blau die Initialen J und M.

»Warum haben Sie der Polizei denn nicht erzählt, dass Sie im Tattoostudio gewesen sind?«

»Schien nicht wichtig.«

»Selbst wenn es Ihr Alibi ist?«

»Ich hatte nicht gedacht, dass ich eins brauche.«

Isabel blies die Wangen auf und notierte sich, dass sie ihrem alten Kumpel Marley später einen Besuch abstatten wollte. »Erzählen Sie bitte, was genau Sie gestern zwischen eins und drei gemacht haben.«

»Ich habe es schon der Guardia gesagt. Gegen eins hab ich das Büro verlassen, ging am Strand von Magaluf spazieren und habe ein Nickerchen auf einer Liege gehalten. Und bevor Sie fragen: Nein, ich habe unterwegs keine Bekannten getroffen.«

»Wann sind Sie bei Marley angekommen?«

»Etwa eine Stunde später. Dort habe ich dann um die dreißig Minuten verbracht.«

Isabel machte sich ein paar Notizen in ihrem kleinen roten Heft und legte es zurück in die Tasche. »Sie und Mrs Walters haben ein gemeinsames Haus in England?«

»Jep, in Essex. Außerhalb der Saison leiten Mitarbeiter den Club in Magaluf, ich schaue nur alle vierzehn Tage vorbei, um die Dinge im Auge zu behalten. Im Sommer ist natürlich der Teufel los, da bin ich fast immer auf der Insel.«

Isabel wandte sich an Mrs Walters. »Ist Miranda schon mal von zu Hause weggelaufen?«

»Niemals.«

»Mag sie ihre Schule?«

Mrs Walters unterdrückte ein Schluchzen. »Sehr. Sie hat jede Menge Freunde.«

»Wie kommt sie mit ihrem Vater zurecht?«

»Mit Frank? Sie betet ihn an. Die Scheidung war nicht schön, aber jetzt ist alles viel besser. Er und seine Freundin nehmen Miranda in den Ferien oft mit auf Reisen – Skifahren, exotische Länder. Er pendelt zwischen England und der Schweiz.«

»Ist er als Künstler erfolgreich?«

Sie zuckte die Schultern. »Er arbeitet regelmäßig als Grafikdesigner für ein paar große Firmenkunden, aber das Geld braucht er gar nicht. Seine Eltern haben ihm vor ein paar Jahren eine beträchtliche Erbschaft hinterlassen.«

»Und was machen Sie selbst beruflich?«

»Ich bin Grundschullehrerin.«

»Ihr Ex-Mann kommt heute hier an, richtig?«

Sie wischte sich eine Träne weg. »Ja, aus der Schweiz. Es hat gestern eine Weile gedauert, ihn ausfindig zu machen, weil er in den Bergen gemalt hat. Ich weiß nicht, was ich ihm sagen soll. Sie stehen sich sehr nahe. Erst gestern früh hat er mit Miranda telefoniert, ihr zum Geburtstag gratuliert, und jetzt –«

»Sie hatte gestern Geburtstag?«

»Sie ist gerade acht Jahre alt geworden. Deswegen waren wir ja im Café del Mar essen, es ist ihr Lieblingsrestaurant. Sie hatte sich so darauf gefreut, und der Koch hat ihr einen besonderen Kuchen gebacken.« Sie begann wieder zu weinen. »Frank wird sagen, ich bin eine schlechte Mutter, ich habe sie allein draußen sitzenlassen.«

Isabel beugte sich vor. »Hören Sie, Señora, niemand würde Ihnen das vorwerfen. Das hätte jeder Mutter passieren können. Man kann sich doch nicht an seinem Kind festkleben.«

»Sie hat recht, Schatz«, pflichtete Mr Got bei.

Isabel stand auf. »Mrs Walters, würden Sie mir bitte Mirandas Zimmer zeigen?«

Sie schniefte. »Ja, natürlich.«

Im Flur fiel Isabel eine Blume auf, die mit rosa Filzstift auf die erste Tür gezeichnet war. »Dieses hier, oder?«

Mrs Walters nickte.

Isabel betrachtete die blassrosa Wände und die altmodischen geblümten Vorhänge ums offene Fenster. In der Ferne war das dumpfe Brummen des Verkehrs zu hören, überlagert vom Kläffen eines Hundes und dem Weinen eines Kindes; zu sehen war unter dem Fenster aber nichts. Es war Siestazeit, alle anderen Fensterläden waren in schläfriger Ergebenheit geschlossen – und würden geschlossen bleiben, bis die drückende Sommerhitze am späten Nachmittag allmählich nachließ.

Inzwischen war Isabel wieder hungrig. Den Großteil des Vormittags hatte sie im Hafen von Pollença mit der Befragung von Laden- und Barbesitzern sowie Touristengruppen verbracht. Niemand wollte etwas Verdächtiges gesehen haben. Akribisch war sie wieder und wieder die spärlichen Details durchgegangen, bis sich in ihrem Kopf ein schemenhaftes Muster zu bilden begann. Sie hatte das unerklärliche Gefühl, dass die Antwort direkt vor ihrer Nase lag, aber wie lautete sie? Als Nächstes würde sie im Café del Mar vorbeischauen. Dort hatte sie um zwei einen Termin mit dem Besitzer, aber zuerst wollte sie die junge Aina aus der Bäckerei in Morells anrufen, um sie über ihr dubioses nächtliches Abenteuer mit den beiden Fischern am Montagabend auszufragen. Es ging ihr nicht mehr aus dem Kopf, und als Freundin der Familie hielt sie es für ihre Pflicht, diskret nachzuforschen.

Das leere Kinderbett stand genau unter dem Fenster. Isabel setzte sich auf den Rand der Matratze und sah sich um. Ein dicker Winnie Puuh lag lächelnd auf einem Haufen rosa Kissen, als hätte er gerade gut zu Mittag gegessen. Isabel hob das Kopfkissen an und entdeckte darunter ein ordentlich zusammengelegtes Baumwollnachthemd, weiß mit pinkfarbenen Rosen. Sie hob es hoch und atmete den Geruch von Weichspüler ein und – vielleicht war es nur ihre Einbildung – von Schokolade. Zwei abgegriffene Bücher, Enid Blyton und Roald Dahl, lagen auf dem Nachttisch, daneben eine Barbiepuppe und jede Menge verzierte Haarspangen. Isabel drehte die Puppe auf den Rücken. Ihre leeren Augen, teilweise von einem Pony verdeckt, waren mit blauer Tinte übermalt; ihr straff geflochtener, leuchtend blonder Zopf hing ihr stramm den Rücken hinunter. Die Puppe trug ein aufreizendes rosa Oberteil und einen winzigen schwarzen Lederrock, der kaum bis zu ihren unnatürlich dünnen Beinen reichte.

Mrs Walters ging zu ihr herüber. »Das ist Susan, ihre Lieblingsbarbie. Schon einige Jahre alt, wie man sieht.«

»Ist das ihr Lieblingsspielzeug?«

Es war seltsam, die Frau kichern zu hören. »O Gott, nein! Niemand kann Pinky das Wasser reichen, die beiden sind unzertrennlich. Pinky ist ihr blaues Kaninchen, schon ganz fadenscheinig. Es schläft jede Nacht in ihrem Bett.«

»Warum heißt es Pinky, wenn es blau ist?«

»Sie mag Pink – die Farbe und das Wort.«

»Kann ich es sehen?«

Mrs Walters wühlte im Bett. »Es muss hier irgendwo sein. Es ist ziemlich klein.«

Isabel griff nach einem der Bücher und blätterte es durch, während die Frau weitersuchte.

»Roald Dahl. Ein meisterhafter Schriftsteller.«

Mrs Walters brachte ein schwaches Lächeln zustande. »Ihr Vater hat es ihr geschenkt. Er hat ihr früher jeden Abend vorgelesen. Sie liebt dieses Buch.«

»Eine schöne Sammlung. Alle meine Lieblingsgeschichten.«

Isabel las die Widmung auf der Titelseite: »Für meine liebste Miranda, Daddy.«

Die Frau ließ sich schwer auf das Bett nieder. Offenbar hatte sie die Suche aufgegeben.

»Ich kann Pinky nirgendwo finden.«

»Vielleicht hat Miranda ihn mit an den Strand genommen?«, schlug Isabel vorsichtig vor.

»Bestimmt nicht. Pinky verlässt ihr Bett nie. Er wird hier irgendwo sein.«

Sie verstummte und starrte mit leeren Augen auf den Nebel über den Bergen im Fenster.

»Es ist schön hier. So normal. Als wäre nichts passiert. Als wäre alles nur ein schrecklicher Albtraum.«

Isabel drückte ihr die Hand. Dann sagte sie: »Miranda scheint ein kluges Mädchen zu sein. Können Sie sich vorstellen, dass sie mit einem fremden Menschen mitgeht?«

»Aber nein! Sie ist selbstbewusst und freundlich, aber mit einem Unbekannten würde sie nicht mitgehen.«

»Kennen Sie hier denn viele Menschen?«

Sie schüttelte langsam den Kopf. »Nein, eigentlich nur Marc und ein paar seiner Freunde in Magaluf. Dazu einige Laden- und Cafébesitzer, aber das war's auch schon.«

»Ist Miranda jemals allein irgendwohin gegangen, vielleicht zum Strand oder zum Einkaufen?«

»Niemals.«

»Hat sie Freunde hier?«

»Keine engen, zumindest hat sie mir von niemandem erzählt. Sie spielte oft mit Kindern, die sie am Strand traf, meist waren sie hier nur kurz im Urlaub.«

»Hat Marc sie jemals allein nach Magaluf gebracht?«

»Nein, ich war immer dabei.«

»Wie sind die Nachbarn hier so?«

»Im Erdgeschoss wohnen zwei alte Spanierinnen. Auf dieser Etage sind nur wir und ein älteres englisches Ehepaar, aber die beiden sind gerade nicht da. Die Wohnungen über uns werden im Moment vom Vermieter renoviert, da wohnt also niemand.«

»Kann Miranda ein Geheimnis bewahren?«

Mrs Walters blickte sie überrascht an. »Na ja, sie und Marc haben vor ein paar Monaten eine Überraschungsparty an meinem Geburtstag für mich organisiert, und sie hat es geschafft, das geheim zu halten.«

»Können Sie sich noch erinnern, was sie gestern am Strand anhatte?«

»Ein weißes T-Shirt, rosa Shorts und Flipflops.«

»Schmuck?«

»Nur ihre rote Micky-Maus-Uhr.«

»Hatte sie eine Tasche?«

Jane Walters berührte nachdenklich ihr Kinn. »Manchmal nimmt sie ihren rosa Barbie-Rucksack mit, wenn wir einen Ausflug machen. Ich kann ihn hier nicht sehen, also hatte sie ihn wohl dabei.«

»Sonst noch etwas?«

»Nicht, dass ich wüsste. Sie wollte ihren Roald Dahl mitnehmen; ich sagte ihr, sie kann stattdessen lieber ein paar Comics am Strand lesen, damit das alte Buch nicht schmutzig wird. Ein Telefon hat sie nicht. Wenn ich ihr doch nur eins gekauft hätte!«

»Was mag sie sonst noch, außer Lesen?«

»Singen, Malen … und Schokolade, natürlich.«

Isabel lächelte und stand auf. »Ich bin auch ein Süßmäulchen.«

Janes Augen füllten sich wieder mit Tränen, als sie sich mühsam erhob. Mit zitternder Stimme fragte sie Isabel: »Haben Sie Kinder?«

»Ich habe zwei kleine Neffen und eine Patentochter.«

Die Frau zögerte an der Zimmertür. »Glauben Sie, ich werde Miranda wiedersehen?«

»Ich glaube an Happy Ends, so wie Mr Dahl hier.«

»Sie denken also, Sie werden meine Tochter finden?«

Isabel nahm statt einer Antwort Dahls Buch. »Kann ich mir das ausleihen?«

»Sicher.«

Bevor sie wieder das Wohnzimmer betraten, berührte Isabel ihren Arm. »Wir werden alles Menschenmögliche tun, um Miranda zu finden. Ich lasse Sie nicht im Stich.«

»So was sagt die Polizei nie.«

Isabel nickte. »Deshalb bin ich auch keine Polizistin mehr.«

Sieben

Der Hauch einer Brise wirbelte ein paar Palmblätter von der überfüllten Hafenpromenade in Pollença auf. Als Isabel Pequeñito parkte, dachte sie an Aina Ripoll, die sich immer noch nicht bei ihr gemeldet hatte.

Sie würde es später noch einmal versuchen.

Sie schlenderte über den Bürgersteig, die grimmigen Tramuntana-Berge in der Ferne, den breiten Strand zu ihrer Linken. Auf der Promenade wimmelte es von Cafés und Bars. Die Urlauber tranken kühles Bier und lachten unter der brennenden Sonne. Isabel fragte sich, wie viele von Mirandas Verschwinden wussten. Hatte es einen Schatten auf ihren Urlaub geworfen, oder sahen sie gelassen ein, dass auch im Paradies schlimme Dinge passierten?

Sie hielt am Feuchtgebiet La Gola. Salzwasser floss hier vom Meer herunter unter der Promenade hindurch und vereinigte sich mit zwei Süßwasserbächen zu einem sumpfigen See, umrahmt von einem undurchdringlichen Schilfgürtel. Gerade wurde das Gebiet aufgehübscht, gewundene Wege und ein Besucherzentrum waren im Entstehen begriffen. Isabel starrte gedankenverloren auf das trübe Wasser hinaus, bis eine Möwe sie anschrie.

Als der Verkehr abflaute, überquerte sie die Straße, um am Strand entlangzulaufen. Sie zog die Sandalen aus, steckte sie in die Strohtasche und nahm die Umgebung in Augenschein – dürre Strandsträucher, öffentliche Toiletten in Holzhütten. Sie ließ eine Handvoll Sand durch die Finger laufen. Er fühlte sich an wie feiner Couscous. Viele Touristen ließen sich weder von der lokalen Polizei noch von der internationalen Presse stören und lagen seelenruhig auf ihren Liegestühlen. Andere liefen aufgeregt herum und schienen den Nervenkitzel zu genießen, den ein großes Verbrechen mit sich bringt.

Bald kam das Café del Mar in Sicht, ein bescheidenes, weiß getünchtes Gebäude, daneben ein paar staubige Olivenbäume und eine durstig aussehende Tamariske. Isabel betrachtete die schmuddeligen roten Dachziegel und die gewölbte Tür. Rechts drängten sich Metalltische und -stühle auf einer Holzterrasse unter einem Schilfdach; einige standen auch direkt auf dem Strand. Isabel trat auf die Terrasse und schaute sich die Speisekarte an: Sie versprach Paella, frischen Tintenfisch und gegrillte Sardinen. Es waren keine Fotografen da, was Isabel nicht überraschte. Sie waren sicher schon am Vortag wie eine Mückenplage über das Lokal hergefallen und hatten sich satt gesaugt. Drinnen fand sie eine Bar vor und eine Handvoll unbesetzter Tische. Ein Gast stand am Tresen und nippte an einem Bier, das Telefon am Ohr. Er warf ihr einen flüchtigen Blick zu und setzte sein Gespräch im mallorquinischen Dialekt fort, während Isabel den Raum musterte. Die Uhr über der Theke zeigte zwei, und Isabel klopfte sich gedanklich auf die Schulter. Perfektes Timing. Und das, obwohl sie selbst nie eine Uhr trug. Über ihr schnurrte ein Ventilator, ein rostrotes Huhn stolzierte zielstrebig durch das Lokal. Isabel senkte ihre

Sonnenbrille und runzelte die Stirn. Hier hatte Miranda also an ihrem Geburtstag gegessen. Sie wehrte sich dagegen, »die letzte Mahlzeit« zu denken. Eine Tür hinter der Bar öffnete sich krachend, und ein Walross von einem Mann kam schnaufend zum Vorschein.

»Sie sind Isabel Flores Montserrat, von der Polizei?«

Sie trat vor und schüttelte seine große Hand über den Tresen hinweg. »Sie müssen José Delgado sein.«

Er nickte wehmütig. »Eine schlimme Sache. So tragisch und natürlich eine Katastrophe für den Tourismus hier.«

Er zupfte trist an seinem voluminösen Schnurrbart und scheuchte das Huhn weg. »Hoffentlich stört Catalina Sie nicht. Kann ich Ihnen etwas bringen?«

»Einen Cortado, danke.«

Er führte sie zu einem der freien Tische und schlurfte zurück hinter die Bar.

»Miranda ist ein so liebes Mädchen«, brüllte er über das Zischen der Kaffeemaschine hinweg. »Sie und ihre Mutter kommen oft vorbei. Ich kann einfach nicht fassen, dass so etwas passieren kann. Doch nicht hier.«

Schwer seufzend stellte er zwei kleine Tassen auf den Tisch und quetschte sich auf einen Stuhl ihr gegenüber.

»Wenigstens sind die Reporter weg. *Gilipollas!* Ein Fotograf hat sogar ein Mädchen überredet, auf demselben Stuhl zu posieren, auf dem Miranda gesessen hatte – sie hatte nämlich ein weißes Oberteil und rosa Shorts an, genau wie Miranda. Das ist doch unglaublich, oder?«

Ein missbilligendes Glucksen kam von unter dem Tisch. Catalina flatterte mit den Flügeln und schaffte es, auf einen leeren Stuhl zu hüpfen.

Das Walross grinste. »Will immer dabei sein, der dumme alte Vogel. Halten Sie Hühner?«

Isabel nickte. »Ja, aber ich muss vorsichtig sein, weil ich auch ein Frettchen habe, das gern mal auf die Jagd geht.«

»Ich habe ein Dutzend in meinem Obstgarten, aber Catalina ist eher ein Haustier, sie kommt sogar mit mir zur Arbeit. Herzlichen Dank an die Mauren, dass sie Hühner nach Mallorca gebracht haben.«

Isabel lächelte. »Ich glaube, wir haben eher den Phöniziern zu danken. Sie haben die Hühner wahrscheinlich aus Persien mitgebracht. Vielleicht waren es aber auch die Römer.«

»Dann sind die Hühner ja italienisch.« Das Walross sah enttäuscht aus. »So was!«

Catalina flatterte zurück auf den Boden.

»Also, wie kann ich Ihnen helfen?«

»Sie haben gesagt, Miranda und ihre Mutter waren öfter hier. Wie würden Sie Miranda beschreiben?«

»Ein selbstbewusstes Kind. Sie redete mit jedem.«

Isabel runzelte die Stirn. Der Besitzer des British Food Store, bei dem sie vorhin vorbeigeschaut hatte, hatte etwas Ähnliches gesagt.

»War sie gestern irgendwie anders als sonst?«

»Inwiefern?«

»Nachdenklich oder ängstlich vielleicht?«

»Überhaupt nicht. Nur aufgeregt, schließlich war es ihr Geburtstag, und wir haben viel Aufhebens um sie gemacht. Ich habe auch eine Torte organisiert.«

»Was für eine?«

»Schokolade. Ihre Wahl. Wer mag schon keine Schokoladentorte?« Er hielt kurz inne und blinzelte die Tränen weg. »Verzeihung.«

Isabel nickte verständnisvoll. »Wir haben jede Absicht, Miranda lebend zu finden, Señor Delgado.«

»Natürlich.« Er schniefte laut und schlug die Arme gegen die Stuhllehnen. Isabel versuchte, das Bild von Walrossflossen zu verdrängen, das vor ihrem inneren Auge aufblitzte.

»Wo genau saßen sie denn?«

»Draußen an einem unserer Strandtische. Miranda hatte einen Eimer und eine Schaufel dabei.«

»Hatte sie früher schon mal Sandspielzeug mitgebracht?«

»Nicht, dass ich wüsste.«

»Können Sie sich erinnern, ob sie noch etwas anderes bei sich hatte?«

Er seufzte niedergeschlagen und rieb sich mit seinen dicken, braun gebrannten Fingern die Augen. »Einen nassen Badeanzug, den hatte sie über die Rückenlehne ihres Stuhls gehängt. Ich bin nicht sicher, aber ich glaube, sie hatte auch einen kleinen Rucksack dabei. Maria, meine Kellnerin, könnte sich vielleicht erinnern.«

»Können Sie mir den Tisch zeigen?«

Er nickte, schob den Stuhl zurück und tapste hinaus in die Sonne. Auf dem Tisch entdeckte er ein Ameisenbataillon, die ewige Plage der Augusthitze. Geschickt fegte er die Insekten mit seiner Pranke vom Tisch.

»Ich hasse Ameisen«, sagte er zu Isabel.

Sie tippte sich ans Kinn. »Hier haben sie also zu Mittag gegessen?«

»Genau. Sie kamen gegen halb eins und blieben bis zwei.

Ich brachte ihnen die Getränke, und Maria servierte das Tagesgericht: Lammkoteletts, Salat und Pommes. Dann habe ich den Kuchen rausgetragen, alle haben ›Happy Birthday‹ gesungen, und Miranda hat die Kerzen ausgeblasen.«

Isabel drehte ihren Kopf zu den Tischen in der Nähe. »Waren zu der Zeit noch andere Gäste da?«

»Nur ein deutsches Paar, sie haben mitgesungen. Kurz danach sind sie gegangen. Meinen Sie, das ist wichtig?«

»Nein. Und dann?«

»Kurz vor zwei kam Mrs Walters herein, um ihre Rechnung zu bezahlen. Gerade sagte ich noch *adiós,* und im nächsten Moment hörte ich sie nach Miranda schreien. Es ging alles so schnell.«

»Wann haben Sie Miranda das letzte Mal auf ihrem Stuhl sitzen sehen?«

Er runzelte die Stirn. »Sie aß ein Stück Geburtstagskuchen, dann stand sie auf und ging mit Eimer und Schaufel im Sand spielen.«

»Hat Miranda an diesem Tag alles aufgegessen?«

Das Walross zog nachdenklich an seinem Schnurrbart. »Warten Sie kurz, das muss ich Maria fragen.«

Er stapfte hinein. Isabel stellte ihre Tasche auf einem Stuhl ab und lief über den heißen Sand zum Meer. Sie wischte sich den Schweiß weg und rannte weiter, obwohl ihre nackten Füße brannten. Am Wasser angekommen, krümmte sie die Zehen in den nassen Sand und genoss die Kühle des Meeres und den zischenden Schaum einer Welle um ihre Knöchel. Für einen Moment schloss sie die Augen. Dann drehte sie sich um und eilte zurück zum Restaurant, wo der Besitzer und eine junge Kellnerin auf sie warteten.

»Einen Moment lang dachte ich, Sie wären auch verschwunden«, sagte er matt. »Ein Glück, dass Ihre Tasche nicht gestohlen wurde.«

»Manchmal muss man ein bisschen Vertrauen haben«, konterte Isabel.

»Das ist Maria. Sie hat gestern Mrs Walters und Miranda bedient.«

Die Frau wirkte nervös, entspannte sich aber ein bisschen, als Isabel ihren Arm berührte und lächelte. »Nur ein paar Fragen. Haben Sie bemerkt, ob Miranda guten Appetit hatte?«

»Sie hat wenig gegessen, ich glaube, vor Aufregung, es war ja ihr Geburtstag. Ein paarmal ist sie aufgestanden, um ihren Eimer am Meer zu füllen, dann ist sie zum Tisch zurückgerannt.«

»Wie oft?«

»Lassen Sie mich nachdenken. Ich glaube, zweimal. Und dann, während ihre Mutter die Rechnung bezahlte, zum dritten Mal.« Sie hielt inne. »Aber dieses Mal kam sie nicht zurück.« Sie senkte den Kopf. »Und dann hörte ich die Mutter schreien. Ich war gerade auf der hinteren Terrasse und rannte hierher.«

»Und dann?«

Ihr Chef antwortete. »Wir eilten alle auf den Strand hinaus und suchten nach Miranda. Ihren Eimer und die Schaufel haben wir gefunden, mehr nicht.«

»Wo waren sie?«

»Ganz in der Nähe.« Er bedeutete ihr und Maria, ihm zu folgen. Auf halber Strecke zwischen dem Restaurant und dem Meer blieb er stehen. »Hier, bei der alten Tamariske.«

»Sie hat die Sachen also nicht bis zum Ufer gebracht?«

»Vielleicht schon, und dann auf dem Rückweg hier gelassen?«, schlug Maria vor.

»Aber sie kam ja nicht zurück, oder?«, erwiderte Isabel schroffer, als sie es beabsichtigt hatte.

»Nein«, stimmte die Kellnerin traurig zu.

»Hatte sie im Restaurant noch etwas anderes dabei?«

Maria nickte. »Sie trug einen rosa Barbie-Rucksack und hatte ihren nassen Badeanzug über einen Stuhl gehängt.«

»Hatte sie den Rucksack schon mal dabei?«

»Ich kann mich nicht so richtig erinnern, aber ich glaube nicht.«

»Und ihr Badeanzug. Hing er noch da, nachdem sie verschwunden war?«

Das Walross zuckte die Achseln. »Hast du ihn gesehen, Maria?«

Die Kellnerin schüttelte den Kopf. »Es war nichts mehr an ihrem Tisch.«

»Also hatte sie die Sachen wohl mitgenommen.«

»Ist das wichtig?«, fragte das Walross.

»Ich bin mir nicht sicher. Aber wenn sie nur ihren Eimer mit Wasser füllen wollte, warum sollte sie dann ihren Rucksack mitnehmen?«

»Vielleicht hatte sie Angst, dass ihn jemand klaut«, sagte Maria.

»Meine Tasche hat niemand geklaut«, antwortete Isabel, »und Kinder machen sich über so was ja meist weniger Sorgen als Erwachsene.«

Schwitzend gingen sie über den heißen Sand zurück zum Restaurant.

Der Besitzer wandte sich an Isabel. »Ich nehme an, Sie möchten sich in der Küche und in den Toiletten umsehen, wie die Guardia-Leute?«

»Ich bin keine Gesundheitsinspektorin.«

»Aber die Guardia wollte über alle möglichen Ausgänge Bescheid wissen.«

»Das hat keinen Zweck. Unser Vogel ist schon weggeflogen.«

Am Eingang des Restaurants schlüpfte sie wieder in ihre Sandalen und schüttelte dem Besitzer die Hand. Immer noch staunte sie über seine Masse und seinen dicken, glänzenden Schnauzbart. Sie konnte sich die Frage nicht verkneifen, ob er Fisch mochte.

»In der Tat. Am liebsten mag ich aber Krabben, Shrimps und Muscheln.«

Ein menschliches Walross, wie sie vermutet hatte. Sie nickte zufrieden und zog sich die Sonnenbrille über die Augen. »Das habe ich mir schon gedacht.«

Er begleitete sie bis zur Promenade und sah ihr in einiger Verwunderung nach.

Acht

Es war später Nachmittag, als Isabel die Südwestküste erreichte. Ausnahmsweise versprach der Besuch in Magaluf keine Unannehmlichkeiten. In ihrer Zeit als Kommissarin war sie nur hier gewesen, wenn es Ärger gab. Einmal hatte sie Magaluf bei einer Pressekonferenz als einen Jekyll-und-Hyde-Ferienort bezeichnet, was die britischen Medien großartig fanden. Und es stimmte auch: Tagsüber war der Ort mit seinen Wasser- und Themenparks, Minigolfplätzen, kitschigen Souvenirläden, Fast-Food-Ketten und Kneipen harmlos, aber nachts verwandelte er sich in eine hässliche und bedrohliche Landschaft, in der es von spärlich bekleideten, betrunkenen und mit Drogen zugedröhnten Jugendlichen, Prostituierten, Zuhältern, Taschendieben und Dealern nur so wimmelte. Die Musik pulsierte in den Straßen, Clubschilder lockten wie anzügliche Sirenen, Promo-Girls torkelten mit riesigen Absätzen und monströsen falschen Wimpern durch die Straßen und versprachen verbotenes Vergnügen. Sie erinnerte sich an ihren ersten »Flieger« – so nannten ihre Kolleginnen und Kollegen die jungen Urlauber, die im Rausch von Hotelbalkonen sprangen. Bei ihr war es ein Neunzehnjähriger aus Bedford, dessen Gesicht sich tief in ihr Gedächtnis eingebrannt hatte.

Und dann waren da noch die Drogendealer, die sich in Gettos wie dem berüchtigten Son Barassa nahe Palma herumtrieben und deren tödliche Tabletten für fünf Euro pro High zu haben waren. Isabel hatte schon genug Drogenrazzien erlebt und mehr als genug tote Teenager gesehen. Es war schön, an diesem schwülen Nachmittag nur einem der eher sympathischen Teilzeitkriminellen von Magaluf einen Besuch abzustatten. Die Sonne blendete, also bog sie in eine schattige Seitenstraße ein und fuhr Richtung Meer, wobei sie das lebhafte Zentrum von Magaluf geschickt umrundete. Die Promenade und der Strand waren sicher bereits voller junger Familien und aufgekratzter Teens mit mittelschwerem Sonnenbrand.

Isabel folgte der Straße, das Meer und den Strand nun zu ihrer Linken, bis sie ein rotes Schild erreichte, auf dem »Marley's Tattoo Parlour« stand. Ein blauer Pfeil zeigte, dass sich der Laden ganz in der Nähe befand. Hinter ihr war die Straße leer, weshalb Isabel schnell auf den Bordstein hochfuhr, die Warnblinkanlage anschaltete und zu Fuß weiterging. In einiger Entfernung entdeckte sie eine Verkehrspolizistin, Antonia war auch von hinten unschwer an ihrem langsamen Gang und den kurzen schwarzen Haaren zu erkennen. Isabel pflegte weiterhin Kontakte mit der örtlichen Verkehrspolizei – man wusste ja nie. Sie steckte den rechten Daumen und Zeigefinger in den Mund und ließ einen schrillen Pfiff ertönen. Antonia drehte sich um, musterte sie eine Sekunde lang und winkte dann fröhlich. Pequeñito war in sicheren Händen.

Isabel schlenderte durch das gepflasterte Viertel, an einem irischen Pub vorbei, dann an einem Touristenladen.

Die Flamenco-Kinderkostüme auf dem Gestell vor dem Eingang waren, wie das Etikett verriet, aus Polyester und aus China. Sie zog eine Augenbraue hoch. An der nächsten Ecke war schon Marleys Laden. Die Tür stand weit offen, und der Empfangsraum war leer. Grinsend schlich Isabel sich ins Hinterzimmer, rief »Keine Bewegung!« und stürzte sich von hinten auf Marley. Er wippte auf seinem Stuhl zurück und kreischte auf.

»Mensch, Bel, du hast mich zu Tode erschreckt! Was zum Henker machst du denn hier?«

»Ich habe dich vermisst, seit ich nicht mehr bei der Polizei bin.«

»Schon klar.« Er grinste.

Sie legte eine Hand auf seinen kahlen Kopf. »Warst du gerade in einer Gefriertruhe?«

»Habe nebenan ein paar Fotokopien gemacht. Die Glückspilze haben eine Klimaanlage!«

Isabel ließ sich auf das braune Ledersofa gegenüber dem Schreibtisch fallen und nahm die Füße hoch. »Wie läuft's denn so, du alter Gauner?«

Er legte den Kopf schief und verschränkte die Arme. Was er wohl zu verbergen hatte?

»Die beste Saison für mich. Besoffene junge Briten lassen sich jeden Abend Schlangen und Totenköpfe auf den Arsch tätowieren, was will man mehr. Die habe ich aber auch bitter nötig, den Rest des Jahres ist tote Hose. Nicht genug Flüge, und Magaluf verändert sich.«

»Inwiefern?«

»Die ganzen Politiker wollen hier alles aufhübschen. Für Leute wie mich gibt es bald keinen Platz mehr.«

»Tut mir leid, das zu hören, Marley. Hat dir in letzter Zeit eine Razzia zu schaffen gemacht?«

»Du weißt, das mit den Drogen ist vorbei«, gab er eingeschnappt zurück. »Was willst du eigentlich? Du bist doch nicht vorbeigekommen, um dich nach meinem Wohlergehen zu erkundigen.«

Sie lächelte. »Kennst du Marc Got?«

»Marc Got kennt hier jeder. Vor allem, seit die Tochter seiner Freundin verschwunden ist.« Er kniff die Augen zusammen. »Warum interessiert dich das? Du arbeitest doch nicht etwa an dem Fall? Ich dachte, du wärst fertig mit der Polizei.«

»Hast du ihn gestern gesehen?«

»Spiel keine Spielchen, Bel. Du kennst die Antwort, sonst wärst du nicht hier. Ist gegen zwei vorbeigekommen, wegen des Herztattoos am Bein. Er ist schwer verknallt in diese Jane.«

»Wer war sonst noch hier?«

»Nur ich. Ich kann mir keinen Assistenten mehr leisten.«

»Komm schon, Marley. Marc Got war hier, um Drogen zu bunkern.«

Er sah sie kalt an. »Ich habe dir gesagt, ich bin clean.«

»Ich weiß, dass er nicht nur für ein Tattoo vorbeigekommen ist.«

»Wieso?«

»Weil er zuerst behauptete, gar nicht hier gewesen zu sein, und das ist vor allem in Anbetracht der Tatsache, dass du sein Alibi bist, recht seltsam. Ergo hat er hier etwas gemacht, von dem er nicht wollte, dass die Polizei es erfährt.«

Er seufzte schwer und stand auf. »Willst du ein Bier?«

Sie beobachtete, wie die hagere Gestalt zum Kühlschrank in der Ecke des schwach beleuchteten Raums stakste. Seine Beine und Arme waren dünn, weiß und unbehaart, fast skelettartig. Interessanterweise trug er selbst keine sichtbaren Tätowierungen. Vielleicht lag das daran, dass er die meiste Zeit seines Lebens eine andere Art von Nadel begehrt hatte. Der Kühlschrank ging auf und wieder zu. Einen Moment später berührte eine eiskalte Dose ihre Schulter. Sie zog den Ring zurück und nahm einen Schluck. »Ah, das tut gut.«

Marley setzte sich, trank durstig und wischte sich mit dem Handrücken über den Mund. »Wenn ich dir das mit Marc erzähle, was wird dann aus mir?«

»Nichts, wenn du dich schön bedeckt hältst.«

Er lehnte sich in seinem Stuhl vor. »Okay. Marc kam vorbei, um das Herz auf dem Bein und die Eidechse auf dem linken Handgelenk abzuschließen.«

Isabel nickte ihm aufmunternd zu.

»Und dann fragte er mich, ob einer von Afrim Canas Jungs ihm hier was vorbeibringen könne. Der Albaner aus Son Barassa, kennst du doch, oder?«

»Du meinst den Kerl, der halb Magaluf mit Koks versorgt?«

»Keine Moralpredigten, bitte.«

»Und du hast Ja gesagt?«

»Kostet mich ja nix.«

»Und dann?«

»Der Typ kam vorbei, als ich gerade an Marcs Bein bin, und übergab ihm ein ziemlich großes Paket.«

»Koks.«

»Vielleicht. Marc reichte ihm jedenfalls einen Haufen Scheine. Ich wollte sie in Ruhe machen lassen, bin also in den Empfangsraum gegangen, habe aber gehört, dass sie Zoff haben.«

»Warum?«

»Woher soll ich das wissen? Vielleicht hat Marc nicht genug gezahlt.«

»Und weiter?«

»Der Albaner knurrte etwas davon, dass Cana sich mächtig ärgern würde, und ging. Marc sagte nichts. Dann saßen wir noch ein bisschen zusammen, tranken ein Bier und rauchten eine.«

»Wie verstehen sich Cana und Got so?«

Er zuckte die Schultern. »Ziemlich gut, soweit ich weiß.«

»Hat Cana jemals Jane und Miranda getroffen?«

»Ja, diesen Sommer im Romeo's.«

»Wie lange war Got hier?«

»Kurz vor drei Uhr hat er mich bezahlt und ist abgehauen.«

Sie stand auf. »Danke. Du hast mir sehr geholfen.«

»Du glaubst doch nicht, dass Marc etwas mit dem vermissten Kind zu tun hat, oder?«

»Ich hoffe nicht.«

Marley begleitete sie zur Tür.

»Im Herzen ist er ein Familienmensch, der alte Marc. Dreht hin und wieder ein krummes Ding, das schon, aber so etwas? Dazu scheint er mir nicht fähig.«

»Das ist eben das Problem«, antwortete Isabel, als sie auf die Straße trat. »Kaum jemand scheint dazu fähig.«

*

Zu Hause angekommen, rief sie Tolo an und berichtete über ihren Tag. Jane Walters hatte erwähnt, dass das obere Stockwerk ihres Wohnblocks gerade renoviert wurde; Isabel fragte, ob man diesen Bereich gründlich durchsucht hatte. Tolo versicherte ihr, das habe man. Später las sie zum Klang von Chopins *Nocturnes* Tolos Fallnotizen zu Miranda durch und erstellte in ihrem Arbeitszimmer eine Wandtafel für ihre zukünftigen Gedanken und Erkenntnisse. Zufrieden mit ihrer Arbeit, ging sie ins Bett und schlief wie ein Baby. Das konnte sie immer. Sogar, als sie in Madrid Entführungs- und Mordermittlungen leitete oder aufsehenerregende Drogenrazzien in Barcelona durchführte, schlief sie ein, sobald ihr Kopf das Kissen berührte. Deshalb hatte sie die Energie, jeden Morgen um sechs mit Furó zum Schwimmen zu fahren.

Doch diese Nacht hatte Isabel wenig Ruhe. Sie fuhr hoch, als etwas klingelte – bestimmt ihr Wecker, aber wieso denn? Der Himmel war noch ganz dunkel. Sie streckte den Arm aus und drückte auf den Knopf, aber es trillerte weiter. Sie schaltete die Nachttischlampe ein und begriff erst ein paar Sekunden später, dass der Lärm von ihrem Telefon kam. Mürrisch nahm sie es in die Hand und registrierte die Zeit.

»*Dígame?*«

»Bel, Llorenç hier.«

Warum um alles in der Welt rief der Bürgermeister sie um diese Zeit an?

»Hast du eine Ahnung, wie spät es ist?«

»Drei Uhr nachts.«

»Das ist nicht lustig.«

»Hör zu, es wurde jemand ermordet.«

Sie rieb sich die Augen. »Wo?«

»Hier in Sant Martí.«

Plötzlich war sie hellwach. »Was?«

Llorenç seufzte. »Der alte Angel Tulio Mas wurde tot aufgefunden. Sein Nachbar hat Pau auf dem Revier angerufen, um den Tod zu melden, er wurde offenbar bei einem Einbruch getötet. Ich möchte deine Sicht der Dinge hören, bevor die Bonzen da sind. Kennst du Ca'n Mas, oben am Camino Pomar?«

»Natürlich.«

»Ich bin gerade mit ein paar Polizisten hier angekommen; Capitán Gómez und dein alter Freund Tolo Cabot sollten in einer Stunde hier sein.«

»Warum denn beide und nicht Gómez allein? Da wäre doch eigentlich die Guardia zuständig?«

»Bei so einem brutalen Mord dachte ich, zwei Köpfe sind besser als einer, und ich bin kein Fan von Gómez. Wir sind mehr als einmal aneinandergeraten, wie du weißt. Tolo Cabot ist ein Mann, den ich respektiere.«

Sie schwang die Beine über die Bettkante und stand auf. »Okay, ich bin auf dem Weg. Der alte Mas, wer hätte das gedacht? Wie ist er denn gestorben?«

»Das siehst du früh genug. Weißt du was, nimm am besten Gummistiefel mit. Das ist ein Blutbad hier.«

Neun

Als Isabel in den Camino Pomar einbog, war es, als wäre sie in einem zweitklassigen Krimi gelandet. Jede Menge Polizeiautos waren entlang des Weges geparkt, ihre Scheinwerfer leuchteten um die Wette. Überall wimmelte es von grünen Uniformen der Guardia, überall hörte man dringliche Rufe. Ein weißes Band mit der Aufschrift »GUARDIA CIVIL NO PASAR« wurde gerade ausgerollt. Als Isabel sich in ihrem kleinen Fiat näherte, sah sie zwei Guardia-Männer, die mit ihren Sturmgewehren ziemlich kriegerisch wirkten.

Sie steckte den Kopf aus dem Autofenster.

»Wisst ihr, wo ich Llorenç Bestard finden kann?«

Einer von ihnen hieb Pequeñito auf die Motorhaube. »Na, wenn das nicht unsere Bel ist. Meinst du, das hier ist gut zu vermieten?«

»Für Murder-Mystery-Wochenenden bestimmt«, witzelte sie. »Also, Sebastià, was ist los?«

Er hockte sich neben das Auto. »Jemand hat den alten Mas ziemlich übel zugerichtet.«

Der zweite Mann kam herüber. »Der arme Tatortreiniger tut mir jetzt schon leid.«

Den Galgenhumor ihrer ehemaligen Kollegen war Isabel gewohnt. Ein Bewältigungsmechanismus, den auch sie selbst nur zu gut kannte. Llorenç kam zu ihnen herüber, seine Espadrilles knirschten auf dem Kies, und er sah mehr als ein wenig zerzaust aus. »Keine Zeit für Geplauder, Bel«, sagte er statt einer Begrüßung.

Sie manövrierte Pequeñito auf einen Grasstreifen hinter dem Eingangstor und stieg aus. »Ich parke besser hier. Capitán Gómez flippt sonst aus, wenn ich ein Reifenprofil verwische.«

»Eine schreckliche Sache«, murmelte Llorenç. »In all meinen Jahren als Bürgermeister habe ich keine solche Tragödie erlebt.«

Als sie zügig den Kiesweg neben der Einfahrt hinaufgingen, überholten sie mehrere blau uniformierte Polizisten.

»Unser Freund Capitán Gómez ist also auf dem Weg?«, fragte sie.

»Den musste ich natürlich informieren. Außerdem kann er sich von einem guten Mord auf dem Lande nicht fernhalten.«

»Er wird nicht glücklich sein, mich hier zu sehen.«

»Natürlich nicht. Aber was weiß ich schon von Polizeiprotokollen? Ich bin nur ein Landei, ein einfacher Bürgermeister, in dessen Dorf zufällig eine versierte ehemalige Polizistin lebt. Ich werde ihm sagen, du bist zufällig vorbeigekommen und hast deine Hilfe angeboten.«

»Aha. Um drei Uhr nachts. Na, dann will ich mir mal den Tatort ansehen, bevor er mit der Spurensicherung auftaucht.«

»Pass auf, dass du nichts anfasst, aber das muss ich dir ja nicht sagen.«

Isabel zog eine versiegelte Plastiktüte aus ihrer Strohtasche. Darin waren ein Schutzanzug, OP-Handschuhe und Überzieher für ihre Schuhe. »Ich bin vorbereitet.«

Als sie sich der Veranda näherten, blieb ihr Blick auf dem weitläufigen Bauernhaus haften. Auch in dem spärlichen Licht aus der offenen Tür konnte sie die grauen Steinblöcke erkennen, aus denen das Haus errichtet worden war, die hohen Platanen drum herum und ein paar alte Olivenbäume. Auf einer Seite waren ein paar heruntergekommene Nebengebäude auf der großen Rasenfläche verteilt. Isabel schaute hoch: Viele Terrakottaziegel um die Schornsteine waren kaputt, aber das war bei einem Landhaus keine Überraschung. Erst wenn ein Dach zu einem Sieb wurde, begann ein sparsamer Mallorquiner, mit den örtlichen Handwerkern zu feilschen. Hinter dem Garten schien ein großes Stück Land zu sein, doch es war in der Dunkelheit nicht genau auszumachen. Rechts von der Veranda befand sich eine Doppelgarage, und die Fläche auf der anderen Seite wurde offensichtlich für Besucherautos genutzt. Isabel hockte sich nieder und untersuchte den dunklen Boden mit einer Taschenlampe.

»Was siehst du?«, fragte Llorenç.

Isabel stand auf: »Tiefe Reifenspuren. Ich tippe auf einen 4×4, einen Mitsubishi vielleicht. Was fuhr Mas für ein Auto?«

»Einen alten weißen Pick-up, glaube ich. Lass uns nachsehen.«

Llorenç öffnete die Garage und schaltete das Licht ein. Da standen ein schmuddeliger weißer Toyota und daneben ein schnittiger schwarzer Mercedes.

»Stille Wasser sind tief«, schnaufte Llorenç. »Wer hätte gedacht, dass der alte Gauner so eine Schönheit besitzt?«

Isabel untersuchte die Reifenprofile der beiden Fahrzeuge. »Die Spuren draußen stammen von einem anderen Auto. Mal sehen, was die Spurensicherung herausfindet.«

Sie gingen zurück zur Veranda, wo Isabel die Plastiküberzieher über ihre Schuhe zog, bevor sie Llorenç in den geräumigen Flur folgte, der von bewaffneten Guardia-Männern nur so wimmelte; manche sprachen angespannt in ihre Telefone. Der Eingang zum Tatort – dem Arbeitszimmer – war mit Polizeiband abgesperrt. Isabel schlüpfte in ihren Overall, zog die Handschuhe an, duckte sich unters Band und drehte sich zu Llorenç um. »Wo ist die Haushälterin, wie hieß sie noch mal?«

»Camila Cortez. Ein Krankenwagen hat sie gerade ins Son Espases in Palma gebracht. Kurz vor sechs Uhr abends hatte es an der Tür geklingelt, sie machte auf und sah vier vermummte Männer. Einer zwang sie mit vorgehaltener Waffe in die Küche und fesselte sie. Sie ist schon älter, es muss eine schreckliche Tortur gewesen sein.«

»Wie hat sie es denn geschafft, sich zu befreien?«

»Zum Glück hat ein Nachbar sie gefunden, Tomas Llull. Er war gegen zwei Uhr morgens zum Haus gekommen, um sich zu beschweren. Der Fernseher in Mas' Haus dröhnte so laut, dass es selbst nebenan zu hören war. Als niemand die Haustür aufmachte, kletterte er über die Mauer und fand die Hintertür weit geöffnet vor. Mas lag tot im Arbeitszimmer, und die Haushälterin war unten in der Küche. Sie lag auf dem Boden, teilweise noch an einen Stuhl gefesselt. Der war offenbar umgefallen, als sie sich zu befreien versuchte. Llull war derjenige, der das Revier angerufen hat.«

»Wo ist er jetzt?«

»Er wird draußen von einem der Guardia-Kommissare befragt.«

»Wie hat Señora Cortez die Nachricht verkraftet, dass der Alte tot ist?«

»Nicht gerade gut. Du kannst dir ja vorstellen, in welchem Zustand sie ist: erschöpft, verletzt, unter Schock.«

Isabels Gesicht verfinsterte sich. Für einen Moment dachte sie an ihre eigene Mutter, die allein in einem großen Haus lebte, dessen Türen und Fenster ständig offen standen.

»Ich glaube, ich habe sie mal in der Kirche gesehen. Sie ist Kolumbianerin, oder?«

»Genau. Der Alte war ja halb Kolumbianer; er hat sie vor ein paar Jahren hierhergebracht. Sie ist ständig in der Kirche.«

Isabel ging zur Tür des Arbeitszimmers, und ihre Augen weiteten sich: An der gegenüberliegenden Wand sah sie das spanische Wort für Dieb, LADRÓN, in großen bräunlichroten Buchstaben.

»Das ist doch nicht etwa Blut?«, fragte sie leise.

Llorenç wandte den Blick ab. »Ich fürchte schon, aber wir müssen warten, bis es die Spurensicherung bestätigt. Mas liegt neben dem Schreibtisch auf dem Boden.«

Isabel nahm den Raum in sich auf. Deckenhoch gemauerte und weiß verputzte Bücherregale im alten mallorquinischen Stil waren dicht mit Büchern vollgestellt und säumten zwei Seiten des gemütlichen Arbeitszimmers. In einer tiefen Nische in einer der anderen Wände befanden sich weitere Bücherregale aus Mahagoni, eine elegante Hausbar und ein Kühlschrank. Neben dem schweren Eichentisch sah Isabel schließlich die Leiche. Ein brauner Ledersessel und ein zierlicher Mahagonitisch waren umgestoßen worden. Auf dem gefliesten Boden lagen ein schweres Glas und ein edler gold-schwarzer Füllfederhalter. Weiße Papierbögen waren kunstvoll auf dem Boden aufgefächert. Noch einmal kam Isabel der Gedanke, das alles wäre nur ein aufwendiges Bühnenbild für ein Detektivstück. Nur würde die blutige Leiche nicht aufstehen und sich triumphierend verbeugen, wenn der letzte Vorhang fiel.

Das Blut war über die weiße Sockelleiste gespritzt und klebte als dunkle Tränen auf dem Glas einer Verandatür, gut zu sehen gegen den sich langsam aufhellenden Himmel. Isabel hielt sich die Hand gegen den Mund und schluckte schwer. Der metallische Gestank von geronnenem menschlichem Blut war ihr nur allzu vertraut. Fast ohne zu atmen, hockte sie sich neben die zusammengesackte Gestalt, die bäuchlings auf den Fliesen lag. Eine blutverschmierte Hand war ausgestreckt, als würde sie in letzter Minute um Gnade bitten. Aus mehreren Einstichwunden war Blut in das graue Hemd gesickert und hatte sich unter dem Bauch von Angel Mas ausgebreitet. Da war jemand wie rasend über sein Opfer hergefallen. Sie sah einen Teil des wächsernen Gesichts. Den Ausdruck der glasigen Augen konnte sie nicht deuten, aber der Mund stand offen, als hätte der alte Mann einen letzten Schrei ausgestoßen, bevor der Tod ihn für immer zum Schweigen brachte. Isabel musste sich beinahe übergeben, zwang sich aber, jedes Detail aufmerksam zu betrachten.

Dann erhob sie sich zittrig, schloss für eine Sekunde die Augen und widmete sich dann den Dingen im Raum. Sie hob das Glas vom Boden auf und drehte es in den behandschuhten Händen. Dabei stellte sie fest, dass am Boden eine bernsteinfarbene Flüssigkeit eingetrocknet war, dem Geruch nach zu urteilen, helles Bier. Sie ging auf einen niedrigen, rechteckigen Glastisch zu, der mit Fotos und Nippes vollgestellt war. Sie betrachtete die Bilder, ohne die Rahmen zu berühren. Eins erregte ihre Aufmerksamkeit. Verstohlen vergewisserte sie sich, dass sie niemand vom Flur aus beobachtete, und steckte das Bild schnell in ihre Tasche. Oben auf dem Barschrank entdeckte sie ein weiteres Glas, ebenfalls mit Bierresten, allerdings von einer anderen Sorte, die Rückstände waren dunkler und rochen intensiver. Sie ging zum Kühlschrank und untersuchte die Flaschen und Dosen darin. Dann studierte sie sorgfältig den Boden, die Bücherregale, den Papierkorb mit zwei leeren Bierflaschen – Club Colombia und San Miguel – und schließlich die Verandatüren. Sie standen weit offen, und eine duftende Brise wehte aus dem dunklen, samtigen Garten herein. Llorenç erschien in der Tür und betrachtete die Szene düster.

»Und, was denkst du, Bel?«

»Sieht so aus, als hätte Mas letzte Nacht mit jemandem ein Bier getrunken.«

»Ich habe die Haushälterin danach gefragt. Anscheinend hatten sie den ganzen Tag keine Gäste. Er muss wohl mit seinem Mörder getrunken haben.«

»Aber es sind nur zwei Flaschen. Wurden nicht vier vermummte Männer gesehen?«

»Vielleicht hatte nur einer davon Durst.«

Isabel tippte sich mit einem Finger auf die Lippen. »Wenn das so war, muss Mas den Täter gekannt haben.«

»Wenn du meinst.«

»Ich frage mich, was für ein Verrückter einem hilflosen alten Mann so etwas antut.«

Llorenç rieb sich die Stirn. »Wir hatten hier oben seit Jahren keinen Mord. Das letzte Mal passierte ein Totschlag, als zwei Veteranen des Spanischen Bürgerkriegs sich betrunken in die Haare gekriegt haben. So etwas passiert hier nicht. Es ergibt einfach keinen Sinn.«

»Mord ergibt selten Sinn.«

Sie duckte sich wieder unters Band und atmete in dem muffigen Flur erleichtert auf. »Was hat der arme Mas getan, um eine solche Strafe zu verdienen?«

»Wie meinst du das?«

»Es steht doch ›Dieb‹ an der Wand.«

»Glaubst du, es war Rache? Dass der Alte dem Mörder etwas gestohlen hatte?«

Isabel seufzte. »Vielleicht. Andererseits könnte es auch nur ein Ablenkungsmanöver sein. Aber selbst dann würde es etwas aussagen.«

»Und zwar?«

»Na ja, zum einen ist es in kastilischem Spanisch geschrieben, nicht auf Mallorquinisch, was auf jemanden hindeuten könnte, der nicht von hier kommt.«

»Oder auf einen Einheimischen, der seine Herkunft verschleiert?«

»Das ist auch möglich. In jedem Fall soll es uns ablenken und uns Angst machen. Der Mörder ist intelligent, und seine Handlungen sind gut geplant.«

»Wie kannst du dir da sicher sein?«

»Er hatte ein Drehbuch für seine Tat. Der Mord war blutig, doch das Wort wurde mit ruhiger Hand geschrieben, fast in Schönschrift. Kaum eine Affekthandlung.«

»Was denkst du?«

»Das deutet auf einen vorsätzlichen Mord hin, nicht auf einen zufälligen Einbruch.«

Llorenç stöhnte auf. »Ich bete nur, dass es niemand von hier war.«

»Darauf würde ich mich nicht verlassen. Die Wunden scheinen tief, das sieht nach Hass aus, nach leidenschaftlicher Grausamkeit. Weißt du, ob Angel Mas Feinde hatte?«

Der Bürgermeister schüttelte den Kopf. »Kann ich mir nicht vorstellen. Er war ein alter Mann, fromm und führte ein ruhiges Leben.«

»Von einer Mordwaffe keine Spur?«

»Noch nicht.«

»Ich würde mich gern im Haus umsehen.«

Er nickte. »Tu das, aber mach es kurz.«

»Kannst du mir sagen, wo die Küche ist?«

Llorenç winkte einen der Polizisten herbei, der Isabel begleitete. Sie gingen eine schmale Treppe hinunter in die große Kellerküche. Nichts wirkte auffällig. Isabel inspizierte, was auf den Marmorarbeitsflächen herumlag, dann den Inhalt des Kühlschranks und des Mülleimers. Im hinteren Teil des Raumes führten Flügeltüren auf eine mit Terrakottatöpfen voller Blumen und Kräuter gesäumte Terrasse. Isabel folgte dem Polizisten durch das Haus, schaute schnell in jedes Zimmer und kehrte zu Llorenç in den Flur zurück.

»Sieht nicht nach einem Raubüberfall aus, oder?«

Sie warf einen letzten Blick auf den leblosen Körper des alten Mannes im Arbeitszimmer. »Der Rest des Hauses scheint unberührt.«

Auf einmal wurde ihr das alles zu viel. Sie lief hinaus und zog, so schnell sie konnte, den Overall, die Handschuhe und die Überzieher aus. Dann musste sie sich übergeben und gleich noch einmal. Dankbar atmete sie die kühle Morgenluft ein: Es roch nach Thymian und Rosmarin. Sie wünschte, sie wäre nicht gekommen. Sie blickte sehnsüchtig zu Pequeñito, der gelassen unter einem Johannisbrotbaum auf sie wartete. Sie wollte nach Hause, weg von dem Geruch von Tod und Schmerz. Plötzlich hörte sie jemanden rufen und drehte sich um. Capitán Gómez von der Guardia grinste sie an. Seine grüne Uniform war makellos, und seine Augen, ebenfalls grün, leuchteten trotz der nachtschlafenden Stunde.

»Vertragen Sie einen Mord nicht mehr so gut, was, Isabel? Ich bin mir nicht sicher, was Sie hier überhaupt zu suchen haben.«

Sie verschränkte die Arme und schenkte ihm ein unschuldiges Lächeln. »Ich bin nur zufällig vorbeigekommen.«

Er lachte rau.

»Also gut, eigentlich muss ich dringend Tolo Cabot sprechen, und mir wurde gesagt, er wäre hier.«

»Das bezweifle ich, denn hier ist die Guardia Civil zuständig. Und so ein dringendes Bedürfnis mitten in der Nacht, das wird die Gerüchteküche zum Brodeln bringen.«

»Eine meiner Ferienvillen hat einen verstopften Abfluss, und da ist er wirklich der Experte –«

»Lassen Sie es gut sein, Isabel. Ich weiß, dass Sie Tolos Ermittlungsteam als Beraterin zugeteilt wurden. Das ist an sich schon gegen jede Regel, aber ich kann mir in aller Welt nicht vorstellen, wie Ihnen das Zugang zu diesem Fall verschaffen sollte. Das hier hat nichts mit der Entführung in Pollença zu tun.«

Er salutierte und schlenderte in Richtung Haus, während Llorenç es gerade verließ. Llorenç stupste sie an und deutete auf einen grimmigen dicklichen Mann, der im Morgenmantel und in Hausschuhen ein Stück weiter an ihnen vorbeiging.

»Das ist Tomas Llull, der Nachbar, der Mas entdeckt hat. Er will wohl endlich nach Hause ins Bett.«

»Ob er da noch viel Schlaf bekommt?«

Eine blaue Limousine kam an der Einfahrt zum Stehen, und Tolo Cabot stieg aus. Er seufzte laut, als er Isabel sah. »Was tust du denn hier? Das Revier gehört der Guardia. Wenn Gómez dich sieht –«

»Hat er schon«, mischte Llorenç sich ein. »Als Bürgermeister von Sant Martí habe ich Bel in seiner Abwesenheit eben um Rat gefragt.«

Isabel starrte Tolo kühl an. »Ich bin mir übrigens nicht sicher, ob *du* hier sein solltest.«

»Touché.« Er wandte sich an Llorenç. »Danke, dass du mich angerufen hast. Wir müssen sichergehen, dass dieser Mord nichts mit Mirandas Verschwinden zu tun hat.«

»Wo siehst du denn einen Zusammenhang?«, fragte Isabel.

»Innerhalb von zwei Tagen verschwindet ein Kind, und dann wird ein alter Mann ermordet, beides auf derselben

Seite der Insel. Stimmt schon, eine Verbindung scheint weit hergeholt, aber da gehe ich lieber auf Nummer sicher.«

Isabel zuckte die Achseln, und diesmal lächelte sie verschmitzt. »Na dann. Viel Glück mit Gómez.«

Der Chef der Guardia würde sich kaum freuen, seinen Erzfeind zu sehen. Tolo zog eine Grimasse. »Ich komme bald zurück.« Dann folgte er Llorenç ins Haus.

Isabel schlenderte langsam die Auffahrt hinunter und beobachtete den Medienzirkus auf der schmalen Landstraße. Die Polizei pfiff die Fernseh- und Radioteams an, die versuchten, an der Einfahrt zum Grundstück zu parken. Wie hatte die Presse wohl so schnell Wind von dem Verbrechen bekommen? Jemand musste ihnen einen Tipp gegeben haben, entweder ein Polizist oder jemand in der Nachbarschaft. So war es immer. Eine listige Reporterin versuchte, sich zu Fuß Zugang zu verschaffen, ein Journalist wollte auf einem klapprigen gelben Mofa aufs Grundstück fahren. Der Auspuff dröhnte, als es sich widerwillig in die Kolonne der Fahrzeuge einreihte, die in einiger Entfernung vom Haus parkten. Isabel hob eine Augenbraue, als sie Josep Casanovas, den Chefredakteur von *El Periódico,* erkannte. Den sollte sie mal anrufen.

Der Lärm weckte die Anwohner, die sich ängstlich um die Einfahrt scharten und sich gegenseitig anstupsten, wenn eine neue Figur die Bühne betrat. Alle sogen die Luft ein, als sogar ein Richter eintraf, zusammen mit einem Polizisten in Zivil und einem enthusiastischen Spürhund. Jorge Baltazar war ein ehrgeiziger, aber vernünftiger Richter. Die Guardia würde die eigentlichen Ermittlungen durchführen, aber Baltazar würde die Haftbefehle unterschreiben und die

Entscheidungen treffen. Als Nächstes kam Nacho Blanco, der Gerichtsmediziner. Als er Isabel sah, eilte er mit offenen Armen auf sie zu.

»Das Gerücht stimmt also, du bist wieder bei der Polizei?«

Sie begleitete ihn zum Hauseingang. »Das geht ja rum wie ein Lauffeuer. Eigentlich helfe ich nur bei dem verschwundenen Kind.«

»Und was machst du dann hier?«

»Meine Nase in Dinge stecken, die mich nichts angehen, was sonst? Der Bürgermeister hat mir Bescheid gesagt.«

»Hast du die Leiche gesehen?«

Sie nickte.

»Und, was denkst du?«

»Ich rufe dich morgen an, dann können wir reden.«

»Stimmt, das wäre das Beste. Ich kann mir vorstellen, dass Capitán Gómez von deiner Anwesenheit hier nicht begeistert ist.«

»Gelinde gesagt.«

Nacho grinste und schlenderte mit mehreren Guardia-Forensikern auf das Haus zu. Isabel freute sich über dieses unverhoffte Wiedersehen. Mit seinem goldenen Ohrstecker und dem glänzenden dunklen Pferdeschwanz war er weit entfernt von den bierernsten Gerichtsmedizinern, mit denen sie sonst zusammengearbeitet hatte. Sie gähnte und rieb sich die Hände. Trotz des Hochsommers lag eine bissige Kühle in der Luft. Als sie überlegte, ob sie auf Tolo warten oder nach Hause fahren sollte, hörte sie Schritte auf dem Kies und drehte sich um. Vor ihr stand Capitán Gómez.

»Ich schlage vor, Sie verschwinden, Isabel. Das hier ist ein Tatort der Guardia. Ihrem Lover sage ich Bescheid, dass Sie gegangen sind.«

Bevor sie etwas erwidern konnte, erschien Tolo in der Tür, zog ein Lederetui aus der Hosentasche und zündete sich gemächlich eine Zigarillo an. Er grinste. »Wir gehen schon, Gómez. Grüß Maria von mir.«

Als sie ein Stück vom Haus entfernt waren, suchte Isabel seinen Blick.

»Ich dachte, Gómez' Frau heißt Paula?«

Tolo schnippte etwas Asche auf den Weg und verwischte sie mit dem Fuß. »Stimmt.«

»Wer ist dann Maria?«

»Seine Geliebte.«

Zehn

In ihrem sonnendurchfluteten Büro überraschte Isabel Pep dabei, wie er auf dem Boden kniete und Furó den Knopf kraulte. Ertappt rappelte er sich auf.

»Was hätte ich denn tun sollen, wenn er winselt?«

Sie grinste. »Er hat dich also gezwungen.«

Peps Gesicht wurde ernst. »Hast du die schrecklichen Nachrichten gehört?«

Isabel begann, durch einen Stapel Briefe zu stöbern. »Welche?«

»Angel Tulio Mas! Jesus vom Bon Día hat mir erzählt, er wurde letzte Nacht in seinem eigenen Haus erstochen. Ich kannte ihn nicht, aber ab und zu habe ich ihn im Dorf gesehen. Jesus sagt, es war ein Raubüberfall, und es gibt vier Verdächtige.«

»Ich würde sagen, es sind deutlich weniger.«

Er schnaubte enttäuscht. »Du weißt also schon Bescheid? Hat Rafael es dir erzählt?«

»Nein, ich hatte heute Morgen noch keine Zeit für einen Cortado und ein Croissant. Du musst mir also beides holen, nachdem du dieses Foto in der Drogerie abgegeben hast.«

Sie kramte den kleinen vergoldeten Rahmen aus ihrer Strohtasche, löste das Bild heraus und reichte es Pep.

»Sag Beatriz, sie soll das bitte so schnell wie möglich und so detailliert wie möglich vergrößern.«

»Wer sind diese Männer?«

»Ich glaube, einer ist Angel Tulio Mas, vor vielen Jahren. Die anderen kenne ich nicht.«

Er zögerte an der Tür. »Woher hast du das?«

Isabel lächelte keck. »Aus dem Arbeitszimmer von Mas. Und bevor du fragst, es war dein künftiger Schwiegervater, der mitten in der Nacht um meine Anwesenheit dort gebeten hat. Das Bild ist mir aufgefallen.«

»Du hast es also einfach geklaut?«

»Ich habe die feste Absicht, es zurückzugeben. Übrigens, kein Wort an meine Mutter über die ganze Geschichte.«

Pep verzog das Gesicht. »Hast du die Leiche gesehen?«

»Sei nicht so makaber. Jetzt geh schon.«

Mit einem frustrierten Kopfschütteln lief Pep die Treppe hinunter, während Furó seinem Frauchen pflichtbewusst ins Arbeitszimmer folgte. Pep hatte ihr einen ordentlichen Stapel Tageszeitungen auf den Schreibtisch gelegt. Sofort fiel ihr der Aufmacher in *El Periódico* ins Auge, geschrieben von ihrem alten Bekannten Josep Casanovas. Darin ging es um Francesc und Felip Torrens, die Fischerbrüder, die sie zwei Nächte zuvor in Port de Sóller gesehen hatte. Sie seien zusammengeschlagen worden, der eine in seinem Haus, der andere in einer einsamen Gegend der Tramuntana. Beide wurden gerade im Krankenhaus Son Espases behandelt. Sie rief Josep an, der sich offenbar freute, sie zu hören.

»Was für ein Zufall! Ich habe dich heute Morgen schon gesehen, am Tatort. Der arme alte Mas. Sah aus, als sei ein

Raubüberfall schiefgelaufen. Die Guardia gibt wie immer wenig preis. Was denkst du?«

»Ich bin mir noch nicht sicher.«

»Kanntest du ihn?«

»Ich habe ihn ab und zu in der Kirche gesehen.«

»Ja, ich habe gehört, dass er ziemlich religiös war. Zum Glück hat seine Haushälterin überlebt. Anscheinend wird sie morgen aus dem Krankenhaus entlassen.«

»Hör mal, Josep, was mich eigentlich interessiert, ist dein Artikel über die Torrens-Brüder.«

In vertraulichem Tonfall erzählte er ihr alles, was er über den Fall wusste.

»... kurzum, die Guardia denkt, es könnte eine Drogengeschichte sein. Es sieht ganz nach der Handschrift von Afrim Canas Bande aus. Aber wir müssen so oder so warten, bis sich die beiden erholt haben. Warum interessiert es dich denn?«

»Reine Neugier. Hast du Lust auf ein Bier?«

»Mit dir? Immer. Wie wäre es mit Montagabend?«

»Perfekt. Ich schaue in deinem Büro vorbei.«

Er zögerte kurz. »Eigentlich würde ich lieber nach Sóller kommen. Treffen wir uns im Café Paris?«

Isabel legte auf, nahm sich eine Handvoll Sonnenblumenkerne, durchquerte das Zimmer und setzte sich auf die Fensterbank. Die Hühner pickten in der trockenen Erde; der Hahn stolzierte mannhaft krähend herum. Sie knackte einen Kern und dachte über ihr Gespräch mit Josep nach. Felip Torrens wurde bewusstlos in einem Waldstück in der Nähe des Cúber-Stausees aufgefunden, sein jüngerer Bruder Francesc in einem Jutesack zu Hause in Morells. Warum an zwei verschiedenen Orten, und was war das Motiv? Es gab nur eine Möglichkeit, das herauszufinden. Sie wählte erneut Ainas Nummer, und diesmal nahm Aina ab.

»Hallo, Bel, ich wollte dich eigentlich zurückrufen, aber die letzten Tage waren etwas schwierig. Mein Freund Felip und sein Bruder –«

»Ich weiß, was passiert ist, Aina. Wir müssen reden.«

Sie schniefte. »Bel, ich habe nichts Falsches gemacht, glaub mir!«

»Das tue ich, aber wir müssen uns dringend treffen.«

»Heute Nachmittag helfe ich Mama in der Bäckerei.«

»Ich komm vorbei.«

Nach dem Telefonat notierte Isabel ein paar Gedanken in das kleine Notizbuch, das sie immer bei sich trug, und wandte sich an Furó: »Das Leben wird immer komplizierter, nicht wahr, alter Junge? So viele Fäden, und doch –«

Das schrille Klingeln des Telefons schreckte sie auf. Es war Nacho von der Forensik.

Er klang müde. »Ich habe gehört, du bist jetzt auch im Mas-Ermittlungsteam?«

»Wer hat dir denn diesen Eindruck vermittelt?«

»Tolo hat mir heute Morgen erzählt, du wurdest für die Fälle Angel Mas und Miranda Walters beigezogen.«

»Das wäre mir neu.«

Er machte ein unbestimmtes Geräusch. »Wie beurteilst du denn den Tatort?«

»Es gibt kaum Anzeichen für einen Kampf. Der Mörder hat halbherzig ein paar Möbel umgestoßen, aber ich vermute, der Alte wurde mit Drogen betäubt, sodass er sich kaum wehren konnte.«

»Ganz meine Meinung. Soweit ich es bis jetzt beurteilen kann, ist der Tod zwischen sechs und sieben Uhr abends eingetreten. Das Opfer erlitt bäuchlings liegend mehrere Stichwunden in den Rücken. Die Mordwaffe war ein scharfes Messer, Klingenlänge etwa fünfundzwanzig Zentimeter. Ein Stich traf schließlich das Herz. Es wäre nicht schlecht, die Mordwaffe zu finden.«

»Das scheint höchst unwahrscheinlich. Was ist mit dem Blut an der Wand, war es von Mas?«

»Richtig. Wurde wahrscheinlich mit einem behandschuhten Finger aufgetragen.«

»Saubere Arbeit.«

»O ja. Der Mörder hat sich wohl ordentlich Zeit dafür genommen. Verliert offenbar nicht so schnell die Fassung.«

»Was ist mit den Gläsern?«

»Beide enthielten Bier, wahrscheinlich aus den Flaschen, die im Papierkorb gefunden wurden. Wir warten noch auf die Analyse des Inhalts und der Fingerabdrücke.«

»Hat Mas also gemeinsam mit seinem Mörder getrunken, oder sind die Flaschen im Papierkorb ein Ablenkungsmanöver?«

»Das finden wir noch heraus. Hoffentlich spätestens am Montag.« Er zögerte und sprach dann weiter: »Das Opfer scheint kurz vor seinem Tod Bier getrunken zu haben. Es wurde auf sein Hemd verschüttet, der Geruch ist unverkennbar. Den Mageninhalt analysieren wir später.«

Sie verabschiedeten sich, und Nacho versprach, am nächsten Tag wieder anzurufen. Als Isabel gerade aufgelegt hatte, kam Pep mit einem Cortado und einem Croissant herein, was er beides feierlich vor Isabel hinstellte.

»Hast du in *El Periódico* schon gelesen, was den Torrens-Brüdern passiert ist?«

»Das habe ich, Pep.«

»Du hattest also recht. Sie haben Montagnacht etwas im Schilde geführt.«

»Ich habe mich gerade für heute Nachmittag mit Aina verabredet.«

»Und du denkst, sie kann dir helfen?«

»Ich glaube, sie haben etwas genommen, das ihnen nicht gehörte.«

»Und zwar?«

»Sie haben doch im Hafen zwei Trockensäcke ins Auto gepackt.«

Pep nickte eifrig.

Isabel nahm einen Bissen von ihrem Croissant. »Ich glaube, da waren Drogen drin. Schmuggelware aus den Meereshöhlen vor der Küste.« Sie nahm einen Schluck Kaffee und knabberte geistesabwesend an ihrem Croissant. »Während du weg warst, habe ich kurz mit Josep Casanovas vom *El Periódico* gesprochen. Er glaubt, dass der Drogendealer Afrim Cana an dem Überfall auf die Torrens-Brüder am Mittwochabend beteiligt war.«

»Warte, hast du mir nicht erzählt, Marc Got, der Freund von Mrs Walters, hatte am Dienstagnachmittag in Marleys Tattoo-Studio Streit mit einem von Canas Handlangern?«

»Ich bin beeindruckt, Pep. Ich mache noch einen Detektiv aus dir.«

»Du denkst also, das hängt zusammen?«

Isabel deutete auf die Kreise an ihrer Wandtafel.

Pep schob die Unterlippe vor. Ein Kreis hieß »Dienstag«,

der andere »Mittwoch«. In jedem hatte Isabel in ihrer besten Handschrift Stichpunkte mit Zeitangaben aufgelistet; die Kreise waren durch eine gepunktete Linie verbunden.

Isabel erklärte: »Am Dienstag, kurz vor vier Uhr morgens, sah ich Aina und die Torrens-Brüder im Hafen, und sie verhielten sich verdächtig. Später am selben Tag, um zwei Uhr nachmittags, verschwand Miranda in Pollença vom Strand. Gleichzeitig, also zwischen zwei und drei, besuchte Marc Got, der Freund ihrer Mutter, Marleys Tattoo-Studio – damit hat er ein sicheres Alibi, aber Marley hörte, wie er sich mit einem von Canas Drogenkurieren stritt.« Sie zeigte auf den anderen Kreis. »Dann, am Mittwoch, wurde Mas zwischen sechs und sieben Uhr abends ermordet, und später in der Nacht wurden die Torrens-Brüder zusammengeschlagen, laut Josep Casanovas möglicherweise von Afrim Canas Schlägern.«

»Aber nichts davon ergibt Sinn!«

»Noch nicht, Pep.«

Er zeigte auf die andere Seite der Tafel, wo Isabel sich Notizen gemacht hatte. »Und das hier?«

»Offene Fragen. Die Kellnerin im Café del Mar hat zum Beispiel gesagt, dass Miranda einen kleinen Eimer dabeihatte, den sie dreimal füllen ging. Beim dritten Mal hat sie ihn aber offenbar auf dem Weg zum Meer stehen lassen. Warum?«

»Vielleicht war es ihr zu heiß, und sie hatte keine Lust mehr?«

»Warum ist sie dann nicht zum Restaurant zurückgekehrt, wo ihre Mutter wartete? Und warum hat sie ihren Barbie-Rucksack mit ins Restaurant genommen?«

»Kleine Mädchen tragen gern Taschen.«

»Die Kellnerin hat aber gesagt, dass sie normalerweise ohne Rucksack kam. Und in Mirandas Schlafzimmer fehlte Pinky, ihr Lieblingskuscheltier. Wo ist das bitte?«

Pep kratzte sich am Kopf. »Weiß der Himmel, Bel. Vielleicht steckt es unter der Matratze oder in einer Schublade.«

»Oder vielleicht hatte sie einen Grund, es an diesem Tag mitzunehmen.«

»Was soll das heißen?«

»Dass sie womöglich ein Treffen mit ihren Entführern vereinbart und ihre Lieblingssachen mitgenommen hatte, weil sie wusste, dass sie nicht zurückkehren würde.«

»Das ist doch Unsinn!«

»Meinst du?«

»Warum sollte sie sich denn freiwillig entführen lassen?«

»Ich weiß es nicht, Pep, aber mir scheint, sie hat absichtlich gewartet, bis Mrs Walters bezahlen ging. Dann lief sie bis zu dem Baum und stellte dort ihren Eimer ab. Ich glaube, das war ein vereinbartes Zeichen. Deshalb hat sie auch ihren Rucksack und ihre Sachen mitgenommen.«

Pep schaute sie gebannt an. »Was für Sachen?«

»Sie hatte ihren nassen Badeanzug über einen Stuhl gehängt. Als die Kellnerin den Tisch abräumte, war er nicht mehr da.«

»Du glaubst also, Miranda hat von ihrer Entführung gewusst?«

»Es geht darum, die Punkte zu verbinden. Wir müssen dieses Rätsel so schnell wie möglich lösen.«

»Glaubst du, ein Pädophilenring hat sie in eine Falle gelockt?«

»Nein, aber in eine Falle gelockt wurde sie schon. Warum würde sie sonst freiwillig von ihrer Mutter weggehen?«

Ein paar Minuten lang saßen sie gedankenversunken da, bis Isabel das Schweigen brach. »Ich habe da ein paar Ideen über Aina und die Torrens-Brüder. Meinst du, dein Vater würde uns morgen Abend sein Boot leihen?«

Pep beäugte sie misstrauisch. »Wozu?«

»Ich will Ainas Bootsfahrt rekonstruieren. Und ich möchte, dass du auch mitkommst.«

»Das ist keine gute Idee. Du weißt, dass ich seekrank werde.«

Isabel lächelte. »Du schaffst das schon, Pep. Ich bin eine gute Kapitänin, und die Vorhersage für morgen ist hervorragend. Bestes Seewetter.«

»Aber sie könnten meilenweit hinausgefahren sein.«

»In dem alten Trawler? Das bezweifle ich. Nein, sie sind bestimmt nah der Küste geblieben.«

»Okay, ich rufe meinen Vater an. Aber was erhoffst du dir davon?«

»Das werde ich wissen, wenn ich es gefunden habe, Watson.«

*

Später nahm Pep einen Anruf entgegen und erschien aufgeregt mit dem Apparat in Isabels Arbeitszimmer. »Dein Kommissar ist dran.«

»Er ist nicht ›mein‹ Kommissar, Pep.« Sie nahm das Telefon. »Was gibt's Neues, Tolo?«

»Mir geht's gut, danke der Nachfrage.«

Sie lächelte in den Hörer. »Nacho Blanco sagt, dass ich jetzt an zwei Fällen arbeite. Soll ich vielleicht auch deinen Job übernehmen, wo ich schon dabei bin?«

»Tut mir leid, er hatte mich heute früh erwischt, als ich gerade von einer Krisensitzung der Regionalregierung kam. Der Präsident möchte, dass wir und die Guardia alle Differenzen beilegen und in den Fällen Miranda und Mas eng zusammenarbeiten. Mein Team wird die Leitung übernehmen; die Guardia soll die Ermittlungen unterstützen.«

»Da wird Capitán Gómez aber begeistert sein.«

»Kann sich kaum halten vor Freude. Zum Glück ist er gerade mit einem anderen Fall beschäftigt, irgendetwas mit zwei Fischern.«

»Ich kenne die beiden.«

»Warum überrascht mich das nicht? Wie auch immer, kannst du noch ein bisschen mehr Zeit für mich erübrigen? Im Fall Mas könnte es sich als unschätzbar erweisen, dass du die Gegend und die Leute kennst. Der Bürgermeister vertraut dir, die Kolleginnen und Kollegen vor Ort auch.«

»Deine Schmeicheleien bringen dich noch in Teufels Küche, Tolo.«

»Mein Chef meint, die Entführung von Miranda und der Mord an Mas könnten zusammenhängen.«

»Und du?«

»Bin alles andere als überzeugt, aber ich bleibe für jeden Ermittlungsweg offen.«

»Wie lief denn eigentlich dein Treffen mit den hohen Tieren aus Madrid?«

»Ganz gut, in Anbetracht der Lage. Lola Rubio ist beeindruckend. Sie ist engagiert und denkt schnell wie der Blitz.

Ich werde in Sachen Miranda Walters eng mit ihr zusammenarbeiten.«

»Und was ist mit deinen sonstigen Fällen?«

»Gaspar Fernández wird sich um alles kümmern. Ich werde nur meine Teams beaufsichtigen und an Madrid berichten. Du hast freie Hand in den beiden Fällen. Natürlich stehen dir meine Leute zur Verfügung, sie werden dich auf dem Laufenden halten. Die von der Spurensicherung auch.«

»Gut, das weiß ich zu schätzen.«

»Miranda zu finden hat die oberste Priorität und jetzt noch den Mörder von Mas. Der Präsident hat mich aufgefordert, alle Register zu ziehen.«

»Wo wären wir bloß ohne seinen Rat.«

Tolo lachte freudlos. »Politiker! Es geht um Schadensbegrenzung, du kennst das Spielchen ja.«

Isabel seufzte. »Ich muss dir von ein paar neuen Entwicklungen erzählen. Können wir uns treffen?«

»Ich fliege schon bald wieder nach Madrid und komme erst Samstag zurück. Ist es dringend, oder kann es warten?«

»Samstag ist okay.«

»Wollen wir dann Samstagabend vielleicht was essen?«

Isabel schwieg kurz.

»Es sei denn, du hast schon etwas vor?«

»Nein, komm vorbei, ich koche uns was.«

Tolo lächelte vor sich hin. Isabels Kochkünste waren legendär. Noch nie war die Aussicht auf eine Fallbesprechung so vielversprechend gewesen.

*

Isabel und Pep schlenderten durch die engen Gänge von Bon Día, dem einzigen Lebensmittelladen in Sant Martí. Es war Mittag, und die Kundschaft drängte sich zwischen den vollgestellten Regalen. Die Schlange der Urlauber vor dem Tresen wurde immer länger und immer ungeduldiger. Jesus, der rundliche Besitzer, trug ein knittriges Shirt, kurze Hosen und Flipflops, wischte sich die Stirn und brütete über jeden vorgelegten Artikel. Die Klimaanlage war ausgefallen und seine Laune deshalb besonders schlecht. Mürrisch bellte er in schlechtem Englisch die Touristen an. Seine Tochter Lourdes, ein Teenager, stand neben ihm und packte die Waren in Plastiktüten, ein unergründliches Lächeln auf den Lippen. Isabel stöberte in den Regalen und entschied sich schließlich für eine Handvoll Lollis und mehrere Päckchen Sonnenblumenkerne.

Pep protestierte. »Also wirklich, du hast heute schon zwei Chupa Chups gelutscht. Du wirst Unsummen für Implantate ausgeben, wenn dir die Zähne ausfallen. Ich habe neulich in einer Zeitschrift gelesen –«

Er hielt mitten im Satz inne, als ein Pärchen neben ihnen auftauchte und begann, Süßigkeiten und Schokolade in einen Metallkorb zu stapeln. Die Frau griff mit einem blassen, mageren Arm nach einem der höheren Regale und studierte das Kleingedruckte einer Packung Schokokekse. Ihr ungepflegter, bärtiger Begleiter gähnte abwesend. Pep stupste Isabel an und machte einen Schritt auf die beiden zu.

»Mr und Mrs Fox, wie schön. Darf ich Ihnen meine Chefin Isabel Flores Montserrat, die Besitzerin von Home Sweet Home, vorstellen?«

Isabel strahlte sie an. »Tut mir leid, dass ich Sie nicht persönlich begrüßen konnte. Ich hoffe, Sie genießen den Aufenthalt bei uns.«

»Sie können mich gern Sarah nennen, mein Mann heißt William«, antwortete die Frau mit sanftem französischem Akzent. »Alles ist ganz wunderbar, das Haus ist ideal zum Schreiben. Mein Mann wird hier gut arbeiten können.«

Isabel musterte Mr Fox. Seine Augen waren hinter der verspiegelten Sonnenbrille nicht zu sehen. »Sie sind Schriftsteller?«

»Das kann man wohl sagen.«

»An was für einem Buch arbeiten Sie, wenn ich fragen darf?«

»Hoffentlich an einem weiteren Bestseller.« Er hatte eine dünne Stimme, den Akzent konnte sie nicht unterbringen.

»Ich wünsche Ihnen alles Gute dafür, wissen Sie, ich bin eine begeisterte Leserin, Mr Fox. Schreiben Sie Romane?«

Er schwieg kurz. »Krimis. Das wird mein sechster sein.«

»Wie aufregend! Wie heißt Ihr neuestes Buch denn?«

»Last Chance.«

»Und das, an dem Sie gerade arbeiten?«

Er zögerte. »Damit würde ich zu viel verraten.«

»Auf jeden Fall werde ich jetzt nach Ihren Werken Ausschau halten.«

Fahrig schob er sich eine schmutzig braune Haarsträhne aus dem Auge und klemmte sie unter die Krempe seines zerfledderten Panamas. »Tun Sie das lieber nicht. Meine Bücher sind ziemlich gewalttätig. Da geht's zur Sache. Nichts für das schwache Geschlecht.«

»Das ist aber schade.« Dann fügte sie mit Blick auf den

Einkaufskorb hinzu: »Wie ich sehe, haben Sie beide eine Vorliebe für Süßigkeiten, genau wie ich.«

Die Frau fuhr sich mit einer zierlichen Hand durch ihr kurz geschnittenes brünettes Haar, wobei ein hübsches silbernes Armband an ihrem Handgelenk klimperte. »Ja, in der Tat. Wir alle haben unsere kleinen Laster.«

»Ich habe übrigens neulich Ihre schöne Jacht im Hafen gesehen. *Monique La Magnifique* ist ein außergewöhnlicher Name.«

Die Französin lächelte. »Sie ist nach meiner Mutter benannt. William und ich segeln so gern.«

»Dann haben wir noch etwas gemeinsam.«

Isabel sah zu, wie die Foxes weitergingen, und schmunzelte.

»Mit dem ist aber nicht gut Kirschen essen«, flüsterte Pep. Als Isabel nicht antwortete, stieß er sie in die Rippen. »Was ist denn schon wieder so lustig?«

»Ach, nur Menschen. Irgendwas ist seltsam an den beiden.«

»Inwiefern?«

Sie tätschelte seinen Arm. »Ich bin mir nicht ganz sicher, aber ich werde es herausfinden.«

Pep stöhnte. »Nicht schon wieder! Weißt du, Bel, manche Dinge lässt man besser auf sich beruhen.«

Elf

Nach dem Mittagessen – einer Schüssel von Florentinas wunderbarem Gazpacho und einem Teller pralle Artischocken – wusch Isabel sich in der Küche das Gesicht und machte sich auf den Weg ins Büro. Pep war schlecht gelaunt. Auf Angélicas Anordnung hatte er gerade mit dem Rauchen aufgehört, dazu hatte auch noch die Klimaanlage den Geist aufgegeben. Onkel Idò hatte versprochen, sie zu reparieren, ließ aber auf sich warten.

Gerade warf Isabel die Autoschlüssel und das Telefon in ihre Strohtasche und wollte nach Morells zu Aina losfahren, als Pep einen Anruf durchstellte. Es war Marley.

»Ich habe da gerade etwas Spannendes mitbekommen.«

»Und das wäre?«

»Man munkelt, Afrim Cana soll am Dienstag eine Ladung Koks erwartet haben, aber als seine Leute ankamen, war die Ladung nicht komplett.«

»Wo fand die Übergabe statt?«

»Sei nicht albern, Bel. So viel wissen selbst meine besten Informanten nicht. Ich kann nur sagen, dass alles am Montagabend irgendwo vor der Küste gebunkert wurde. Jemand muss sich also einen Teil geschnappt haben, bevor Canas Jungs dort angekommen sind. Wenn sie den Schuldigen finden, wird er mit den Fischen schwimmen.«

»Er oder auch sie.«

»Nee, ich bezweifle, dass es eine Frau war. Muss schon ein Seemann sein; die Höhlen an der Küste sind nicht ohne.«

Isabel schnalzte unwillig mit der Zunge. Sie war schon als Jugendliche mit einem kleinen Boot in den unruhigen Gewässern um die Insel unterwegs gewesen.

»Eine Sache noch. Marc Got war gestern Abend hier, hat mir erzählt, dass er und Cana jetzt Geschäftspartner sind. Hat sich deswegen ziemlich aufgeplustert.«

»Danke, Marley. Das hilft wirklich sehr.«

»Du schuldest mir was, Bel.«

Als sie mit Furó auf die Tür zuging, schaute Pep hoch.

»Übrigens, mein Vater sagt, das Boot können wir morgen Abend haben.«

»Ausgezeichnet.«

Sie eilte aus dem Haus, nicht ohne den Nachbarn, Doktor Ramis, herzlich zu grüßen, der gerade in seinem Vorgarten einen Lavendelbusch beschnitt. Zielstrebig ging sie auf Pequeñito zu, der in einer schattigen Seitenstraße geparkt war. Furó hüpfte auf den Beifahrersitz. Bevor Isabel losfahren konnte, kam Marga in ihren Flipflops unbeholfen auf das Auto zugerannt.

»Bel! Warte! Bist du auf dem Weg nach Sóller?«

»Ich fahre nach Morells, aber ich kann dich unterwegs absetzen.«

»Du bist ein Engel. Wir haben keine Handtücher mehr im Salon, ich muss unbedingt eine frische Ladung in der Wäscherei abholen. Zurück kann ich dann den Bus nehmen.«

»Steig ein.«

»Ich sage dir, den ganzen Tag auf den Füßen bei dieser Hitze ...«

Marga war nicht gerade zierlich, aber verführerisch und anziehend. Ihr Bob war hennarot gefärbt, ihre Lippen waren voll und die Augen goldbraun. Isabel schaute mitleidig auf die geschwollenen Knöchel ihrer Freundin hinunter.

»Wenn du heute Abend nach Hause kommst, tauch deine Füße in einen Eimer mit Eiswasser, schenk dir ein Glas Tinto ein, und guck einen schönen Film.«

»Schön wär's.« Sie scheuchte Furó auf den Rücksitz. »Kommst du in der Bäckerei in Morells vorbei?«

Isabel nickte.

»Könntest du mir eine *ensaïmada* mit Vanillefüllung besorgen? Tomeus Mutter kommt heute Abend vorbei, dann brauche ich mich zumindest um den Nachtisch nicht zu kümmern.«

»Klar, ich wollte sowieso eine für Mama kaufen.«

»Perfekt! Und ich hätte gern extra Puderzucker obendrauf.«

»Ah, die kalorienfreie Version?«

»Apropos Kalorien – wann ist die nächste Ratssitzung zur Nit de Foc? Pep will vorschlagen, bei unserem Dorffest Canapés zu servieren.«

Isabel verzog schmerzlich das Gesicht. »Nächsten Montag, aber ich habe ihn gewarnt, dass seine kulinarischen Vorschläge nicht gut ankommen werden.«

»Der arme Pep. Er hat keine Chance gegen die Dinosaurier in Sant Martí. Ehrlich gesagt esse ich als Mallorquinerin auch lieber eine gute *sobrassada* als irgendein kleines Canapé!«

Als sie die bergige Straße entlangfuhren, berührte Marga verschwörerisch Isabels Arm. »Deine Mutter erzählt, dass zwischen dir und diesem Tolo Cabot etwas läuft. Stimmt das?«

»Meine Mutter kann eben an nichts außer Romantik denken! Glaubst du, Tolo oder ich haben auch nur eine Sekunde Zeit für so einen Unsinn?«

»Na ja, er scheint schon auf dich zu stehen, wie man so hört«, sagte Marga schmollend. »Ich weiß, er ist ein bisschen alt, aber ist er nicht Single?«

Isabel konzentrierte sich auf die kurvenreiche Straße. »Er ist sechsundvierzig, nicht gerade ein Dinosaurier.«

»Na dann?«

»Hör mal, der arme Mann ist Witwer mit einem fordernden Job. Als Blanca starb, war sein Sohn erst zehn, und Tolo hat sich ganz seinem Kind und seiner Arbeit gewidmet.«

»Aber ist der Junge jetzt nicht an der Uni in Madrid? Scheint mir kein Baby mehr zu sein.«

»Darum geht es nicht. Tolo braucht einfach keine Frau in seinem Leben.«

»Warum denn nicht?«

»Weil er ein Workaholic ist. Er braucht niemanden, um glücklich zu sein.« Sie hielt inne. »Genau wie ich.«

»Und was ist mit dem gut aussehenden Redakteur vom *El Periódico*? Der hatte schon immer was für dich übrig.«

»Josep Casanovas? Mach dich nicht lächerlich!«

In Sóller bog Isabel in den Carrer d'Isabel II ein und fluchte, als ein Mietwagen vor ihr ein kompliziertes Manöver vollführte.

Marga schwatzte weiter. »Ich habe gelesen, Casanovas kandidiert fürs Bürgermeisteramt in Forn de Camp. Geerbt hat er auch einiges. Das wäre doch was!«

Isabel schüttelte den Kopf. »Hör mal, könntest du mit dem Verkuppeln aufhören? Ich kann gerade nur an Mirandas Entführung denken und an den Mord an Angel Tulio Mas.«

»Warum überlässt du das nicht alles der Polizei?«

»Weil Tolo meine Hilfe braucht. Im Fall Miranda zählt jede Minute, und was Mas angeht – ich glaube, jeder in Sant Martí würde besser schlafen, wenn der Mörder gefasst wäre.«

Sie parkte vor der Lavanderia Sa Llimoneta. Rachel, die Besitzerin, schaute vom Tresen auf und winkte fröhlich, als sie das Auto erkannte.

Marga stieg aus und drehte sich noch einmal zu Isabel um. »Heute Morgen stand in der Zeitung, Mas wurde von einer gewalttätigen Räuberbande getötet, möglicherweise aus dem Ausland.«

Isabel ließ den Motor aufheulen. »Glaub nicht alles, was du liest, vor allem nicht die fantasievolle Prosa von Josep Casanovas. Wer weiß, vielleicht hat ein alter Feind sich an Mas gerächt. Vielleicht hat er den Tod sogar verdient.«

Marga war sichtlich schockiert. »Niemand verdient den Tod, Bel!«

Isabel zuckte die Schultern. »Manchmal bin ich mir da nicht so sicher.«

Sie winkte und sauste die Straße hinauf.

Etwa zwanzig Minuten später kam sie in dem malerischen Dorf Morells an. Sie tätschelte Pequeñitos glühende

Motorhaube und schritt über den ruhigen Platz zu einer bescheidenen Bäckerei, die zwischen einem Tabakladen und einem Eisenwarenhändler eingezwängt war. Auf halbem Weg hielt sie an einem sprudelnden Brunnen, um einen Schluck Wasser zu trinken und ihre Gedanken zu sammeln. Sie mochte Aina. Sie war eine aufgeweckte junge Frau, war Jahrgangsbeste in den Naturwissenschaften und beeindruckte alle an der Inseluniversität mit ihrem Eifer für Paläontologie. Es wäre zu schade, eine so begabte Studentin in Schwierigkeiten zu sehen. Isabels und Ainas Mutter waren in derselben Handarbeitsgruppe; zusammen mit anderen Freiwilligen aus dem Tal nähten sie Kinderkostüme für die jährliche Moros y Cristianos Fiesta in Sóller. Isabel schaute oft in der Bäckerei in Morells vorbei, jeder kannte Juanas riesige *ensaïmadas*. Die Gebäckschnecken hatte die Insel ihrem maurischen Erbe zu verdanken. Isabel öffnete die Tür und grüßte Aina hinter dem Tresen. »*Hombre!* Wie hältst du diese Hitze aus? Das ist ja eine Sauna hier.«

Aina wischte sich die Hände an ihrem weißen Overall ab. »Ich helfe nur aus, weil ich heute keine Vorlesungen habe. Die arme Mama steht am Ofen, das ist viel schlimmer.« Dann rief sie in den hinteren Teil des Ladens: »Bel ist hier, kann ich für ein paar Minuten rausgehen?«

Eine zierliche Frau mit drahtigem grauem Haar und dunklen sanften Augen trat durch einen gestreiften Baumwollvorhang. Schweißperlen standen ihr auf der Stirn.

»Schön, dich zu sehen, Bel. Lasst euch Zeit.«

Aina folgte Isabel zum nahe gelegenen *torrente*. Aus dem Fluss war in der Sommerhitze ein träges Rinnsal geworden, aber Furó rannte übermütig darauf zu. Es war Siestazeit.

Nichts rührte sich außer den Zikaden und den Taubenschwänzchen, die wie Kolibris umherflatterten. Sie setzten sich auf eine Holzbank zwischen zwei großen Platanen und beobachteten, wie Furó im Schilf verschwand. Aina holte einen Fächer aus ihrer Handtasche und wedelte ihn ungeduldig durch die Luft.

»Selbst hier im Schatten ist es brütend heiß.«

Isabel drehte sich zu ihr um. »Ich habe gehört, was mit Felip und Francesc passiert ist. Weißt du, wer das gewesen sein könnte?«

»Keine Ahnung. Sie haben keine Feinde.«

»Nehmen sie Drogen?«

»Warum fragst du?«

»Als die Guardia Felip am Stausee fand, entdeckten sie Spuren von Kokain.«

»Wer hat dir das gesagt?«

Isabel berührte Ainas Hand. »Ich habe noch Kontakte aus meiner Zeit bei der Polizei. Wenn du etwas weißt, Aina, musst du die Wahrheit sagen.«

»Was weiß denn die Polizei?«

Isabel beschloss, ihre Theorie zu testen. »Sie vermuten, dass Felip und Francesc auf eine Ladung Kokain gestoßen sind, die auf die Insel geschmuggelt wurde, und einen Teil mitgehen ließen. Vielleicht war es in einer der Meereshöhlen versteckt.«

Aina drückte sich den Fächer an die Lippen und ließ Isabel damit keinen Zweifel daran, dass ihre Vermutung stimmte.

»Wer auch immer die Lieferung erwartete, war wohl nicht allzu glücklich damit. Jetzt fragt sich die Polizei natürlich, wie diese Leute den Brüdern auf die Schliche gekommen sind.«

Aina saß mit gequältem Gesichtsausdruck schweigend da. Isabel beobachtete sie.

»Vielleicht haben die Jungs versucht, einen Käufer für die Drogen zu finden, und haben damit die Aufmerksamkeit auf sich gezogen.«

Aina biss sich auf die Lippe.

»Die Gefängnisstrafen für Drogendelikte sind bei uns ja ziemlich hoch. Jeder, der mit einem Straftäter auch nur in Verbindung steht, kann im Gefängnis landen.«

»Wie?« Ainas Stimme war ein Quietschen, und sie starrte Isabel erschrocken an.

»Informationen zurückhalten, Beihilfe zu einer Straftat. Das weiß man doch.«

»Es stimmt!«, platzte Aina heraus. »Felip und Francesc haben die Drogen gestohlen und versucht, sie zu verkaufen.«

Isabel nickte aufmunternd. »Wo und wann haben sie die gefunden?«

»Letzten Montagabend, als wir zusammen in den Höhlen beim Teufelshorn waren.«

»An der Nordwestküste? Sind die nicht für die Öffentlichkeit gesperrt?«

»Eigentlich schon, die Höhlen sind von archäologischem Interesse. Wir hätten das nicht tun sollen. Es war Felips Idee.«

»Was wollte er denn dort?«

»Nichts Bestimmtes. Es war eine Art Mutprobe.«

»Warst du früher schon mal da?«

Ainas Blick klebte elend an einer Traube vertrockneter blasser Zitronen an einem Baum gegenüber. »Nein.«

»Was ist also passiert?«

Sie zögerte. »Wir haben den Trawler ihres Vaters genommen. Wir ankerten und blieben an Deck, tranken Bier und hörten Musik. Dann gingen Felip und Francesc auf Erkundungstour. Ich bin an Bord geblieben.«

»Wolltest du nicht mit?«

Sie schüttelte den Kopf. »Ich hatte keine Lust, so spät noch zu tauchen.«

»Was dann?«

»Sie schwammen zurück zum Boot und erzählten mir, sie wären auf Holzkisten voller Bibeln gestoßen.«

»Bibeln?«

Aina schob eine dunkle Strähne hinters Ohr und lachte nervös.

»Sie dachten zuerst, die würden von irgendwelchen Sektenspinnern stammen, aber dann schlugen sie eine auf, sie war hohl, und drinnen war ein Päckchen Kokain.«

»Wo genau haben sie die Ladung gefunden?«

»Ziemlich tief in den Höhlen.«

»Haben sie dir den exakten Ort genannt?«

»Sie haben beschrieben, wo es ist.«

»Die Brüder haben also beschlossen, das Kokain zu stehlen?«

Sie zuckte die Schultern. »Na ja, wo sie es schon gefunden haben. Sie haben zwei Trockensäcke vom Boot mitgenommen und so viel von dem Zeug da reingesteckt, wie sie tragen konnten.« Sie hielt einen Moment inne. »Ich habe davor noch nie Kokain gesehen.«

Isabel lächelte mit einem Anflug von Zweifel. »Und dann?«

»Felip verstaute die Taschen unter Deck, und wir zogen uns trockene Klamotten an.«

»Wie sind deine denn nass geworden?«

»Sorry, ich meinte, Felip und sein Bruder zogen sich um. Ich habe ihnen gesagt, dass ich nichts damit zu tun haben will. Wir sind also zurück zum Hafen gefahren, und dann haben sie mich zu Hause abgesetzt. Ich weiß nicht, was sie mit den Drogen gemacht haben, aber Felip meinte, er würde nach Son Barassa fahren und einen Käufer suchen.«

Isabel schüttelte den Kopf. »So ein dummer Junge. Da hat er sich ordentlich übernommen. Hat er dir irgendwelche Namen genannt?«

»Nicht, dass ich wüsste.«

»Und wann hast du sie zuletzt getroffen?«

»Ich habe mich von beiden ferngehalten. Ich ging nicht ran, wenn Felip anrief, und blieb bis spät in der Unibibliothek. Aber am Mittwochmorgen habe ich beschlossen, mit ihm Schluss zu machen.«

»Und?«

»Ich bin zu ihrem Haus gefahren. Es regnete in Strömen, und niemand öffnete, also versuchte ich es an der Hintertür. Ich schaute durchs Wohnzimmerfenster, da lag ein Sack auf dem Boden – und dann wurde mir klar, dass jemand da drin steckte.«

»Was hast du getan?«

»Ich habe ein Fenster eingeschlagen, mit einem Stein, und den Sack geöffnet. Francesc war drin.« Sie hielt inne, ihre Augen quollen über vor Tränen. »Ich habe ihn losgebunden, ihm etwas Wasser gegeben und den Rettungsdienst gerufen.«

»Und was ist mit Felip?«

»Das weißt du doch. Man hat ihn bewusstlos am Stausee gefunden.«

Isabel stand auf.

»Komm, deine Mutter wartet bestimmt schon.«

»Du erzählst doch keinem was, oder?«

Isabel seufzte. »Du bist eine wichtige Zeugin, Aina. Ich fürchte, du kannst jetzt nicht einfach so tun, als wärst du nicht dabei gewesen.«

»Aber ich habe dir doch alles gesagt, was ich weiß!«

Zum zweiten Mal während des Gesprächs flackerten Ainas Augen zur Seite. Das war zwar kein eindeutiger Beweis dafür, dass sie flunkerte, legte aber die Vermutung nahe.

»Das, was du weißt, ist von entscheidender Bedeutung. Es ist gegen das Gesetz, Informationen zurückzuhalten. Und – wer auch immer das Felip und Francesc angetan hat, könnte auch hinter dir her sein.«

Auf einmal sprang Furó aus dem Unterholz; die beiden Frauen schreckten auf. Er watschelte um die Bank herum und gab ungeduldige Schnüffelgeräusche von sich, bis sie auf die Beine kamen und den Weg zurück zum Dorf einschlugen. Als sie sich der Bäckerei näherten, begann Aina zu schluchzen.

»Was soll ich denn jetzt tun?«

»Mach mit deinen Eltern reinen Tisch. Das bist du ihnen schuldig.«

Sie trocknete die Augen am Ärmel ihres Overalls. »Und dann?«

»Ich spreche mit ein paar Leuten und melde mich bei dir. Du wirst befragt, und du musst die Wahrheit sagen.«

»Die Guardia hat mich schon befragt, als ich Francesc gefunden habe. Und morgen wollen sie wieder mit mir reden.«

Isabel betrachtete den blauen Himmel. Eine Schwalbe huschte über die Bäume, dicht gefolgt von einer zweiten. Vielleicht würden sie sich einen kurzen Zwischenstopp in den Feuchtgebieten von S'Albufera gönnen, bevor sie ihre lange Reise nach Süden fortsetzten.

Sie wandte sich an Aina. »Es wäre gut, wenn du dich morgen krankstellen könntest. Bitte deine Mutter, den Termin mit der Guardia zu verschieben. Geh nicht zur Uni.«

Aina biss sich auf die Lippe. »Bringt mich das denn nicht in Schwierigkeiten?«

»Nicht mehr als jetzt schon«, antwortete Isabel.

In der heißen Bäckerei angekommen, verpackte Aina eine riesige, mit einer dicken Schicht Puderzucker bestreute *ensaïmada de crema* für Marga und eine für Florentina. Isabel zahlte, steckte das Wechselgeld in ihre Strohtasche und gab Aina einen Kuss auf beide Wangen. An der Tür zögerte sie. »Ach ja, und halte dir morgen den Abend frei.«

»Warum?«

»Weil du und ich eine Bootsfahrt im Mondschein machen.«

*

Onkel Idò stand in der Tür der Bar Castell und schnupperte in die Luft wie ein wachsamer Fuchs. Er beobachtete Rafael, der mit einem überladenen Tablett zwischen den Tischen herumhantierte, und suchte seine Nichte. Perro, ein echter mallorquinischer *ratero,* drückte sich zitternd an sein Knie. Als Idò die Bar betrat und ein paar alte Kartenspieler mit einem schroffen *»Uep!«* grüßte, lief der Hund ihm nach.

»Welche Ehre«, sagte Rafael mit gespielter Feierlichkeit. »Hat dich dein alter Kumpel Jordi endlich rausgeworfen?«

Ein paar der Stammgäste lachten. Einige beugten sich vor, um den kleinen schwarzen Hund zu streicheln. Idò grunzte und deutete mit seiner ledrigen Hand zum Eingang.

»Ich wäre öfter hier oben, mein alter Freund, wenn du nicht diese verdammten Treppen hättest.«

»Ach was«, brummte Rafael. »Wenn du Bel suchst, sie ist mit ihrem Azubi an der frischen Luft.«

Idò schlurfte zur Terrasse herüber. Als er Peps Hinterkopf entdeckte, zog er zur Begrüßung an seinen pechschwarzen Locken.

Pep fuhr herum. »*Hombre!* Was sollte denn das?«

Idò gluckste, setzte sich zu Isabel und lächelte zufrieden, als sie ihm einen Kuss auf die Wange gab. Perro verschwand unter dem Tisch.

»Und, Onkel, wie war dein Tag?«

»Hätte schlimmer sein können.« Er sah zu Pep. »Übrigens war ich am Dienstagmorgen in Ca'n Mayol und habe den Pool aufgefüllt. Dieser Engländer, der gerade das Haus mietet, hat mir nicht gefallen.«

»Señor Fox? Aber er will doch nicht gestört werden.«

»Immer mit der Ruhe, junger Mann.« Idò tupfte sich mit

einem zerknitterten Taschentuch das faltige Gesicht ab. »Bei dieser Hitze muss ich die Pools im Auge behalten. Der Engländer beschwert sich bestimmt als Erster, wenn das Wasser grün wird. Seine Frau war sehr freundlich, aber er, er stürmte grußlos an mir vorbei, stieg in sein Auto und fuhr davon.«

»Du hättest lieber die Klimaanlage bei uns im Büro reparieren sollen«, beschwerte sich Pep.

»Pah! Klimaanlagen sind reine Geldverschwendung.«

Pep runzelte die Stirn. »Was denn jetzt, wirst du sie reparieren oder nicht?«

»Poc a poc.«

Isabel grinste. *Poc a poc* – nach und nach – war eine ihrer liebsten mallorquinischen Redewendungen. Sie nahm einen Schluck von ihrem Cava und winkte Rafael. »Bring ihm ein Glas Vino Tinto, ja?«

Rafael stapfte in Richtung Bar davon.

Sie wandte sich an ihren Onkel. »Es ist gut, dass du nach dem Pool gesehen hast, Idò, aber jetzt sollten wir die beiden in Ruhe lassen. Die Urlauber sind gerade nicht das größte Problem.«

Idò nickte. »Du meinst den Mord an dem armen alten Mas? Eine seltsame Sache.«

»Genau, deswegen wollte ich dich sprechen.«

Er lehnte sich zurück und schnaubte. »Immer ein Hintergedanke! In dieser Familie bekommt niemand einen Drink geschenkt.«

Wie aufs Stichwort kam Rafael mit einem Glas Rotwein und der üblichen Schale Oliven und gerösteter Mandeln an den Tisch. Isabel gähnte und rieb sich die Augen.

»Brauchst du ein Nickerchen? Wir könnten ein paar Stühle zusammenstellen«, witzelte Idò.

»Ich war heute Morgen mit Llorenç drüben in Ca'n Mas. Es war ein langer Tag.«

Er nahm einen Schluck Wein. »Davon habe ich gehört. Ich dachte, du hättest den ganzen Polizeikram aufgegeben?«

»Ich helfe nur Tolo Cabot. Ich will das nicht an die große Glocke hängen.«

Idò lachte auf. »Und du glaubst, die hier finden das nicht heraus?« Er deutete mit dem Daumen auf die vielen Gäste in der Bar. »Du bist hier weder in Madrid noch in Palma, mein Mädchen. Das halbe Dorf weiß es schon, und morgen wird es auch der Rest wissen. So ist das auf dem Dorf.«

Pep nahm sich eine Olive. »Wir Insulaner stecken nun mal gern unsere Nasen überall rein und lieben Intrigen.«

»Als ob ich kein mallorquinisches Blut hätte.«

Idò lachte. »Weißt du, Pep, als meine kleine Schwester Florentina diesen Juan kennenlernte, war ich erst mal misstrauisch, weil er vom Festland kam. Aber er entpuppte sich als ein wirklich anständiger Kerl. Außerdem kam er aus La Mancha, der Heimat des besten Manchegos!«

Isabel stupste ihn am Arm. »Erzähl mir von Angel Mas. Wie gut kanntest du ihn?«

Idò zuckte die Achseln und senkte die Stimme. »Er war ein komischer Kauz. Sein Vater war Kolumbianer, arbeitete hier in einer Bar und lernte ein einheimisches Mädchen kennen. Sie heirateten und ließen sich in Sant Martí nieder. Angel war das einzige Kind. Er wuchs hier auf, ging aber dann nach Kolumbien, mit achtzehn ungefähr. Als seine Eltern gestorben waren, kam er zurück und zog in Ca'n Mas ein, da war er um die fünfzig.«

»Was hat er denn in Kolumbien gemacht?«

»Wer weiß? Jedenfalls kam er in einem schicken Anzug zurück und eröffnete ein Konto bei der Banca March. Hat dort also wohl so einiges verdient.«

»Na und? Ich habe auch ein Konto dort«, warf Pep ein.

»Bel zahlt dir offenbar zu viel.«

Isabel brachte sie zurück aufs Thema: »Ich habe gehört, Mas war sehr gläubig.«

Ihr Onkel nickte. »Das stimmt. Als er zurückkam, erzählte er allen, er habe Gott gefunden und Straßenkindern in Kolumbien geholfen. Er flog auch immer wieder dorthin zurück, manchmal für längere Zeit. Dann, vor etwa zwei Jahren, brachte er diese Camila Cortez als Haushälterin mit und wurde zum Einsiedler. Er hat Sant Martí nie wieder verlassen. Die Alte ist so eine religiöse Spinnerin, von früh bis spät in der Kirche, da kannst du Padre Agustí fragen.«

»Was denkst du über den Mord?«

Idò rieb sich das Ohr. »Wird wohl mit Geld zu tun haben. Er war immer ein Geizhals. Vielleicht brachte er ja nicht alles zu der Bank, sondern hatte ein Versteck.«

Isabel senkte die Stimme. »Aber der Mörder hat mit seinem Blut das Wort ›Dieb‹ an die Wand geschrieben.«

Idò hielt sein Glas hoch und schaute auf die rote Flüssigkeit. »Ich kann nur eins sagen, der Mann hatte etwas Falsches an sich. Niemand mochte ihn. Schon als Kind war er ein Einzelgänger.«

»Vielleicht haben andere ihn gemieden, weil er zur Hälfte Kolumbianer war?«, fragte Pep.

Idò leerte seinen Drink. »Aber nein, wir Mallorquiner hatten immer ein Herz für Ausländer. Nur die *forasteros* waren uns damals suspekt.«

Das mallorquinische Wort für spanische Festlandbewohner hatte Idò mit besonders viel Gefühl gesprochen.

»Damals?«, fragte Isabel zwinkernd.

Bevor Idò antworten konnte, kam der Bürgermeister mit einer Flasche Bier auf sie zu.

»Schlimm ist das! Erst ein entführtes Mädchen und jetzt der alte Mas«, stellte Llorenç statt einer Begrüßung fest. »Ein schwieriger Kerl, aber das hat er nicht verdient.« Er machte das Kreuzzeichen.

Isabel leerte ihr Glas. »Hast du eine Theorie?«

Llorenç hockte sich neben ihren Stuhl. »Ich glaube, Angel hat so einigen Menschen ans Bein gepinkelt. Vor Kurzem sagte mir ein Polizist, er habe den Alten zu seiner Überraschung in Son Barassa gesehen, wo sich die Dealer treffen. Wenn er dort mit seiner Bibel antanzt und zu predigen versucht, ist Ärger vorprogrammiert.«

»Wie fandest du ihn denn so?«

»Ein Eisklotz, schwer, mit ihm warm zu werden. Immer so schäbig in seinen alten Klamotten, spendete nie auch nur einen Cent für die Dorffeste. Das war schon eine Überraschung, in seiner Garage dieses schicke Auto zu entdecken.«

Idò grunzte zustimmend. »Selbstgefällig und scheinheilig, und nie auch nur eine Regung im Gesicht.«

Pep unterdrückte ein Lachen. »Ich sehe schon, er wird schmerzlich vermisst.«

Llorenç richtete sich zu seiner stolzen Größe von einem Meter fünfundsechzig auf und sagte mit feierlicher

Miene: »Ja, in der Tat, Pep. Als Bürger von Sant Martí wird er schmerzlich vermisst.«

Isabel klopfte Idò auf den Arm. »Übrigens, sag Mama bitte nicht, dass ich heute am Tatort war.«

»Ich schweige wie ein Grab«, versprach ihr Onkel. Dann zwinkerte er ihr zu und flüsterte: »Aber ich selbst habe es von ihr erfahren.«

Zwölf

Onkel Idò kniete inmitten von Metallplatten und Werkzeugen auf dem Boden in Isabels Büro. Pep schaute ihm über die Schulter und murrte jedes Mal, wenn Idò noch etwas aus dem Innenraum der defekten Klimaanlage schraubte.

»Warum nimmst du das Ding überhaupt auseinander? Du hast doch offensichtlich keine Ahnung, was damit los ist.«

Idò schaute hoch. »Du bist auch nicht gerade hilfreich! Diese neumodischen Maschinen sind genau wie moderne Autos mit der ganzen Technik und den Navigationssystemen – ich werde nicht mehr schlau daraus.«

Mit einem Seufzer kehrte Pep an seinen Schreibtisch zurück, während Idò die Klimaanlage mühsam wieder zusammensetzte. Als es nicht funktionierte, stöhnte er frustriert. »Also, ich verstehe einfach nicht, was damit nicht stimmt. Ich habe alles untersucht.«

Isabel kam aus ihrem Zimmer und schaltete den Fernseher ein.

»Was sehen wir uns an?«, fragte Pep.

»Tolo hat gerade angerufen. Die Pressekonferenz, die er in Madrid zu Miranda Walters gegeben hat, kommt gleich in den Nachrichten. Das sollten wir nicht verpassen.«

Idò wischte sich den Schweiß von der Stirn. »Wie wäre es mit einem schönen kühlen Glas Limonade für jeden, Pep? Ich habe einen Korb Zitronen in der Küche abgestellt.«

Widerwillig verschwand Pep die Treppe hinunter; kurz darauf brachte er drei Gläser Limonade. Bel telefonierte gerade und nickte dankbar, als Pep ein Glas vor ihr abstellte.

»Das war Professor Bauzá von der Universitat de les Illes Balears, ein alter Freund von mir«, sagte sie, nachdem sie aufgelegt hatte.

»Woher kennst du ihn?«, fragte Pep.

»Ich sage doch, er ist ein alter Freund. So, es geht los.«

Alle drei schauten gespannt auf den Bildschirm, als Tolo erschien und sich an einen Raum voller Medienleute wandte. Ernst schilderte er den zeitlichen Ablauf und die Ereignisse vor Mirandas Entführung. Am Ende rief er die Öffentlichkeit auf, sich zu melden, falls jemand etwas wüsste oder bemerkte, und versicherte, dass die Guardia und die Nationalpolizei in diesem Fall eng kooperieren würden.

»Warum sind die Eltern nicht bei der Pressekonferenz?«, fragte Pep.

Isabel seufzte. »Tolo hat mir erzählt, dass Jane Walters sich nicht imstande fühlte zu kommen. Und Frank, Mirandas Vater, musste gestern ins Krankenhaus. Er war in seinem Hotel zusammengebrochen.«

»O nein, ein Herzinfarkt?«

Sie schüttelte den Kopf. »Zum Glück nur eine Panikattacke. Ich soll ihn morgen auf dem Kommissariat in Palma befragen, hoffentlich geht es ihm bis dahin besser.«

»Schlimm für die Eltern«, warf Idò ein.

Isabel runzelte die Stirn, als sie auf dem Bildschirm direkt hinter Tolo eine attraktive blonde Frau in einem gut geschnittenen Kostüm bemerkte. Als er geendet hatte, beugte sie sich vor und flüsterte ihm etwas ins Ohr. Er lächelte flüchtig und nickte. Als könnte Pep Isabels Gedanken lesen, fragte er: »Wer ist die blonde Schönheit neben Tolo?«

Isabels Finger umklammerten fest den Stiel ihres Glases, als sie sich vom Bildschirm abwandte. »Ich nehme an, das ist Lola Rubio, Tolos Kontaktperson im Innenministerium. Sie ist nur eine Beamtin.«

»Der hat ein Glück.« Peps Grinsen verblasste, als Isabels Glas mit einem lauten Klirren zu Boden fiel.

»Deine Mutter hat recht, wo du bist, geht ständig etwas kaputt.« Er eilte hinaus, um ein Tuch zu holen.

Onkel Idò half schmunzelnd, die klebrigen Glasscherben aufzusammeln, und Isabel versuchte, es ebenfalls humorvoll zu sehen. »Das ganze Schwimmen bleibt nicht ohne Folgen.«

Sie lehnte sich gegen die Klimaanlage, die auf ihren Rollen prompt wegrutschte, gegen die Wand krachte – und auf einmal kühle Luft ausstieß. Pep, der gerade mit einem nassen Geschirrtuch in der Tür aufgetaucht war, jubelte.

»Sieh mal, Idò, Bel hat es geschafft.«

Idò schniefte entrüstet und zeigte dann auf den finsteren Himmel im Fenster. »Inzwischen regnet es, mein junger Pep, jetzt brauchst du diese elende Maschine gar nicht mehr.«

Er zwinkerte Isabel zu, nahm seinen Werkzeugkasten und verließ das Büro.

*

Graue Wolken bedeckten bis zum Nachmittag das Tal. Dann überflutete auf einmal pralles Sonnenlicht die Obstgärten und Felder; Einheimische wie Touristen strömten auf die Straßen.

Isabel hatte vor, nach Ca'n Mas zu fahren und mit der Haushälterin Camila Cortez zu reden. Pep wusste Bescheid, denn Isabels Plan sah vor, mit Pequeñito eine Panne vorzutäuschen, an der Tür zu klopfen und die alte Dame zu fragen, ob sie ihr Telefon benutzen dürfe – sie habe nämlich nicht nur einen Platten, sondern auch noch ihr Telefon zu Hause vergessen. Dann würde sie Pep anrufen, ihm von der angeblichen Panne erzählen und ihn bitten, sie mit dem *moto* abzuholen. Eine offizielle Befragung durch jemanden von der Polizei würde schließlich kaum Vertrauen erwecken.

Um 16:15 Uhr bog Isabel in den Camino Pomar ein. Es war ein ziemlich schmaler, schlammiger, nur zum Teil asphaltierter Weg mit großen Schlaglöchern voller Regenwasser. Ihr Vorankommen wurde zusätzlich dadurch erschwert, dass sie etwas weiter vorn diskret die Luft aus dem linken Hinterreifen abgelassen hatte. Sie parkte und klopfte mitfühlend auf das Lenkrad. »Tut mir leid wegen des Reifens, Pequeñito, aber was sein muss, muss sein. Sobald Pep eintrifft, pumpen wir dich wieder auf.«

Der Motor des kleinen Wagens beschwerte sich noch lange, nachdem Isabel den Zündschlüssel abgezogen hatte und ausgestiegen war. Für einen Moment stand sie still, tief in Gedanken versunken, dann hielt sie das Gesicht in den glühenden Sonnenschein. Kaum vorzustellen, dass vor wenigen Stunden der Himmel pechschwarz gewesen war und ein stürmischer Regen auf die Felder, Gärten und Straßen niedergeprasselt war. Links und rechts lagen Orangen-, Zitronen- und Olivenhaine, vor ihr zeichnete sich im Dunst die Silhouette des Tramuntana-Gebirges ab. In der Ferne hörte sie das gespenstische Tuten der historischen elektrischen Eisenbahn, die sich über die gewundene Bahnstrecke in die Hügel schlängelte. Auf der einstündigen Fahrt nach Palma überquerte die Bahn das Cinc-Ponts-Viadukt und fuhr durch dreizehn kühle, dunkle Tunnel. Im Süden ragten wie Ziegenhörner die cremefarbenen Spitzen der Zwillingstürme von Sant Bartomeu aus den Bäumen. Isabel genoss die Sonne und den fernen Anblick der alten Kirche von Sóller. Zikaden zischten in den hohen Gräsern, und eine grüne *garriga,* eine harmlose Feldschlange, huschte über die Straße. Etwas weiter hinten lugte das rotbraune Ziegeldach von Ca'n Mas gerade noch hinter einer Reihe zotteliger Kiefern hervor.

Als sie den Grasstreifen am Tor erreicht hatte, wischte sie sich den Schlamm von den Schuhen und bewunderte das sonnenbeschienene, ruhig daliegende Gehöft – kein Vergleich zur Mordnacht mit den Polizeischeinwerfern und den aufgebrachten Menschen. In der Dunkelheit hatte sie gar nicht bemerkt, wie üppig die Bäume am Kiesweg wuchsen und wie elegant der runde Hof vor dem Haus verziert war. Erst jetzt sah sie die schönen Skulpturen zwischen den riesigen Terrakottatöpfen mit kornblauem Bleiwurz und weißem Oleander. Die Avocado-, Mandel- und Johannisbrotbäume waren prächtig und die Zypressen auch. Nur die Palmen am Eingang sahen verkümmert aus, wie einsame Waisenkinder.

Sie schlenderte über das Kieselsteinmuster des Innenhofs auf die überwölbte Eingangstür zu. Dabei wurde sie misstrauisch von einer wohlgenährten roten Katze beobachtet, die hinter eine Steinsäule huschte, als Isabel an der alten Messingglocke zog. Es läutete lauter, als sie erwartet hatte; der Klang schien in der ganzen Finca widerzuhallen. Nach ein paar Augenblicken drückte sie die Türklinke und war doch ein wenig überrascht, dass die Tür offen war. Auf dem Land schloss zwar kaum jemand ab, aber hier war immerhin gerade ein Mord geschehen.

Sie trat in den kühlen, dunklen Flur. Eine Standuhr aus Mahagoni tickte laut und methodisch am anderen Ende.

»*Hola!* Jemand zu Hause?«

Sie sah sich kurz um, zu ihrer Linken befand sich das Arbeitszimmer, vor ihr die Steintreppe in die Küche im Souterrain. Da öffnete sich unten die Küchentür, und eine Frau blickte erschrocken zu ihr auf. Auf dem rechten Wangenknochen und um den rechten Ellbogen hatte sie große blaue Flecken, ein Pflaster bedeckte fast die Hälfte ihrer Stirn. Isabel betrachtete das unförmige schwarze Kleid und das schüttere, kurze weiße Haar. Mühsam stieg die alte Frau die kurze Steintreppe hinauf und lehnte sich gegen das Geländer, um Luft zu holen. Isabel lächelte beruhigend.

»*Bon día, Señora.* Ich bin Isabel Flores Montserrat, aus Sant Martí.«

Die Frau nickte in Erwartung weiterer Erklärungen.

»Tut mir leid, dass ich störe, aber mein Auto hat einen Platten. Könnte ich vielleicht Ihr Telefon benutzen, um meinen Mitarbeiter anzurufen? Dummerweise habe ich mein Telefon vergessen.«

Das Gesicht der alten Frau entspannte sich, und sie drückte Isabel die Hand. »Kommen Sie bitte herein. Ich bin Camila Cortez. Was für schönes Haar Sie haben!«

Etwas verlegen fingerte Isabel an einer dunklen Locke herum. »Na ja, auf jeden Fall schützt es den Kopf vor der Sonne. Ich brauche nie einen Hut zu tragen.«

Die Frau lächelte. »Oh, das sollten Sie aber bei dieser Hitze. Folgen Sie mir bitte. Das Telefon ist im Arbeitszimmer.«

Die Haushälterin öffnete ihr die Tür und zeigte auf den schweren Eichenschreibtisch. »Da ist es. Wenn Sie aus Sant Martí kommen, wissen Sie vielleicht, was sich hier abgespielt hat.«

Isabel nickte zögerlich. »Ja, ich habe die schreckliche Nachricht gehört. Ich wollte erst gar nicht bei Ihnen klopfen. Es tut mir so leid, dass Sie verletzt wurden.«

»Nichts allzu Ernstes, zum Glück. Es ist schön, Besuch zu haben; das Haus ist jetzt so einsam. Die letzten paar Tage war ich im Krankenhaus, während all diese Leute von der Polizei hier waren.«

Isabel berührte ihren Arm. »Es muss furchtbar für Sie gewesen sein.«

Die Frau nickte. »Ich hatte schon immer einen leichten Schlaf, doch jetzt hält mich die Angst bis in die frühen Morgenstunden wach. Aber das Leben geht weiter. Sie können gern das Telefon benutzen, und ich bringe etwas Kaltes zum Trinken.«

Mit einem Anflug von Schuldgefühlen rief Isabel, wie vereinbart, Pep an und sprach laut und deutlich. »Hallo, ich fürchte, ich habe eine Reifenpanne. – Ja, leider. – Am Camino Pomar in der Nähe von Ca'n Mas. Könntest du mich dort abholen? – Vierzig Minuten? Okay, ich warte hier. – Ich rufe vom Haus aus an, weil ich mein Telefon vergessen habe. – Genau, immer alles auf einmal. Wenn ich nicht im Auto bin, kannst du bitte klingeln? *Gràcies*.«

Sie legte auf und tat so, als hätte sie nicht bemerkt, dass Camila Cortez bereits mit einem Tablett in der Tür stand. Die alte Frau hüstelte höflich, betrat den Raum und wies Isabel den braunen Ledersessel, an den sie sich von ihrem letzten Besuch nur zu gut erinnern konnte. Isabel stellte sich schaudernd vor, wie Mas in dieselbe Vertiefung des abgenutzten Sitzes gesunken war wie sie gerade. Ihr Blick suchte unwillkürlich die Stelle auf dem gefliesten Boden, wo die Leiche gelegen hatte. Schnell schaute sie weg. Die Frau setzte sich ihr gegenüber.

»Hat es geklappt? Kommt Sie jemand abholen?«

Erst jetzt bemerkte Isabel den weichen kolumbianischen Akzent der Frau. »Ja, aber mein Mitarbeiter ist leider unterwegs, es könnte noch eine Weile dauern. Ich kann im Auto auf ihn warten.«

»Doch nicht in der Hitze. Nein, nein, bleiben Sie hier, und probieren Sie meine Limonade.«

Isabel nahm einen Schluck. »Mmhm, ist die gut.«

»Ein altes kolumbianisches Rezept. Señor Mas sagte immer, es sei die beste Limonade überhaupt.« Sie tastete nach dem kleinen Kruzifix, das sie um den Hals trug, und machte das Kreuzzeichen. »Er war so ein feiner Mann. So fromm.«

Isabel stellte ihr Glas ab. »Sein Tod muss Sie sehr erschüttert haben. Hat die Polizei schon jemanden festgenommen?«

Die Frau schüttelte den Kopf. »Mir zumindest hat man nichts gesagt.«

»Die Zeitungen glauben, es war ein Raubüberfall, aber was wissen die schon? Es ist doch seltsam, dass seine Mörder *ladrón* an die Wand geschrieben haben sollen.« Isabel seufzte. »Ich meine, wer könnte es wagen, einen so guten, anständigen Menschen einen Dieb zu nennen?«

Camila Cortez sah schockiert aus. »Señor Mas hätte nie jemanden bestohlen! Wo haben Sie das denn gehört?«

Isabel lächelte resigniert. »Ich fürchte, dieses Gerücht geht in Sant Martí um.«

»Also ich kenne niemanden im Dorf, nur Padre Agustí und Jesus vom Bon Dìa. Der ganze Klatsch und die Lügen kommen nicht bis zu mir.«

Isabel hob ihr Glas und nahm einen Schluck. »Die Leute erfinden alle möglichen Geschichten. Manche haben sogar behauptet, er habe Geld gestohlen.«

»Aber wieso denn nur? Wir lebten bescheiden, und es schien Señor Mas nie an etwas zu mangeln.«

»Haben die Räuber etwas mitgenommen?«

»Ich glaube nicht.«

Isabel lehnte sich im Sessel vor. »Haben Sie Ihre Angreifer denn erkannt?«

Die alte Frau legte sich einen zitternden Finger auf die Lippe. »Ich dachte, es wären Touristen, die nach dem Weg fragen wollten. Aus heiterem Himmel tauchte ein schwarzes Auto auf, und vier Männer in Kapuzenpullovern und mit Sonnenbrillen kamen zur Tür.«

»Hatten Sie denn viele Besucher?«

»O nein. Señor Mas verbrachte die meiste Zeit allein mit

Lesen und Beten. Er verließ das Haus nur selten, meistens zur Sonntagsmesse.« Sie nahm einen Schluck Limonade und nestelte nervös an ihrem Taschentuch. »Es ging alles so schnell, wissen Sie? Auf einmal zerrte mich einer der Männer zur Treppe. Ich rief nach Señor Mas, aber er kam mir nicht zu Hilfe.«

»Wann hatten Sie ihn zuletzt gesehen?«

»Beim Mittagessen. In seinem Arbeitszimmer mochte er nicht gestört werden.«

»Und was ist dann passiert?«

»In der Küche fesselte mich der Mann an einen Stuhl und schloss mich ein.«

»Was für eine Tortur!«

»Ach, Sie können es sich nicht vorstellen. Ich dachte, ich würde sterben. Ich betete um Erlösung. Der Mann kam aber nicht wieder, also habe ich irgendwann Hoffnung geschöpft und versucht, die Seile um meine Handgelenke zu lösen, da kippte aber der Stuhl um. Ich lag stundenlang auf dem kalten Steinboden; irgendwann hat mich dann unser Nachbar Tomas Llull gefunden.«

»Der kam wohl öfter vorbei?«

»Ehrlich gesagt mochten er und Señor Mas sich nicht besonders. Letzten Samstag hat er hier herumgeschrien und geflucht, und Señor Mas hat ihm die Tür gewiesen.«

»Warum war er so wütend?«

»Ich weiß nicht genau, aber Señor Mas soll ihn beim Rat von Sant Martí verpetzt haben.«

»Gott sei Dank, dass er Sie in dieser Nacht gerettet hat.«

»Ja, dass er so spät vorbeigekommen ist, muss göttliche Vorsehung gewesen sein.«

»Warum ist er denn gekommen?«

»Er sagte, der Fernseher hätte ihn spät in der Nacht geweckt, dabei sah Señor Mas nur selten fern, und bestimmt nicht laut in der Nacht. Ach, Señor Mas! Was haben ihm diese Leute bloß angetan?«

Isabel sah sie aufmerksam an. »Wie ist der Nachbar eigentlich hereingekommen?«

»Ich glaube, er ist über die Verandatür ins Arbeitszimmer gekommen; wir schließen sie selten ab.«

»Vielleicht war Señor Mas zu diesem Zeitpunkt schon tot, und die Mörder hatten zuvor den Fernseher eingeschaltet, um seine Schreie zu übertönen.«

Camila Cortez presste sich eine Hand auf den Mund und schloss die Augen. »Darüber will ich gar nicht nachdenken.«

»Oh, bitte entschuldigen Sie.« Isabel stand auf und ging zu den Bücherregalen herüber. »So viele Bücher und so viel über Religion.«

Camila Cortez seufzte und tupfte sich die Augen ab. »Ja, er war geradezu ein Heiliger. Immer las er in der Bibel und spendete an die Armen in Kolumbien.«

»Ist er auf diesen Fotos zu sehen?«, fragte Isabel und deutete auf den mit Nippes und gerahmten Bildern vollgestellten Couchtisch.

Die Frau lächelte schwach: »Ja, hier ist er mit den kolumbianischen Ordensschwestern und hier mit den Kindern aus den katholischen Waisenhäusern von Bogotá.«

Isabel studierte die Fotos. Eines zeigte Mas mit Palmen im Hintergrund. Er war genau, wie sie ihn in Erinnerung hatte: ein kahlköpfiger alter Mann, die Augen klein, der

Blick hart, die Haut sonnenverbrannt und faltig. Mit fest verschränkten Armen stand er zwischen zwei lächelnden Nonnen in ihren schwarzen Trachten.

»Sind das Franziskanerinnen?«

Die alte Frau musterte Isabel anerkennend. »In der Tat.«

»Die Menschen müssen ihm sehr dankbar sein.«

»Ja, man wird sich in Kolumbien immer an ihn erinnern.«

»Und was ist mit seiner Familie?«

»Seine Eltern sind schon lange tot, Geschwister hat er keine und auch nie geheiratet. Ich glaube nicht, dass er in Kolumbien noch lebende Verwandte hat.«

Isabel setzte sich wieder in den Sessel und trank den Rest ihrer Limonade aus. »Sie kehren jetzt wohl nach Hause zurück?«

Die Haushälterin neigte den Kopf. »Ja, und zwar bald. Sobald die Polizei meine Hilfe nicht mehr braucht, werde ich nach Kolumbien zurückkehren. Ich habe dort einen Neffen, Salvador. So ein guter Junge! Bald ist er mit seinem Jurastudium in Bogotá fertig, er studiert an der Päpstlichen Universität Javeriana.«

»Die hat einen exzellenten Ruf«, sagte Isabel enthusiastisch. »Haben Sie noch andere Verwandte in Bogotá?«

Sie schüttelte traurig den Kopf. »Ich werde mir dort wieder ein neues Leben aufbauen müssen. Gott war so gütig, mir Señor Mas zu schicken.« Sie seufzte schwer. »Und jetzt ist er weg, einfach so.«

Eine Weile saßen sie schweigend da. Dann schlug Camila Cortez plötzlich auf die Armlehne ihres Stuhls und strahlte Isabel an. »Jetzt weiß ich, woher ich Ihr Gesicht kenne! Ich habe Sie bei der Messe in Sant Martí gesehen!«

Isabel nickte. »Ja, ich versuche, zur Messe zu kommen, wenn ich kann.«

»Arbeiten Sie im Dorf?«

»Genau. Meine Mutter und ich haben eine Ferienhausvermittlung.«

»Ihre Mutter ist bestimmt sehr dankbar, eine so fürsorgliche und gottgläubige Tochter zu haben.«

Etwas verlegen über diese Lobeshymne, die in Bezug auf religiösen Eifer gänzlich unverdient war, erhob sich Isabel und fragte, ob sie den Garten besichtigen dürfe. Camila Cortez stand überraschend energisch auf und führte sie in die Sonne hinaus. Draußen zeigte sie stolz die Zitronen- und Mandelbäume sowie das Kräuter- und Gemüsebeet, das sie selbst auf der Rückseite des Hauses angelegt hatte. Pralle violette Auberginen neigten sich bis zur Erde; reife Tomaten leuchteten rot zwischen Kräuterbüscheln und den letzten Kartoffeln und Zwiebeln der Saison. Isabel wollte gerade noch zum Hühnerstall hinübergehen, als in der Einfahrt ein Motorgeräusch ertönte. Isabel und die Haushälterin gingen in Richtung der Veranda, um Pep zu begrüßen.

»Das ist also Ihr Mitarbeiter?«

»Ich fürchte ja. Er hat eine Vorliebe für laute Zweiräder.«

Pep stand vor der Tür zum Haus wie ein Held aus einer griechischen Sage, nur die Sonnenbrille passte nicht ganz dazu.

»So ein bildhübscher Junge«, sagte Camila Cortez.

Pep grinste. »Ich tue mein Bestes.«

»Und auch Gott zugewandt?«

Pep war kurz sprachlos, aber nach einem Blick zu Isabel

nickte er eifrig. Als Isabel sich zum Gehen wandte, gab ihr die alte Frau einen Kuss auf beide Wangen. »Ich muss mir immer wieder in Erinnerung rufen, dass Gottes Wege unergründlich sind. Es steht Menschen nicht zu, seine Absichten zu hinterfragen. Nun hat er mir, gerade, als ich mich so einsam fühlte, zwei neue Freunde geschenkt.«

Sie wünschte ihnen noch einen schönen Tag und schloss die Tür. Pep schob sein *moto* die Auffahrt hinunter und dann hinaus auf den Camino Pomar.

»Und, hast du etwas herausgefunden?«

»Vielleicht. Mas hatte es jedenfalls nicht nur mit der Religion, er besaß auch eine Menge Bände über Okkultismus.«

»Das klingt unheimlich.« Pep runzelte die Stirn. »Und wie hast du jetzt den Platten hinbekommen?«

»Einfach die Ventilkappe abgenommen und dann mit der Kugelschreiberspitze die Luft herausgelassen. Es sollte echt aussehen für den Fall, dass sie mit zum Auto kommt.«

Pep holte eine Pumpe heraus und kniete sich neben das Rad. »Das sollte nicht lange dauern.«

Während Isabel über ihr Treffen mit Camila Cortez nachdachte, fuhr ein verbeulter grauer Land Rover aus der Einfahrt des benachbarten Bauernhauses und kam über die unebene Straße gerumpelt. Der Fahrer hielt neben Pequeñito an und lehnte sich aus dem offenen Fenster. »Kann ich helfen?«

»No hay problema!«, lächelte Isabel. »Nur ein platter Reifen.« Sie erkannte den Mann sofort, sie hatte ihn im Bademantel am Tatort gesehen. »Sie wohnen direkt neben Ca'n Mas, nicht wahr? Schlimme Sache.«

Er nickte. »Ich heiße Tomas Llull. Ich habe Angels Leiche gefunden. Die arme Camila hat sich die Seele aus dem Leib geschrien. Es war wie in einem Horrorfilm.«

»Kannten Sie ihn gut?«

»Nein, und wir waren uns auch nicht gerade grün. Der Alte hat mich kürzlich angezeigt, weil ich auf meinem Feld eine klitzekleine *casita* gebaut habe. Im Grunde nur einen Geräteschuppen.«

»Sie hatten keine Baugenehmigung?«

Er zuckte die Achseln. »*Qué va!* Wen kümmert das heutzutage noch? Hätte er mich nicht gemeldet, hätte niemand was mitbekommen. Und jetzt muss ich eine saftige Geldstrafe zahlen.«

»Und Sie haben also wirklich die Leiche gefunden?«

»Mein Schlafzimmer geht auf Ca'n Mas hinaus. Und in dieser Nacht bin ich mit einem Ruck aufgewacht, so gegen zwei, weil der Fernseher aus dem Arbeitszimmer des Alten plärrte. Also ging ich rüber und klingelte, aber niemand machte auf. Ich war so genervt, dass ich mir eine Leiter holte und auf die Mauer zwischen unseren Gärten kletterte. Da sah ich, dass die Verandatüren sperrangelweit offen standen, alle Lichter waren an, und auf dem Boden lag Mas' Leiche.«

»Das ist ja wirklich unfassbar. Wer kann das nur getan haben? Hatte Mas denn an diesem Tag Besuch?«

Er stellte den Motor ab, bereit für ein Schwätzchen. »Genau weiß ich es nicht, aber am späten Nachmittag war ich bei mir im Vorgarten und habe einen schwarzen Mitsubishi die Einfahrt hochfahren sehen. Ich habe nicht weiter darauf geachtet, den sehe ich ja oft genug.«

»Ach so?«

»Na ja, es war das einzige Auto, das je nach Ca'n Mas gekommen ist, der Mann kam ein paarmal im Monat. Ein Shogun.«

»Da saß nur ein Mann drin?«

Er nickte. »Ja, ja, wie immer.«

»Das hat die Guardia bestimmt brennend interessiert.«

Llull gluckste vergnügt und ließ den Motor wieder an. »Ich spreche aus Prinzip nicht mit der Polizei und schon gar nicht mit der Guardia. Na ja, wie ich auf die Leiche gestoßen bin und die alte Haushälterin losgebunden habe, das habe ich ihnen schon erzählt. Aber das war's dann auch.«

Als er losfuhr, rief Isabel *adéu!* und winkte.

»Nicht zu fassen. Und Camila Cortez behauptet, das Auto noch nie gesehen zu haben.«

Pep schaute vom Reifen hoch. »Wirklich?«

»Und warum sagte sie, vier maskierte Männer hätten sie angegriffen? Wenn der Nachbar die Wahrheit sagt, war nur eine Person in dem Wagen.«

»Aber warum sollte sie lügen?«

»Eine gute Frage, Pep. Eine wirklich gute Frage.«

*

Pep und Isabel kehrten ins Büro zurück, wo sie Probleme in Hülle und Fülle erwarteten. Ein holländisches Paar hatte es geschafft, den Hausschlüssel zu verlieren, und eine Engländerin hatte den Wasserhahn in der Küche so aufgedreht, dass die Kappe wie ein Sektkorken herausgeschossen kam und sich ein gewaltiger Wasserschwall über den Boden ergoss. Während Isabel den örtlichen Klempner herbeirief und die klitschnasse Kundin beruhigte, fuhr Pep auf seinem *moto* Ersatzschlüssel für die Holländer holen. Kurz darauf kamen zwei Reinigungskräfte vorbei und berichteten über zerrissene Laken in einer von Deutschen gemieteten Wohnung am Meer; dann drohte zu allem Überfluss eine Französin mit einer Klage wegen einer Ameiseninvasion in ihrem Schlafzimmer und eines voyeuristischen Geckos, der ihr im Bad auflauerte. Kurz vor fünf Uhr machte Pep sich davon und versprach, Isabel zur vereinbarten Zeit auf dem Boot seines Vaters zu treffen. Irgendwann hörte das Telefon schließlich auf, ständig zu klingeln; Isabel löschte das Licht im Büro und fuhr nach Valldemossa.

*

Professor Toni Bauzá saß Isabel gegenüber und studierte nachdenklich den vergilbten Kiefer einer längst ausgestorbenen Kreatur, die einst auf der Insel gelebt hatte. Isabel ließ den Blick durch das Gelehrtenzimmer schweifen. In den wuchtigen Mahagoni-Bücherregalen standen wissenschaftliche Bände neben Fossilien, Ziegenschädeln und Steinen. Draußen vor den schmuddeligen Fenstern des Universitätsgebäudes sah sie Weideland und die Tramuntana. Die Sonne flimmerte noch am Horizont, aber bald würde es Abend werden. Der Professor hüstelte diskret.

»Weißt du, Isabel, früher konnte einfach jeder, der wollte, wertvolle Artefakte aus dem Boden holen und sie ins Ausland verkaufen. Heute sind wir vorsichtiger, und die Höhlen am Teufelshorn sind nur noch für Angehörige der Universität mit einer Genehmigung zugänglich.«

»Aber haben die Überreste der Höhlenziege denn einen Wert für internationale Sammler?«

Isabel wusste, nicht zuletzt wegen ihrer Freundschaft mit Toni Bauzá, dass der *Myotragus balearicus* vor über zwanzigtausend Jahren ausgestorben ist und die Höhlenziege eine faszinierende Kreatur war. Heute ist sie ein wissenschaftliches Phänomen. Wegen ihrer geringen Größe auch Mausziege genannt, lebte sie ausschließlich auf Mallorca und Menorca. Weltbekannt wurde sie 1909 durch die englische Fossilienjägerin Dorothea Bate. Das allererste von ihr entdeckte Exemplar steht im Natural History Museum in London.

»Wert entsteht aus Interesse, meine liebe Bel.«

»Dass Aina die Höhlen also noch nie besucht haben will, ist demnach eine Lüge?«

Er seufzte. »Die Wahrheit ist es jedenfalls nicht. Sie nahm dort an einer Ausgrabung teil. Aina Ripoll ist eine meiner vielversprechendsten Studentinnen. Eine große Enttäuschung, dass sie die Universität derart verraten hat.«

»Ich vermute, ihr Freund hat sie dazu angestiftet. Er musste gedacht haben, so ließe sich schnelles Geld verdienen.«

»Wie schwerwiegend ist ihr Vergehen in den Augen des Gesetzes? Es wäre eine Tragödie, wenn eine einzige unbedachte Handlung dieses brillante Mädchen ihre Wissenschaftskarriere kostete.«

»Das kommt vor allem auf Aina an. Wenn sie voll und ganz mit der Polizei kooperiert, könnte sie mit einer Verwarnung davonkommen. Natürlich könnten auch Sie Ihren Teil dazu beitragen.«

Der bejahrte Professor wiegte nachdenklich den Kopf. »Auf welche Weise?«

*

Isabel nahm Mirandas Buch mit den Roald-Dahl-Geschichten und machte es sich mit einem Glas Rotwein und einer Schale gesalzener Mandeln auf der Terrasse gemütlich. Dreißig Minuten später klingelte das Telefon. Verwundert stellte sie fest, dass ihr Herz schneller schlug, als sie Tolos Stimme hörte.

»Entschuldige, dass ich so spät anrufe.«

»Ich bin ja noch wach. Glückwunsch zu der Pressekonferenz heute Morgen! Ich fand, du hast dich gut geschlagen.«

»Aus deinem Mund das höchste Kompliment. Hier in Madrid geht es drunter und drüber, aber morgen Nachmittag kann ich endlich zurück nach Mallorca fliegen. Gibt es von deiner Seite etwas zu berichten?«

»Das kann warten, bis wir uns morgen Abend treffen.«

»Hast du immer noch vor, heute mit Frank Walters zu reden?«

»Natürlich. Warum fragst du?«

»Wir haben gerade Videomaterial erhalten, das Gaspar Fernández dir zeigen wird, wenn du aufs Kommissariat in Palma kommst.«

Dann erzählte ihr Tolo von einem Mann, von dessen Bar aus man direkten Blick auf die Esplanade im Hafen von Pollença hat. Er hatte der Polizei eine Aufnahme der Überwachungskamera übergeben, die eindeutig Miranda zeigte.

Isabel spürte einen Schauer. »Wo?«

»Gaspar hat sich die Aufnahme gerade erst angesehen. Man sieht Miranda um acht Minuten nach zwei in eine Seitenstraße eilen, kurz nachdem ihre Mutter Alarm geschlagen hat.«

»Allein?«, rief Isabel.

»Nein.«

»Mit wem denn?«

»Das ist das Seltsame. Sie lief an der Hand einer Frau. Einer Frau mit langen blonden Haaren.«

Dreizehn

Das Wasser sammelte sich schäumend in Isabels mondbeschienenen Fußspuren auf dem nassen Sand, als sie zügig in Richtung Hafen ging. In der einen Hand trug sie eine Sporttasche, in der anderen ihre treue Strohtasche. Furó lief ihr nach und schnupperte begeistert die kühle Luft. Ein paar Touristen tranken noch in den Bars, aber die meisten hatten den Hafen verlassen – die einen, um brav ins Bett zu gehen, die anderen auf der Suche nach dem Nachtleben. Es war Mitternacht; endlich hatte eine kühle Brise die Hitze des Tages verweht.

Als sie *El Cargol* erreichte, lächelte sie wieder einmal über den Namen des Schiffes. Auch wenn es nicht das schnellste war, den Namen »Schnecke« hatte es nicht verdient. Aina war bereits an Bord und unterhielt sich leise mit Pep, als Isabel hinter Furó behände die Gangway hochkletterte. Sie blickte zum Nachthimmel auf: Der Mond hing wie ein weißes Pfefferminzbonbon über der Tramuntana. Zu ihrer Rechten ragte der magere alte Leuchtturm von Punta de Sa Creu auf, der seinen mattgoldenen Strahl über die Bucht warf.

Das alte Fischerboot lag wie ein bequemer Pantoffel an seinem Liegeplatz, auf beiden Seiten von ähnlich ramponierten, aber noch seetüchtigen Booten flankiert. Die meisten stanken nach altem Fisch und hatten Narben von unzähligen Fahrten auf hoher See. Das sanft schaukelnde türkisfarbene Boot auf der rechten Seite hieß *El Papagayo* und gehörte Jordi, dem Besitzer von Jordi's Bar in Sant Martí. Bei einer Angeltour hatte ein plötzlicher Strudel es gegen die Felsen geschleudert, und Jordi war über Bord geflogen, hatte sich in den Netzen verheddert und steckte dort wie ein besonders großer Heilbutt, bis man ihn befreit hatte. Von derlei Heldentaten erzählte er liebend gern den Touristen in seiner Bar.

Isabel warf einen Blick auf das ruhige, mondbeschienene Wasser. Selbst mit einem Partner wie Pep am Steuer würde es eine kinderleichte Fahrt werden. Sein Vater galt als einer der besten Seemänner an der Küste, Pep hatte das aber nicht geerbt und wurde auf kabbeligen Fahrten seekrank, was seine Familie sehr amüsierte.

Aina und Pep kamen über das Deck, um Isabel zu begrüßen. Beide wirkten nervös, Pep wohl aus Angst vor Seegang und Aina wegen ihrer letzten Bootstour. Pep beugte sich hinunter, um Furó zu streicheln.

»Das ist Furó. Wir arbeiten zusammen«, erklärte er Aina.

Sie lächelte und tätschelte das Frettchen. »Bestimmt ist er ein Ass in der Vermietung.«

Plötzlich ruckelte das Boot. Beunruhigt schaute Isabel zum Cockpit.

»Wer hat den Motor gestartet, Pep?«

»*Tranquilo!* Mein Vater wollte unbedingt mitkommen. Er meinte, du könntest ein zuverlässiges Paar Hände an Bord gebrauchen.«

Isabel lachte. Pedro konnte wohl Gedanken lesen.

Sie brachte Furó in die warme, helle Kombüse und begab sich zum Cockpit, an Pep und Aina vorbei, die plaudernd die Fender einholten. Pedro war eine wettergegerbte ältere Kopie seines Sohnes, schlank, muskulös, mit der gleichen olivbraunen Haut und schwarzen Augen. Er hatte gerade noch einmal auf die Karte gesehen, grinste nun Isabel an und umarmte sie.

Sie gab ihm einen Klaps auf den Arm. »Du hast mir nicht zugetraut, das Boot allein zu steuern, was?«

»Eher hab ich Pep nicht zugetraut, dir dabei zu helfen.«

»Wie lange brauchen wir bis zu den Höhlen?«

»Etwa eine Stunde. In der Sperrzone müssen wir nach der Küstenwache Ausschau halten, aber um diese Zeit sollte es eigentlich gut gehen.«

»Hoffentlich. Wir müssen unter dem Radar bleiben. Wenn Capitán Gómez von der Guardia von diesem Ausflug erfährt, fällt der ganze Plan ins Wasser.«

»Und ins Wasser fallen wollen wir ja wohl nicht.« Pedro zwinkerte ihr zu und manövrierte das Boot vorsichtig hinaus aus dem Hafen. Bald klatschten seichte dunkle Wellen an den Rumpf. Pedro drehte sich zu Isabel um.

»Die Höhlen am Teufelshorn sollen ein ziemliches Labyrinth sein.«

»Das stimmt.«

»Pep hat mir nicht gesagt, was genau wir vorhaben, aber wie ich dich kenne, soll es wohl nicht einfach eine Sightseeing-Tour im Mondschein werden.«

Sie lächelte. »Es könnte sich als reine Zeitverschwendung herausstellen. Ich habe nur so ein Bauchgefühl.«

»Pep sagt, du bist wieder bei der Polizei?«

»Nur für eine Weile.«

Pedro nickte. »Ich hoffe, dieser Ausflug bringt dich weiter.«

»Ich weiß deine Hilfe wirklich zu schätzen.«

»Schlimmstenfalls machen wir eine schöne nächtliche Bootsfahrt.«

Als das Boot auf offener See war, ging Isabel zum Bug, wo Aina sich zusammengekauert hatte, die dürren Arme umklammerten die nackten Knie, das schwarze Haar wehte im Wind. Pep war nicht zu sehen, er hatte wohl unter Deck Zuflucht gefunden.

»Aina, ich werde deine Hilfe brauchen, wenn wir die Höhlen erreichen. Ich muss wissen, wo genau Felip und Francesc die Bibeln gefunden haben.«

»Aber vielleicht sind sie ja gar nicht mehr da.«

»Ganz bestimmt sind sie nicht mehr da.«

»Was hoffst du dann zu finden?«

»Ein fehlendes Glied in der Kette.«

»Aber ich bin in dieser Nacht ja gar nicht in den Höhlen gewesen.«

Das Boot nahm Kurs nach Norden, die Klippen ragten wie Schatten zu ihrer Rechten auf. Vor ihnen zog sich ein seidiger Streifen Mondlicht über das Wasser. Isabel setzte sich zu Aina.

»Warum erzählst du mir nicht, was in dieser Nacht wirklich passiert ist?«

Das Mädchen wich zurück. »Wie meinst du das?«

»Na, komm, du hast mir doch nicht alles erzählt.«

Ein Nerv zuckte unwillkürlich in Ainas Gesicht. »Doch.«

Isabel rieb sich die Augen und gähnte. »Du hast dich

verraten, als du von den trockenen Klamotten gesprochen hast.«

Aina sagte nichts.

»Und du hast behauptet, noch nie in den Höhlen gewesen zu sein. Ich habe heute mit Professor Bauzá gesprochen. Er sagte, du warst kürzlich bei einer Expedition dabei.«

Aina zuckte zusammen. »Dann kann ich die Uni also vergessen.«

»Sag mir einfach die Wahrheit.«

Sie schluchzte. »Es war alles Felips Idee! Ich habe ihm erzählt, dass Sammler gutes Geld für Skelettteile vom Myotragus zahlen, und er hat mich überredet, ihn zu den Höhlen zu bringen. Er war pleite, und ich brauche das Geld, um weiter zu studieren.«

»Aber statt prähistorischer Knochen habt ihr etwas viel Lukrativeres gefunden.«

»Felip und ich haben die Höhlen erkundet, während Francesc Wache hielt. Als wir die Bibeln mit dem Kokain fanden, wollte ich sie nicht anfassen, aber Felip meinte, sie wären ein Vermögen wert, und er würde einen Dealer finden.«

»Ihr habt sie also genommen?«

»Er hat zwei Trockensäcke damit gefüllt, wir haben jeder einen zum Boot gebracht. Francesc half, sie an Bord zu hieven. Dann sind wir zurück zum Hafen.«

»Ich habe dich dort gesehen.«

»Was?«

»Ich bin mit Furó spazieren gewesen und habe zufällig gesehen, wie du dich mit Felip und Francesc gestritten hast. Dann seid ihr zusammen weggefahren.«

»Du hast es also die ganze Zeit gewusst!«

»Nur einen Teil. Und jetzt erzähl mir bitte den Rest.«

»Da gibt es nichts mehr zu erzählen.«

Isabel schnalzte ungeduldig mit der Zunge.

»Okay, okay, Bel, du hast gewonnen! Kurz bevor wir das Kokain fanden, entdeckte ich einen fast vollständig erhaltenen Myotragus-Schädel mit Kieferteil. Ein Prachtexemplar! Ich habe Felip nichts davon gesagt.«

»Du wolltest ihn selbst an einen Sammler verkaufen?«

»Ich gebe zu, das war mein erster Gedanke, aber zu Hause habe ich's mir anders überlegt.«

»Wie viel hätte er dir eingebracht?«

»Über tausend Euro.«

»Und was hast du damit gemacht?«

»Am Ende konnte ich Professor Bauzá nicht verraten. Er hat so viel für mich getan. Der Schädel ist in meinem Schließfach an der Uni.«

»Gut. Das macht alles einfacher.«

»Wirklich?« Aina konnte die Hoffnung in ihrer Stimme nicht verbergen.

»Du schuldest dem Professor eine Entschuldigung. Und was wäre da besser, als ihm deinen Fund zu überreichen?«

Dann ließ Isabel die Studentin mit ihren Gedanken allein und ging zu Pedro zurück. Es war eine klare Nacht, die Sterne leuchteten um die Wette, und das altgediente Boot glitt über die Wellen. Isabel und Pedro standen nebeneinander am Steuerrad und genossen die frische Brise – zumindest, bis Pep unter Deck hervorkam und sich heftig über die Reling übergab.

*

Nach etwas über einer Stunde hatten sie ihr Ziel erreicht. Zu ihrer Rechten lag eine riesige, von kleinen Höhlen und geheimnisvollen Spalten durchzogene Klippe. Pedro steuerte das Boot sanft landwärts. Pep hatte sich erholt und leistete seinem Vater Gesellschaft. Der Motor brummte gleichmäßig, als das Boot auf einen Kreis halb versunkener Felsen zusteuerte, die wie abgebrochene schwarze Zähne aus den Wellen ragten. Pedro wies auf eine kleine Bucht dahinter und rief Isabel über das Dröhnen des Motors hinweg Anweisungen zu.

Aina erhob sich unsicher und erkundete die felsige Küste. Das Gebiet war ihr vertraut, die Orientierungspunkte für sie unverkennbar. Am Eingang der winzigen Bucht erkannte sie El Cuerno del Diablo, das Teufelshorn, einen knorrigen hässlichen Felsen, dessen Spitze sich trotzig in den Himmel erhob. Sein Anblick verursachte ihr Unbehagen. Pep wankte über das Holzdeck und gesellte sich zu Aina am Bug, während Pedro mit Isabels Hilfe das Boot vorsichtig durch die Felsen lenkte. Ein paar Minuten später ließ das Dröhnen des Motors nach, die Schiffsschraube stotterte und wirbelte Wasser auf.

»Wo ankern wir am besten?«, rief Isabel gegen den Wind.

»Das entscheiden wir, wenn wir drin sind.«

Das Boot fuhr in die weite Höhle ein und tuckerte durch sanfte Wellen; die Meereslandschaft hinter ihnen ein idyllisches Diorama. Auf der anderen Seite der Höhle entdeckte Isabel ziemlich weit oben vergilbtes Gras – dort begann offenbar ein in die Felswand gehauener Pfad.

»Hier ist es gut«, rief sie. »Von hier aus können wir leicht zu dem Pfad schwimmen!«

Isabel verankerte das Boot, und Pedro schaltete die Deckslichter ein und beleuchtete die dunklen Höhlen und die zerklüfteten Felsen um sie herum. Er starrte hinunter in die tiefe Schwärze.

»Ich habe das Beiboot zu Wasser gelassen. Pep, bring du die beiden Taschen rüber.«

»Aina und ich machen das Boot dann an den Felsen fest«, ergänzte Isabel.

Unter ihren Shorts und T-Shirts trugen die beiden Frauen Badeanzüge. Isabel stupste Aina an. »Bereit?«

Sie nickte – und sprang ins Wasser. Einen Moment später tauchte ihr Kopf auf; schnell schwamm sie zu den Felsen. Isabel und Furó kamen nach. Als Pep sich mit dem Beiboot näherte, nahm er die Fangleine und stand unsicher auf.

»Wirf mir die Fangleine zu«, rief Aina zu ihm hinüber.

»Die was?«

Sie verdrehte die Augen. »Das Seil, das du in der Hand hast.«

Nachdem das kleine Boot sicher vertäut war, zog sich Aina den steilen Felsen hinauf, Isabel und Furó taten es ihr nach. In den tiefen Einkerbungen der Felswand fanden alle guten Halt, bis sie den schmalen Pfad erreichten, der zu drei tiefen Kammern im Inneren der Höhle führte.

»Wie war das Wasser?« Pep starrte aus dem Beiboot zu ihnen hoch.

»Erfrischend«, sagte Isabel mit einer Grimasse. »Jetzt gib mir die Sporttasche!«

Das Beiboot schaukelte heftig, als Pep sich mit der Tasche in der Hand wankend aufrichtete und einen Fuß auf den glänzenden Felsen setzte. Isabel beugte sich hinunter und nahm ihm den Beutel ab. Daraus holte sie Handtücher, trockene Kleidung für sich und Aina, zwei Rucksäcke, Stirn- und Taschenlampen und zwei Paar Schuhe mit rutschfesten Gummisohlen. Die Frauen zogen sich schnell um und schalteten die Lampen ein. Als sie fertig waren, beugte sich Isabel wieder zu Pep hinunter.

»Da ist ein Signalhorn in meiner Strohtasche«, rief sie. »Wenn was ist, blas einfach rein. Dieses Ding weckt Tote auf.«

Pep sah ein wenig verloren aus, wie er da unten in dem kleinen Boot stand, doch noch immer war er perfekt gestylt in seinen schwarzen Shorts, dem makellosen Poloshirt und den roten Espadrilles.

»Wie lange braucht ihr?«

»Eine Stunde vielleicht«, sagte Aina.

»Und was soll ich so lange tun?«

Sie zuckte die Achseln. »Bleib im Beiboot, oder trink mit Pedro ein Bier.«

»Nein danke, mir ist immer noch schlecht.«

Vorsichtig trat Pep zurück ins Beiboot und suchte in Isabels Strohtasche, bis er ein glattes gelbliches Kuhhorn in der Hand hielt. Als würde er wie irgendein Wikinger in ein Horn blasen! Er wartete, bis das Geräusch der Schritte verklungen war, zog einen Flachmann aus der Hosentasche und nahm einen kräftigen Schluck. Der Brandy wärmte Kehle und Bauch; schon ging es ihm viel besser. Er machte es sich im Beiboot bequem, deckte sich mit einem Badetuch zu und freute sich auf ein Nickerchen. Vom großen Boot konnte er das Tuckern des Motors hören. Zu dieser Gutenachtmusik schloss er glücklich die Augen.

*

Laut Aina mussten sie in die zweite Kammer. Langsam stiegen die zwei Frauen die scharfen Felsen entlang, drückten sich an die steilen Wände und erreichten schließlich den richtigen Durchgang. Er war so eng, dass sie die Rucksäcke abnehmen mussten. Während sie sich seitwärts durch den Gang schrammten, lief Furó voraus und schnüffelte fröhlich. Endlich wurde der Gang breiter und öffnete sich schließlich. Winzige Rinnsale tropften wie Schweiß die zerklüftete Felswand hinunter.

»Hier hat Professor Bauzás Gruppe gegraben. Wir haben ein paar Oberschenkelknochen gefunden, aber nichts Wertvolles. Keine Zähne, keine Schädel. Wir hätten tiefer hineingehen sollen.«

»Also, wohin jetzt?«

Aina richtete ihre Stirnlampe und sah sich in der schattigen Kammer um. Eine fette Krabbe huschte vorbei und verschwand in der Dunkelheit. »Geh mir einfach nach.«

Bald wurde es so eng, dass Aina sich vor einem großen Spalt im Felsen auf den Bauch legte. »Dahinter ist ein Tunnel. Da kommt man nur gerade so durch, sei vorsichtig.«

Aina begann zu kriechen; ihren Rucksack schob sie vor sich her. Als Isabel ihr folgte, schien die Enge sie von allen Seiten zusammenzupressen. Sie atmete erleichtert aus, als sie endlich eine Öffnung erreichten, die zu einer großen Grube führte. Die Stirnlampen warfen gespenstische Schatten an die Höhlenwände. Isabel sah in die Grube hinunter.

»Ein ganz schönes Gefälle. So um die sieben Meter?«

Aina nickte. »Professor Bauzá ließ uns da nicht hinabsteigen, er fand es zu riskant, weil es Anzeichen von Wassereintritt gab. Aber als Felip und ich am Montagabend dort waren, war es trocken genug.«

Isabel holte eine eng gerollte Strickleiter, Haken und Karabiner aus ihrem Rucksack. Sie fand zwei Spalten im Abstand von etwa dreißig Zentimetern und schlug mit einem Stahlhammer zwei Haken in den Felsboden. Dann befestigte sie die Karabiner an den Haken und die Strickleiter an den Karabinern. Schließlich zog sie mehrmals kräftig an der Leiter – sie war gut gesichert.

»Bist du immer so gut vorbereitet?«

»Ich habe als Studentin viel Canyoning und Bergsteigen gemacht, da lernst du auf die harte Tour, wie wichtig Vorbereitung ist.«

Isabel schnallte sich Furó sicher vor die Brust und kletterte langsam hinunter. Die Leiter schwankte und kratzte über den Felsen.

Unten ließ Isabel Furó los. Er kam im Dunkeln gut zurecht, und ihr reichte der kränkliche Schein ihrer Stirnlampe.

»Jetzt du, aber vorsichtig«, rief sie Aina zu.

»Ich wünschte, ich müsste nicht noch einmal da runter.«

Isabel schaute zu ihr hoch. »*Ánimo!* Wir brauchen nicht lange.«

Von der großen runden Kammer gingen fünf Tunnel ab,

zwei davon unmöglich eng. Aina richtete ihre Lampe auf den breitesten.

»Dort drin haben wir die Bibeln gefunden. Es ist nicht viel Platz, Bel, mach langsam.«

Auf Händen und Knien krochen sie hinein. Der Raum leer, kein Abdruck, keine Spur. Aina fuhr mit der Hand über den Boden.

»Alles weg, Bel, genau, wie du gesagt hast.«

Isabel leuchtete mit der Taschenlampe in alle Ecken und nickte. Worauf hatte sie eigentlich gehofft?

»Lass uns noch schnell die beiden anderen Tunnel anschauen, in die man reinkommt.«

Sie kehrten in die zentrale Kammer zurück. Aina bot an, die zwei Tunnel allein zu untersuchen, währenddessen untersuchte Isabel sorgfältig den großen Raum, in dem sie stand. Es war angenehm kühl, und der Geruch erinnerte sie an die Höhlenexpeditionen, die sie als Studentin in Barcelona unternommen hatte. Dort hatte sie zwar keine Fossilien gefunden, dafür aber römische Münzen, alte Töpferwaren und sogar einen neolithischen Feuerstein. Sie ging langsam umher, betrachtete die zerklüfteten Felsbrocken und tauchte die Finger in kleine eisige Wasserlachen in den Spalten. In einer Meereshöhle im Westen Mallorcas waren die Knochen von Tausenden von Höhlenziegen gefunden worden. Die Tiere waren offenbar im Laufe der Jahrhunderte durch einen Spalt in eine ebensolche Grube gefallen wie die, in der Isabel sich gerade befand. Der Elfenbeinberg ihrer Knochen war ein Geschenk für Paläontologen.

Auf ihrem Rundgang durch die Höhle fand Isabel nicht die geringste menschliche Spur. Sie gab auf, setzte sich auf ihren Rucksack und lehnte den Rücken gegen die Höhlenwand. Sie konnte hören, wie Furó in der Dunkelheit herumwühlte und aufgeregte Grunzgeräusche von sich gab. Der nächtliche Ausflug war also Zeitverschwendung gewesen. Hatte sie gedacht, sie würde einen Beweis finden, dass Afrim Cana oder seine Schlägertypen hier nach Aina und den Torrens-Brüdern noch gewesen waren?

Aina kam zurück und klopfte sich Staub und Erde von den Shorts. »Ich fürchte, die Tunnel sind unpassierbar. Ich habe nichts gefunden außer ein paar Fledermausknochen.«

Isabel stand auf und rief nach Furó. »Schon gut, Aina. Einen Versuch war es wert. Komm, wir gehen besser zurück.«

Während Aina die Strickleiter hochkletterte, pfiff Isabel ein paar Noten eines Seemannsliedes. Normalerweise kam Furó sofort angerannt. Zum Glück war er nicht schwer zu finden, so laute Geräusche machte er beim Wühlen. Als ihn das Licht der Taschenlampe traf, knurrte er und wich zurück. Vor ihm war eine Mulde voller zerbrochener Muscheln und toter Käfer. Als Isabel sich hinhockte und ihm den Kopf kraulte, bemerkte sie mitten im Insektenfriedhof einen verkohlten braunen Zigarrenstummel. Mit einem Stock schnippte sie ihn in einen Plastikbeutel, den sie sorgfältig in ihrem Rucksack verstaute. Dann schnappte sie sich Furó und kletterte langsam die Leiter hinauf. Aina schien erleichtert.

»Du hast dir aber Zeit gelassen.«

Isabel lächelte. »Ich glaube, mein schlaues kleines Frettchen hat etwas Interessantes gefunden.«

»Und zwar?«

»Einen Zigarrenstummel. Wer weiß, wie lange er schon da unten liegt, aber er ist noch trocken. Es gibt also die Chance, dass die Spurensicherung darauf einen Abdruck findet und –«

Isabel verstummte, als ein bizarrer Ton durch die Tunnel hallte. Was, um Himmels willen, war das?

»Was ist los, Bel?«, fragte nun auch Aina erschreckt. »Was ist das für ein Geräusch?«

Da wurde Isabel endlich klar, was sie da hörten. Es war das Signalhorn.

Vierzehn

Hastig setzte Isabel das Frettchen ab, rollte die Leiter zusammen, stopfte sie in den Rucksack und rannte, so gut es ging, Richtung Boot. Das Kuhhorn hatte sie eher als Scherz mitgenommen. Hatte sie damit das Schicksal herausgefordert? Oder nahm Pep sie im Gegenzug auf den Arm? Doch der Ton klang dringend, immer und immer wieder.

Aina eilte ihr nach; Furó schlängelte sich zwischen den beiden durch und übernahm die Führung.

»Bel, meinst du wirklich, Pep und Pedro stecken in Schwierigkeiten?«, keuchte Aina.

»Hoffentlich nicht, aber Vorsicht ist besser als Nachsicht.«

Sie krochen durch die Tunnel; Schauer von Schmutz und Staub prasselten ihnen auf die Köpfe. Als sie endlich am Wasser ankamen, trauten sie ihren Augen nicht. Ein kleines Motorboot dümpelte in einiger Entfernung von Pedros Trawler auf und ab. Zwei junge Männer kauerten an Bord; Pedro stand mit einer Schrotflinte in der Hand über ihnen. Pep war nass bis auf die Haut.

»Was um alles in der Welt ist hier los?«, rief Isabel.

Pep schaute hoch. »Lange Geschichte! Kannst du hier rüberschwimmen und das Beiboot holen?«

Isabel schaute sich die Gefangenen an. Sie waren dunkelhäutig, abgemagert und offensichtlich erschöpft. Sie vermutete, dass sie aus Westafrika stammten. Sie zog die Schuhe aus, schlüpfte hinter einem Felsen in den Badeanzug und schwamm im eiskalten Wasser zum Beiboot hinüber. Mit klammen Fingern hievte sie sich hinein, ruderte zurück zum Felsen und holte Aina ab. Sie luden ihre Habseligkeiten ein und ruderten zu Pedros Trawler. Nachdem das Beiboot verstaut war, kletterten beide die Metallleiter hoch. Isabel bibberte vor Kälte, und Aina legte ihr ein Handtuch über die Schultern.

Während Isabel sich wieder einmal eilig umzog, sah sie, wie Pep das Motorboot anließ und es vorsichtig über das kabbelige Wasser zum alten Boot seines Vaters steuerte. Pedro reichte Isabel seine Schrotflinte hinauf, dann brachten Vater und Sohn die Männer an Deck.

»Nimm du das lieber. Das ist meine alte Jagdgefährtin. Ich habe sie vorsichtshalber mitgebracht.«

»Funktioniert die denn überhaupt?«

»Klar, nur dass ich keine Munition dabeihabe. Aber das wissen sie ja nicht!« Er grinste und schaute zu den jungen Männern hinüber, die elend auf dem Deck herumstanden. Isabel bedeutete ihnen, sich zu setzen, während Aina sie wachsam musterte.

»Ich hole ihnen mal etwas zu essen«, sagte Pedro.

Er verschwand unter Deck, und Pep kletterte an Bord. Mit klappernden Zähnen nahm er dankbar ein Handtuch von Aina entgegen und wischte sich das Gesicht ab.

»Also, was ist passiert?«, fragte Isabel.

»Ich habe im Beiboot eine Runde geschlafen, da hörte

ich plötzlich meinen Vater rufen – und dann machte er die Lichter aus, und es war stockdunkel. Ich hörte das Geräusch eines Motors, und ein kleines Boot fuhr in die Höhle ein.«

Pedro kehrte an Deck zurück und stellte ein Tablett mit Brot, Käse und Serranoschinken neben die beiden Männer, dazu Wasserflaschen und Bierdosen. Er sah zu, wie sie tranken und aßen.

»Erzähl weiter«, drängte Aina Pep, doch Pedro sprach für seinen Sohn weiter. »Ich war an Deck, als ich vom Meer her Stimmen hörte, also ging ich nach unten und holte meine Flinte. Dann rief ich zu Pep rüber, und schon fuhren die beiden hier mit dem Motorboot in die Höhle ein. Ich wartete, bis sie nah genug war, blendete sie mit den Scheinwerfern und hielt die Flinte auf sie gerichtet. Sie haben nicht versucht zu fliehen.«

Pep schaltete sich ein. »Ich ruderte rüber, holte meinen Vater ab, und wir übernahmen die Kontrolle über ihr Boot. Und dann habe ich dieses komische Horn geblasen, wie du gesagt hast.«

»Gut gemacht, Pep!« Isabel grinste. Sie hätte nie geglaubt, dass das Horn – ein Souvenir aus einem Urlaub in der Schweiz – mal so nützlich sein würde.

»Es war nichts an Bord«, erzählte Pedro weiter. »Nur zwei dünne Decken, leere Plastikwasserflaschen und ein paar Taschenlampen.«

»Ich frage mich, was sie hier wollten«, überlegte Isabel.

»Wer weiß? Keiner von den beiden scheint Spanisch zu verstehen.«

»Und Englisch auch nicht«, fügte Pep hinzu.

Isabel stöhnte leise auf. »Wir müssen die Küstenwache anrufen und die beiden ausliefern, sobald wir den Hafen von Sóller erreichen. Die Guardia ist dafür zuständig, und ich werde so einiges erklären müssen.«

»Sie werden sich doch freuen, dass wir ein paar Schmuggler erwischt haben, oder?«, sagte Pep.

»Wir wissen nicht, wer diese Menschen sind. Sie könnten Geflüchtete sein«, gab ihm Isabel zu bedenken.

Pedro ging ins Cockpit, um die Guardia zu alarmieren. Inzwischen hockte sich Isabel neben die beiden Männer und begann, leise mit ihnen zu sprechen. Pep verstand kein Wort und schaute verwundert zu. Zuerst antworteten sie nicht, aber schließlich sprach der jüngere. Sein Begleiter sah auf und, anscheinend von Isabels Antwort beruhigt, redete er ebenfalls einige Minuten lang. Isabel sagte noch etwas, klopfte dem Mann beruhigend auf den Arm und stand auf.

»Was ist das für eine Sprache?«, fragte Pep erstaunt.

»Portugiesisch-Kreolisch. Es sind Drogenschmuggler aus Guinea-Bissau, die pendeln jeden Monat zwischen Westafrika und der spanischen Küste.«

»Was machen die dann hier?«

»Eigentlich nichts. Man hat sie aus Valencia hergeschickt, um die Höhlen als potenziellen Umschlagplatz für künftige Kokainlieferungen zu erkunden.«

Pep hob eine Augenbraue. »Tja, uns haben sie hier jedenfalls nicht erwartet.«

Aina kam auf Isabel zu. Sie musste sich festhalten, als mit einem Mal der Motor zu brummen begann und das Boot sich durch die Wellen bewegte. »Du sprichst ihre Sprache?«

»Nur ein bisschen«, antwortete Isabel. »Ich habe ein Jahr

im Senegal, in Sierra Leone und Guinea-Bissau verbracht, als ich in Madrid in der Drogenfahndung gearbeitet habe.«

Isabel schaute zu den Gestalten hinüber, die zusammengekauert auf dem Deck saßen. »Das sind nur Kuriere. Bestimmt sind sie als Teenager in den Drogenhandel geraten, wie so viele in ihrem Land. Es ist leicht, sie zu verurteilen, aber die meisten leben in Armut und tun alles, damit ihre Familien nicht verhungern.«

Pep zog sich einen Pullover über und hielt sich an der Reling fest, als das Boot auf den Wellen auf- und abstieg. »Glaubst du, sie wussten etwas über das Kokainversteck?«

»Sie haben es geleugnet, aber wir werden hoffentlich mehr herausfinden, wenn die Guardia sie befragt. Mein Kreolisch ist nicht gut genug, aber Gaspar Fernández, Tolos Stellvertreter, ist zur Hälfte Guinea-Bissauer.«

Der Wind frischte auf, und mit dem Motorboot im Schlepptau drosselte Pedro die Geschwindigkeit auf zehn Knoten. Isabel blieb bei den beiden Männern, und Pep schlich sich in die Kajüte, um sich hinzulegen. Kurz bevor der Hafen in Sichtweite kam, kehrte er an Deck zurück.

»Das war eine lange Nacht.«

»Ja, du hast recht.«

Einige Minuten später fuhr das Boot in den stillen Hafen ein. Auf dem Kai standen drei ernste Männer von der Küstenwache. Als das Boot zum Stehen kam, sahen sie Isabel und winkten ihr lächelnd zu.

Pep stupste sie an. »Die scheinen dich zu kennen.«

»Die Küstenwache ist mein geringstes Problem«, antwortete Isabel. »Warte nur, bis Capitán Gómez von der Sache erfährt. Der schickt mich glatt über die Planke.«

Fünfzehn

Isabel betrat die kühle Eingangshalle von Ca'n Moix und runzelte die Stirn: Oben wummerte mal wieder laute Musik. Im Büro angekommen, tanzte Pep mitten im Zimmer mit ausgestreckten Armen und sang lauthals *»I can't get noooo satisfaction«*. Isabel beobachtete amüsiert, wie er eine Pirouette drehte. Als er sie sah, schaltete er hastig das Radio aus.

»Ah, Bel! Ich habe nur ein bisschen Dampf abgelassen.«

»Das sehe ich. Was machst du denn so früh am Samstag hier?«

»Ich muss noch etwas arbeiten.«

Sie hob eine Augenbraue. »Ich bin beeindruckt. Ich dachte, du würdest nach dem Abenteuer letzte Nacht ausschlafen wollen.«

Er grinste. »Ich habe nichts dagegen, mal einen Morgen ohne Angélica zu verbringen. Sie sitzt mir immer wegen irgendwas im Nacken.«

»Warte nur, bis ihr verheiratet seid.«

Pep verzog das Gesicht. »Das wird so schnell nicht passieren. Zum Glück ist sie jetzt mit ihrer Mutter auf dem Markt in Sóller, und dann fahren sie nach Palma, um im El Corte Inglés einzukaufen. Dann kann ich mir am Nachmittag wenigstens das Barça-Spiel ansehen.«

»Gut! Mach dich ruhig auf den Heimweg, nachdem du die neuen Gäste vom Flughafen abgeholt hast.«

»Das werde ich; langsam sollte ich los. Und du?«

Sie seufzte. »Ich muss aufs Kommissariat nach Palma und Frank Walters befragen. Er ist nach seinem Zusammenbruch aus dem Krankenhaus entlassen worden. Und ich muss den Zigarrenstummel, den Furó gefunden hat, der Spurensicherung übergeben.«

»Was ist mit den beiden Männern von gestern? Werden sie immer noch von der Guardia festgehalten?«

»Ich habe gestern Abend noch Gaspar Fernández angerufen. Er wird versuchen, bei Gómez die Wogen zu glätten, und ihm anbieten, die beiden heute zu befragen, da er ja fließend Kreol spricht.«

»Ah, da fällt mir was ein!« Pep griff nach einem Umschlag auf seinem Schreibtisch. »Hier ist das vergrößerte Bild, das du wolltest. Ich hab's vorhin abgeholt. Beatriz sagte, es wäre schon ziemlich alt, also ist die Qualität nicht besonders.«

Dann schnappte er sich mit einem fröhlichen *adéu* die Schlüssel zu Idòs Auto und lief die Treppe hinunter. Isabel freute sich über ihren fleißigen Lehrling. Pep hatte in kurzer Zeit einen weiten Weg zurückgelegt; inzwischen war er eine große Hilfe. Die Vorliebe für laute Musik und überschwängliches Tanzen im Büro war ein kleiner Preis für sein wachsendes Engagement. Sie streichelte den verschlafenen Furó, bevor sie das Foto von Angel Tulio Mas im scharfen Licht ihrer Schreibtischlampe genauer betrachtete.

»Sie sind nicht, wer Sie zu sein vorgeben, oder, Señor Mas?«

Dann nahm sie einen Chupa Chup aus der bunten Schale, packte ihn langsam aus und steckte ihn sich in den Mund. Eine Minute später griff sie nach dem Telefon.

»Natürlich!«, rief sie zu Furó hinüber, während sie die Nummer wählte. »Warum habe ich nicht früher daran gedacht? Ich weiß genau, wen ich anrufen muss!«

*

Auf der sonnigen Veranda des Polizeipräsidiums in Palma tummelte sich eine Schar Pressefotografen. Sie tranken Wasser aus Plastikflaschen und brüllten erhitzt in ihre Telefone. Isabel parkte Peps *moto*, ging am Lift vorbei und lief mit dem Sturzhelm in der Hand die Treppe zu Tolos Abteilung hinauf, wo Corc, sein etwas überdrehter Assistent, auf sie zueilte.

»Ah! Señora Flores Montserrat! Es ist immer eine Freude, Sie zu sehen. Aber ich fürchte, der Chef ist noch nicht aus Madrid zurück.«

Isabel lächelte. »Eigentlich bin ich hier, um mit Gaspar zu reden. Und nenn mich doch bitte Bel. Ich habe es nicht so mit Förmlichkeiten.«

»*Molt bé!* Also, Bel« – er kicherte –, »weißt du eigentlich, dass der Chef immer eine neue Krawatte trägt, wenn du ihn besuchst?«

»Da täuschst du dich sicher, Corc.«

»Aber nein!«

Auf dem Weg zu Gaspar stieß er vor lauter Aufregung einen Papierkorb um. Während er auf dem Boden krabbelnd Zettel und Plastikbecher aufhob, ging neben ihm eine

Tür auf und enthüllte eine große, sehnige Gestalt mit einem Kopf so glatt und braun wie eine Kakaobohne. Der Mann grinste breit, dann küsste er Isabel auf beide Wangen. »Du hast deine Dienstmarke also wieder, was?«

»Aufpassen, Gaspar! Es ist nur eine vorübergehende Maßnahme.«

Er lachte schallend. »Das will ich sehen, wie du das Ding wieder zurückgibst. Der Chef ist froh, dich wieder an Bord zu haben.«

»Damit er sich in Madrid herumtreiben und mit den hohen Tieren dort liebäugeln kann.«

»Da sagst du was. Wenn er hier ist, hängt er ständig mit Lola Rubio vom Innenministerium am Telefon.«

Isabel schluckte schwer. »Es ist bestimmt wichtig, dass sie in Bezug auf den Entführungsfall in regelmäßigem Kontakt bleiben.«

»Auf jeden Fall. Der arme alte Tolo steht an vorderster Front und muss sich gegen die Medien wehren. Nicht ganz leicht, wenn wir so gut wie keine Spuren haben. Apropos, wollen wir uns das Video ansehen?«

Isabel folgte Gaspar in den spärlich möblierten Raum, während Corc mit ihrer Kaffeebestellung davoneilte.

»Wie lief es mit Gómez heute Morgen?«, fragte Isabel.

Gaspar griff nach der Fernbedienung. »Er regt sich natürlich darüber auf, dass du gestern Abend in den Höhlen warst.«

»Und? Denkt er, ich habe mich verfahren?«

»Jetzt komm, er ist ja nicht dumm. Er reimt sich schon zusammen, dass es mit dem Fall zu tun hat. Also, sei gewarnt, er ist dir auf den Fersen.«

»Was ist mit den beiden Kurieren?«

»In dieser Hinsicht war er ziemlich kooperativ, wahrscheinlich, weil er niemanden hat, der Kreol spricht. Wir dürfen sie morgen um zwei hier auf dem Kommissariat befragen – wäre das für dich in Ordnung? Du hast am Sonntag doch nicht etwa was Besseres vor?«

Es klopfte an der Tür, und Corc kam mit zwei Tassen herein. Wortlos und mit zitternden Händen stellte er einen Cortado vor Isabel und einen Cappuccino vor Gaspar ab. Dann glitt er aus dem Zimmer und schloss leise die Tür.

»Er ist immer noch ein bisschen nervös, oder?«

Gaspar verdrehte die Augen. »Frag lieber nicht, Bel. Er macht Tolo verrückt. Den Job hier hat er ja nur bekommen, weil sein Vater Fischereiminister ist.«

»Vitamin B, eh?«

»Und wie. Sein alter Herr ist mit dem Polizeichef befreundet.«

Isabel gähnte. »Lass uns anfangen, in dreißig Minuten muss ich weg, Frank Walters befragen.«

Gaspar schaute auf die Uhr. »Genau elf! Wie machst du das nur, Bel?«

»Wie mach ich was?«

»Die Zeit wissen, ohne eine Uhr zu tragen.«

»Zauberei natürlich.«

Gaspar lachte und richtete die Fernbedienung auf den Fernseher. Einen Moment später flimmerte ein grobkörniges Schwarz-Weiß-Video über den Bildschirm. Isabel lehnte sich konzentriert vor. Eine schlanke, zierliche Frau mit blonder Mähne und dunkler Sonnenbrille ging zielstrebig die belebte Hafenpromenade von Pollença entlang. Isabels

Herz setzte einen Schlag aus, als ein kleines blondes Mädchen im Bild erschien, das die Frau an der Hand hielt. Miranda trug Shorts und ein T-Shirt mit einem Muster um den Hals. Kleine Blumen vielleicht? An ihrem linken Handgelenk war eine Uhr zu sehen. Als Isabel das Video zum vierten Mal ansah, rief sie mit gedämpfter Stimme: »Da! In Mirandas linker Hand. Kannst du das erkennen?«

Gaspar kam näher und starrte das Standbild an. »Es könnte alles Mögliche sein.«

»Nein, schau mal genau hin. Es ist etwas Weiches. Ein kleines Spielzeug. Siehst du, wie sanft und schützend sie es hält?«

»Ich frage die Spurensicherung, ob sie eine bessere Auflösung hinkriegen.«

»Ich vermute, es ist Pinky, das kleine blaue Kaninchen.«

»Und das ist wichtig?«

»O ja! Laut Mirandas Mutter hat sie immer mit diesem Kuscheltier geschlafen. Wenn es tatsächlich Pinky ist, bestätigt das meine Theorie: Miranda wusste, dass sie an diesem Tag verschwinden würde, und war einverstanden.«

»Aber warum?«

Isabel breitete die Arme aus. »Ich arbeite dran, Gaspar!«

Sie betrachteten noch einmal die Frau. Sie wirkte sportlich und trug modische, aber schlichte Kleidung.

»Was hältst du von ihr? Trägt sie eine Perücke?«, fragte Gaspar.

Isabel nickte. »Ich glaube schon. Für eine Entführerin scheint sie ziemlich gelassen. Sie hält das Mädchen bei der Hand, aber es sieht nicht nach Gewalt aus. Die beiden könnten Mutter und Tochter sein, besonders mit den gleichen blonden Haaren. Genau diesen Eindruck soll wahrscheinlich die Perücke vermitteln.«

»Falls Miranda ihre Entführer wirklich kannte, wer könnte es sein? Wir haben bei Interpol nachgefragt, aber bisher wurde kein Match gefunden. Und wir haben das Video gestern Abend den Walters und Marc Got gezeigt – alle sind sicher, die Frau nie gesehen zu haben.«

Isabel spielte das Band noch einmal ab: »Sie ist was, etwa einen Meter siebzig groß, richtig? So wie sie aussieht, treibt sie offensichtlich Sport. Kannst du die Kleidung identifizieren?«

»Das T-Shirt ist von einer Supermarktkette in den USA, und die Jeans sind von Levi's, aber das war's auch schon.«

»Ist das da ein Armband?«

Gaspar studierte den Bildschirm. »Ja, und sie trägt auch eine Uhr und Ohrringe. Aber nichts davon ist unverwechselbar; es wird nicht leicht sein, sie zu identifizieren.«

»Es sieht so aus, als hätte Miranda ihren Barbie-Rucksack dabei«, sagte Isabel. »Das habe ich auch erwartet.«

Gaspar sah sie neugierig an.

»Ihre Körpersprache ist entspannt«, fuhr Isabel fort. »Sie scheint keine Angst vor der Frau zu haben, also kennen sie sich wohl. Wie hätte eine fremde Frau sie auch überreden können, von ihrer Mutter wegzugehen?«

Gaspar schüttelte hilflos den Kopf und kratzte sich am Kinn. »Und was soll das Motiv sein? Der ganze Fall ist rätselhaft. Die Guardia hat Hunderte von Befragungen vor Ort durchgeführt und die Gegend gründlich durchsucht, aber es ist, als wären die beiden unsichtbar.«

Schweigend saßen sie da und betrachteten das letzte

Standbild, die ineinander verschlungenen Hände von Entführerin und Kind, als Corc in den Raum stürmte. Er hatte zu klopfen vergessen und ließ reumütig den Kopf sinken, als ihm das klar wurde.

»Entschuldigen Sie bitte die Störung, Sir, aber Mr Walters ist gerade für Bel eingetroffen. Ich habe ihn in den Besprechungsraum geschickt.«

Mit einem stoischen Lächeln stand Isabel auf und ging zur Tür.

*

Frank Walters hielt mit beiden Händen eine Tasse schwarzen Kaffee und starrte mit glasigen Augen durch das Fenster des Sitzungsraumes auf einen fernen Punkt. Langes helles Haar umrahmte sein hageres, blasses Gesicht. Erschöpft drehte er sich zu Isabel um.

»Die Polizei hat also überhaupt keine Fortschritte gemacht?«

Unter dem Tisch tanzten Isabels Finger ungeduldig auf ihren Knien. »Mr Walters, ich verstehe Ihre Gefühle, aber es sind noch keine fünf Tage seit Mirandas Verschwinden vergangen, und unsere Teams arbeiten rund um die Uhr. Wir haben bereits Videomaterial von einer Verdächtigen und haben Interpol, internationale Sicherheitskräfte und die Medien alarmiert. Die Polizei und die Guardia sind Hunderten von Hinweisen aus der Bevölkerung nachgegangen. Wir hoffen, dass einige davon sehr bald Früchte tragen werden.«

»Aber man weiß noch immer nicht, wer diese Frau ist und ob sie allein gearbeitet hat.«

»Noch nicht, aber wir finden es bald heraus. Da bin ich zuversichtlich. Morgen erscheint ein Phantombild der Frau in der Presse, lokal und international. Wir erwarten eine große Resonanz.«

»Meinen Sie, das ist ein Pädophilenring?«, flüsterte er.

»Nein.«

»Wie können Sie so sicher sein?«

»Ganz sicher bin ich nicht, aber ich hatte oft mit Pädophiliefällen zu tun, und das hier fühlt sich anders an.«

»Das ist ja beruhigend.«

»Wichtig ist, Miranda schien die Frau am Strand zu kennen.«

»Das ist unmöglich.«

»An dem Tag, als sie verschwand, haben Sie mit ihr telefoniert, oder?«

»Ich habe am frühen Morgen angerufen und ihr zum Geburtstag gratuliert. Ich sagte, mein Geschenk bekommt sie, wenn wir uns sehen.«

»Und das wäre wann gewesen?«

»Ihre Flugtickets waren für nächsten Samstag gebucht. Eine Woche in der Schweiz, bevor die Schule beginnt. Ich hatte alles Mögliche für ihren Besuch geplant.«

Isabel lächelte ihn an. »Ich höre, Sie sind Künstler, Mr Walters?«

»Ja, und?«

»Ein schöner Beruf. Womit beschäftigen Sie sich hauptsächlich?«

»Vor allem mit der Natur.«

»Sie pendeln zwischen Sussex in England und Vevey in der Schweiz, richtig?«

»Richtig.«

»Beides inspirierende Orte für einen Künstler.«

»Ich verbringe die meiste Zeit in der Schweiz, dort sind meine Kunden.«

Isabel nahm einen Schluck Wasser. »Wie ist Miranda mit der Scheidung klargekommen?«

»Am Anfang war es nicht einfach, aber jetzt, wo Jane und ich neue Partner haben, ist es besser.«

»Wie heißt Ihre Verlobte?«

»Sabine Labelle. Sie und Miranda verstehen sich prächtig. Erst letzten Monat waren wir mit ihr in Disneyland in Paris. Hier ...« Er kramte in seiner Tasche, fand eine abgenutzte braune Lederbörse und zog ein Foto heraus. Das Bild zeigte ein Paar an einem Restauranttisch, ein kleines blondes Mädchen zwischen ihnen. Alle drei lächelten selig. Das Gesicht der Frau wurde von wilden kastanienbraunen Locken umrahmt, und ihre azurblauen Augen schauten direkt in die Kamera. Ein paar Augenblicke lang hielt Isabel die glückliche Familie in beiden Händen, dann gab sie das Bild langsam zurück.

»Sie heißt nicht umsonst Labelle.«

Er lächelte zaghaft. »Ja, ich habe Glück.«

»Kommt sie jetzt hierher?«

Er seufzte. »Ich konnte erst heute mit ihr sprechen. Sie macht Segelurlaub nahe Korsika, und ihr Telefon hatte keinen Empfang. Die Polizei hat sie heute Morgen ausfindig gemacht und auf dem Boot kontaktiert. Offenbar hatte sie eine schwere Lebensmittelvergiftung und braucht noch ein paar Tage, um zu genesen.«

Isabel nickte mitfühlend. »Übrigens, das hätte ich fast

vergessen. Ich habe etwas für Sie.« Sie kramte in ihrer Strohtasche und holte das Roald-Dahl-Buch heraus, das sie aus Mirandas Zimmer mitgenommen hatte. Der Mann erstarrte, seine blassblauen Augen fixierten den Einband.

»Mrs Walters hat es mir freundlicherweise geliehen. Alles Lieblingsgeschichten aus meiner Kindheit. Ich glaube, Sie haben es Miranda geschenkt?«

Er nahm ihr das Buch ab und drückte es sich schützend an die Brust. »Ich habe es schon überall gesucht.«

»Oh?«

Er starrte sie vorwurfsvoll an. »Es ist ihr Lieblingsbuch. Ich wollte, dass es auf sie wartet, wenn sie zurückkommt.« Seine Stimme brach, er unterdrückte ein Schluchzen. »Jane hatte kein Recht, es Ihnen zu geben.«

»Verzeihen Sie. Es ist nur – ich wollte eine bestimmte Geschichte noch einmal lesen.«

Die Stimme des Mannes war eisig. »Bei allem Respekt, aber ich denke, Sie sollten sich lieber darum kümmern, die Entführer meiner Tochter zu finden. Die Frau in dem Video – haben Sie denn überhaupt keine Anhaltspunkte?«

»Wir verfolgen eine Reihe von Spuren.«

»Dann hoffen wir, dass eine davon etwas taugt.« Er erhob sich. »Ich würde gern in mein Hotel zurückkehren und nach meiner Ex-Frau sehen. Sie ist in keiner guten Verfassung.«

»Natürlich. Wir werden Sie über jede neue Entwicklung informieren. Die nächsten Tage sind entscheidend.«

Er nickte angespannt.

Isabel versuchte ein Lächeln. »Wie ist das Hotel in Pollença, Mr Walters? Angenehm, hoffe ich?«

»Akzeptabel. Wenigstens hält die Guardia die Pressemeute auf Abstand.«

Isabel begleitete ihn hinaus und wartete, bis sich die Lifttüren hinter ihm geschlossen hatten, bevor sie gedankenversunken in den Besprechungsraum zurückkehrte.

*

Nacho grinste, als Isabel sein vollgestopftes Büro betrat. Statt des goldenen Ohrsteckers trug er heute einen kleinen Silberring.

»Ich habe gehört, dass du hier bist, aber offenbar stehe ich ganz unten auf deiner Prioritätenskala.«

Isabel zwinkerte ihm zu. »Das Beste hebe ich mir natürlich bis zum Schluss auf.«

Nacho nahm eine schwere Akte, die oben auf einem Turm von Dokumenten lag. »Ich glaube, du könntest recht haben.«

»Weswegen?«

Er hielt ihr ein Blatt Papier vor die Nase. »Ich habe gerade die Toxikologie-Ergebnisse von Angel Tulio Mas erhalten. Offenbar ist er vor seiner Ermordung mit einer Substanz vergiftet worden, die als Burundanga bekannt ist. Das Pulver wird aus einem Nachtschattengewächs hergestellt, das in Kolumbien verbreitet ist. Wohlgemerkt, es wächst auch hier auf Mallorca.«

»Ich kenne Burundanga. Der Atem des Teufels. Enthält Scopolamin, ist farblos, geruchlos, geschmacklos, leicht in ein Getränk zu mischen.«

»Bravo! Auch als *borrachera,* Trunkenheit, bekannt, weil

es die Opfer betäubt und passiv macht. Die Pflanze hat jede Menge täuschend hübsche weiße oder gelbe Blüten.«

»In Kolumbien hat man sie früher dazu benutzt, um die Frauen und Sklaven der gefallenen Häuptlinge zu betäuben, damit sie ihren Herren freiwillig in den Tod folgen.«

»In Bogotá werden noch heute etwa fünfhundert Verbrechen pro Jahr begangen, bei denen die Opfer damit betäubt werden.«

»Kein Wunder. Aber warum hat der Mörder von Angel Mas Burundanga genommen und kein Beruhigungsmittel wie GHB oder Rohypnol?«

Nacho nickte. »Genau das ist die Frage. Das wäre hier viel einfacher zu bekommen. Es sei denn, du hast zufällig einen Vorrat an *borrachera* oder kennst jemanden, der einen hat.«

»Vielleicht wurde es benutzt, damit Mas vor seinem Tod noch etwas Wichtiges preisgab?«

Nacho zuckte die Achseln. »Zum Motiv kann ich nichts sagen. Was ich weiß, ist, dass die Droge in einem Glas Club Colombia aufgelöst war, einem traditionellen Bier aus Bogotá. Es gab Spuren im Glas und im Magen des Opfers.«

»Vielleicht hat man Mas die Droge ja auch nur gegeben, um ihn bewegungsunfähig zu machen. Das erleichtert das Töten.«

Nacho lächelte sie düster an. »Unbestreitbar.«

»Was ist mit den beiden Flaschen im Papierkorb?«

»Keine Drogenspuren. Und vielleicht interessiert es dich auch, dass in dem anderen Glas am Tatort San-Miguel-Bier gewesen ist. Und nun halt dich fest, wessen Fingerabdrücke wir darauf gefunden haben – die von Afrim Cana.«

Isabels Augen funkelten. »Afrim Cana? Waren seine Abdrücke auch auf Mas' Glas?«

»Nein, das wurde gut abgewischt. Dafür waren Canas Fingerabdrücke überall im Zimmer und im Flur.«

»Was ist mit den Flaschen im Papierkorb?«

»Fingerabdrücke des Opfers und Canas auf beiden.«

»Ganz schön unvorsichtig. Etwas zu den Reifenprofilen in der Auffahrt?«

»Wir kriegen die Ergebnisse hoffentlich am Montag. Wenn die auch noch zu Canas Auto passen, haben wir einen wirklich guten Kandidaten.«

Isabel stand auf und zog eine kleine Plastiktüte aus ihrer Strohtasche. »Könntest du dir das für mich ansehen? Ich brauche DNA-Spuren oder Fingerabdrücke oder beides und am besten auch die Marke.«

Nacho schwenkte die Tüte in der Luft. »Wunder kann ich nicht versprechen, Bel, obwohl ich selbst nichts gegen eine gute Zigarre habe.«

Isabel küsste ihn auf beide Wangen und machte sich auf den Weg zur Treppe. Unten in der Lobby rief sie Gaspar an, erzählte ihm von den neuesten forensischen Erkenntnissen und schlug vor, Afrim Cana am nächsten Nachmittag zu befragen, gleich nach den beiden Kurieren. Wenn der Albaner am Tatort gewesen war, musste sie unbedingt mit ihm reden.

Eilig verließ sie das Kommissariat und schwang sich aufs *moto*. Auf dem Rückweg nach Sant Martí würde sie gerade noch Zeit haben, im Krankenhaus Son Espases vorbeizuschauen. Isabel war in Hochstimmung. Nach und nach fügte sich das Puzzle zusammen, und heute Abend würde sie Tolo treffen. Sie freute sich auf das Abendessen mit ihm. Sie würden viel zu besprechen haben, und das bei einer guten Mahlzeit und exquisitem mallorquinischem Wein.

Sechzehn

Son Espases lag wie ein Raumschiff mitten in der kargen Landschaft am Rande von Palma, ein moderner Kontrast zu dem alten Kloster in der Nähe. Isabel blinzelte zu den großen, getönten Krankenhausfenstern hinauf und wischte sich den Schweiß von der Stirn. Wehmütig dachte sie an das kühle Wasser in der Bucht von Sóller, wo sie am Morgen mit Blick auf die Landschaft und den alten Leuchtturm von Sa Creu geschwommen war. Noch immer hielten sich ein paar Salzflecken auf ihren Unterarmen wie geisterhafte weiße Tattoos. Sie war froh, dass sie sich Peps *moto* geliehen hatte – in den engen überfüllten Straßen Palmas ließ er sich viel leichter manövrieren als Pequeñito. Sie blinkte links und bog vorsichtig in die asphaltierte Einfahrt ein. Pep würde ihr auch den winzigsten Kratzer im Lack nie verzeihen, zumal sie den Roller genommen hatte, ohne ihn um Erlaubnis zu fragen.

Sie entschied sich gegen die Tiefgarage und stellte den Roller auf einem Krankenhausparkplatz ab. In der Lobby wies eine beschäftigte Empfangsdame ihr den Weg, aber es dauerte einige Minuten, bis der Aufzug endlich kam. Oben ging sie den ruhigen Korridor entlang, klopfte energisch an die Tür und trat ein. Felip saß von Kissen gestützt im Bett, den linken Arm und das linke Bein vergipst, eine Augenklappe über dem rechten Auge. Francesc hatte es sich neben ihm so bequem gemacht, wie es in seinem Zustand ging – sein eingegipstes rechtes Bein ruhte auf einem Plastikhocker. Im Fernsehen lief Fußball. Beide sahen überrascht auf, als Isabel hereinkam.

»Hey, Bel, lange nicht mehr gesehen. Was in aller Welt machst du hier?« Felip grinste. »Hast du mir Schokolade mitgebracht?«

Sie schloss die Tür leise hinter sich und schaltete den Fernseher aus. »Ist dir in letzter Zeit nicht ein bisschen Koks lieber?«

Felip warf ihr einen nervösen Blick zu. »Nicht witzig, Bel.«

Sein Bruder stand auf, humpelte auf Krücken zu ihr herüber und drückte ihr einen Kuss auf beide Wangen. »Schön, dich zu sehen. Aber das Spiel wollte ich mir wirklich gern anschauen.«

Isabel seufzte. »Keine Zeit. Wir müssen reden.«

»Worüber?«

»Über den Schlamassel, in dem ihr beide steckt.«

»Welcher Schlamassel, und was geht dich das an?«

»Hört mal zu, ich bin aus alter Freundschaft hier, nicht als Ex-Polizistin. Also erzählt mir, was passiert ist, nachdem ihr Afrim Canas Koks verkaufen wolltet.«

Er sah sie stirnrunzelnd an. »Welches Koks, und wer soll dieser Afrim Cana sein?«

»Amnesie hast du jetzt also auch? Gut, lass mich dein Gedächtnis auffrischen. Am Montagabend seid ihr zwei und Aina Ripoll verbotenerweise in den Höhlen am Teufelshorn gewesen, auf der Suche nach Fossilien, die sich im

Internet verticken lassen. Stattdessen habt ihr ein Versteck mit Kokain gefunden, hübsch in ausgehöhlten Bibeln versteckt.«

»Woher weißt du das alles?«, fragte Francesc.

»Sei still!«, zischte sein Bruder. »Hat Aina dir diesen Unsinn erzählt?«

Isabel lächelte. »Irgendjemand muss mir ja auf die Sprünge helfen, solange deine Amnesie anhält.«

Die beiden Brüder starrten sie schweigend an, als sie fortfuhr.

»An dem Tag nach eurer kleinen Bootsfahrt habt ihr versucht, die Drogen in Son Barassa zu verkaufen. Zu eurem Pech hatte Afrim Cana die Lieferung erwartet, und seine Leute verfolgten euch nach Hause zurück. Sie haben ein Geständnis aus euch rausgeprügelt, und dann brachten sie dich, Felip, zum Cúber-Stausee. Warum? Habt ihr das Kokain dort versteckt?«

»Wir können uns beide überhaupt nicht an diese Nacht erinnern«, murmelte Felip und wandte den Blick ab.

Isabel zog einen Stuhl ans Bett heran. »Ich habe recht, oder? Es waren Afrim Canas Handlanger, die euch zusammengeschlagen haben?«

»Keine Ahnung, wer sie waren!«, rief Francesc aufgebracht. »Sie hatten Masken an. Sie sind zu dritt ins Haus eingebrochen, haben uns halb tot geschlagen und Felip als Geisel mitgenommen. Und ja, sie wollten das Kokain.«

»Sie haben mich in der Nähe der Berghütte zurückgelassen, wo ich die Drogen versteckt hatte«, schaltete Felip sich ein. »Sie haben mich am Auge verletzt und mir einen Arm und ein Bein gebrochen.«

Isabel breitete die Arme aus. »Die paar Knochen werden schon heilen.«

»Mir haben sie drei Rippen und das rechte Bein gebrochen und beinahe einen Milzriss verpasst.« Francesc keuchte.

»Was wird das, ein Wettbewerb?« Isabel holte eine Tüte Sonnenblumenkerne aus ihrer Strohtasche. »Nächstes Mal lasst ihr vielleicht die Finger von Drogen. Und wenn ihr nicht im Knast landen wollt, müsst ihr der Polizei die Wahrheit erzählen.«

Die beiden Männer schwiegen.

»Im Grunde haben wir gar nichts gestohlen!«, platzte Francesc heraus. »Die Kisten lagen ja einfach da.«

Isabel lachte. »Sehr witzig. Also, zur Sache: Bestimmt haben Canas Leute euch gesagt, es kommt noch schlimmer, wenn ihr nicht die Klappe haltet. Aber Cana wird gerade im Zusammenhang mit einer anderen Straftat verhört, und ich würde euch raten, die Wahrheit zu sagen, wenn ihr nicht mit hineingezogen werden wollt.«

Felip warf einen Blick auf seinen Bruder und biss sich auf die Lippe.

Isabel knackte lautstark einen Sonnenblumenkern. »Eure verwegene Geschichte mit den maskierten Angreifern klingt super, aber das passt alles nicht so ganz zusammen.«

Die beiden Brüder blieben still.

Isabel schlug resigniert die Hände zusammen. »Schade, dass ihr so stur seid. Nachdem Aina und Cana ausgesagt haben, landet ihr beide im Knast, und zwar für eine ganze Weile. Sagt dann nicht, ich hätte nicht zu helfen versucht.«

Langsam stand sie auf. »Eure armen Eltern! Stellt euch nur mal den Klatsch und Tratsch in Morells vor.«

Dann schaltete sie den Fernseher wieder ein. »Viel Spaß beim Fußball.«

Erst als sie im Korridor war, rief Felip ihr hinterher. »Warte, Bel! Komm zurück. Wir sagen dir, was du wissen willst.«

*

Isabel raste nach Sant Martí und parkte Peps *moto* unter einem Johannisbrotbaum in der Nähe des Rathauses. Sie musste noch den Garten gießen, bei ihrer Mutter vorbeischauen und dann das Abendessen für sich und Tolo zubereiten. Auf halbem Weg über die *plaça* entdeckte sie Padre Agustí, der auf die Kirche zuging. Sie holte ihn ein und wurde mit einem freundlichen Lächeln begrüßt.

»Ah, meine liebe Bel, wie schön, dich zu sehen. In letzter Zeit scheinst du nie Zeit für ein Gespräch zu haben.«

»Verzeihen Sie, Padre, aber das Leben ist im Moment etwas hektisch.«

»Wirst du morgen in die Sonntagsmesse kommen?«

»Ich gebe mein Bestes, versprochen.«

Padre Agustís feines weißes Haar hob sich wie Zuckerwatte in der sanften Brise. »Und wann, frage ich mich, hast du das letzte Mal den Beichtstuhl betreten?«

Sie hob eine Augenbraue. »Ah, jetzt haben Sie mich erwischt. Lassen Sie mich gleich etwas beichten, ich bin auch heute nicht einfach nur zum Plaudern stehen geblieben. Ich habe eine Bitte, Padre.«

»Wie kann ich helfen?«

»Es geht um Angel Tulio Mas.«

Der Priester machte das Kreuzzeichen. »So ein frommer Katholik, möge er in Frieden ruhen!«

»Darf ich Ihnen ein Foto von ihm zeigen?«

Sie holte das Bild aus ihrer Strohtasche und reichte es dem Priester. Er nahm eine alte Schildpattbrille aus einer Tasche seiner Soutane und betrachtete das Foto aufmerksam. »Ja, das ist Angel, als er jung war. Ich kann mich auch an die anderen drei Männer erinnern. Das war in den Siebzigerjahren. Sie waren auf einer Pilgerreise aus Kolumbien, einer von ihnen war Priester.«

Isabel nickte. »Was haben Sie von ihnen gehalten?«

Der Priester schob nachdenklich die Unterlippe vor. »Das ist schon lange her. Ich erinnere mich, dass sie zum Sonntagsgottesdienst kamen und dass wir uns danach kurz unterhalten haben. Sie schienen sehr fromme Männer zu sein, wie Angel.«

»Sehen Sie, dass alle vier die gleiche Geste machen?«

Der alte Mann kniff die Augen zusammen und musterte noch einmal das Bild. Dann hob er etwas verwundert den Kopf. »Der kleine Finger und der Zeigefinger sind abgespreizt. Sieht aus wie Hörner.«

»Finden Sie das nicht seltsam?«

Er zuckte die Achseln.

»Sie benutzen alle die linke Hand, und der Daumen ist versteckt. Soweit ich weiß, ist das ein Erkennungszeichen zwischen Mitgliedern bestimmter okkulter Gruppen.«

»Nein, das ist unmöglich, Angel war eine Säule der Kirche. Nicht umsonst heißt er ›Engel‹!«

»Und was ist mit dem Kreuz, das dieser Mann hier um den Hals trägt?«

Der Priester schaute sich das Bild noch einmal genau an. »Ich finde, es sieht ganz normal aus.«

Isabel legte das Foto in den Umschlag zurück und steckte ihn in die Tasche. »Ich hoffe, Sie haben recht, Padre.«

»Kann ich sonst noch etwas für dich tun?«

»Ich fürchte, nein. Es sei denn, Sie könnten ein Wunder bewirken und die anderen Männer auf dem Foto identifizieren.«

»Ein Wunder wird nicht nötig sein. Sie haben sich bestimmt ins Besucherbuch der Kirche eingetragen. Seit Ende der Sechzigerjahre, als ich die Diözese übernommen habe, habe ich jedes einzelne davon aufbewahrt.«

Isabel küsste ihn auf die Wange. »Sie sind ein Heiliger!«

Der alte Mann machte unwillkürlich ein Kreuzzeichen. »Ganz bestimmt nicht. Aber ich kann gern heute Abend in meinem Archiv stöbern.«

Sie drückte ihm dankbar den Arm und machte sich auf den Weg nach Hause. Als sie schon am Tor war, klingelte ihr Telefon. Es war Josep Casanovas vom *El Periódico*.

»Hey Bel, hast du eine Minute Zeit für einen alten Verehrer?«

»Ah, Josep! Du willst doch hoffentlich nicht unsere Verabredung am Montag absagen?«

»Aber nicht doch, das wird der Höhepunkt meiner Woche. Ich hatte nur gehofft, jetzt schon mal ein bisschen Klatsch und Tratsch zu bekommen. Du bist wieder bei der Polizei, habe ich gehört? Arbeitest du an dem Mordfall Mas und der Entführung von Miranda Walters?«

»Die Neuigkeiten verbreiten sich ja wirklich wie ein Lauffeuer.«

»Es ist also wahr?«

»Die Nationalpolizei hat mich nur hinzugezogen, um zusammen ein paar Ideen zu diskutieren.«

Er lachte. »Das ist aber nicht, was ich höre. Ich höre, du arbeitest sowohl mit Cabot als auch mit Gómez zusammen – da muss man schon eine masochistische Ader haben.«

Isabel runzelte die Stirn. »Deine Informanten sind gut.«

»Das will ich doch hoffen, ich zahle ja auch gut.«

»Zum Glück geht mich das nichts an. Was kann ich also für dich tun?«

»Ich schreibe für morgen einen Artikel über das Video, das die Entführerin zeigt. Gómez und Cabot haben nichts Interessantes dazu zu sagen.«

»Das liegt daran, dass es nur wenig hergibt.«

»Kein Wunder, dass sie dich brauchen. Offensichtlich haben weder die Guardia noch die Polizei eine Ahnung, wie sie die beiden Fälle lösen sollen.«

»Komm schon, Josep, jetzt sei nicht so.«

»Wenn sie Hilfe brauchen, warum haben sie dann kein Standbild aus dem Video an die Medien weitergegeben? Das wäre doch viel besser als ein Phantombild, das irgendjemand von der Polizei gezeichnet hat. Will Cabot denn nicht, dass wir helfen?«

»Doch, natürlich will er das. Ich bin sicher, er hat einen guten Grund.« Isabel stand im Schatten der Veranda, das Telefon am Ohr, und versuchte, sich die Zweifel nicht anmerken zu lassen. »Ich werde mit ihm reden, aber tu mir bitte einen Gefallen, und lass etwas Nachsicht walten. Er und sein Team schuften wie die Pferde, sie sind unterbesetzt. Deine frechen Schlagzeilen sind nicht gerade eine Hilfe.«

»Ich bin Journalist. Wenn ich von ihnen keine Informationen bekomme, muss ich eben meine eigenen Schlüsse ziehen. Du weißt, wie das läuft.«

»Wenn dein Artikel morgen fair ist, rede ich mit Tolo – vielleicht können wir dir ja eine exklusive Story anbieten.«

»Mal sehen, was ich tun kann«, sagte er lachend. »Es gehören immer zwei dazu, daran könntest du ihn mal erinnern.«

Siebzehn

Kaum hatte sie aufgelegt, klingelte das Telefon schon wieder. Es war Julian Mosquera, ein Kommissar der kolumbianischen Polizei und alter Bekannter von ihr. Bevor sie sich an diesem Morgen auf den Weg zum Schwimmen gemacht hatte, hatte sie ihm eine Nachricht auf dem Anrufbeantworter hinterlassen.

»Julian, das ging aber schnell.«

Eine warme Stimme klang in der Leitung. »Wir Kolumbianer kommen zur Sache, nicht wie ihr auf Mallorca mit eurem ewigen *mañana*.«

Isabel lachte und gab ihm innerlich recht.

»In unserem System habe ich leider nichts zu deinem Angel Tulio Mas gefunden. Auch die anderen drei Männer auf dem Bild, das du uns geschickt hast, konnten wir nicht identifizieren. Ein paar Namen wären nicht schlecht.«

»Daran arbeite ich noch.«

»Trotzdem ist da etwas, das dich interessieren dürfte.«

Isabel presste sich das Telefon ans Ohr.

»Ich habe Angel Mas meinem Stellvertreter gegenüber erwähnt, und ihm sagte der Name was. Letzte Woche war eine Todesanzeige im *El Espectador* in Bogotá. Wir haben noch zwei Anzeigen gefunden, in *Bogotá Today* und *El Colombiano Times* in Medellín, direkt nacheinander.«

»Wann?«

»Donnerstag und Freitag.«

Isabel steckte sich ein paar Sonnenblumenkerne in den Mund.

»Die Anzeigen erschienen also an den beiden Tagen direkt nach dem Mord. Das ist doch ungewöhnlich. Und die große Frage ist, wer hat sie aufgegeben? Soweit ich weiß, hat Mas keine lebenden Verwandten.«

Julian Mosquera hustete. »Was kaust du denn da?«

»Sonnenblumenkerne.«

»Sollen ja gesund sein.«

»Und du, rauchst du etwa?«

»Du hast ein Gehör wie eine Eule. Ja, ich rauche eine sehr gute – und sehr ungesunde – kubanische Zigarre. Wie auch immer, wir haben die Anzeigenredaktionen kontaktiert. Bisher konnten wir nur feststellen, dass ein Kolumbianer letzten Donnerstag den Text und das Bild an die Zeitungen übergeben und bar bezahlt hat.«

»Könntest du mir eine Kopie der Anzeigen schicken?«

»Gerade eben eingescannt und verschickt.«

»Moment mal.« Isabel weckte ihren Computer und studierte die E-Mails. »Ah ja, angekommen.«

Sie öffnete die angehängte Datei und las die Todesanzeige laut vor. *»Im Gedenken an den großen kolumbianischen Wohltäter und frommen Katholiken Angel Tulio Mas, viel zu früh verstorben am 13. August im Alter von 78 Jahren in Sóller, Mallorca. Mögen die Seelen der Gläubigen durch die Barmherzigkeit Gottes in Frieden ruhen.«*

»Hast du dir auch das beigefügte Foto angeschaut? Ist das dein Mordopfer?«

Isabel betrachtete das schwarz-weiße Bild und hob eine Augenbraue. »Nein, es sieht ihm nicht einmal ähnlich. Sag mal, hat eine der Zeitungsredaktionen eine Überwachungskamera? Gibt es vielleicht Aufnahmen von dem Mann, der die Anzeigen aufgegeben hat?«

»Da sind wir dran. Übrigens, kannst du mir Fingerabdrücke des Opfers schicken?«

»Klar, mach ich heute noch.«

Sobald Isabel das Gespräch beendet hatte, kam Furó aus seinem Korb, sprang ihr auf den Schoß und sah sie erwartungsvoll an.

»Was ist, Süßer? Hungrig?«

Das Frettchen rieb die Schnauze an ihrer Hand und winselte ungeduldig. Isabel setzte es sanft auf den Boden ab und ging in die Küche, um ihm etwas zu essen zu machen. Das Telefonat mit Julian Mosquera hatte sie aufgewühlt. Wenn ihre Theorie stimmte, würde der Tod von Angel Tulio Mas eine wahre Büchse der Pandora öffnen, eine Büchse voller Geheimnisse und tödlicher Verhängnisse. Dessen war sie sich sicher.

*

Isabel saß in einem Korbsessel auf ihrer Terrasse, die nackten Füße unter ihren Körper gezogen. Eine dicke Kerze flackerte auf dem Tisch und spendete gerade genug Licht für ihren Krimi. Sie nahm einen Schluck Rotwein, legte das Buch ab und legte den Kopf zurück. Inzwischen funkelten ein paar winzige Sterne am samtenen Himmel. Von den Zitronenhainen hörte sie den immergleichen Ruf einer

Zwergohreule. Ein Babygecko flitzte über die Leinentischdecke und verschwand in der tiefen Dunkelheit. Bald darauf schlich Furó sich aus dem Haus und ging auf seinen nächtlichen Streifzug.

Als ihr Blick auf das Buch fiel, musste sie mit einem Mal an William Fox und seine Frau Sarah denken, die sie am Donnerstag im Bon Día getroffen hatte. Danach hatte sie gleich Fox' neuestes Buch bestellt. *Last Chance* war nur auf Englisch erhältlich, doch das störte Isabel nicht, englische und amerikanische Romane kaufte sie sowieso lieber in der Originalsprache. Der Krimi würde in ein paar Tagen per Post ankommen. Bis dahin hatte sie genug Zeit, um das aktuelle Buch zu Ende zu lesen.

Sie gähnte. Es war ein langer Tag gewesen, und sie sehnte sich nach Entspannung, nach Ablenkung von den vielen wirren Gedanken. Sie war ganz in ihre vorübergehende Rolle als Ermittlerin vertieft und fühlte sich schuldig, dass sie im Vermietungsbüro kaum noch mitzog. Pep hatte sich nicht ein einziges Mal über die vielen Stunden beschwert, die er dort neuerdings allein verbrachte, aber es war der Höhepunkt der Sommersaison, und der arme Junge arbeitete beinahe rund um die Uhr. Nun wanderten ihre Gedanken doch zu Miranda Walters. Wo war sie? War sie noch am Leben? Wie konnte sie sich eigentlich so sicher sein, dass dieses Mädchen nicht von Pädophilen entführt worden war? Versuchte sie womöglich nur, sich selbst zu beruhigen? Die Theorie, die sich nach und nach in ihrem Kopf ausbreitete, schien ziemlich fantastisch, und wenn sie sich als richtig erwies, würde das jede Menge Arbeit nach sich ziehen. Sie war so in ihre Gedanken versunken, dass sie bei dem eindringlichen Klingeln an der Haustür fast das Glas fallen ließ. Als sie durchs Haus ging, blieb sie kurz an der Küchentür stehen und sog das köstliche Aroma ein.

Tolo stand auf der Veranda, eine schicke Geschenktüte in der Hand.

»Stör ich gerade?«

»O ja, ich habe das Haus voller wichtiger Gäste; bestimmt erwartet der Präsident, dass ich sein Glas wieder auffülle.«

»Lass das doch deinen Butler machen.«

»Er hat heute frei.« Isabel lächelte und ließ Tolo herein. »Du hast dir aber Zeit gelassen.«

Tolo entschuldigte sich und küsste sie auf beide Wangen. »Wie du weißt, hatte mein Flug Verspätung, und dann wollte der Polizeichef mich unbedingt noch kurz sprechen.« Er schloss die Tür hinter sich. »Wie spät ist es eigentlich?«

»Halb zehn, würde ich sagen. Zeit für ein Glas Wein – ich bin dir schon eins voraus.«

In der Küche schenkte sie ihm Rotwein ein, füllte ihr eigenes Glas auf und führte ihn auf die Terrasse. Sie ging noch einmal in die Küche und stellte eine Schüssel mit selbst marinierten grünen Oliven, Brot aus dem Dorfladen und Aioli-Dip auf den Tisch. »Und, wie geht es dir?«

Er hielt die Nase über sein Glas und murmelte anerkennend. »*Ànima negra*? Meine Güte.«

»Das Geschenk eines zufriedenen Feriengastes. 2005 war ein gutes Jahr.«

Er nahm einen Schluck. »Opulent und voller Charakter.«

»Aromatisch und holzig.«

Er grinste. »Mit einem Hauch von roten Früchten und Zimt.«

»Auch Veilchen, würde ich sagen.« Isabel konnte sich ein Grinsen ebenfalls nicht verkneifen. »Und, wie war Madrid?«

»Endlose Pressegespräche, Briefings, Politiker, Beamte – Gott bewahre.«

Sie sah zu, wie er genüsslich Aioli auf eine Scheibe Brot strich. Wie sie hatte er keine Scheu vor Knoblauch. »Und die Frau vom Innenministerium, wie heißt sie noch mal?«

»Du meinst Lola Rubio? Gut, dass wir sie haben. Schnell von Begriff und eine kluge Strategin.«

Isabel nahm einen langen Schluck Wein und lächelte breit. »Schön, dass du wieder zu Hause bist.«

»Da bin ich mir noch nicht so sicher, hier kommt einiges auf mich zu. Während ich weg war, gab es einen Mord in Palma, ein Mann hat seine Ehefrau brutal umgebracht, und in Manacor ist ein Rentner durch eine Brandstiftung umgekommen. Außerdem habe ich die internationale Presse im Nacken, und dieses Schwein Casanovas schreibt seine gewohnt fantasievolle Prosa. Hast du den heutigen Aufmacher im *El Periódico* gesehen?«

»Nein.«

Er zog eine zerknitterte Zeitung aus seiner Mappe und schlug mit der Hand gegen die Titelseite. »Hör dir das an: *Kindesentführung: Polizei ratlos!*« Er schnaubte verächtlich und fuhr fort. »*Der für seine unkonventionellen Ermittlungsmethoden bekannte Hauptkommissar Tolo Cabot gab zu, dass die Policía Nacional vier Tage nach der Entführung von Miranda Walters keinen Schritt weiter ist.*«

Isabel stieß einen Seufzer aus. »Vielleicht sollten wir Josep ein paar Krumen zuwerfen, um ihn bei der Stange zu halten. Gut, dass ich ihn am Montag treffe.«

Tolos Gesicht verdüsterte sich.

»Ich trinke ein Bier mit ihm, und wir tauschen Informationen aus.«

»Lieber du als ich.«

»Als er mich angerufen hat, erwähnte er die Videoaufnahme von der Entführerin. Habt ihr eigentlich vor, den Medien ein Standbild zur Verfügung zu stellen?«

»Ich bin da noch zögerlich, damit Mirandas Entführerin nicht weiß, wie viel auf dem Band zu sehen ist. So können wir sie nervös machen.«

Isabel sah ihn nachdenklich an. »Andererseits könnte ein Foto für eine große öffentliche Resonanz sorgen. Aber alles in allem stimme ich dir zu. Wir sollten diese Leute schmoren lassen.«

»Diese Leute?«

»Ich glaube nicht, dass die Frau das allein durchgezogen hat.«

»Und warum nicht?«

»Alles zu seiner Zeit. Meine Theorie ist noch nicht ganz ausgegoren.«

Er tippte auf das Cover ihres Krimis. »Ich wünschte, ich hätte mehr Zeit zum Lesen.«

Isabel zuckte die Achseln. »Du musst dir Zeit nehmen, *amigo mío*, schon allein, um den Verstand nicht zu verlieren.«

»Jetzt bring mich erst einmal auf den neuesten Stand.«

»Zuerst das Essen. Du musst doch Hunger haben. Es

gibt *croquetas* aus Spinat und Kabeljau und danach Paella mit fangfrischen Garnelen aus Sóller.«

Tolo schlug die Hände zusammen. »Du bist unglaublich. Und das alles, obwohl ich dir so viel Arbeit aufgehalst habe?«

»Du weißt doch – magische Kräfte.«

Er lachte und reichte ihr die Geschenktüte. Isabel zog eine Flasche *4 Kilos* heraus, eine ihrer liebsten mallorquinischen Weinmarken, und eine kunstvoll verpackte Schachtel mit handgemachten Trüffeln von La Pajarita Bombonería, einem Süßwarenladen mit langer Tradition in Madrid. Einen Moment lang bewunderte sie die Schachtel. »Die waren meine Lieblingssünde, als ich auf dem Festland gearbeitet habe.«

»Du hast es mal erwähnt, deswegen habe ich den Laden ausfindig gemacht.« Er schüttelte lachend den Kopf. »Zuerst habe ich Lola danach gefragt, aber sie isst nie Schokolade oder irgendeine Art von Süßigkeiten. Offenbar ist sie ein regelrechter Fitnessfreak.«

Isabel ging in die Küche, stellte ihre Trophäen in die dunkle Speisekammer und versuchte, eine Lola Rubio mit perfekter Figur aus ihrem Kopf zu verdrängen, die mitten auf der Straße Rad schlägt, eine Selleriestange zwischen ihren ebenso perfekten Zähnen.

Es war schon nach Mitternacht, als Isabel eine Flasche Hierbas auf den Tisch stellte und ihnen beiden einen großzügigen Schluck des berühmten grüngoldenen Insellikörs einschenkte. Tolo schwenkte das Eis in seinem Glas und sah zu ihr herüber.

»Ich habe über Afrim Cana nachgedacht. Er ist unser Hauptverdächtiger im Fall Mas. Er war am Mittwochabend in Ca'n Mas und hat mit dem Opfer Bier getrunken. Seine Fingerabdrücke sind überall im Arbeitszimmer, auf einem der Gläser und auf den zwei Bierflaschen im Papierkorb. Und wenn du recht hast und die Reifenabdrücke auch noch mit denen seines Mitsubishi übereinstimmen, hat er wirklich eine Menge zu erklären. Er genießt gerade eine Nacht in unseren Zellen, also wird er in Topform sein, wenn du ihn morgen befragst.«

»Aber was ist mit dem Motiv? Und warum eine so offensichtliche Spur hinterlassen? Canas Abdrücke waren nicht auf dem Glas, aus dem Mas getrunken hat, nur auf seinem eigenen.«

»Aus deinem Gespräch mit den Torrens-Brüdern wissen wir, dass Canas Schläger sie angegriffen und das Kokain zurückgeholt haben. Sehr wahrscheinlich sind dieselben Burschen in Ca'n Mas eingedrungen, haben die Haushälterin gefesselt und dann Wache gehalten, während ihr Boss den alten Mas umgelegt hat.«

»Aber warum? Und wir haben noch nicht mal einen Beweis dafür, dass Mas und Cana sich kannten.«

»Das stimmt.« Tolo seufzte. »Und was ist mit dem Nachbarn, Tomas Llull? Er hatte sich doch mit Mas wegen der illegalen *casita* zerstritten. Seine Story wirkte etwas schwammig, und seine Fingerabdrücke waren überall.«

Isabel schüttelte den Kopf. »Für einen Verdächtigen genießt er den Medienzirkus zu sehr. Ich glaube, dass hinter Mas' Geschichte mehr steckt, als man auf den ersten Blick sieht. Ich hoffe, Padre Agustí kann die drei Männer auf dem

Foto identifizieren. Julian Mosquera wird Mas' Fingerabdrücke überprüfen und herausfinden, wer die Todesanzeigen in der kolumbianischen Presse geschaltet hat. Alle Spuren scheinen in Mas' Vergangenheit zu führen.«

Tolo hob das vergrößerte Schwarz-Weiß-Foto auf, das zwischen ihnen lag. »Selbst wenn deine Theorie stimmt und Mas sich als ein wahrer Satan entpuppt, was hilft uns das?«

»In Mas' Arbeitszimmer stehen jede Menge okkulte Bücher, und alle Männer auf diesem Foto machen den Teufelsgruß. Warum, weiß ich nicht, aber ist es wirklich Zufall, dass das Kokain in den Teufelshöhlen gefunden wurde?«

»Was willst du damit sagen? Dass Mas nicht nur in den Drogenhandel mit Cana verwickelt, sondern auch eine Art Satanist war?«

»Genau das glaube ich.«

Langsam erwärmte sich Tolo offenbar für die Idee. »Wenn sie Partner waren, glaubte Cana vielleicht, Mas hätte ihn betrogen, als ein Teil der Lieferung verschwunden ist, und brachte ihn um? Das würde das Wort ›Dieb‹ an der Wand erklären.«

»Verlockend, aber ich glaube nicht, dass Cana es uns so einfach gemacht hätte. Ich glaube eher, der Mörder hat eine Gelegenheit genutzt, der Diebstahl von Canas Kokain ist doch die perfekte Ablenkung. Wenn der wahre Täter den Mord dem Drogenbaron anhängen kann, kommt er ungeschoren davon.«

Tolo stieß einen frustrierten Seufzer aus. »Wir brauchen Ergebnisse, und zwar schnell. Die Medien, der Polizeichef und Richter Baltazar stehen kurz vor der Meuterei.«

Isabel stand auf. »Das ist eine Mordermittlung voller Sackgassen, und doch fügen sich die Dinge allmählich zusammen – genau wie in dem Entführungsfall. Ich brauche einfach Zeit zum Nachdenken.«

»Zeit ist genau das, was wir nicht haben«, murmelte Tolo. Er stand ebenfalls auf und nahm Isabels Hände in die seinen. »Es tut mir leid, wenn ich so klinge, als wäre ich dir nicht dankbar, Bel, ich bin es; ich bin es wirklich sehr. Ich weiß, wie hart du an beiden Ermittlungen arbeitest. Doch anscheinend haben wir noch immer mehr Fragen als Antworten. Wir müssen die beiden Fälle bald lösen.«

Sie lächelte. »Dann lässt du mich in Ruhe, und ich kann wieder ein normales Leben führen.«

Er nahm die Jacke von der Rückenlehne seines Stuhls. »Verlass dich nicht darauf.«

Isabel sah ihn eindringlich an. »Wenn Miranda ihre Entführer kannte, ist es gut möglich, dass sie noch auf der Insel ist.«

»Ich hoffe nur, dass wir das Kind lebend finden.«

»Ich auch«, antwortete sie leise. »Traust du es mir zu, diese beiden Fälle zu lösen?«

»Wenn du es nicht kannst, kann es niemand.«

»Danke.«

Er sah müde aus. »Ich habe deine Gastfreundschaft über Gebühr beansprucht.«

»Ganz und gar nicht.«

Sie begleitete ihn zur Tür und trat mit ihm auf die Veranda hinaus. Zusammen atmeten sie die frische Nachtluft ein und blickten hinauf zu den weißen Sternen. Er tat einen Schritt auf Isabel zu, um sie zum Abschied zu umarmen, blieb dann stehen und errötete. »Weißt du, Fabio ist für ein paar Tage zu Besuch aus Madrid, und morgen gehen wir in Palma essen. Hast du vielleicht Lust mitzukommen? Er fragt immer nach dir.«

»Danke, das ist … Ich würde Fabio gern sehen, aber ich bin den Großteil des Tages auf dem Kommissariat, und das Abendessen habe ich meiner Mutter versprochen. Grüß ihn von mir, ja?«

»Natürlich«, sagte er sichtlich enttäuscht. »So eine Vater-Sohn-Mahlzeit ist ja auch schön.«

Er kramte in seiner Mappe und zog eine schlanke *Puro* heraus. Langsam zündete er die Zigarre an, verabschiedete sich und ging. Isabel schaute zu, wie er die stille, dunkle Straße entlangschritt, von einer geisterhaften weißen Rauchspur begleitet. An der Ecke blieb er stehen und schaute zum Haus zurück. Er lächelte, als er sah, dass Isabel ihm von der Veranda aus nachblickte, das Licht aus der Tür wie ein Heiligenschein um ihren Kopf.

Achtzehn

Isabel öffnete die Augen und betrachtete die raue, weiß verputzte Zimmerdecke. An den alten Kiefernholzbalken zitterten zarte Spinnweben im Luftzug des surrenden Ventilators. Isabel stützte sich auf ein Kissen und blickte aus dem Fenster auf die graugrünen Hügel. Furó machte in seinem Körbchen schnüffelnd auf sich aufmerksam, aber Isabel ignorierte ihn. Enttäuscht sprang er auf ihr Bett und stupste sie mit der Schnauze an.

»Ist ja gut, du hast gewonnen. Das war's dann wohl mit dem gemütlichen Sonntagmorgen im Bett.«

Gähnend verschwand sie im Bad und kehrte ein paar Minuten später in einem gelben Bikini und mit nachlässig hochgesteckten Haaren zurück. Sie knotete sich einen Sarong um, schnappte sich ein Handtuch und schlüpfte in ihre ausgetretenen Espadrilles, während Furó begeistert um ihre Füße herumtanzte. In der herrlich kühlen, duftenden Morgenluft gingen sie die Straße hinunter zu Pequeñito, den sie unter einer großen Platane abgestellt hatte. Furó rollte sich zufrieden auf dem Beifahrersitz zusammen, und Isabel kurbelte das Fenster herunter und schaltete den CD-Player an. Beim Fahren sang sie lautstark die *Habanera* aus *Carmen* mit. Zwischendurch erklärte sie ihrem Frettchen: »Wusstest du, dass Georges Bizet diese Arie *Die Liebe ist ein wilder Vogel* genannt hat? Womit er vollkommen recht hatte.«

Furó blickte sie verständnislos an, schnüffelte aber voller Vorfreude, als sie das Auto ganz in der Nähe der Platja d'en Repic parkte. Weit und breit war keine Menschenseele zu sehen, nur aus der Ferne hörte man das Rumpeln eines Lkws und die Glöckchen der Schafe in den Hügeln. Am Hang führte der steile, gewundene Wanderweg hinauf nach Sa Muleta, wo der brave alte Leuchtturm von Cap Gros über das Meer wachte. Im Winter und Frühling, wenn das Wasser noch zu kalt zum Schwimmen war, absolvierte Isabel mit Furó stattdessen in rasantem Tempo den schweißtreibenden Aufstieg, verschnaufte kurz in der salzigen Seeluft und lief dann wieder hinunter zum Strand. Die Restaurants, die sich an der gepflasterten Promenade drängten, waren noch geschlossen, aber vor dem Es Canyís stand ein Lieferwagen mit eingeschaltetem Warnblinker. Ein Mann trat aus dem Haus, lud zwei leere Kisten in den Wagen, sprang auf den Fahrersitz und fuhr durch die stille Straße davon. Am blassen Himmel glitten ein paar Möwen dahin, während andere sich auf der Jagd nach Fischen unter wildem Kreischen in die Brandung stürzten. Es musste ungefähr halb sieben sein. Zeit zum Schwimmen.

Das Meer glitzerte in der felsigen Bucht und verschwand hinter der Landzunge wie ein ausgerollter Ballen weicher blauer Seide. Isabel machte am Strand ein paar Dehnübungen und dreimal Handstand, dann rannte sie in die Brandung. Als das kalte Wasser ihren Bauch berührte, stieß sie einen spitzen Schrei aus. Vor ihr tauchte Furós Kopf aus den Wellen auf. An den Berghängen hingen Dunstschleier, die wieder einmal einen schwülen Tag ankündigten. Isabel schwamm mit kräftigen Zügen zur Mitte der Bucht, und ihre Gedanken kehrten zum gestrigen Abendessen mit Tolo zurück.

Vielleicht hätte sie ihm doch offener von ihren Vermutungen berichten sollen – schließlich hoffte sie, ihm schon in wenigen Tagen die Antworten geben zu können, nach denen er so verzweifelt suchte. Aber ihr fehlten noch handfeste Beweise, was hätte es ihm also gebracht? Nein, es war besser, ihre Theorien erst auf den Prüfstand zu stellen, ihre Strategie weiterzuverfolgen und den Dingen ihren Lauf zu lassen, während die Polizei und die Guardia dosiert Informationen an die Öffentlichkeit gaben.

Isabel drehte sich auf den Rücken und ließ sich einen Moment lang treiben, genoss die ersten warmen Sonnenstrahlen. Zurück am Strand, wickelte sie sich in ihr Handtuch und pfiff laut, bis Furós Köpfchen im weißen Schaum der Brandung erschien. Schnell trocknete sie sich ab und ging, gefolgt von dem Frettchen, zur Mündung des kleinen Flusses, wo sich regelmäßig Stockenten, Gänse, junge Reiher und Moschusenten versammelten. Sie fragte sich oft, was diese bunte Mischung dorthin verschlagen hatte – viele der Vögel mussten wohl früher Haustiere gewesen sein.

Wieder kam ihr Tolo in den Sinn. Später würde er mit seinem Sohn essen gehen, und sie hätte dabei sein können. Sie kannte Fabio aus ihrer Zeit bei der Nationalpolizei in Palma, damals war er in den Semesterferien immer auf die Insel zurückgekommen. Jetzt war er schon im letzten Jahr seines Medizinstudiums in Madrid und würde anschließend eine Juniorstelle in einem Krankenhaus antreten. Tolo war ungeheuer stolz auf ihn, und Isabel hatte den jungen Mann immer sehr nett gefunden. Warum also hatte sie die Einladung abgelehnt?

Neben ihrer Mutter und Marga war Tolo ihr engster Freund, und wenn sie ehrlich war, empfand sie vielleicht etwas mehr als reine Freundschaft für ihn, aber das hätte sie niemals laut gesagt. Nachdem sie den Job in Palma aufgegeben hatte, blieb die Freundschaft mit Tolo bestehen; ihr Umgang war unverkrampft, und sie genossen es, Zeit miteinander zu verbringen. An Wochenenden trafen sie sich oft auf seinem *olivar,* dem Olivenhain seiner Familie in den Bergen außerhalb des Örtchens Esporles, wo Isabel über einem offenen Feuer Paella kochte oder Steaks briet, und dann redeten sie bis in die frühen Morgenstunden. Und trotzdem schienen sie sich, ohne es auszusprechen, einig zu sein, dass aus ihrer Freundschaft nicht mehr werden sollte, weil sie genau das alles nicht aufs Spiel setzen wollten. Jetzt arbeiteten sie wieder zusammen wie in alten Zeiten, und da waren Komplikationen doch bestimmt das Letzte, was sie brauchten. Unwillkürlich errötete Isabel.

»Was denke ich mir da nur, Furó? Es gibt keine Komplikationen.«

Das Frettchen drückte ihr die Schnauze ans Bein, legte sich japsend zu ihren Füßen und sah mit schmachtendem Blick zu ihr auf. Sie lachte.

»Stimmt, ich habe ja dich. Was braucht eine Frau mehr?«

Als sie am Wasser entlang zurück zu ihrem gelben Fiat lief, ließ sie den Blick über die schicken Jachten im Hafen schweifen. Die große *Monique La Magnifique* stach mit ihrem in der Sonne glänzenden Holz und Chrom heraus. Isabel hörte schlurfende Schritte und drehte sich um. Hinter ihr stand ein alter Fischer.

»Na, warst du schwimmen, Bel?«

Sie lächelte. »Das ist immer ein guter Start in den Tag.«

Er nickte, wischte sich mit seiner alten Mütze über die Stirn und zeigte auf die Jacht. »Herrliches Schiff, was? Ich habe am Montagabend gesehen, wie der junge Skipper sie reingesegelt hat. Ein echter Profi.«

Isabel runzelte die Stirn. »Ein junger Mann?«

»Na ja, für mich sind alle jung«, kicherte der Alte. »Ungefähr dreißig, würde ich schätzen. Ein geborener Segler.«

Isabel überlegte. Hatten die Fox die Jacht nicht selbst gesegelt? Und wenn sie tatsächlich einen Skipper angeheuert hatten – wo war der Mann jetzt?

Eine halbe Stunde später hatte sie Furó in Sant Martí bei ihrer Mutter abgegeben und fuhr zur Bar Castell. Rafael winkte sie zu sich an die Theke, deutete mit dem Daumen zur Terrasse und flüsterte ihr etwas zu. Dann spazierte Isabel durch die Bar, nickte ein paar Dorfbewohnern zu und trat in den blendenden Sonnenschein auf die Terrasse. Nachdem sie in ihrer Tasche gewühlt und unter einer Großpackung Sonnenblumenkerne ihre Sonnenbrille gefunden hatte, steuerte sie zielstrebig auf den wahrscheinlich einzigen besetzten Tisch zu, an dem noch nicht gefrühstückt worden war.

Der groß gewachsene Mann an diesem Tisch sprang auf, streckte ungelenk den Kopf unter dem Sonnenschirm hervor und reichte Isabel betont freundlich die Hand. Isabel war etwas überrascht, dass er nicht seine übliche Kleidung trug – die zackige grüne Uniform der Guardia Civil mit Bundfaltenhose, sorgfältig polierten schwarzen Schuhen und olivgrünem Hemd. In den Sommermonaten durfte das Hemd kurze Ärmel haben, wobei der Rang des Trägers natürlich stets sichtbar blieb – auf beiden Schultern zeigte ein dunkelgrüner Streifen mit drei goldenen Sternen den Capitán an, und auf dem Revers der grünen Jacke prangte das goldene Emblem der Guardia Civil mit der Krone Spaniens. Capitán Gómez hatte es schon mehr als einmal für nötig gehalten, Isabel gegenüber den berühmten Wahlspruch der Militärpolizei, *El honor es mi divisa,* Ehre ist meine Devise, zu erwähnen, wobei Isabel nicht genau wusste, ob er damit seine moralische Überlegenheit beweisen wollte oder ob es nur Ausdruck seiner Unsicherheit war. Doch an diesem Tag trug der Mann mit der militärischen Kurzhaarfrisur, der sie jetzt durch eine undurchsichtige schwarze Sonnenbrille betrachtete, ein weißes Leinenhemd und hellbraune Chinos. Aus den Hosenbeinen lugten wie zwei glänzende schwarze Käfer elegante Schnürschuhe, und an seinem Handgelenk prangte eine teure, modische Sportuhr. Mit einem kalten Lächeln sah er Isabel an.

»Nasse Haare? Die Legende ist also wahr. Sie gehen tatsächlich jeden Tag in aller Herrgottsfrühe schwimmen.« Er hielt kurz inne. »Aber Sie sollten aufpassen. Die Dorfbewohner scheinen Ihren Tagesablauf und Ihre Frühstücksgewohnheiten sehr gut zu kennen.«

»Dann habe ich ja Glück, dass ich keine Spionin bin.«

»Nicht nur Spione versuchen, unerwünschte Aufmerksamkeit zu vermeiden.«

Isabel setzte sich ihm gegenüber an den Tisch. »Die

Dorfbewohner respektieren meine Privatsphäre, aber Sie, Capitán Gómez, verletzen sie, und das an einem Sonntag.«

»Bitte nennen Sie mich Álvaro. Schließlich sollen wir ab jetzt zusammenarbeiten.«

Rafael erschien auf der Terrasse und stellte sich an ihren Tisch.

»Wie immer, Bel?«

Sie nickte langsam und sah den Capitán der Militärpolizei fragend an. »Ich bekomme *tostadas*. Möchten Sie auch?«

Er schüttelte den Kopf. »Noch einen Cappuccino, bitte, mehr nicht. Ich nehme vormittags nur Obst zu mir.«

Missmutig zog Rafael wieder ab.

Isabel betrachtete Álvaro Gómez' Hände auf dem Tisch, seine dünnen Finger mit den perfekt manikürten Nägeln, glatt und rosa wie das Innere einer Muschelschale. »Also gut, was kann ich für Sie tun?«

»Ich dachte, es wäre vielleicht hilfreich, wenn wir uns mal allein unterhalten, ohne dass Cabot dazwischenfunkt. Ich hoffe, Sie verzeihen mir, aber ich habe noch nicht ganz verstanden, wie Ihre neue Rolle als Beraterin aussehen soll. Es klingt, als hätten Sie *Carte blanche* für Ihre eigenen Ermittlungen, ohne an Cabot oder mich berichten zu müssen.«

Isabel lächelte ihn vielsagend an. »Das fragen Sie am besten Tolos Zahlmeister in Madrid.«

»Ah, ja, ich habe von Ihren mächtigen Bewunderern im Innenministerium gehört. Kein Wunder, wenn man einen Vater mit einer so beeindruckenden Erfolgsbilanz bei der Truppe hatte. Und Ihr eigener kometenhafter Aufstieg ist natürlich auch weithin bekannt. Kommissarin mit nicht mal dreißig Jahren. Was für eine Leistung, Isabel.«

Sie nahm die Sonnenbrille ab und legte sie auf den Tisch. »Und was genau wollen Sie mir damit sagen?«

»Ich bin nur neugierig, warum Sie so früh das Handtuch geworfen haben. Ich weiß von der bedauerlichen Entführung Ihres Onkels Hugo und vom Tod Ihres Vaters, aber das war doch sicherlich nicht der Grund, weshalb Sie eine so vielversprechende Polizeikarriere aufgegeben haben, um – wie soll ich sagen – Haushälterin für Feriengäste zu werden?«

Isabel starrte ihn ausdruckslos an.

»Ich frage mich, ob Sie nicht unbewusst Angst hatten, dass Ihre außergewöhnliche Erfolgsserie vielleicht abreißt. Dass das Goldkind mit den vielen gelösten Fällen auf dem Konto irgendwann Schiffbruch erleidet. Dass am Ende all diese Erfolge doch nur Glückstreffer waren.«

Isabel grinste in sich hinein. »Wenn ich gewusst hätte, dass Sie ein so begabter Küchenpsychologe sind, hätte ich Ihnen ein paar meiner Uni-Bücher ausgeliehen.«

Die Sonnenbrille bewegte sich nicht, nur die Mundwinkel zuckten kurz.

Isabel fuhr fort: »Interessant, was Sie über das Glück sagen. Ich bin immer davon ausgegangen, dass man selbst seines Glückes Schmied ist.«

Rafael erschien mit einem weiteren Cappuccino, einem Cortado und einigen dicken, gerösteten Brotscheiben, bestrichen mit frischem Tomatenpüree und Olivenöl. Mit einem skeptischen Seitenblick auf den Capitán stellte er alles auf den Tisch und entfernte sich wieder.

»Das wollen Sie alles essen?«

Isabel griff nach dem Salz und einer Papierserviette.

»Warten Sie nur ab. Wissen Sie, ich nehme vormittags nur Kohlenhydrate zu mir.«

Auf dem hageren Gesicht erschien ein falsches Lächeln. *»Touché.«*

Isabel rührte Zucker in ihren Kaffee und nahm einen Schluck. »Also, was ist der wahre Grund für dieses Gespräch?«

»Karten auf den Tisch, ich bin nicht einverstanden damit, dass Sie sich in die Ermittlungen zur Entführung und zum Mordfall einmischen. Das ist Sache der Guardia mit Unterstützung von Cabots Team.«

»Ihre Vorgesetzten und der Vorsitzende Richter Jorge Baltazar scheinen das anders zu sehen.«

»Das mag sein, aber ich stehe nun mal an vorderster Front, und ich mag es nicht, wenn man mir dazwischenfunkt. Ich teile übrigens auch nicht gern.«

»Das wundert mich nicht. Sie waren der Älteste von – was, drei oder vier Geschwistern?«

»Vier. Woher wissen Sie das?«

»Nur eine Vermutung. Und Sie waren eine Weile der Prinz, bevor die anderen dazukamen?«

»Sieben Jahre lang.«

»Das muss hart gewesen sein, zumal Ihre Geschwister ja gar nicht mit Ihnen verwandt sind.«

Gómez wurde blass. »Sind Sie an meine persönlichen Daten gekommen?«

»Nicht nötig. Sie hatten früher mal erwähnt, dass Ihr Vater gestorben ist, als Sie vier waren, und dass Sie das einzige Kind Ihrer Mutter sind. Sie hat offensichtlich später noch einmal geheiratet – einen Witwer, vermute ich – und dadurch einige Stiefkinder bekommen, allesamt jünger als Sie.«

Gómez schwieg.

»Es ist nur natürlich, dass ein Kind in diesem Alter eifersüchtig und wütend ist.«

»Ich war nicht wütend auf meine Geschwister«, erwiderte er kühl.

»Auf Ihre Mutter vielleicht.«

»Sie musste für uns sorgen. Eine neue Ehe war die beste Option für sie.«

»Aber paradoxerweise fühlten Sie sich dadurch einsamer und unsicherer als je zuvor.«

Er setzte die Sonnenbrille ab und sah Isabel mit kalten grünen Augen an. »Sie liegen meilenweit daneben, aber für den netten Versuch gebe ich Ihnen die volle Punktzahl.«

»Und das erklärt natürlich auch Ihre Haltung gegenüber Frauen.«

»Jetzt reicht es«, knurrte Gómez wütend.

»Von mir aus. Sonst müsste ich auch bald Geld verlangen.«

Isabel biss in ihren Toast und betrachtete ihn ungerührt. »Küchenpsychologie kann jeder, Capitán. Und manchmal liegt man sogar richtig, mit einem bisschen – wie nannten Sie es noch – Glück?«

Álvaro Gómez strich sich geistesabwesend übers Kinn, und ein nervöses Zucken huschte über seine linke Wange. »Zurück zum Thema, ich will nicht, dass Sie meine Untersuchungen durcheinanderbringen. Sie hatten kein Recht, sich in den Torrens-Fall einzumischen.«

»Das war auch nicht meine Absicht. Ich hatte nur vermutet, dass das Kokain, das die Brüder und Aina Ripoll in den Höhlen am Teufelshorn gefunden haben, mit dem Mordfall Mas zu tun hat.«

»Und hat es das?«

»Sie werden von Gaspar erfahren haben, dass wir heute Nachmittag die beiden Drogenkuriere und Afrim Cana vernehmen. Ich hoffe, dass dadurch etwas mehr Licht in die Sache kommt.«

»Gaspar hat außerdem erwähnt, dass Sie auch Kreol sprechen. Gibt es eigentlich irgendetwas, das Sie nicht können, Isabel?«

»Das festzustellen, überlasse ich Ihnen.«

»Unsere gemeinsamen Vorgesetzten scheinen in ihrer unendlichen Weisheit davon überzeugt zu sein, dass wir mit vereinten Kräften schneller ans Ziel gelangen. Ich bin mir da nicht so sicher. Ich habe eher den Eindruck, meine Abteilung darf die anstrengende Fleißarbeit leisten, während Sie und Cabot anschließend die Lorbeeren einheimsen.«

»Weder Tolo noch mir geht es darum, im Rampenlicht zu stehen, Capitán. Wir wollen nur so schnell wie möglich Miranda und den Mörder von Mas finden.«

»Glauben Sie, die beiden Fälle hängen zusammen?«

»Nein.«

»Ich auch nicht, da sind wir uns ja wenigstens in einem Punkt einig.«

»Und was denken Sie über den Mord an Mas?«

»Ich glaube, die Sache ist relativ simpel. Die Haushälterin des Alten hat gegen sechs Uhr vier maskierten Männern die Tür geöffnet, auf einen von ihnen passt Canas Beschreibung. Er hat die alte Dame gefesselt und mit dem nichts ahnenden Mas gemütlich etwas getrunken, bevor er ihn umgebracht hat. Seine drei Komplizen haben wahrscheinlich Wache gehalten. Wie Sie wissen, waren Canas Fingerabdrücke auf einem Glas und überall im Arbeitszimmer, und die Reifenspuren in der Einfahrt stammen höchstwahrscheinlich von seinem Auto.«

»Aber welches Motiv hatte er?«

Gómez zuckte die Schultern. »Das finden Sie hoffentlich heraus, wenn Sie Cana heute Nachmittag vernehmen.«

»Und Sie glauben ernsthaft, er wäre dumm genug, überall Fingerabdrücke zu hinterlassen, würde aber Mas' Glas nach dem Mord sorgfältig abwischen? Das ist doch Unsinn.«

»Die wenigsten Leute sind bei klarem Verstand, wenn sie jemanden umbringen, Isabel.«

Sie beugte sich vor. »Da wir ja jetzt zusammenarbeiten, möchte ich, dass Sie sich etwas Interessantes ansehen.«

Sie zog ein Foto aus ihrer Strohtasche und reichte es ihm. Er betrachtete es prüfend. »Wer sind diese Leute?«

»Mas und drei seiner Kirchenkumpane.«

»Und woher haben Sie das?«

»Sagen wir mal, es war ein Glückstreffer. Sehen Sie sich die Hände der Männer genau an.«

Er schnaubte ungehalten. »Ist das so eine Art Daumenhoch-Zeichen?«

»Nein. Das ist das Teufelszeichen. Zeigefinger und kleiner Finger werden hochgestreckt wie zwei Hörner, während der Daumen die mittleren Finger unten hält. So.« Sie demonstrierte es ihm.

»Und warum ist das so bedeutsam?«

»Normalerweise ist das entweder eine harmlose Geste,

die Unglück abwenden soll, oder eine vulgäre Beleidigung, aber auf diesem Foto hat es eine merkwürdige andere Bedeutung.«

»Ich kann nicht ganz folgen.«

»Wenn Sie genau hinsehen, werden Sie erkennen, dass einer der Männer ein Hundehalsband trägt und ein anderer ein seltsames Kreuz mit einem schwarzen Pentagramm in der Mitte. Das ist ein sogenanntes Teufelskreuz. Es drückt Verachtung und Hohn gegenüber dem Katholizismus aus, den sie angeblich alle vertreten.«

Gómez wischte sich über die Stirn. »Es ist schön, dass Sie das, was Sie in der Kriminalpsychologie gelernt haben, anwenden möchten, aber hier interpretieren Sie zu viel in eine einfache Geste hinein. Wahrscheinlich ist es nur ein Symbol ihrer Männerfreundschaft.«

Isabel lehnte sich zurück. »Wenn Sie meinen … Aber ich habe im Arbeitszimmer von Ca'n Mas eine beträchtliche Anzahl Bücher über Okkultismus gesehen. Ist das normal bei einem so frommen Menschen?«

»Tja, man muss den Feind eben kennen, meinen Sie nicht auch? Sie besitzen eine blühende Fantasie, was natürlich an sich sehr charmant ist.«

Isabel knallte ihre leere Tasse auf den Tisch. »Wenn ich etwas Konkretes in Erfahrung gebracht habe, werde ich es Sie wissen lassen, und dann werden Sie mir schon danken.«

Auf Gómez' Lippen spielte ein Lächeln. »Darauf freue ich mich jetzt schon.«

»Und wenn die beiden Fälle gelöst sind, brauchen Sie sich meinetwegen keine Sorgen mehr zu machen. Ich verschwinde wieder von der Bildfläche.«

»Aber bis dahin müssen Sie mir zusichern, dass Sie mich über alle Entwicklungen auf dem Laufenden halten. Und damit meine ich ausdrücklich auch alles, was Sie mithilfe Ihrer – wie soll ich sagen – ungewöhnlichen Methoden herausfinden.«

Er schwieg kurz, bevor er hinzufügte: »Wenn es uns hilft, ans Ziel zu kommen, bin ich bereit, mit Ihnen zu kooperieren, und werde Ihre Anwesenheit dulden.«

Isabel biss laut in ihr letztes Stück Brot. »Sehr großzügig von Ihnen, Capitán.«

»Und was das arme entführte Kind angeht, da steckt sicherlich ein Pädophilenring dahinter.«

»Das glaube ich nicht. Es wäre sehr schwierig, ein Kind unter den Augen von Hunderten Urlaubern vom Strand wegzulocken. Wahrscheinlich war es jemand, den sie kannte.«

»Ganz im Gegenteil – ein voller Strand ist doch für einen Entführer von Vorteil. Die Leute sind so beschäftigt, dass sie gar nichts mitbekommen, also da bin ich wirklich nicht Ihrer Meinung.«

Isabel zuckte die Schultern. »Glauben Sie, was Sie wollen.«

»Nun gut, jetzt muss ich aber los.« Er sah sie einen Moment nachdenklich an. »Woher kennen Sie eigentlich Aina Ripoll, die junge Frau, die Ihnen vom Kokainversteck am Teufelshorn erzählt hat?«

Isabel stand auf und nahm ihre Tasche über die Schulter. »Ihren Eltern gehört die Bäckerei in Morells. Da kriegt man die besten *ensaïmadas*. Nette Familie.«

»Kennen Sie eigentlich alle hier im Tal?«

»Ich gebe mir Mühe. Sie nicht?«

Er erhob sich und deutete plötzlich auf ihre linke Hand, an der sich kein Ring befand. »Warten Sie nicht zu lange auf den Traumprinzen, Isabel. Nicht, dass Sie noch als einsame alte Frau enden.«

Sie strahlte ihn an. »Ich habe gehört, dass Traumprinzen lange nicht so gut sind wie ihr Ruf. Und in diesem Dorf wird man vielleicht alt, aber bestimmt nicht einsam.«

Sie betraten die Bar, wo Rafael gerade ein Bierglas abtrocknete. Er nickte Capitán Gómez zu. »Zehn Euro.«

»Das übernehme ich«, sagte Isabel und wedelte mit einem Geldschein.

Der Capitán schnappte danach wie ein hungriges Krokodil und drückte ihr das Geld zurück in die Hand: »Nein, ich lade Sie ein.«

Er verbeugte sich, küsste ihr die Fingerspitzen und marschierte davon. An der Bar hielt er kurz an, zog einen akkurat gefalteten Schein aus seinem Portemonnaie und knallte ihn auf den Tresen. Dann schlenderte er selbstzufrieden aus der Tür.

Neunzehn

Isabel nahm einen großen Schluck von ihrem Kaffee und sah sich im Raum mit den schmutzig weißen Wänden und dem verdreckten Fliesenboden um. Obwohl in der Ecke ein Ventilator unaufhörlich vor sich hin surrte, war die Hitze erdrückend. Isabel brauchte dringend eine Siesta, aber dafür standen die Chancen an diesem Sonntag schlecht. Vor ihr saßen mit gesenkten Köpfen, die Hände locker im Schoß, die beiden Verdächtigen. Die Vernehmung kam nur schleppend voran, und es war nicht gerade hilfreich, dass Isabels Kreol ziemlich eingerostet war. Gaspar war vor einer Weile zu einem Einsatz in einen Vorort von Palma gerufen worden, und jetzt musste sie sich allein durchlavieren. Sie beugte sich vor.

»Nur, damit ich das richtig verstanden habe. Ihr heißt Jawara und Allie und kommt aus Guinea-Bissau?«

Die beiden nickten.

»Als Teenager seid ihr Drogenkuriere geworden, und inzwischen arbeitet ihr seit zehn Jahren für verschiedene Drogenhändler?«

Der Jüngere der beiden rutschte unbehaglich auf seinem Stuhl herum und zeigte auf seinen Kumpan. »Allie hat mich da reingezogen. Ich habe nur mitgemacht, weil es meiner Mutter schlecht ging.«

Der andere protestierte und entblößte beim Reden schiefe gelbe Zähne. »Das ist gelogen, Jawara. Du wolltest das Geld genauso für dich selbst.«

Isabel hob die Hand. »Und ihr wart dafür zuständig, das Kokain an der spanischen Küste und auf den Balearen in Umlauf zu bringen?«

Allie lachte. »Ja, aber wir sind nur kleine Fische. Es kommen ständig riesige Schiffe mit Kokain und anderen Drogen aus Guinea-Bissau, dem Senegal und Sierra Leone. Sie beliefern ganz Europa.«

»Hat einer von euch schon mal den Namen Afrim Cana gehört?«

»Nein«, antwortete Allie, und sein Kumpel schüttelte den Kopf.

»Hört zu, wenn ihr kooperiert, kann ich dafür sorgen, dass ihr wieder freikommt. Verstanden?«

Allie seufzte gereizt. »Okay, Mann, aber wir haben nur Gerüchte von so einem Albaner gehört, der hier auf Mallorca angeblich eine große Nummer im Drogengeschäft ist, mehr nicht. Seinen Namen hat uns keiner gesagt, also wissen wir nicht, ob Cana dieser Typ ist. Wir sind nur Kuriere. Uns sagen sie nichts.«

»Hat der Albaner mit dem Versteck in den Höhlen am Teufelshorn zu tun?«

»Könnte sein, dass ich so was mal gehört habe«, antwortete Allie ausweichend.

Isabel schwieg kurz, dann fragte sie: »Bezahlen sie euch gut für eure Arbeit? Ist bestimmt gefährlich.«

Jawara lachte. »Du machst wohl Witze, Mann. Wir kriegen nur Peanuts, dabei machen wir die Drecksarbeit.«

Sein Freund nickte. »Ja, das stimmt.«

»Warum macht ihr es dann?«

»Es ist immer noch besser, als in Guinea-Bissau zu bleiben. Da hungern die Leute und sterben wie die Fliegen.«

»Und wie lange werden die Höhlen schon als Drogenversteck benutzt?«

»Seit fünf Jahren ungefähr«, sagte Allie.

»Kennt einer von euch einen Kolumbianer namens Angel Tulio Mas?«

Allie wich Isabels Blick aus, und Jawara schüttelte nervös den Kopf.

»Nein, wir kennen keinen Kolumbianer.«

»Was passiert jetzt mit uns?«, wollte Allie wissen. »Wir wollen Straffreiheit.«

»Und ich will Namen und handfeste Informationen, also was machen wir da? Ich schlage vor, ihr durchforstet bis heute Abend noch mal euer Gedächtnis, und dann reden wir weiter«, erwiderte Isabel. Sie wünschte den beiden einen schönen Tag und verließ den Raum. In weniger als einer Stunde sollte sie Afrim Cana vernehmen, und vorher wollte sie Gaspar anrufen und ihm berichten, was sie von den Drogenkurieren erfahren hatte. Außerdem musste sie noch schnell mit Furó Gassi gehen. Im Moment war er zwar bei Corc am Empfang gut aufgehoben, aber bei der nächsten Vernehmung wäre es bestimmt spaßig, das muntere Frettchen dabeizuhaben.

Nach dem kurzen Telefonat mit Gaspar spazierte Isabel mit Furó den Paseo Marítimo entlang. Sie genoss die sanfte Brise vom Meer, die einen scharfen Ozonhauch mit sich trug und die feuchte, drückende Hitze ein wenig erträglicher machte. Gaspar hatte immer noch in El Arenal zu tun, wo ein britischer Urlauber nach einer Kneipenschlägerei niedergestochen worden war, aber er hatte versprochen, sich im Verlauf des Tages Jawaras und Allies anzunehmen. Da er fließend Kreol sprach, war Isabel zuversichtlich, dass er aus den beiden mehr herausbekommen würde als sie.

Als sie, zurück im Kommissariat, mit Furó auf den Fersen zum Vernehmungsraum ging, grinste einer der diensthabenden Beamten sie an. »Ich weiß nicht, ob der Chef so begeistert ist, wenn der Verdächtige von einem Frettchen vernommen wird, aber da wir Sonntag haben, drücke ich mal ein Auge zu, Bel.«

»Wir spielen eben gern guter Bulle, böser Bulle.«

Er kicherte. »Nur damit du es weißt, Cana spricht nicht besonders gut Spanisch. Sein Englisch ist besser.«

»Ja, das habe ich gehört.«

Der Beamte zwinkerte ihr zu, öffnete die Tür für sie und versprach, ihr gleich einen Kaffee zu bringen. Als Isabel den Raum betrat und sich Afrim Cana gegenüber an den Tisch setzte, starrte der Albaner ihr unverfroren ins Gesicht. Sie holte eine Tüte Sonnenblumenkerne aus ihrer Tasche und sprach ihn auf Englisch an.

»Möchten Sie?«

Er schwieg, ließ aber Furó nicht aus den Augen, der knurrend den spartanisch eingerichteten Raum untersuchte.

»Er langweilt sich. Mögen Sie Frettchen?«

Afrim Cana verzog angewidert den Mund. »Dreckige Viecher.«

»Passen Sie auf, was Sie sagen. Meinen Assistenten hat er schon aus geringerem Anlass gebissen. Sieht aus, als hätten Sie keine Zigaretten mehr.«

Er drückte seine selbst gedrehte Zigarette aus, als handelte es sich um ein lästiges Insekt. Genervt schnippte er den Stummel auf den Boden und trommelte mit den Fingern auf dem Tisch.

»Ich habe nichts zu sagen.«

Sein Blick wanderte zu dem kleinen, vergitterten Fenster hoch oben unter der Decke des stickigen Raums.

»Haben Sie mal Franz Kafka gelesen?«

Er sah sie fragend an.

»Die Freiheit«, sinnierte Isabel, »ist für den Menschen enorm wichtig. Bedenken Sie, wie eintönig und trostlos ein Leben in Gefangenschaft ist. Tag für Tag in so einer miefigen Zelle, und nur, wenn man sich reckt, sieht man ein winziges Stück blauen Himmel. Man hört die Schreie der Möwen, das Flüstern des Windes, das Rauschen des Verkehrs. Wie traurig, so die Jahre zu verbringen, finden Sie nicht auch?«

Stille.

»Tja, Mr Cana, wenn Sie so wenig mitteilsam sind, kann ich auch einen Kaffee trinken gehen und Ihnen mein Frettchen zur Gesellschaft hierlassen.«

Da wurde der Albaner plötzlich unruhig und erwiderte in gebrochenem Englisch: »Mein Anwalt sagen, in Spanien ich muss nur mit Richter Baltazar reden, nicht mit Polizei.«

»Das stimmt, Sie werden so oder so einem Richter vorgeführt, also warum beantworten Sie nicht einfach meine Fragen? Leugnen können Sie später immer noch. Ich zeichne unser Gespräch nicht auf, das hier gilt nicht als Zeugenaussage.«

»Warum sollte ich mit Ihnen reden?«

»Warum nicht, wenn Sie nichts zu verlieren haben? Vielleicht kann ich Ihnen sogar helfen.«

»Ich will eine Zigarette.«

Isabel hielt ihm eine Schachtel Marlboro hin. »Die gehört Ihnen, wenn Sie kooperieren.«

Er nickte. Sie schob ihm die Schachtel über den Tisch. Gierig steckte Cana sich eine Zigarette zwischen die Lippen und zündete sie mit einem eleganten silbernen Feuerzeug an.

»Schick.«

»Rauchen Sie? Kennen Sie Davidoff in der St James's Street in London?«

»Nein.«

Er hustete rasselnd. »Ich kaufe da. Gute Zigarren.«

»Ich habe gehört, Marc Got hat Sie an seinem Club in Magaluf beteiligt. Stimmt das?«

»Vielleicht«, sagte Cana gleichgültig.

»Warum macht er das? Angeblich läuft der Club nicht besonders gut.«

Cana hob ungeduldig die breiten Schultern in der teuren schwarzen Jacke. »Marc hatte Geldprobleme, okay? Deshalb ich habe ihm geholfen. Dafür hat er mir dreißig Prozent von Club gegeben.«

»Und wie genau haben Sie ihm geholfen?«

Er blies Rauch aus. »Ich besorge Tänzerinnen und Promo-Girls für seinen Club und mache Marketing.«

»Ist das Ihr übliches Geschäftsfeld?«

Er grinste. »Ja. Ich bin Marketing-Experte. Ich verdiene viel Geld in Albanien.«

»Na, da können Sie sich ja glücklich schätzen. Und das Drogengeschäft ist natürlich ebenfalls sehr lukrativ. Beliefern Sie auch Marc Got?«

»Ich weiß nicht mal, wie Drogen aussehen.«

»Und warum wohnen Sie dann in Son Barassa und hängen in Son Gotleu rum?«

Afrim Cana grinste süffisant. »Ich gehe nie nach Son Gotleu – schlimmer Ort, viele Junkies. Son Barassa ist gute Gegend, freundliche Leute.«

Isabel konnte ein Lächeln nicht unterdrücken. Das Spielchen machte ihr Spaß. »Es ist auch der Kokain-Hotspot der Insel.«

Cana schob die Unterlippe vor. »Wirklich? Das wusste ich nicht.«

»Haben Sie mal von den Höhlen am Teufelshorn gehört?«

»Nein.«

»Haben Sie sich letzten Dienstag mit zwei Brüdern namens Felip und Francesc Torrens getroffen?«

»Kenne ich nicht.«

»Ich glaube, doch. Die beiden haben versucht, Ihnen Ihr eigenes Kokain zu verkaufen, stimmt's?«

Er schüttelte den Kopf. »Wie gesagt, mit Drogen habe ich nichts zu tun.«

»Kennen Sie einen Mann namens Angel Tulio Mas?«

Isabel beobachtete ihn aufmerksam.

»Ich habe in der Zeitung gelesen, dass er diese Woche umgebracht wurde.«

»Haben Sie ihn gekannt?«

»Er war ein frommer Mann. Ich habe ihm manchmal Geld gespendet für seine wohltätige Arbeit in Kolumbien.«

Isabel hatte Mühe, nicht laut loszulachen. »Haben Sie ihn am letzten Mittwochabend besucht?«

»Kann sein.«

»Um wie viel Uhr?«

»Gegen sechs.«

»Warum?«

»Angel und ich haben oft zusammen gebetet.«

Die Tür ging auf, ein Polizist stellte einen Cortado vor Isabel auf den Tisch und gab ihr ein Zeichen, dass er unter vier Augen mit ihr sprechen wollte. Sie folgte ihm auf den Gang. Nach einem kurzen Wortwechsel fluchte sie leise, dann nickte sie und kehrte in den Raum zurück.

Sie nahm das kleine Zuckerpäckchen von der Untertasse, riss es auf und kippte den Inhalt in ihren Kaffee. »Was für eine Automarke fahren Sie?«

»Einen Shogun. Das habe ich der Polizei schon gesagt.«

»Welche Farbe?«

»Schwarz.«

»Haben Sie Angel Tulio Mas an jenem Abend, als Sie ihn besuchten, umgebracht?«

»Nein. Wir waren Freunde. Ich habe Bier mit ihm getrunken, dann bin ich gegangen.«

»Waren Sie allein bei ihm?«

»Ja.«

»Wann sind Sie aufgebrochen?«

»Vielleicht halb sieben oder später, ich weiß nicht mehr genau.«

»Was haben Sie danach gemacht?«

»Freunde getroffen.«

»Dann haben Sie ein Alibi? Jemand, der bestätigen kann, wo Sie gewesen sind?«

»Ich habe mit drei Nachbarn in Son Barassa etwas getrunken.«

Isabel lachte. »Das ist ungefähr so viel wert wie eine Zeugenaussage von den drei Affen. Wer hat Ihnen an dem Abend in Ca'n Mas die Tür aufgemacht?«

»Angel.«

»Haben Sie seine Haushälterin überfallen und gefesselt?«

Er lachte. »Sie ist eine alte Frau. Ich bin kein Monster. Warum sollte ich das tun?«

»Ich weiß nicht, sagen Sie es mir.«

»Hören Sie, ich habe Angel auf einen Drink besucht und bin wieder gegangen. Die alte Haushälterin habe ich gar nicht gesehen.«

»Wie oft waren Sie bei Señor Mas zu Besuch?«

»Vielleicht einmal in der Woche zum Beten und Plaudern.«

»Und worüber haben Sie gesprochen? Über die fehlende Kokainlieferung?«

Er seufzte genervt. »Ich habe Ihnen gesagt, dass ich nichts von Drogen weiß.«

Isabel trank einen Schluck Kaffee und lehnte sich zurück. »Dann kläre ich Sie mal auf. Kolumbien ist der größte Produzent des Kokainrohstoffs Koka. Früher verlief die Handelsroute nach Norden in die Karibik und von dort nach Europa und Amerika. Inzwischen gelangen die Drogen meistens über die Ostgrenze nach Venezuela und werden dann in alten Flugzeugen, DC-9 oder Boeing 727, über den Atlantik nach Westafrika geflogen.«

»Faszinierend.«

»Kleine Länder wie Guinea-Bissau sind ideale Transitpunkte, weil sie kaum Möglichkeiten haben, ihren Luftraum zu überwachen.«

»Tatsächlich?«

»Und in Westafrika gibt es viele sehr arme junge Männer, die bereit sind, als Drogenkuriere ihr Leben aufs Spiel zu setzen. Zwei von ihnen sind Freitagnacht an der Nordwestküste Mallorcas gelandet. Sie wurden am Teufelshorn aufgegriffen.«

»Diesen Ort kenne ich nicht.«

»Es ist ein Sperrgebiet, nicht zugänglich für die Öffentlichkeit, und trotzdem, wer hätte das gedacht, benutzen Unbekannte die Höhlen seit einigen Jahren als Übergabestelle für Kokain.«

»Schockierend.« Er grinste sie an.

»Die letzte Lieferung war in Bibeln versteckt, vielleicht waren die Dealer also besonders fromm, oder sie hatten einfach nur Sinn für Humor. Was meinen Sie?«

»Das kann ich nicht sagen.«

»Wissen Sie, was ich glaube? Ich glaube, Sie und Angel Tulio Mas waren Partner im Kokaingeschäft. Sie sind an jenem Abend in Ca'n Mas aufgetaucht, um ihm zu berichten, dass ein Teil Ihrer Lieferung gestohlen wurde. Ich weiß nicht, ob es Streit gegeben hat und ob Sie ihn umgebracht haben, aber das werde ich schon bald herausbekommen.«

Der Albaner schwieg.

»Zum Glück hat die Spurensicherung überall in Mas'

Arbeitszimmer Ihre Fingerabdrücke gefunden, und bald werden wir auch wissen, von wem die Reifenspuren in der Einfahrt stammen. Ich vermute, von einem Mitsubishi Shogun.«

Afrim Cana verzog keine Miene, aber Isabel bemerkte aus dem Augenwinkel, dass sein glänzender schwarzer Loafer unter dem Tisch zuckte.

»Also, was ist an diesem Abend passiert? Sind Sie zu Mas gegangen, um den Alten mit Gift außer Gefecht zu setzen und dann zu erstechen? War ein Deal geplatzt? Hatte er Ihnen etwas gestohlen, das Sie sich zurückholen wollten?«

Cana sprang auf. »Ich will meinen Anwalt. Sie haben kein Recht, mich hier festzuhalten.«

Furó fauchte bedrohlich.

»Wie merkwürdig«, sagte Isabel. »Normalerweise mag er Albaner.«

»Ich will jetzt gehen.«

»Eine letzte Sache. Haben Sie an diesem Abend beide dieselbe Biersorte getrunken?«

Afrim Cana drückte seine Zigarette aus. »Angel hat Club Colombia getrunken und ich San Miguel, wie immer.«

»Nur eins?«

Er trommelte mit den Fingern auf dem Tisch. »Ja, nur eins.«

»Dann dürfen Sie jetzt gehen.«

Cana sah sie überrascht an. »Ich kann gehen?«

»Ja, aber wie es im Film immer so schön heißt, halten Sie sich bitte zu unserer Verfügung.«

Zwanzig

Llorenç stand am Kopfende des riesigen Mahagonitisches im Bürgermeisterbüro, wild gestikulierend wie ein leidenschaftlicher Orchesterdirigent. Es war Montagmorgen, und vor ihm saßen seine zwölf Jünger, die alle eine wichtige Rolle beim bevorstehenden Fest in Sant Martí spielen sollten. In diesem Moment erreichten auf der anderen Seite der *plaça* die zitternden Zeiger der geriatrischen Kirchturmuhr von Sant Antoni die volle Stunde und ließen ein Getöse losbrechen. Ins volltönende Geläut der Kirchenglocken mischten sich zehn tiefe, dröhnende Donnerschläge. Der kleine, dicke Bürgermeister hielt sich die Ohren zu. Seine Mitstreiter bissen stoisch die Zähne zusammen, bis die Glocken und die Uhr fertig waren. Dann meldete Pep sich wieder zu Wort. Als jüngstes Mitglied des Komitees wagte er den kühnen Vorstoß, auf dem Dorffest statt des üblichen traditionellen mallorquinischen Essens Cocktails und Canapés zu servieren. Der Bürgermeister runzelte die Stirn wie eine alte Bulldogge.

»Was ist das Problem mit *sobrassada*-Wurst und *coca*?«, polterte er. »Das lieben doch alle!«

Es ertönte zustimmendes Gemurmel.

»Seit ich mich erinnern kann, gibt es bei jedem Fest in Sant Martí das gleiche Essen. Selbst in den schrecklichen

Zeiten des Bürgerkriegs hat die Generation meiner Großeltern die Tradition im Dorf am Leben erhalten, auch wenn sie es heimlich tun mussten. Wenn Francos Schergen sie erwischt hätten, wären sie alle erschossen worden!«

Pep lehnte sich genervt zurück. »Ach, kommen Sie schon! Erschossen wegen *sobrassada*?«

Llorenç grinste süffisant. »Jawohl, junger Mann, aber was weißt du schon von harten Zeiten? Franco wollte uns hier auf Mallorca alles nehmen, was wir lieben – unsere Sprache, unsere Kultur, unsere Wurzeln.«

Jesus, der Besitzer des Bon Día, nickte energisch. »Das stimmt. Wer Mallorquinisch sprach, hat richtig Ärger gekriegt, und wer weiß, was passiert wäre, wenn sie einen mit *sobrassada* oder *coca* erwischt hätten!«

Der Bürgermeister verschränkte die Arme und sah Pep missbilligend an. »Geht es dir einfach nur darum, irgendetwas anders zu machen als sonst?«

Pep verdrehte die Augen. »Ich dachte, es würde vielleicht mal ein bisschen frischen Wind reinbringen. Selbst in Palma bekommt man inzwischen Canapés.«

»Was für Canapés denn?«, wollte Barbesitzer Jordi wissen.

»Räucherlachs und Kaviar auf kleinen Schwarzbrotscheiben oder Tartlets mit Anchovis und Aioli …«

Peps Worte gingen in Geschrei und Gelächter unter.

»Stellt euch doch mal vor, ich würde derart alberne Häppchen in meiner Bar servieren!«, rief der alte Jordi empört. »Ich würde mich zum Gespött des Dorfes und des ganzen Tals von Sóller machen!«

Noch mehr Gelächter.

Llorenç forderte Jordi mit einer Handbewegung auf, sich wieder zu setzen. »Pep, mein Junge, es ist nun mal so, dass wir hier in Sant Martí nicht jeder Mode hinterherlaufen. Wir sind stolz auf unsere Bräuche, sie sind unsere Stärke und das Rückgrat unserer Gemeinschaft. Es ist kein Zufall, dass andere Dörfer im Tal wie Fornalutx und Biniaraix uns beneiden. Über die Jahrhunderte haben wir Erdbeben, Seuchen, Bürgerkrieg und Armut erlitten, aber nie haben unsere Vorfahren das Erbe aufgegeben, das Sant Martí bis heute prägt.«

Stürmischer Applaus brach los.

»Bravo!«, rief eine dralle Señora und wischte sich eine Träne aus dem Augenwinkel.

»Schön gesagt«, rief jemand. »Llorenç, es ist eine Verschwendung, dass du nur Bürgermeister bist. Du solltest in Madrid im Senat sitzen!«

Llorenç lächelte bescheiden und bat seine Bewunderer mit erhobener Hand um Ruhe. »Und das ist auch der Grund dafür, dass wir drei Jahre in Folge den Preis für das traditionellste Dorf in ganz Spanien gewonnen haben. Sóller hält sich vielleicht für den König des Tals und Fornalutx für besonders hübsch, aber das kleine Sant Martí räumt die Preise ab. Da können die anderen nicht mithalten, wir sind das wahre Juwel in der Krone dieses Tals.«

Pep schüttelte den Kopf und seufzte tief. Es hatte keinen Sinn, mit diesen Fossilien zu streiten, die lebten in der Vergangenheit. Alfonso, der Künstler von Sant Martí, warf ihm einen mitfühlenden Blick zu und zwinkerte, aber das hob Peps Laune kaum. Er schwor sich, eines Tages nach Palma zu ziehen und dort eine eigene Immobilienagentur aufzumachen oder vielleicht sogar zusammen mit Isabel ein Detektivbüro. Oder er könnte eines Tages, wenn er Llorençs Tochter Angélica geheiratet hatte, selbst Bürgermeister des Dorfes werden. Da würden die alten Knacker nicht schlecht staunen. Alles war möglich. Seine Zeit würde schon noch kommen.

»Also gut«, sagte Llorenç. »Weiter im Text. Wir dürfen nicht vergessen, dass es nur noch eine Woche bis zur Nit de Foc ist. Wir sind uns also einig, was das Essen angeht. *Sobrassada, pa amb oli* und *coca*?«

Die Tür wurde aufgerissen, und Isabel platzte herein.

»Es tut mir leid, ich musste noch ein paar wichtige Telefonate führen.«

Llorenç sprang auf und bot ihr den freien Platz an seiner Seite an.

»Der Spürhund von Sant Martí«, schmunzelte er. »Wer hätte gedacht, dass unsere kleine Bel mal den Männern in Blau und Grün zeigen würde, wo es langgeht?«

Alle nickten zustimmend, und Isabel lächelte verlegen. »Ich hoffe, ich habe nicht zu viel verpasst.«

»Ganz und gar nicht«, erwiderte Llorenç leutselig. »Wir haben gerade erst angefangen. Als Nächstes ist das Unterhaltungsprogramm dran.«

Mit breitem Grinsen wandte er sich an den geknickten jungen Mann ihm gegenüber. »Na, Pep, hast du vielleicht noch mehr so großartige Ideen?«

*

Isabel und Pep waren schon halb über die *plaça,* als hinter ihnen eine zittrige Stimme Isabels Namen rief. Sie drehte sich um und sah Padre Agustí, der ihr von den Stufen vor der Kirche zuwinkte. Pep entschuldigte sich, um im Büro nach dem Rechten zu sehen.

»Padre, wie geht es Ihnen?«

Er ergriff Isabels Hand mit beiden Händen. »Gute Neuigkeiten! Ich habe die Namen von Angels drei Freunden aus Kolumbien gefunden.«

Isabel sah ihn gespannt an.

»Ah, hier ist es ja.« Er zog ein Stück Papier aus der Tasche und faltete es auseinander. »Der Priester hieß Padre Paz García, seine beiden Freunde Cruz Ramírez und Andres Moreno. Im Gästebuch hatte ich neben ihren Namen einen Vermerk gemacht: ›die Bruderschaft‹.«

»Was bedeutet das?«

Er überlegte kurz. »Das weiß ich wirklich nicht mehr. Ich vermute, sie gehörten alle in Kolumbien einer religiösen Bruderschaft an.«

Isabel nahm den Zettel und verstaute ihn in ihrer Strohtasche.

»Padre, ich weiß gar nicht, wie ich Ihnen danken soll.«

»Aber ich«, strahlte er. »Ich erwarte dich nächsten Sonntag zur Beichte.«

Sie legte ihm sanft die Hand auf die Schulter. »Eine so nette Einladung kann ich natürlich unmöglich ablehnen.«

Auf dem Nachhauseweg blieb Isabel an einer Straßenecke vor dem bescheidenen Häuschen der Rentnerin Señora Coll stehen, die im Dorf das Amt der Postmeisterin versah.

Da Sant Martí zu wenige Einwohner für eine offizielle Postfiliale hatte, ging sie ihrer Tätigkeit seit über zwanzig Jahren in ihrem eigenen Haus nach, obwohl ihr die Arbeit inzwischen beschwerlich wurde. Seit einiger Zeit öffnete sie nur noch vormittags und untermalte die Bearbeitung der Briefe und Pakete mit tiefen Seufzern und traurigem Kopfschütteln. Als Isabel die Veranda betrat, kam ihr eine kleine, ältere Frau aus dem Haus entgegen. Es war Camila Cortez. Isabel lächelte und berührte sie am Arm. »Wie schön, Sie wiederzusehen, Señora. Ich träume immer noch von Ihrer himmlischen Limonade.«

Camila Cortez strahlte. »Dann kommen Sie doch wieder einmal bei mir vorbei. Es ist jetzt sehr einsam ohne Señor Mas.«

»Ich wollte Sie sowieso in einer vertraulichen Sache sprechen. Hätten Sie vielleicht heute Nachmittag oder morgen Zeit?«

»Heute Nachmittag muss ich leider noch einmal zu einer Untersuchung ins Krankenhaus. Aber können Sie vielleicht am Mittwochvormittag vorbeikommen?«

Isabel nickte. »Natürlich.«

Die alte Haushälterin lächelte und tätschelte Isabels Arm, dann entfernte sie sich langsam, die abgenutzte schwarze Handtasche fest in beiden Händen.

Im düsteren Innern des Hauses saß hinter einem großen Mahagonischreibtisch Señora Coll. Sie trug ein geblümtes Kleid und darüber eine weiße Kittelschürze aus Nylon. Isabel zog einen Stapel Briefumschläge aus der Tasche und reichte ihn ihr.

»Wie geht es Ihnen, Señora Coll?«

Die alte Dame schüttelte bekümmert den Kopf, während sie die passenden Briefmarken heraussuchte. »Sehr schlecht, wie immer, Bel. Die Arbeit strengt mich so an, und dazu diese Hitze, es grenzt an ein Wunder, dass ich noch lebe. Und dann die ganzen Touristen, die unbedingt Briefmarken haben wollen, aber kein einziges Wort Spanisch sprechen. Wenn Doktor Ramis' Wunderpillen nicht wären, hätte ich schon lange das Zeitliche gesegnet.«

»Vielleicht sollten Sie sich wirklich zur Ruhe setzen und den Stab an jemand anderen weiterreichen?«

»Zur Ruhe setzen? Das ist unmöglich! Es gibt niemanden, dem ich diese Aufgabe anvertrauen könnte. Nein, ich muss dieses Joch so lange tragen, wie der liebe Herrgott mir befiehlt.«

Isabel unterdrückte ein Grinsen und nickte mitfühlend. »Nun, das ist uns allen eine Erleichterung.«

*

Als Isabel mit einer Papiertüte in der Hand das Büro betrat, schmunzelte Pep. »Na, hast du dir Stoff besorgt?«

»Für dich ist auch was dabei.«

Sie nahm zwei Teller aus dem Schrank, legte auf jeden einen Schoko-Croissant und reichte ihm einen.

»Mmh, *gràcies*. Ich liebe die Dinger, aber sag's nicht Angélica. Sie meint, wir müssten vor der Hochzeit beide abnehmen.«

Isabel sah ihn überrascht an. »Ihr wollt heiraten?«

Er leckte sich Schokolade vom Finger. »*Qué va!* Das hätte sie gern. Sie sagt immer, sie will nächstes Jahr heiraten, aber dazu lächle ich nur und schweige. Als wäre ich bereit, mein Leben so schnell aufzugeben.«

Isabel lachte. »Aber mach ihr nichts vor, Pep. Zeig, dass du *cojones* hast, und sag ihr, dass es noch zu früh ist zum Heiraten.«

»Mach du das lieber.«

Sie grinste. »Tut mir leid, dass du heute früh in der Sitzung einen auf den Deckel gekriegt hast.«

Er schnaubte spöttisch. »Das war ja zu erwarten. In diesem Dorf ändert sich nie etwas. Ach, übrigens, ich habe noch ein Hühnchen mit dir zu rupfen. Du hast am Wochenende mein *moto* geklaut und kaputt gemacht.«

»Jetzt übertreib mal nicht, Pep. Ich habe es mir nur ausgeliehen. Der Schlüssel lag im Büro, und ich musste schnell nach Palma.«

»Ich hätte es am Wochenende gebraucht.«

»Wofür denn? Du hast doch ein Auto.«

Er wandte den Blick ab. »Ist jetzt auch egal.«

»Und was ist kaputt?«

»Der rechte Spiegel.«

Isabel nickte. »Ah ja, der wirkte ein bisschen wacklig. Beim Parken ist das dumme Ding abgefallen. Ich habe ihn aber wieder festgemacht.«

Pep grinste schief. »Ja, falsch herum.«

Isabel wollte gerade antworten, als das Telefon klingelte. Sie wischte sich die fettigen Finger an einer Papierserviette ab und hörte als Erstes ein ersticktes Husten in der Leitung. »Bist du das, Tolo?«

Er nieste in den Hörer. »Tut mir leid, ich habe Heuschnupfen. Immer dasselbe um diese Jahreszeit.«

»Meine Großmutter hat immer frisch gepressten Zitronensaft mit Honig getrunken. Hat bei ihr geholfen.«

»Ich bleibe lieber bei Antihistaminika, falls du nichts dagegen hast. Hausmittelchen sind nichts für mich.«

»Tja, selbst schuld.«

Er hustete. »Gibt's was Neues?«

»Der Pfarrer im Dorf hat die drei Männer identifizieren können, die auf dem Foto mit Mas sind. Ich schicke Julian Mosquera heute die Namen.«

»Gute Arbeit, Bel.«

»Padre Agustí hat gesagt, sie haben in Kolumbien einer Bruderschaft angehört.«

»Was war das für eine Bruderschaft?«

»Ich fürchte«, sagte Isabel düster, »eine, die nicht so fromm ist, wie Padre Agustí glauben möchte.«

Tolo schwieg einen Moment. »Ich muss heute noch einmal nach Madrid. Eine Besprechung mit Lola.« Er nieste und Isabel knabberte missmutig an einem Fingernagel.

Er fuhr fort: »Ich wollte dir noch sagen, dass wir eine heiße Spur in der Miranda-Sache haben. Eine Frau aus Pollença hat sich gemeldet, sie könnte eine Augenzeugin sein.«

»Warum erst jetzt?«

»Sie ist letzten Dienstag in Urlaub gefahren und heute zurückgekommen. Als sie die Nachrichten gelesen hat, hat sie uns sofort angerufen.«

»Und was hat sie gesehen?«

»Sie ist angeblich direkt neben der Promenade am Hafen von Pollença mit einer jungen Frau mit langen blonden Haaren zusammengestoßen. Und die Frau hielt ein kleines Mädchen mit einem rosa Rucksack an der Hand.«

»Gibt es noch mehr?«

»Die beiden sind zu einem blauen Clio gegangen. Das Fenster war offen, und am Steuer saß ein schlanker junger Mann mit kurzen braunen Haaren, der die Frau und das Kind gedrängt hat, schnell einzusteigen.«

»Wir müssen alle Clios und alle Autovermietungen auf der Insel checken.«

»Gaspar ist mit seinem Team schon dran, aber das wird dauern. Es ist ungefähr das beliebteste Automodell auf Mallorca.«

»Ich habe eine Idee, wie wir die Sache beschleunigen können. Wie wär's, wenn wir Josep Casanovas für morgen eine Exklusivstory versprechen? Ich treffe ihn nachher auf einen Drink.«

»Ach ja«, sagte Tolo etwas schärfer als beabsichtigt, »ich hatte ganz vergessen, dass ihr Saufkumpane seid.«

»Es wäre die perfekte Möglichkeit, ihn für uns einzuspannen«, erwiderte Isabel.

»Dann überlasse ich das deinem Verhandlungsgeschick«, meinte er. »Die Zeugin hat übrigens noch ein weiteres Detail zu Miranda erwähnt.«

Isabel wartete gespannt.

»Angeblich hatte das Mädchen ein Stofftier in der Hand. Einen kleinen blauen Hasen.«

Einundzwanzig

Isabel saß zurückgelehnt auf ihrem Stuhl, die Augen geschlossen, und tippte leicht mit einem Fuß auf die kühlen Marmorfliesen unter dem Schreibtisch. Sie war vollkommen versunken in die sonoren, rhythmischen Gitarrenklänge, die bittersüßen Akkorde, die aus den Lautsprechern strömten, als plötzlich mit einem Ruck die Tür aufgerissen wurde und – wie konnte es anders sein – Pep ihren Genuss mit einem lauten *»Olé!«* abrupt beendete.

»Dein Ernst?«, rief Isabel. Sie sprang auf und drehte die Lautstärke herunter. »Man sagt nicht *›olé‹* zu *Goyescas*!«

»*Go*– was?«

Isabel seufzte verzweifelt und massierte sich die Schläfen. »Selbst du müsstest doch mal von Enrique Granados gehört haben?«

Pep kratzte sich am Ohr. »Ich glaube schon. Ist das nicht ein Gitarrist?«

Von hinten erscholl eine tiefe Stimme: »Ein Gitarrist? Er war der größte katalanische Pianist und Komponist aller Zeiten!«

Hinter Peps Rücken tauchte Isabels Nachbar Doktor Ramis auf.

»Entschuldigen Sie, dass ich einfach so hereinplatze, aber die Haustür stand offen. Könnte ich vielleicht bei Ihnen ein

Medikament für Señora Coll deponieren? Sie wollte es eigentlich vor einer Stunde bei mir abholen, aber sie ist nicht erschienen.«

»Sie sollten die Hypochondrie der alten Dame nicht befeuern, Doktor Ramis«, tadelte Isabel. »Mit ihrem Magen ist alles in bester Ordnung. Sie hat einfach nur Langeweile.«

»Das weiß ich doch, deswegen verschreibe ich ihr ja auch meine Pfefferminz-Spezialpillen«, erwiderte er mit einem Zwinkern und reichte Isabel eine kleine braune Glasflasche.

Isabel lachte, als sie die winzige Aufschrift auf dem Etikett las. »*Panacea pancita?* Wundermittel für den Bauch? Sie alter Fuchs! Aber woher soll sie wissen, dass sie es hier abholen kann?«

Der rundliche Doktor tippte sich an die markante Nase. »Ich habe einen Zettel an meine Haustür geheftet.«

Pep sah ihn neugierig an. »Wo gehen Sie denn hin?«

»Zum Mittagessen natürlich. Ohne Nahrung kann kein Mediziner vernünftig arbeiten.«

»Ein Laufbursche wie ich auch nicht, aber mich lässt man heute bestimmt nicht aus dem Büro.«

Doktor Ramis klopfte Pep mitfühlend auf die Schulter. »Dann überlasse ich Sie mal Ihrer Sklaventreiberin.«

Als er sich zum Gehen wandte, sprang die Tür auf, und Florentina erschien wie ein Geist aus der Flasche.

»Nicht so schnell! Ich habe gerade das Mittagessen vorbereitet.« Sie wandte sich an Doktor Ramis. »Sie essen doch mit uns, nicht war, Miguel?«

»*Pues,* Florentina, ich war eigentlich auf dem Weg zur Bar Castell, aber wenn Sie darauf bestehen …«

»Aber sicher.«

»Und welche erlesenen Köstlichkeiten stehen heute auf der Speisekarte?«

Sie zuckte die Schultern. »Schnecken, russischer Salat, gefüllte Tintenfische, Knoblauchgarnelen und Kroketten mit Kabeljau und Serranoschinken.«

Doktor Ramis ließ die Augenlider flattern, als würde er gleich in Ohnmacht fallen. »*Basta!* Das halte ich nicht aus. Florentina, ich gehe auf die Knie vor Ihren göttlichen Kochkünsten.«

»Ich auch«, rief Pep schnell.

Florentina kicherte. »Komm, Pep, du kannst mir unten beim Aufdecken helfen.«

Isabel stürmte an Pep vorbei und hob die Hände. »Mama, das hier ist ein Büro und keine Kantine. Pep und ich müssen arbeiten!«

Florentina legte dem Doktor die Hand auf den Arm. »Wissen Sie, Miguel, meine Tochter hatte ja eigentlich versprochen, die Polizeiarbeit aufzugeben, aber jetzt habe ich von Pau, dem netten jungen Polizisten im Rathaus, erfahren, dass sie beim alten Mas rumgeschnüffelt hat mit diesem Polizeichef aus Palma, in den sie so vernarrt war ...«

»Gott, gib mir Kraft«, murmelte Isabel und nahm sich vor, Pau eine ordentliche Standpauke zu halten, weil er geplaudert hatte.

»Um die Leiche eines alten Mannes zu untersuchen. Stellen Sie sich das vor! Ich dachte, sie hätte dieses ganze Zeug endlich hinter sich gelassen, aber es liegt ihr im Blut, Miguel. Ihr Vater war genauso. Und jetzt steckt sie die Nase auch noch in diesen Entführungsfall. Was soll eine arme Mutter da nur tun?«

Doktor Ramis zupfte nachdenklich an seinem Schnurrbart. »Kochen und essen, meine liebe Florentina. Das ist die einzige Lösung.«

Entschlossen marschierten die beiden die Treppe hinunter, und das scharfe *»Venga!«* ihrer Mutter klang Isabel in den Ohren. Sie lugte um die Ecke in ihr Büro und musste lächeln, als sie Furó trotz des Aufruhrs friedlich in seinem Körbchen schlummern sah. Froh über den kleinen Moment Ruhe, ging sie zu ihrer gut gefüllten Wandtafel und ließ den Blick über die vielen Notizzettel und mit Textmarker versehenen Stichwörter schweifen. Mit dicken schwarzen Strichen waren verschiedene Bereiche abgetrennt. Am Rahmen der Stellwand waren Fotos von Angel Tulio Mas, von seinen drei Kumpanen der Bruderschaft, von Miranda Walters und Ausschnitte aus britischen, internationalen und lokalen Zeitungen befestigt. Nachdenklich stand Isabel vor der Flut von Informationen. Was hatte sie übersehen? Auf einmal erschien Idò in der Tür.

Sie lächelte ihn an. »Bist du auch zum Essen gerufen worden?«

Er nickte und deutete auf die Wandtafel. »Gibt's was Neues im Fall Miranda?«

»Eine Zeugin hat angeblich gesehen, wie sie mit einer blonden Frau zu einem Mann in einen blauen Clio gestiegen ist. Das könnte eine Spur sein.«

»Warum würde ein Pärchen sie kidnappen? Weil sie kein eigenes Kind haben und mit ihr abhauen wollen?«

»Sie ist freiwillig mitgegangen.«

»Bist du sicher?«

Isabel nickte entschieden.

»Und was ist mit Mas? Hast du schon neue Erkenntnisse, was den Mörder angeht?«

»Oder *die* Mörder, Idò. Es gibt eine Verbindung nach Kolumbien, und ich fürchte, es ist Okkultismus im Spiel.«

Ihr Onkel sah sie besorgt an. »Sei vorsichtig, Bel.«

Sie drückte seinen Arm. »Ach, komm, ich bin ein großes Mädchen.«

Er lächelte, aber er war noch nicht überzeugt. »Trotzdem, geh bitte kein Risiko ein. Denk an deine Mutter.«

Von unten war munteres Geplauder zu hören, und Idò neigte den Kopf zur Tür. »Sie hat mich übrigens hochgeschickt, ich soll dich zum Essen holen.«

»Okay, ich mache nur schnell die Musik aus.«

Idò hob die Hand. »Warte mal, das ist *El Amor y la Muerte*. Das Gitarrenarrangement ist nicht schlecht, aber mir gefällt die Klavierversion trotzdem besser. Du kennst die Geschichte, wie Granados versucht hat, seine Frau im Ärmelkanal zu retten, oder? Die beiden waren im Ersten Weltkrieg auf einem Schiff, das von einem deutschen U-Boot torpediert wurde. Er hätte es schaffen können, aber stattdessen …«

»… hat er versucht, zu seiner Frau zu schwimmen, und sie sind beide ertrunken. Ich weiß, und dabei hatte er sein Leben lang Angst vor dem Wasser. Vielleicht hat er seinen Tod vorausgeahnt. Ob es dem alten Mas wohl ähnlich ging?«

Nachdenklich schwiegen sie einen Moment, aber dann ertönte Florentinas ungeduldige Stimme, und rasch eilten sie die Treppe hinunter.

*

Florentina und Idò saßen auf Isabels geliebtem Ledersofa und tranken eiskalten *limón granizado*. Zwischen ihnen lag Furó und schlummerte.

»Lecker, aber es fehlt etwas Zucker.«

Florentina gab Idò einen Klaps auf den Arm. »Quatsch, es ist genau richtig so. Das ist das Rezept von Großmutter.«

»*Exacto,* und es war schon früher, als ich noch ein Kind war, immer bitter, weil sie zu wenig Zucker reingetan hat.«

»Sie wollte eben nicht, dass uns die Zähne rausfallen.«

Pep, der sich auf Isabels Schreibtischstuhl fläzte, wackelte nervös mit dem Fuß. »Die Limonade ist super, Florentina.«

Idò schlug so heftig auf die Armlehne des Sofas, dass Furó im Schlaf knurrte. »Wie willst du das denn beurteilen? Du trinkst doch den ganzen Tag diese komischen Softdrinks!«

»Wenigstens sind meine Zähne noch echt, Idò.«

Isabel drehte sich um. »Könnt ihr mal aufhören, euch anzugiften? Bei dem Gezeter kann ich nicht nachdenken.«

Florentina trank ihr Glas leer und stand auf. »So, ich mache jetzt Siesta. Ich habe viel zu viel gegessen.«

»Das Mittagessen war großartig, Mama«, sagte Isabel jetzt sanfter. »Bevor ihr alle geht, kann ich euch noch um einen Gefallen bitten?«

Misstrauisch fragte Idò: »Worum geht's denn?«

»Wann kümmerst du dich um den Pool von Ca'n Mayol?«

»Am Donnerstag«, erwiderte er. »Pep kommt mit und hilft mir.«

Pep verdrehte die Augen. »Hoffentlich ist Mr Fox nicht da. Er ist so ein Griesgram.«

»Ich möchte, dass wir alle zusammen hinfahren«, sagte Isabel. »Du auch, Mama. Du kannst in der Küche sauber machen.«

»Aber warum?«, wollte Florentina wissen. »Das steht nicht im Mietvertrag.«

»Trotzdem. Ich brauche euch als Ablenkung, damit ich mich im Haus ein bisschen umsehen kann.«

»Und wieso das nun schon wieder?«, fragte Florentina beunruhigt.

»Da bin ich mir noch nicht ganz sicher, aber wenn wir erst mal da sind, kriege ich es schon raus.«

*

Isabel saß unter einem Sonnenschirm vorm Café Paris auf dem Hauptplatz von Sóller. Es war früh am Abend, aber immer noch herrschte drückende Hitze. Ein paar Kinder, die offensichtlich die langen Sommerferien genossen, hatten vor dem Rathaus einen kleinen Stand aufgebaut, an dem sie selbst gebackene Madeleines verkauften. Einige ältere Damen hatten sich vor dem Tisch versammelt, befingerten prüfend das Gebäck und nickten anerkennend. Ganz in der Nähe rauchte ein verschlafener Polizist der Guardia Civil gelangweilt eine Zigarette, aschte aufs Kopfsteinpflaster und beobachtete die Kinder bei ihrem schwungvollen Handel. Er rief ihnen etwas zu, und kurz darauf brachte ein kleines Mädchen ihm eine *magdalena*. Der Beamte wuschelte ihr durch die Haare und biss herzhaft in das kleine

Biskuitküchlein. Isabel musste schmunzeln. Sie hatte ihren Spaß daran, wie hier fröhlich EU-Recht ignoriert wurde: Minderjährige, die ohne Genehmigung einen Straßenverkauf veranstalteten, niemand, der sich Gedanken um Sicherheit und Gesundheitsschutz machte, und als Krönung ein Beamter der Militärpolizei, der im Dienst rauchte. Nur mit Mühe riss sie den Blick los und konzentrierte sich wieder auf Josep Casanovas, der ihr gegenübersaß.

Er lächelte knapp. »Du warst gerade ganz woanders.«

»Manchmal ist es gut, sich in Erinnerung zu rufen, wie viel Glück man hat. Diese Gegend und die Menschen hier sind etwas ganz Besonderes.«

Er lachte. »Du bist auch etwas ganz Besonderes, und deshalb passt es auch so gut, dass du in dieser besonderen Gegend wohnst.«

Isabel nippte an ihrem Bier. Casanovas konnte wirklich ein Schleimer sein. »Und weil ich so etwas Besonderes bin, kannst du mir doch bestimmt einen kleinen Gefallen tun.«

Joseps Gesicht bekam etwas Wachsames, aber gleich darauf grinste er wieder und strich sich durch die gesträhnten Haare. Dann stützte er das Kinn in die Hände und sah ihr tief in die Augen. »Für dich doch immer.«

»Ich möchte, dass du morgen als Aufmacher einen Artikel über den Entführungsfall bringst, in dem du über die brillanten und scharfsinnigen Ermittler Álvaro Gómez und Tolo Cabot sowie über Tolos Stellvertreter Gaspar Fernández berichtest.«

Josep starrte sie an. »Bist du wahnsinnig geworden, Bel? Ich kann Cabot nicht ausstehen. Niemand weiß, was im Kopf dieses Verrückten vorgeht.«

»Wie wahr, wie wahr«, lächelte Isabel. »Wenn du das für mich tust, bekommst du von mir eine Exklusivstory.«

»Die hoffentlich aufregender ist als die Bilder von Miranda und der Entführerin, die Cabot uns zur Verfügung gestellt hat. Die Qualität ist unterirdisch.«

»Sie haben nur das Video.«

»Und was hast du für mich?«

Isabel erzählte ihm von der Zeugin in Pollença, und Casanovas' Augen leuchteten.

»Glaubst du, der blaue Clio ist ein Mietwagen?«

»Höchstwahrscheinlich. Ich möchte, dass du einen Aufruf nach weiteren Zeugen veröffentlichst. Das wird schneller gehen als über die üblichen Kanäle. Die Zeit läuft gegen uns.«

»Und was darf ich in dem Artikel über dich schreiben?«, fragte er.

»*Nada.* Was die Öffentlichkeit betrifft, existiere ich nicht. Ich bin unsichtbar.«

»Für mich nicht«, sagte er mit einem affektierten Lächeln.

Der junge Kellner erschien an ihrem Tisch. »Noch ein San Miguel, Bel?«

Isabel nickte. »Aber das ist das letzte. Du auch?«

Josep Casanovas lächelte. »Und wenn es nur ist, um länger mit dir hier zu sitzen. Wann können wir denn mal miteinander essen gehen?«

Bel seufzte. »Sobald du deinen Teil der Abmachung erfüllt hast, Josep.«

Strahlend zückte er sein Notizbuch. »Wenn das so ist, Bel, fangen wir an.«

*

Um acht Uhr abends jagten Isabel und Furó eine Feldratte durchs dichte Unterholz. Isabel blieb stehen und schnappte nach Luft.

»Sie ist weg, Furó. Das Spiel ist aus. Komm, gehen wir zurück zum Auto.«

Das Frettchen stieß einen merkwürdigen Gurgellaut aus und marschierte zielstrebig auf einem felsigen Pfad in Richtung der Hügel. Isabel pfiff laut. »Komm schon! Mama kocht Paella, und ich habe keine Lust, das zu verpassen.«

Zögernd blieb Furó stehen. Er keuchte.

»Du brauchst Wasser. Jetzt sei doch nicht so stur.«

Trotzig schlängelte das Frettchen sich ins hohe Gras und verschwand. Es war noch hell, aber am Horizont hingen düstere Wolken, und ein böiger Wind war aufgekommen. Plötzlich hörte Isabel Schritte und drehte sich um. Eine Frau sprach auf Französisch in ihr Telefon. Isabel lauschte ungeniert und lächelte, als auf einmal Mrs Fox hinter einem Felsen erschien. Überrascht beendete ihre Mieterin das Telefongespräch.

Isabel begrüßte sie. »Wie nett, Sie zu treffen. Ich hoffe, Sie genießen Ihren Aufenthalt in Ca'n Mayol, und Ihr Mann kommt gut mit dem Schreiben voran.«

»Es ist wunderbar ruhig, und William macht große Fortschritte mit dem Buch.«

»Und Sie gehen anscheinend genauso gern spazieren wie ich.«

Die Frau lächelte zaghaft. »Ja, es tut gut, sich die Beine zu vertreten. Machen Sie eine größere Runde?«

Isabel schüttelte den Kopf. »Ich bin eigentlich auf dem Weg nach Hause, aber mein Begleiter ist davon noch nicht überzeugt.«

Isabel drehte sich um und pfiff eine Melodie.

»Was für ein hübsches Liedchen.«

»Ein altes mallorquinisches Seemannslied. Das funktioniert normalerweise recht gut.«

Die Frau zuckte zusammen, als ein kleines Fellknäuel auf sie zustürmte. »Um Himmels willen! Ist das ein Frettchen?«

»Keine Sorge, er ist ganz friedlich.«

»Mögen Sie denn keine Hunde?«

Isabel lachte. »Doch, aber Frettchen haben einen ganz eigenen Charme. Brauchen Sie noch etwas im Haus? Wir kommen bald und bringen Ihnen frische Bettwäsche, wahrscheinlich am Donnerstag.«

»Danke, aber können Sie vorher anrufen, bitte? Wenn mein Mann schreibt, kann er unangekündigten Besuch nicht ausstehen.«

»Ich verstehe.«

Isabel lächelte sie an. »Ich wollte Sie schon länger fragen, segeln Sie Ihr Schiff eigentlich selbst?«

»*Monique La Magnifique?* Natürlich, mein Mann und ich sind beide begeisterte Segler. Wir müssen niemanden anheuern.«

Isabel schnipste mit den Fingern, und Furó folgte den beiden Frauen brav zum Waldparkplatz, allerdings nicht, ohne unterwegs an jeder Hecke zu schnuppern.

»Ich stehe da drüben«, sagte Mrs Fox und zeigte auf einen schwarzen Golf. »Auf Wiedersehen, bis demnächst.«

Eilig stieg sie ein, aber vor lauter Hektik würgte sie das Auto ab. Genervt drehte sie den Zündschlüssel erneut und ließ den Motor so laut aufheulen, dass die Vögel aus den Bäumen flatterten. Dann brauste sie mit starrem Blick vom Parkplatz. Isabel stand neben Pequeñito, als ihr plötzlich ein Gedanke durch den Kopf schoss. Mrs Fox' Silberarmband – das hatte sie irgendwo schon einmal gesehen. Aber wo?

Zweiundzwanzig

Als Isabel die Bar Castell betrat, sprach Rafael gerade laut und angestrengt in sein Telefon. An seinem gequälten Gesichtsausdruck erkannte sie, dass er mit seiner alten verwitweten Mutter telefonierte, die, wie jeder wusste, bedauerlicherweise ziemlich schwerhörig war. Jeden Freitag mussten die beiden umständliche Absprachen für Rafaels üblichen Wochenendbesuch treffen. Die alte Dame war vor einigen Jahren nach Es Plà ins ländliche Innere der Insel gezogen, um näher bei ihrer neunzigjährigen Schwägerin zu sein, aber was Rafael betraf, hätte es genauso gut der Mond sein können. Er kam aus Sant Martí, und für ihn war Sóller die Mitte des Universums und andere Städte und Dörfer auf Mallorca nichts als ferne Planeten in Sóllers Umlaufbahn.

Der Tag hatte für Isabel nicht gerade verheißungsvoll begonnen. Nach dem Schwimmen war sie mit Peps Freundin Angélica in einen Streit geraten, den sie zu verdrängen versuchte. Sie holte sich an der Theke die neueste Ausgabe des *El Periódico* und lächelte, als sie den Aufmacher las. Josep Casanovas hatte Wort gehalten. Sie kramte ihr Telefon heraus und hinterließ einen Dank auf seiner Mailbox. Dann rief sie Tolo an.

»Wie ich sehe, hat der Schmierer Casanovas geliefert. Was musstest du dafür tun?«

Sie lachte. »Das willst du gar nicht wissen.«

»Dann behalt es für dich. Wir haben heute früh schon dreißig Anrufe bekommen, und es ist tatsächlich etwas dabei. Einen Tag vor der Entführung hat ein Mann, auf den die Beschreibung der Zeugin passt, in Magaluf einen blauen Clio gemietet. Das Auto ist nicht zurückgegeben worden.«

»Haben sie eine Kopie vom Führerschein?«

»Ausgestellt auf einen John Gilbert. Er war gefälscht.«

»Gibt's eine Kreditkarte?«

»Der Kerl hat eine geklonte Kreditkarte benutzt. Laut der Vermietung ist dieses Skimming inzwischen ein ziemliches Problem.«

»Verdammt. Sonst noch was?«

»Der Typ war Mitte dreißig. Glatt rasiert, mit Jeans und dunkler Sonnenbrille.«

»Wenigstens etwas. Ich glaube sogar, das bringt mich auf eine Idee.«

Er lachte trocken. »Na, da bin ich ja mal gespannt. Aber jetzt muss ich leider Schluss machen. Ich bin auf dem Weg zur Pressekonferenz.«

»Manche Dinge ändern sich nie«, murmelte Isabel.

Sie trat nach draußen auf die leere Terrasse und ließ den Blick über die ruhige *plaça* von Sant Martí schweifen, bevor sie sich unter einen Sonnenschirm setzte. Eine Biene tanzte aufgeregt vor ihr in der Luft herum und landete schließlich auf ihrem ausgestreckten Arm. Isabel musterte sie eingehend, in Gedanken noch bei Rafaels schwerhöriger Mutter. Bienen hatten keine Ohren, aber sie konnten Erschütterungen wahrnehmen, ähnlich wie Würmer oder Ameisen. Sie begann, in Gedanken ein Alphabet von Tieren ohne Ohren aufzustellen. Sie war schon bei Schlangen und Tintenfischen, als plötzlich ihr Telefon klingelte. Das Geräusch wäre fast im schwermütigen Acht-Uhr-Läuten der Kirchturmuhr untergegangen. Beim letzten Klingeln hatte sie das Telefon aus der Tasche geangelt.

»*Díga?*«

»Hier ist Emilio Navarro. Es gibt Neuigkeiten.«

Einen Moment lang schien die Zeit stehen zu bleiben. Isabel schlug das Herz bis zum Hals. Es war so viel los gewesen, dass sie gar nicht mehr an ihren Onkel Hugo gedacht hatte. Nachdem sie Emilio, den Privatdetektiv aus Barcelona, engagiert hatte, um die Wahrheit über das Verschwinden ihres Onkels herauszufinden, hatte sie sich erlaubt, in dieser Sache einen Gang herunterzuschalten. Hatte sie sich damit aus der Verantwortung gestohlen? Sie war beeindruckt gewesen von Emilios Erfolgsbilanz und hatte das Gefühl gehabt, er könnte die Ermittlungen objektiv und mit der nötigen Abgeklärtheit weiterführen. Er war achtundvierzig, ein ehemaliger Offizier der spanischen Armee und Kripobeamter, der in Europa und Südamerika als verdeckter Ermittler gearbeitet hatte. Als sie zum ersten Mal in seinem winzigen Büro über einem Friseursalon in einem heruntergekommenen Viertel von Barcelona mit ihm sprach, hatte er seine Worte so sorgfältig gewählt wie ein Dandy seine Kleidungsstücke. Aber seine präzise Analyse der kriminellen Schattenwelt Südamerikas und seine Erfahrung als Drogenfahnder hatten sie davon überzeugt, dass er der Richtige für den Job war. Er war schlank und feingliedrig und hatte dunkle Augen, die außen traurig nach unten zeigten, vielleicht wegen all dem, was er in den Ländern erlebt hatte, in denen Rechtsstaatlichkeit durch Gewalt ersetzt worden war.

An jenem Tag konnte Isabel den Blick nicht von einer blassen Narbe wenden, die vom rechten Ohr des Privatdetektivs bis zum Halsansatz verlief. Emilio lächelte, als er es bemerkte. Die Narbe stamme aus der Zeit seiner neunmonatigen Gefangenschaft bei den kolumbianischen FARC-Rebellen, die ihn 1997 mit einigen Mitgliedern einer paramilitärischen Gruppe in einem Käfig in Ketten gehalten hätten. Irgendwann sei ihm die Flucht gelungen, aber er erklärte ihr weder, wie er verletzt worden war, noch, wie die Guerillas ihn entführt hatten.

Warum rief er jetzt an? Es war kaum ein Monat vergangen, seit sie ihn auf den Fall angesetzt hatte, und obwohl sie wissen wollte, was Hugo zugestoßen war, hatte sie Angst vor der Nachricht, er könnte tot sein. Sie machte sich auf alles gefasst.

»Erzählen Sie.«

»Sie erinnern sich an Daniela Sánchez, die Frau aus Barcelona, die vor vier Jahren ausgesagt hat, sie sei Zeugin von Hugos Entführung gewesen?«

»Ja natürlich.«

»Sie wurde gestern tot in ihrer Wohnung aufgefunden. Vollgepumpt mit einem Drogencocktail. Die Polizei hat wohl ziemlich viel Kokain und Heroin bei ihr gefunden.«

Isabel schnappte nach Luft. »Was haben sie gesagt?«

»Selbstmord. Es war bekannt, dass die Frau abhängig war, und sie hat Medikamente gegen Depressionen genommen.«

»Wird es eine Untersuchung geben?«

»Sieht nicht danach aus. Sie war eine drogensüchtige Prostituierte und hatte keine Verwandten.«

»Was glauben Sie?«

»Ich versuche, unvoreingenommen zu sein, aber es ist schon verdächtig. Woher sollte sie das Geld für so viel Stoff haben? Sie hatte keinen Zuhälter. Aber das ist noch nicht das Beunruhigendste.«

Isabel rutschte vor Schreck das Telefon aus der Hand. Hastig hob sie es vom Boden auf und hielt es mit zitternder Hand wieder ans Ohr.

»Bel?«

»Sorry, sprechen Sie weiter.«

»Sie hat mich letzten Dienstag angerufen. Sie klang betrunken, aber sie sagte, ihr wäre etwas Wichtiges eingefallen. Am Abend, als Ihr Onkel in das schwarze Auto gezerrt wurde, hat sie auf der Heckscheibe einen Aufkleber mit einer gelb-blau-roten Flagge gesehen. Und vor Kurzem ist ihr diese Flagge zufällig in einer Fernsehsendung begegnet. Es war die Flagge von Kolumbien.«

»Warum hat sie das damals nicht der Polizei erzählt?«

»Sie hat gesagt, sie hätte nicht mehr daran gedacht, bis sie letzte Woche genau diese Flagge im Fernsehen gesehen hat.«

»Das könnte von entscheidender Bedeutung sein.«

»Und das ist noch nicht alles. Ich war gestern Abend mit ihr in einer Bar hier in der Nähe verabredet, weil ihr noch weitere Details zu der Entführung eingefallen sind, aber sie ist nicht aufgetaucht. Jetzt weiß ich, warum. Heute Morgen habe ich dann von ihrem Tod erfahren.«

Isabel stiegen Tränen in die Augen. Sie krallte sich an der Tischkante fest und schluckte.

»Was bedeutet das jetzt für uns?«

Emilio seufzte. »Das Gute ist, dass ich eine Spur habe, der ich nachgehen kann. Irgendwann werde ich nach Kolumbien fliegen müssen.«

»Dann komme ich mit.«

»Erst mal werde ich hier in Barcelona noch ein bisschen graben.«

»Wollen Sie der Polizei von alldem erzählen?«

Er zögerte. »Im Moment noch nicht. Ich bin nicht sicher, wem ich trauen kann.«

»Innerhalb der Polizei?«

»Sagen wir mal so, ich will einfach keine bösen Überraschungen erleben.«

Isabel bemühte sich, ihre Stimme ruhig zu halten. »Hey, Emilio, gehen Sie kein Risiko ein – nehmen Sie sich in Acht.«

Er lachte trocken. »Das mache ich. Und zwar jeden verdammten Tag.«

Sich in Acht nehmen oder Risiken eingehen? Wahrscheinlich beides, vermutete Isabel. Sie verstaute das Telefon in ihrer Tasche und vergrub das Gesicht in den Händen. Rafael kam zu ihr und berührte sie sanft an der Schulter.

»Ánimo, amiga mía.«

Sie lächelte ihn unter Tränen an.

»Und jetzt werde ich deine Seele mit einem perfekten Cortado und der süßesten *ensaïmada* des gesamten Tals wieder aufrichten. Es gibt keinen besseren Trost als Kalorien und einen anständigen Kaffee.«

*

Auf dem Rückweg ins Büro machte Isabel einen Abstecher in den schmalen, gepflasterten Camí Vell und buchte einen Termin in Margas Friseursalon, was sie mit einem kurzen Schwatz mit ihrer besten Freundin verband. Als sie schließlich vor Ca'n Moix stand, brannte die Sonne schon vom Himmel, und die Luft war erfüllt vom Summen der Bienen und vom ohrenbetäubenden Zirpen der Zikaden. Isabel öffnete das Gartentor und sagte zu den wilden Beeten voller Stauden, bunter Blumen und langer gelber Gräser: »Psst! So kann ich nicht nachdenken.«

Wie auf das Zeichen eines Dirigenten verstummte der Garten.

»Danke, meine Freunde.«

Auf der anderen Seite der Gartenmauer schwebte wie eine fliegende Untertasse ein breitkrempiger Strohhut.

»Doktor Ramis?«

»Ah, Bel, ich habe gehört, was Sie gesagt haben, und mich bemüht, auf Zehenspitzen durch den Garten zu schleichen.«

Sie schlängelte sich durch die Büsche und stieg auf eine umgedrehte Holzkiste, die extra für diese Art Nachbarschaftsplausch an der Mauer stand.

Er lächelte zu ihr hoch. »Ach, hat Señora Coll gestern eigentlich noch ihre Pillen abgeholt?«

»Ja«, bestätigte Isabel. »Sie hat gesagt, Sie würden ihr das Leben retten.«

»Hervorragend. Wieder eine zufriedene Kundin. Und was haben Gottes kleine Helferlein Ihnen heute getan?«

»Mein Tag hat einfach nicht besonders gut angefangen.«

»Na, da sind wir schon zu zweit. Was ist passiert, *reina*?«

Isabel strich sich eine Haarsträhne hinters Ohr. »Auf dem Rückweg vom Schwimmen ist Pequeñito im Kreisverkehr am Monument liegen geblieben, und als ich auf den Mechaniker gewartet habe –«

»Chico?«

Isabel nickte ungeduldig. »Na ja, da hat so ein kleiner brauner *ratero* am Straßenrand rumgeschnüffelt, und Furó hat ihn ein bisschen gejagt.«

»Hat er ihn aufgefressen?«

Sie sah den Doktor missbilligend an. »Er hat ihn nur ins Bein gezwickt, aber als ich ihn zurückgepfiffen habe, habe ich den Hund erkannt. Es war Angélicas.«

»Dieser furchtbare kleine Kläffer? Der ist doch nichts als ein Floh an der Leine.«

Isabel lachte. »Angélica hat den armen Furó zur Schnecke gemacht und mir sogar mit einer Anzeige gedroht. Dabei ist sie selbst schuld, wenn sie ihren Köter so weit weg von Sant Martí frei herumlaufen lässt.«

Doktor Ramis grinste verschwörerisch. »Tja, trotzdem sollte man es sich mit der Tochter des Bürgermeisters lieber nicht verscherzen, besonders, wenn sie so verwöhnt ist. Wo steckt Furó denn jetzt?«

»Ich habe ihn zur Strafe zu Hause gelassen, als ich zum Frühstück in die Bar Castell gefahren bin.«

»Recht so.«

»Und welches Unglück ist Ihnen passiert?«

Doktor Ramis seufzte. »Es ist eine neue Politesse aus Sóller hierher beordert worden, und sie war so unverfroren, mir ein Knöllchen zu geben. Diese Frau ist ein harter Brocken, mit eiskaltem Blick. Sie kommt bestimmt vom Festland.«

»Gott bewahre, dass sie Mallorquinerin sein könnte!«, neckte Isabel. »Wo haben Sie denn geparkt?«

»Auf der *plaça*. Ich habe nur schnell im Bon Día ein Baguette gekauft, und als ich zum Auto zurückkam, hat dieses dumme Huhn gesagt, ich dürfe dort nicht parken.«

»Aber das weiß doch jeder.«

»Natürlich. Ich habe ihr erklärt, dass wir Dorfbewohner alle auf den gelben Linien parken. Außerdem hatte ich den Warnblinker an. Es war also klar ersichtlich, dass ich gleich zurückkommen würde.«

»Es kann ja wohl nicht angehen, dass man als Dorfbewohner ein Knöllchen kriegt. Wo kommen wir denn da hin?«, grummelte Isabel.

»*Exacto*. In Sóller ist inzwischen sogar das Rauchen in den Bars verboten. Wenigstens ist Pau vernünftig genug, ein Auge zuzudrücken, sodass wir in Jordis Bar in Ruhe gelassen werden.«

Isabel schüttelte den Kopf. »Ich rede mal mit Llorenç. Ihr Strafzettel gehört in den Papierkorb.«

Als sie sich zum Gehen wandte, fiel Doktor Ramis noch etwas ein.

»Das hätte ich fast vergessen. Heute ist ein Päckchen für Sie angekommen. Sieht aus, als wäre ein Buch darin, aber ich habe leider keine Ahnung, welches.«

»Ich bin froh, dass Sie Ihre Neugier zügeln konnten.«

Er reichte es ihr über die Mauer. »Ich würde niemals fremde Post öffnen.«

Sie zwinkerte ihm zu. »Es ist ein Thriller von William Fox, einem britischen Schriftsteller und Feriengast von mir.«

»Und wie lautet der Titel?«

»Last Chance.«

»Das klingt aber düster«, erwiderte er. »Ich fürchte, wenn es auf Englisch ist, werde ich es mir nicht ausleihen. Aber jetzt muss ich wieder rein. Das Wartezimmer ist voll.«

Isabel winkte ihm hinterher, als er gemütlich zurück ins Haus stapfte, in den Händen eine Gartenschere und einen Korb voll Zitronen. Doktor Ramis lebte in einem Universum ohne Uhrzeit, was seine Patientinnen und Patienten allerdings mit Gelassenheit hinnahmen. Anstatt zu fluchen und sich vorzudrängeln – was sowieso sinnlos gewesen wäre, da es keine Sprechstundenhilfe gab –, brachten sie immer genügend Dinge mit, um sich die Zeit zu vertreiben, Handarbeiten, Zeitungen und Kartenspiele, sogar Kaffee und *ensaïmadas* aus den Bars der Umgebung, und warteten geduldig, bis der gute Doktor sie einen nach dem anderen in sein Sprechzimmer rief.

In der samtigen Kühle ihrer *entrada* horchte Isabel nach wilden Discobeats, aber im Haus war alles still. Auf ihrem Schreibtisch fand sie eine Tüte Chupa Chups und einen Zettel von Pep. Er war mit Onkel Idò nach Biniaraix gefahren, um einen kaputten Filter im Swimmingpool eines Ferienhauses zu reparieren, und hatte Furó mitgenommen. Anscheinend freundete er sich so langsam mit dem Frettchen an. Grinsend wickelte sie einen Lolli aus. War er tatsächlich extra zu Bon Día gefahren, um ihre Lieblingsnascherei zu kaufen? Moment mal. Isabel erstarrte und betrachtete die bunte Lollitüte. Dann schlug sie sich mit der Hand an den Kopf und lachte, denn plötzlich war ihr etwas eingefallen. Warum hatte sie nicht früher daran gedacht?

In den folgenden Stunden arbeitete sie fleißig am Schreibtisch, nahm Anrufe entgegen und beantwortete die vielen E-Mails, die sich in ihrem Posteingang angesammelt hatten. In der hektischen letzten Woche hatte sie Pep zu viel Verantwortung aufgebürdet, und sie nahm sich fest vor, frühmorgens und spätabends Zeit für die Agentur freizuhalten. In diesem Moment klingelte das Telefon im großen Büro. Isabel war überrascht, als sich Nacho Blanco meldete.

»Gute Neuigkeiten, Bel. Wir haben die Bestätigung bekommen, dass die Reifenspuren in der Einfahrt von Ca'n Mas von Canas Shogun stammen. Zusammen mit den Fingerabdrücken im Arbeitszimmer reicht das doch bestimmt aus, um ihn in U-Haft zu behalten?«

»So einfach ist das nicht. Als ich am Sonntag auf dem Kommissariat war, habe ich mitten in der Vernehmung erfahren, dass Canas Anwalt ihn auf Kaution rausholt. Wir haben immer noch keine Mordwaffe, und du hast ja selbst gesagt, Canas DNA war weder auf Mas' Leiche noch auf dem Glas, in dem wir das Burundanga gefunden haben. Es reicht also leider noch nicht.«

»Ich habe noch was. Wir haben den Zigarrenstummel analysiert, den du mir gegeben hast. Die Marke heißt Zino Platinum Crown, und sie stammt aus einem Laden namens Davidoff in der St James's Street in London. Eine Zigarre dieser Marke macht dich um eine Handvoll Euro ärmer.«

»Gibt's DNA-Spuren?«

»Klar«, sagte Nacho mit tiefer Stimme. »Diese Zigarre wurde von Afrim Cana geraucht.«

*

Abends um halb acht rief Julian Mosquera aus Bogotá an. Er klang außer Atem.

»Alles in Ordnung, Julian?«

»Ja, ich bin nur gerade zwei Treppen hochgelaufen. Bei uns ist mal wieder der Fahrstuhl kaputt. Es gibt gute Neuigkeiten. Ich habe eine Menge über die drei Typen auf dem Foto mit Angel Tulio Mas herausgekriegt – ein ziemlich übles Trio.«

Isabel klemmte den Hörer zwischen Ohr und Schulter, nahm sich eine Handvoll Sonnenblumenkerne und begann, sie voller Elan zu schälen. »Schieß los. Ich bin ganz Ohr.«

*

Mit wachsender Ungeduld tigerte Isabel im Büro auf und ab. Tolo hatte immer noch nicht zurückgerufen. Vielleicht sollte sie die Sache einfach selbst in die Hand nehmen? Es war schon halb zehn, und vor dem Fenster wurde der Himmel langsam dunkler. Die Informationen von Julian Mosquera ließen ihren Puls und ihre Gedanken rasen. Was er ihr berichtet hatte, passte genau zu einer noch etwas vagen Hypothese, die ihr schon seit Mas' Ermordung im Kopf herumging. Morgen früh würde sie noch einmal bei der alten Haushälterin von Ca'n Mas vorbeischauen und ein ernstes

Wort mit ihr reden, denn aus irgendeinem Grund schien die Frau wichtige Einzelheiten zu verschweigen. Außerdem musste Isabel unbedingt noch einmal Afrim Cana befragen. Sie schlug alle Bedenken in den Wind und beschloss, ohne Tolos Wissen zu Canas Wohnung im berüchtigten Viertel Son Barassa zu fahren. Klar, Canas Anwalt hätte sicherlich etwas dagegen, und auch Tolo würde ihr dafür vielleicht aufs Dach steigen, doch ihr Instinkt sagte ihr, dass die Zeit drängte. Nach kurzem Überlegen wählte sie wieder Tolos Nummer und legte auf, als sich der Anrufbeantworter einschaltete. Sie seufzte enttäuscht. Ihr früherer Chef war momentan offenbar schwer beschäftigt, nicht zuletzt mit der sportlichen Lola Rubio in Madrid.

Furó machte gerade ein Nickerchen in seinem Körbchen, deshalb beschloss Isabel, ihn auf dem Weg nach Son Barassa bei ihrer Mutter vorbeizubringen. Florentina würde natürlich wissen wollen, wohin Isabel um diese Uhrzeit unterwegs war, aber in einer plötzlichen Eingebung kam ihr Josep Casanovas in den Sinn. Ja, sie würde einfach behaupten, sie wolle mit dem charmanten Journalisten am Hafen essen gehen. Als sie sich ihre Tasche und den Autoschlüssel schnappte, fiel ihr Blick auf das neue Buch, *Last Chance*, das auf dem braunen Ledersofa lag. Hastig notierte sie sich den Namen des Verlags auf einem Zettel und tippte eine englische Nummer in ihr Telefon.

*

Als Isabel im Licht der untergehenden Sonne nach Son Barassa hineinfuhr, fegte ein kräftiger Wind durch das graue, vermüllte Viertel. Schmuddelige kleine Reihenhäuser drängten sich eng aneinander, manche waren richtige Bruchbuden mit verdreckten, kaputten Fassaden und zerbrochenen Fenstern. Betonplatten und Plastikplanen ersetzten fehlende Dachziegel, und über allem thronten die weißen Satellitenschüsseln. Ein Gewirr von Masten und Kabeln verschandelte den Blick auf den inzwischen bedrohlich grauen Himmel und die Berge am Horizont.

Isabel gab Gas und bretterte auf Peps *moto* eine holprige Straße entlang ins Zentrum des Viertels. Bald hatte sie ihr Ziel erreicht, ein recht großes Reihenendhaus. Auf der stahlblauen Haustür stand weder ein Name noch eine Nummer, und vor der Veranda hatte der Besitzer einen Holzpfahl aufgestellt, an den er ein Schild mit der Aufschrift »LARGO DE AQUÍ!«, *Fernhalten!,* genagelt hatte. Isabel war das Haus aus ihrer Zeit bei der Polizei als Drogenhöhle bekannt, es gehörte Afrim Cana. Obwohl der Dealer luxuriöse Anwesen in anderen Teilen der Welt besaß, schien er den Großteil seiner Zeit in diesem gammligen Unterschlupf auf Mallorca zu verbringen. Isabel parkte das *moto* in einiger Entfernung auf einem unbebauten, verwilderten Grundstück und setzte den Helm ab.

Im Halbdunkel hatte sie das unangenehme Gefühl, beobachtet zu werden. Sie stand mit dem Rücken zum *moto,* und jetzt bemerkte sie ganz in der Nähe ein paar zerlumpte Jugendliche. Stumm und reglos starrten sie zu ihr herüber. Die Mallorquiner nannten sie *gitanos,* und sie wurden ebenso verachtet wie gefürchtet. Sie standen in dem Ruf, Überfälle und Diebstähle zu verüben, und die meisten waren nie zur Schule gegangen. Eines der Kinder, ein Junge von höchstens zehn Jahren, schlenderte zu ihr herüber, starrte sie aus schmalen, dunklen Augen drohend an und legte eine Hand auf den Ledersitz des *motos*. Als er sich mit der anderen Hand dem Hinterrad näherte, packte Isabel mit einer geschickten Bewegung seine Handgelenke und legte ihm blitzschnell hinter dem Rücken Handschellen an. Mit wütendem Blick zappelte er herum und versuchte, sich zu befreien. Die anderen machten schützend einen Schritt auf ihn zu, aber sie waren nervös und wussten nicht recht, was sie jetzt tun sollten. Isabel lächelte sie freundlich an und zog eine Tüte Chupa Chups aus ihrer Strohtasche. Sie gab jedem einen Lolli, löste die Handschellen des Jungen und versprach den Kindern Geld, wenn sie auf das *moto* aufpassen würden. Einer der Teenager zuckte die Schultern, warf das Lollipapier auf den Boden und nickte. »Wie viel?«, fragte er.

»Fünf Euro für jeden.«

Ein Mädchen trat vor und fragte mürrisch: »Und eine Fahrt auf dem *moto*?«

Isabel nickte. »Wenn noch Zeit dafür ist.«

»Willst du bei Cana Drogen kaufen?«, wollte sie wissen.

»Kennst du ihn?«

»Er ist ne große Nummer hier in der Gegend. Sieh dich vor, sonst schneidet er dir die Kehle durch.«

Isabel runzelte die Stirn. »Ist er zu Hause?« Die Bezeichnung hörte sich falsch an.

»Hab ihn den ganzen Tag noch nicht gesehen«, erwiderte das Mädchen.

Als Isabel sich einen Weg durch das Grüppchen Jugendlicher bahnte, schnürte ihr eine unerklärliche Furcht die Kehle zu. Die Sonne warf einen letzten kupferfarbenen

Schimmer auf den düsteren Himmel, und es begann zu tröpfeln. Am Horizont stießen die schroffen Gipfel der Serra de Tramuntana wie spitze verfärbte Zähne durch die niedrige Wolkendecke. Der Wind frischte auf, wirbelte Staub und Dreck durch die Luft und fegte so wild durch die Palmen, dass die Blätter raschelten wie Baströcke.

Entschlossen schritt Isabel zu dem maroden Haus, klopfte kräftig an die Tür und wartete. Die Fenster waren mit billigem Sperrholz zugenagelt, und über der Haustür baumelte ein vermoostes Regenrohr, aus dem rostbraunes Wasser tröpfelte. Nach einer Weile drückte Isabel gegen die Tür, die zu ihrer Überraschung weit aufschwang. Vor ihr lag ein stockfinsterer Flur, die Luft war warm und feucht. Als der Wind ins Haus fuhr und einen Stapel alter Zeitungen neben der Tür aufwirbelte, hörte Isabel ein leises Knarren. Sie nahm ihre Taschenlampe heraus und trat zögerlich über die Schwelle. Sie rief, aber niemand antwortete. Als sie langsam weiterging, wurde das Knarren lauter, und ein ekelerregender Gestank breitete sich aus. Dazu vernahm sie ein wildes Summen, und als sie den Strahl der Taschenlampe weiter nach oben richtete, schrie sie unwillkürlich auf. Aus einem verzerrten Gesicht starrten sie die hervorquellenden, blinden Augen von Afrim Cana an. Sein Körper schwankte sanft im Luftzug, und ein ganzer Fliegenschwarm summte aufgeregt um seinen Hals, der von einer straffen Schlinge zusammengequetscht wurde. Zitternd folgte sie mit dem Strahl der Taschenlampe dem dicken Draht nach oben, wo er an einem Balken befestigt war.

Hastig bedeckte sie Nase und Mund und stolperte hinaus in die dunkle Nacht. Die Kinder beobachteten sie, ohne eine Regung zu zeigen, dann trat ein Junge vor und verlangte das Geld. Sie knallte die Haustür hinter sich zu und drückte ihm einen Fünfzigeuroschein in die Hand. Sofort machte er kehrt und rannte mit den anderen im prasselnden Regen über das triste verwilderte Grundstück davon. Isabel suchte auf der maroden Veranda Schutz und kramte ihr Telefon aus der Tasche. Nach einem ersten schnellen Notruf wählte sie noch eine weitere Nummer.

Tolos Stimme klang heiser. *»Díga?«*

Isabel musste sich anstrengen, um Wind und Regen zu übertönen. »Ich bin's.«

»Bel, tut mir leid, dass ich nicht früher zurückgerufen habe, aber ich habe den ganzen Tag in Besprechungen gesteckt. Alles in Ordnung bei dir?«

»Ich bin in Son Barassa. Ich bin zu spät gekommen.«

»Wovon redest du, Bel?«

Isabel konnte Tolo kaum verstehen. Der Regen wehte ihr ins Gesicht, und der Donner krachte. »Ich habe bei Gómez Verstärkung angefordert. Die Guardia muss jeden Moment hier sein.«

Tolo brüllte in den Hörer. »Was um alles in der Welt ist denn passiert?«

»Afrim Cana. Er ist ermordet worden.«

Dreiundzwanzig

Am nächsten Morgen saß Isabel mit Tolo am Küchentisch und spielte lustlos mit einer Scheibe Toast. Nach der Entdeckung von Afrim Canas Leiche am Vorabend hatte sie mit Capitán Gómez, weiteren Polizisten und den Gerichtsmedizinern noch bis lange nach Mitternacht in Son Barassa bleiben müssen. Erst in den frühen Morgenstunden war sie endlich erschöpft ins Bett gefallen, aber schon um sechs Uhr hatte das Telefon sie wieder geweckt: ein dringender Anruf von Julian Mosquera. Isabel hatte sofort Tolo Bescheid gegeben, und er war direkt zu ihr gefahren. Jetzt saßen sie zusammen in ihrer ruhigen, sonnigen Küche, und an der offenen Tür bettelte Miss Buncle gackernd um ein Stückchen Brot.

»Hast du keinen Hunger?«, fragte Tolo. »Gómez hat mir erzählt, dass du gestern Abend im Gewitter klitschnass geworden bist. Ich hoffe, du hast dir nichts eingefangen.«

Isabel lächelte matt und warf der Henne ein paar Toastkrümel hin. »Ich bin nur müde.«

»Es war genau richtig, dass du Gómez nach Son Barassa gerufen hast. In der Gegend ist die Guardia zuständig. Er hatte nur Gutes über dich zu berichten.«

Sie zog eine Augenbraue hoch. »Na, das ist ja mal was Neues. Oje, was für ein Abend. Ich war nun wirklich kein

Fan von Cana, aber so grausam hätte er nicht sterben müssen.«

»Tja«, sagte Tolo, »das würden wohl einige Leute anders sehen.«

»Er hat das Leben vieler Menschen zerstört. Wer zum Schwert greift, wird durch das Schwert umkommen, was?«

»Trotzdem verdient es niemand, zu Tode gefoltert zu werden. Also, wer hat ihn umgebracht und warum?«

Isabel nahm einen Schluck Kaffee. »Erst mal erzähle ich dir von Julian Mosqueras Anruf heute Morgen.«

»Ich bin ganz Ohr.«

»Ich habe ihm die Fingerabdrücke von Mas geschickt, und er hat festgestellt, dass sie identisch sind mit denen von Enzo Ortega, einem Kolumbianer, der angeblich in den späten Neunzigern in Medellín ermordet wurde.«

»Willst du damit sagen, dass Mas noch eine andere Identität hatte?«

»Es wird noch besser. Gestern hat Julian mir berichtet, was er über die drei Männer auf dem Foto herausgefunden hat, das ich aus Ca'n Mas mitgenommen habe.«

Tolo sah sie erwartungsvoll an.

»Sie gehörten alle drei zur Diablo-Bruderschaft, die der kolumbianische Drogenbaron Pablo Escobar in den Sechzigerjahren gegründet hat.«

»Also keine religiöse Bruderschaft, wie der arme alte Padre Agustí dachte?«

»Ganz und gar nicht. Es war eine Geheimorganisation der mächtigsten, gefürchtetsten und grausamsten Männer, die mit Escobar Drogengeschäfte machten; nur die allerwenigsten wussten, wer dazugehörte. Das Teufelshorn war das Geheimzeichen der Bruderschaft. Die Gruppe hat Okkultismus praktiziert und ihre Gegner satanistischen Ritualen unterworfen.«

»Wer waren denn ihre Gegner?«

»Richter, Politiker, ranghohe Polizisten. Alle einflussreichen Menschen, die unbestechlich waren und Pablo Escobar gejagt haben.«

»Und sie wurden getötet?«, fragte Tolo.

»Gefoltert und abgeschlachtet, mitsamt ihren Familien. Als kolumbianische Spezialkräfte Escobar 1993 endlich aufgespürt und erschossen haben, sind die führenden Köpfe der Diablo-Bruderschaft in Bogotá untergetaucht oder nach Venezuela, in die USA oder nach Europa abgehauen.«

»Und unser Freund Mas war einer von ihnen?«

»Aus den Akten der kolumbianischen Polizei geht hervor, dass er eines der skrupellosesten Mitglieder der Bruderschaft war. Mas hat Ortega erfunden und dessen Identität mit gefälschten Dokumenten untermauert, die sehr überzeugend waren. Er muss ein Meister der Tarnung gewesen sein und ist in der Rolle Ortegas als bärtiger, älterer Mann mit Brille und silbernem Gehstock aufgetreten. Er hat eine schwarze Perücke getragen und sogar mit Kontaktlinsen seine Augenfarbe geändert. Gleichzeitig hat Angel Tulio Mas sich in Kolumbien und anderswo einen Namen als Wohltäter gemacht.«

»Das ist ja unglaublich.«

Isabel nickte. »In den Neunzigern hat er alle seine Spuren sorgsam verwischt, und als die Bruderschaft sich auflöste, hat er die Nachricht verbreiten lassen, Ortega sei getötet worden. In Medellín wurde in einem ausgebrannten

Auto eine verkohlte Leiche ohne Zähne und Fingerrillen gefunden, aber im Handschuhfach lag praktischerweise ein kaum beschädigtes Portemonnaie mit Ortegas noch gut lesbarem Ausweis. Die Behörden haben dafür gesorgt, dass er in Windeseile beerdigt wurde. Damals waren die Drogenkriege in Kolumbien in vollem Gange, und Rachemorde waren an der Tagesordnung. Da hatte niemand Zeit, nach Moral oder Identitäten zu fragen.«

»Und seine drei Komplizen?«

»Sie heißen Cruz Ramírez, Andres Moreno und Padre Paz García. Der Letzte – angeblich auch so ein frommer Wohltäter aus Bogotá – ist definitiv nicht mehr unter den Lebenden.«

»Wie ist er gestorben?«

»Bei einem Feuergefecht in Medellín«, erwiderte Isabel.

»Nett«, murmelte Tolo. »Was ist mit Moreno und Ramírez?«

Isabel lächelte düster. »Cruz Ramírez ist eine Woche vor Mas' Ermordung aus dem Gefängnis entlassen worden und seither verschwunden – er benutzt vermutlich eine falsche Identität. Andres Moreno scheint sich kurz nach Escobars Tod in Luft aufgelöst zu haben. Manche glauben, er sei tot, aber Mosquera hat von einem Informanten erfahren, dass Moreno vor Kurzem in Bogotá aufgetaucht ist und nach Ortega gefragt hat.«

»Wann vor Kurzem?«

»Vor zwei Wochen.«

»Die beiden können Gott weiß wo sein.«

»Das bezweifle ich, Tolo. Sie sind hier auf der Insel.«

»Wie kannst du da so sicher sein?«

»Ich glaube, sie haben beide vor gar nicht langer Zeit herausgefunden, dass Mas, den sie unter seinem Decknamen Ortega für tot gehalten hatten, noch lebte. Deshalb sind sie hergekommen: Sie wollten sich etwas zurückholen, das er ihnen gestohlen hatte.«

»Aber welcher von beiden war vor dem Mord hier?«

»Das ist die Sechzig-Millionen-Dollar-Frage. Vielleicht beide.«

»Ich lasse mein Team die Namen aller Flugpassagiere überprüfen, die in den letzten drei Wochen von Kolumbien nach Spanien eingereist sind.«

Isabel zuckte die Schultern. »Viel Glück. Aber diese Typen benutzen gefälschte Pässe und wissen, wie man unter dem Radar bleibt.«

Tolo klopfte ungeduldig auf den Tisch. »Was ist mit den Todesanzeigen von Mas in den kolumbianischen Zeitungen?«

Isabel nickte. »Die Anzeigen mit einem Bild von Ortega zu veröffentlichen war vermutlich ein Trick, um zu enthüllen, dass Mas unter einem anderen Namen gelebt hat. Wer immer sie aufgegeben hat, wollte damit wahrscheinlich seinen alten Spießgesellen und Feinden mitteilen, dass er all die Jahre am Leben war, obwohl alle dachten, er wäre damals in diesem Auto verbrannt.«

»Aber wenn Cruz Ramírez und Andres Moreno schon von Mas' Doppelleben wussten und herausgefunden hatten, dass er noch lebte, wozu dann die Todesanzeigen? Die beiden wären dann doch schon seit ein paar Wochen auf der Insel gewesen.«

Isabel sah ihn fragend an. »Woher weißt du, dass beide

schon vor dem Mord hier waren? Vielleicht wusste nur einer über Mas' Identität Bescheid, und der andere hat erst durch die Todesanzeigen von seinem Doppelleben erfahren und ist nach dem Mord angekommen.«

»Wenn das so ist, müssen wir herausfinden, welcher der beiden vor dem Mord hier war. Dann wissen wir, wer Mas umgebracht hat.«

Isabel stand auf und warf Miss Buncle noch ein Stückchen Brot hin. »Wir müssen herausfinden, wer diese Todesanzeigen aufgegeben hat.«

»Und was genau hat Mas seinen Mitbrüdern gestohlen?«, fragte Tolo.

»Das ist mir auch noch nicht klar, aber ich kenne eine Frau, die uns weiterhelfen kann.«

»Wer?«

»Camila Cortez. Ich glaube, sie weiß sehr viel mehr, als sie sagt.«

»Dann sollten wir sie sofort noch einmal befragen.«

»Alles schon geregelt, Tolo. Ich habe sie am Montag getroffen. Sie musste noch zu einer Untersuchung ins Krankenhaus, aber heute Nachmittag habe ich eine Verabredung mit ihr.«

Tolo lächelte voller Bewunderung. »Immer eine Nasenlänge voraus, Bel.«

Sie sah ihn eindringlich an. »Ihr solltet Warnungen an alle Häfen und den Flughafen rausgeben, aber bitte noch kein Wort an die Medien. Moreno und Cruz sollen glauben, dass sie unentdeckt sind.«

»Meinst du, die beiden arbeiten zusammen?«

»Eher nicht. Ich könnte mir vorstellen, dass jeder von

ihnen allein hinter dieser Sache her ist, um was auch immer es sich handelt.«

»Aber woher sollen wir wissen, ob sie noch auf der Insel sind?«

Isabel seufzte. »Das hängt davon ab, ob schon einer die Beute in die Finger gekriegt hat, aber das bezweifle ich.«

»Wie kommst du darauf?«

»Afrim Cana ist umsonst gestorben. Wer immer ihn gestern Abend ermordet hat, hat ihn gefoltert, weil er dachte, Cana hätte sich das Diebesgut, das Mas vor Jahren gestohlen hat, unter den Nagel gerissen. Deshalb diese Brutalität. Wenn Cana es rausgerückt hätte, hätte er einfach nur eine Kugel zwischen die Augen bekommen.«

*

Isabel stand im dunkel möblierten Arbeitszimmer von Ca'n Mas und betrachtete eine handbemalte Vase, die in einer Glasvitrine in der Ecke des Zimmers stand. Camila Cortez, im schwarzen Kleid mit weißer Schürze, schlurfte zu ihr herüber.

»Das ist ein echter Picasso.«

Isabel zog eine Augenbraue hoch. »Wie ist Señor Mas denn da drangekommen?«

Die Haushälterin reichte ihr ein Glas Limonade und lächelte traurig. »Die Vase war ein Geschenk von einem großen Kunstsammler in Kolumbien als Dank dafür, dass Señor Mas jahrelang seine Stiftung für Straßenkinder unterstützt hat.«

»Hat er viele Kunstwerke besessen?«

»Er war sehr kulturinteressiert. In jedem Zimmer hängen wundervolle Bilder, aber sein größter Schatz waren seine Bücher.«

Isabel ließ den Blick über Mas' Bücherregal mit den Okkultismus-Bänden schweifen.

»Das ist nicht zu übersehen.« Sie trank einen großen Schluck Limonade. »Immer wieder köstlich, Señora. Aber wir müssen dennoch ein ernstes Wörtchen miteinander reden.«

Die alte Dame nahm in einem Sessel Platz und sah Isabel beunruhigt an.

»Señora Cortez, ich bin nicht ganz ehrlich zu Ihnen gewesen. Es stimmt zwar, dass ich Hogar Dulce Hogar führe, aber zugleich unterstütze ich die Nationalpolizei bei der Untersuchung des Mordes an Señor Mas.«

»Das verstehe ich nicht.«

»Ich habe früher hier und auf dem Festland als Kommissarin gearbeitet, und deshalb haben sie mich um Hilfe gebeten. Bei meinem ersten Besuch habe ich Ihnen das verschwiegen, damit Sie unvoreingenommen mit mir sprechen.«

»Ach so.«

»Ich hoffe, Sie können meine Beweggründe nachvollziehen.«

Die Frau seufzte. »Danke, dass Sie so ehrlich sind.«

»Die Gerichtsmediziner haben inzwischen bestätigt, dass Señor Mas mit einem Jagdmesser erstochen wurde. Es war ein Schweizer Fabrikat mit einer fünfundzwanzig Zentimeter langen Klinge, und es wurde mit erheblicher Kraft eingesetzt. Es tut mir leid.«

Die alte Dame sackte sichtlich zusammen und bekreuzigte sich. »Lieber Gott. Das ertrage ich nicht.«

»Ich verstehe, dass das schmerzhaft für Sie ist, aber ich brauche Ihre Hilfe. Wären Sie bereit, mir ein paar Fragen zu beantworten?«

»Natürlich.«

Isabel zog eine Mappe aus der Tasche und blätterte durch ein paar Papiere. »Ich habe hier die Aussage, die Sie bei der Polizei gemacht haben. Darin steht, Sie hätten am Abend des Mordes vier vermummten Männern die Tür geöffnet. Sie haben ausgesagt, dass diese Männer in einem großen schwarzen Auto gekommen sind und dass einer von ihnen Sie im Keller gefesselt und eingeschlossen hat. Keiner der vier war Ihnen bekannt.«

Die alte Frau biss sich auf die Lippen.

»Aber Ihr Nachbar Tomas Llull hat mir erzählt, dass am Abend des Mordes ein Shogun vorgefahren ist, in dem nur ein Mann saß. Angeblich hat Señor Llull dieses Auto schon oft vor Ihrem Haus gesehen. Anhand der Reifenspuren haben wir festgestellt, dass es einem Drogenhändler namens Afrim Cana gehört. Sagt Ihnen dieser Name etwas?«

Camila Cortez legte die Hand auf das kleine Goldkreuz an ihrer Halskette.

Isabel fuhr fort. »Ich habe Afrim Cana am Sonntag verhört. Er hat gesagt, er habe am Abend des Mordes Señor Mas besucht, allein, und etwa eine Stunde mit ihm gebetet. Sie habe er bei dieser Gelegenheit nicht angetroffen. Seine Geschichte passt nicht ganz zu Ihrer, nicht wahr?«

Die Haushälterin tupfte sich die Augen. »Sie müssen ihn drängen, die Wahrheit zu sagen.«

»Das geht leider nicht mehr, denn er ist gestern Abend ermordet worden.«

Camila Cortez schlug die Hand vor den Mund. »Das ist alles meine Schuld. Gott wird mich strafen!«

Isabel rutschte auf die Kante ihres Stuhls. »Warum sagen Sie mir nicht, was an jenem Abend wirklich passiert ist?«

Die Frau nahm einen kleinen Schluck Limonade. »Ich habe mich so bemüht, Señor Mas' Ruf hier im Dorf zu schützen. Er war einst ein gottesfürchtiger Mann – Sie können es ja hier sehen.« Mit zitternden Fingern wies sie auf den Couchtisch voller Bilder von Mas in Begleitung verschiedener Nonnen und anderer Wohltäter. »Als ich in Kolumbien die Stelle als Haushälterin bei ihm angetreten habe, wusste ich nur, dass er ein frommer Mann und großer Wohltäter war. Ich war dankbar, bei ihm arbeiten zu können. Es war ein sehr traditionelles Arbeitsverhältnis.«

Isabel nickte aufmunternd.

»Eines Abends, ich war schon mehrere Jahre bei ihm in Medellín angestellt, hat er mir erzählt, er wäre ins Visier von gefährlichen Drogendealern geraten, weil er ihre Machenschaften öffentlich verurteilt hatte, und wir müssten sofort nach Bogotá fliehen und untertauchen. Zwei Jahre lang haben wir außerhalb der Stadt auf einem abgelegenen Landgut gelebt. Ich durfte das Haus nicht verlassen; alles, was wir brauchten, wurde angeliefert. Aber mir machte das nichts aus, denn es gab dort eine kleine Kapelle, in der ein Priester sonntags einen Gottesdienst abhielt.«

»Sie haben wie eine Gefangene gelebt.«

»So habe ich das nicht gesehen. Es war ein wunderschönes Anwesen, und ich hatte alles, was ich brauchte.«

»Und wann sind Sie nach Mallorca gekommen?«

»Nach den zwei Jahren hat er mir gesagt, er wolle in seine Geburtsstadt Sóller zurückkehren und ich solle ihn begleiten. Ich war dankbar für diese Wertschätzung und habe mich darauf gefreut, in einem Land frommer Katholiken zu leben.«

Isabel unterdrückte ein Lächeln.

»Und wie kam Afrim Cana ins Spiel?«

»Zuerst ging alles gut, wir sind in dieses schöne Haus gezogen, das früher Señor Mas' Eltern gehört hatte. Wir sind in die Kirche gegangen, haben gemeinsam gebetet und in Ruhe und Frieden gelebt. Aber all das war vorbei, als eines Tages dieser Mann, von dem Sie sprachen, dieser Afrim Cana, aufgetaucht ist. Jede Woche ist er mit seinem großen schwarzen Auto vorgefahren, oft in Begleitung von drei weiteren Männern. Sie sind beim Auto geblieben, während er mit Angel im Arbeitszimmer gesessen hat.«

»Haben sie zusammen gebetet oder getrunken?«

»Señor Mas trank gern Club Colombia Lager, das war sein Lieblingsbier, und manchmal auch ein gutes Glas Rotwein mit Padre Agustí. Und so hat er es auch mit Afrim Cana gehalten. Aber eines Tages stand die Tür einen Spaltbreit offen, und ich habe gehört, wie sie über Drogenlieferungen gesprochen haben. Da habe ich mir Sorgen gemacht.«

»Haben Sie ihn zur Rede gestellt?«

»Nein, in meiner Position hätte sich das nicht geschickt. Ich habe mir gesagt, dass Señor Mas dem jungen Mann bestimmt helfen wollte, auf den Pfad der Tugend zurückzufinden.«

»Ein echter Held«, murmelte Isabel.

»Ich habe mir natürlich Sorgen gemacht, Afrim Cana könnte einen schlechten Einfluss auf Señor Mas haben, aber er ging weiterhin in die Kirche und betete, und das hat mich beruhigt.«

»Haben Sie Cana am Abend des Mordes gesehen?«

»Nein. Ich habe gehört, wie die Haustür aufging, aber ich habe unten in der Küche gearbeitet.«

»Was haben Sie dort gemacht?«

»Fischfrikadellen. Das war so gegen sechs. Ungefähr eine knappe Stunde später gab es einen Riesenlärm und Geschrei. Ich bin hochgeschlichen und habe im Dunkeln auf der Treppe gestanden. Ich wusste nicht, was ich tun sollte. Dann habe ich aus dem Arbeitszimmer einen fürchterlichen Schrei gehört, jemand hat geweint und gebrüllt wie vor Schmerzen. Es klang nach Señor Mas.«

Isabel machte sich Notizen in ihrem roten Büchlein. »Erzählen Sie weiter.«

»Ich stand wie gelähmt vor Angst vor der Tür des Arbeitszimmers, ich habe mich nicht reingetraut. Ich weiß nicht, wie lange ich dort gestanden habe, aber plötzlich ist ein Mann rausgekommen. Er war fuchsteufelswild und hat mir ein Messer an die Kehle gehalten, und er hat gesagt, wenn ich ihm nicht verrate, wo die Diamanten sind, bringt er mich um.«

»Diamanten?«

»Das hat er gesagt.«

»Wussten Sie etwas davon?«

»Señor Mas hat nie irgendwelche Diamanten erwähnt.«

»Haben Sie den Mann erkannt?«

»Ja, obwohl er älter aussah als früher. Er heißt Andres Moreno. Vor vielen Jahren hat er Señor Mas oft in Medellín besucht, zusammen mit einem anderen Mann, Cruz Ramírez, und einem Priester namens Padre García. Damals habe ich sie für fromme Mitstreiter gehalten.«

»Andres Moreno war also derjenige, der Sie in der Küche gefesselt hat.«

Sie senkte den Kopf. »Ich weiß, es war nicht richtig, Afrim Cana zu bezichtigen, aber Andres Moreno hat gedroht, mich umzubringen, wenn ich nicht aussage, dass es Cana und seine Schläger waren. Er war überzeugt, dass er die Sache Afrim Cana anhängen könnte, weil man im Arbeitszimmer seine Fingerabdrücke und in der Einfahrt seine Reifenspuren finden würde.«

»Nur dass Cana an dem Abend allein hier war – was Ihr Nachbar dann ja auch bestätigt hat.«

»Das war mein Fehler. Ich habe Andres Moreno gesagt, dass Cana immer drei Bewacher an seinem Auto stehen hat.«

»Und woher wusste Andres Moreno, dass Cana kurz vorher bei Señor Mas gewesen war?«

»Er hat gesagt, er hätte sich schon am Morgen im Garten hinter dem Haus versteckt, um auf den richtigen Moment zu warten. Er wollte aus Señor Mas herauspressen, wo er die Diamanten versteckt hatte, die angeblich ihm gehörten.«

»Hat er auch gesagt, woher diese Diamanten stammten?«

»Nein.«

»Und hat er erwähnt, warum er auf der Suche nach Señor Mas erst jetzt nach Mallorca gekommen ist?«

Sie hielt kurz inne. »Er hatte geglaubt, Señor Mas sei vor

vielen Jahren in Medellín als Enzo Ortega gestorben. Angeblich hatten alle gedacht, Enzo Ortega wäre in einem Auto verbrannt, weil sein Ausweis darin gefunden wurde. Erst viel später hat Moreno erfahren, dass der Tote in Wirklichkeit ein Landstreicher war.«

»Wussten Sie, dass Señor Mas sich als Enzo Ortega ausgegeben hatte?«

Camila Cortez schüttelte entsetzt den Kopf. »Das war ein fürchterlicher Schock.«

»Andres Moreno hat also gewartet, bis Afrim Cana gegangen war, und ist dann ins Haus eingebrochen?«, fragte Isabel.

»Das war gar nicht nötig. Die Terrassentür war immer offen. Wir hatten hier keine Angst vor Einbrechern.«

»Hat er zugegeben, dass er Señor Mas umgebracht hat?«

Die Haushälterin schlug die Hände vors Gesicht und begann zu weinen. »Er hat gesagt, dass Señor Mas völlig weggetreten war, als er aus dem Garten ins Arbeitszimmer kam. Jemand muss ihn unter Drogen gesetzt haben.«

»Was ist dann passiert?«

»Angeblich hat Andres Moreno Señor Mas gefragt, wo er die Diamanten versteckt hat, und er hat auf das geheime Bücherregal gezeigt.«

»Was für ein geheimes Bücherregal?«

»Dort befanden sich wichtige Papiere und der Safe.«

»Das haben Sie der Guardia gegenüber gar nicht erwähnt.«

»Weil ich Angst hatte, Andres Moreno könnte zurückkommen und sich rächen. Der Safe habe offen gestanden und sei leer geräumt gewesen. Aber er habe Señor Mas nicht zum Reden gekriegt. Und dann hat er ihn einfach umgebracht!« Camila Cortez schniefte laut. »Andres Moreno hat vermutet, dass Afrim Cana Señor Mas mit einem starken Betäubungsmittel außer Gefecht gesetzt und die Diamanten gestohlen hat. Er hat mich gefragt, wo er wohnt. Als würde ich das wissen.«

»Sieht aus, als hätte Moreno ihn auch ohne Ihre Hilfe aufgespürt. Wissen Sie, was im Safe war?«

»Das hätte Señor Mas mir niemals verraten. Er war ein sehr verschwiegener Mensch.«

»Zeigen Sie mir den Safe.«

Durch die Terrassentür, deren Vorhänge zur Seite gezogen waren, blickte Isabel in den großen Garten, in dem die Zitronenbäume voller Früchte hingen. Im hellen Sonnenschein, der ins Zimmer fiel, blieb Camila Cortez vor einem Bücherregal stehen und betrachtete die Buchrücken. Dann nahm sie vorsichtig zwei in Leder gebundene Bücher aus dem dritten Regal. Dahinter kam ein verschnörkelter Messinggriff zum Vorschein. Isabel zog ein Paar Einmalhandschuhe über und betätigte den Griff. Der Mittelteil des Bücherregals schwang auf und gab den Blick auf einen Hohlraum frei. Isabel nahm eine kleine Taschenlampe aus ihrer Strohtasche und schüttelte sie kräftig.

»Eine Faraday-Lampe«, sagte Camila Cortez.

Überrascht drehte Isabel sich zu ihr um. »Stimmt. Kommt ganz ohne Batterien aus.«

Die alte Frau beobachtete, wie Isabel mit der Lampe in den Hohlraum leuchtete. »Mit den Faraday'schen Gesetzen und elektromagnetischer Induktion habe ich mich vor vielen Jahren in Bogotá beschäftigt.«

Isabel wischte sich den Schweiß von der Stirn. »War Faraday nicht ein britischer Physiker?«

Camila Cortez nickte.

Isabel nahm einen Stapel Dokumente aus dem Fach und schob sie in eine Plastikhülle. Als sie den Strahl der Taschenlampe noch einmal ins Dunkel richtete, entdeckte sie ganz hinten an der Wand den Safe. Die schwere Tür stand einen Spaltbreit offen, aber der Safe war leer. Isabel holte tief Luft und sagte: »Das muss sich die Spurensicherung ansehen.«

Sie entschuldigte sich und ging in den Garten, um Tolo anzurufen. Dann bestellte sie noch einmal die Spurensicherung und ließ einen Streifenwagen kommen, der Camila Cortez aufs Kommissariat nach Palma bringen sollte, damit sie ihre geänderte Aussage zu Protokoll geben konnte. Sie hatte die Ermittlungen behindert, was möglicherweise Konsequenzen haben würde, aber darauf hatte Isabel keinen Einfluss.

Sie kehrte ins Arbeitszimmer zurück und griff nach ihrer Tasche. »Señora Cortez, hat Andres Moreno Sie seit Mittwochabend kontaktiert?«

Die Haushälterin schüttelte den Kopf. »Als er mich in die Küche gesperrt hat, hat er gesagt, wenn ich mit der Polizei rede, würde er das erfahren. Ich habe wirklich Angst!«

»Machen Sie sich keine Sorgen. Sie bekommen hier im Haus Polizeischutz. War seit dem Mord irgendjemand bei Ihnen?«

»Ich bekomme selten Besuch. Gestern hat ein verirrter Tourist angeklopft, das war alles. Ich habe ihm ein Glas Limonade angeboten.«

»Können Sie ihn beschreiben?«

Sie zuckte die Schultern. »Ich würde sagen, er war zwischen sechzig und siebzig. Er hatte weiße Haare und trug eine Sonnenbrille und einen Hut mit einer breiten Krempe. Er sprach sehr gut Spanisch.«

»Hat er Fragen gestellt?«

»Eigentlich nicht. Ich habe ihm erklärt, dass hier im Haus ein Mord geschehen ist, und er hat mir sein Mitgefühl ausgedrückt.«

Nachdenklich wandte Isabel sich zum Gehen.

»Was geschieht jetzt mit mir?«, fragte Camila Cortez.

»Sie haben eine Falschaussage gemacht, das kann strafbar sein. Am besten plädieren Sie auf mildernde Umstände – sagen Sie, dass Sie eine Todesdrohung bekommen haben.«

»Ich bin immer eine gesetzestreue Bürgerin gewesen, und ich vertraue auf Gottes Gnade.«

»Möge er Ihre Gebete erhören.«

*

Als Isabel ins Büro zurückkehrte, lag mitten auf ihrem Schreibtisch ein Zettel – als hätte ein unsichtbares Huhn ein Ei gelegt. Diesmal stammte er von ihrer Mutter, die den Termin für Donnerstagmorgen bestätigte. Sie hatte dem Ehepaar Fox mitgeteilt, dass sie mit weiteren Mitarbeitern der Agentur in Ca'n Mayol vorbeikommen würde, um die Bettwäsche zu wechseln und den Pool zu reinigen. Isabel gähnte. Die lange, grauenhafte Nacht in Son Barassa steckte ihr noch in den Knochen. Nachdem sie ein paar Stunden gearbeitet hatte, rief Capitán Gómez an. Seine Stimme klang fröhlich. »Im Geiste unserer guten Zusammenarbeit habe ich frohe Kunde für Sie, Isabel. Vor ein paar Stunden sind zwei meiner Beamten in ein abgelegenes Waldgebiet in der Nähe des Santuari de Lluc gerufen worden, wo Spaziergänger einen beinahe vollständig ausgebrannten blauen Clio entdeckt haben. Wir können davon ausgehen, dass Mirandas Entführer ihn dort abgestellt haben und in ein anderes Auto umgestiegen sind.«

»Wann bekommen wir die Ergebnisse der Spurensicherung?«

»Die Mitarbeiter sind schon vor Ort.«

»Sehr gut, Capitán, danke für die Information. Bitte halten Sie mich auf dem Laufenden.«

»Gleichfalls«, erwiderte er.

Isabel konnte inzwischen kaum noch die Augen offen halten und beschloss, sich eine Siesta zu gönnen, aber erst rief sie noch eine alte Bekannte bei der Sûreté du Québec an, der Polizei der frankokanadischen Provinz. Manchmal war es doch sehr praktisch, überall auf der Welt Freunde zu haben.

Als Isabel erfrischt aus ihrem dringend benötigten Mittagsschlaf erwachte, war es neunzehn Uhr, und Pep hatte schon Feierabend gemacht. Sie setzte sich auf ihren Bürostuhl, knabberte einen Sonnenblumenkern und betrachtete nachdenklich Furó, der sich in seinem Körbchen zusammengerollt hatte.

Gerade als sie eine Mappe aus dem großen Büro holen wollte, bemerkte sie, dass das rote Lämpchen des Anrufbeantworters wild blinkte. Sie drückte auf den Abspielknopf und horchte auf, als sie einen gepflegten britischen Akzent vernahm. Die Stimme stellte sich als Sophie Barnes vom Verlag Platinum Publishing vor und erklärte, sie melde sich auf Isabels Anruf. Isabel wählte die Nummer und hoffte, dass die Frau dank der Stunde Zeitverschiebung nach Großbritannien vielleicht noch im Büro war. Sie hatte Glück. Die vornehme Stimme meldete sich.

»Ah, Miss Flores Montserrat. Es tut mir so leid, dass ich Ihren Anruf gestern verpasst habe. Mein Assistent hat mir berichtet, Sie würden unseren Krimiautor William Fox im Herbst gern zu einem Literaturfestival auf Mallorca einladen?«

Isabel verzog das Gesicht. Sie log nicht gern, aber in diesem Fall ging es nicht anders. »Ja, es wäre wunderbar, wenn er beim Festival sein neues Buch vorstellen könnte, und natürlich würde er auch eine großzügige Gage bekommen.«

Sophie Barnes seufzte. »Ach, wie schade. William ist vor einem Jahr nach New York gezogen und kommt nur noch selten nach Europa. Außerdem hat er momentan gesundheitliche Probleme, aber wenn alles gut läuft, kommt er um Weihnachten herum zurück, um auf Werbetour für das neue Buch zu gehen.«

Isabel war einen Moment lang sprachlos. Dann sagte sie: »Ach, das ist wirklich schade. Wie soll das Buch denn eigentlich heißen?«

»Wir haben den Titel soeben bekannt gegeben. Er lautet *Brutal Maze.*«

»Vielen Dank! Und wären Sie so nett und würden mir für unsere Literaturkommission ein paar biografische Informationen und ein aktuelles Foto von Mr Fox schicken? Über Google habe ich nicht viel gefunden, nur Bilder von ihm als junger Mann.«

Sophie Barnes lachte. »Das wundert mich nicht. Mr Fox ist bekannt dafür, dass er nichts über sein Privatleben preisgibt, aber ich kann Ihnen ein neues Foto schicken, das wir für die Werbekampagne von *Brutal Maze* nutzen werden. Ich maile es Ihnen gleich noch, bevor ich Feierabend mache.«

Isabel dankte ihr noch einmal und legte mit einem leichten Lächeln auf. Sie konnte es also immer noch. Auf ihren Instinkt war nach wie vor Verlass. Aber wenn der Mann, der Ca'n Mayol gemietet hatte, tatsächlich nicht der echte William Fox war, wer zum Teufel war er dann?

Vierundzwanzig

Pep saß mit einem schwachen Cortado vor dem Café Sa Plaça in Fornalutx und scrollte am Telefon entspannt durch seine Nachrichten. Ab und an gesellte sich jemand aus dem Dorf zu ihm, um einen Plausch zu halten, und als ein Schwarm schnatternder Teeniemädchen vorbeikam, fiel ihm eines nach dem anderen zur Begrüßung um den Hals. Doch Pep ließ sich davon nicht aus der Ruhe bringen. Er wusste, dass er ein *guapo* war, dem sämtliche Mädchen im Tal von Sóller hinterherliefen, aber er war nun mal vergeben. Angélica und er waren seit Kindertagen befreundet, und allen war klar, dass sie füreinander bestimmt waren. Pep hatte nichts dagegen, sie war eine kurvige Schönheit mit wallenden rabenschwarzen Haaren und außerdem die einzige Tochter von Llorenç Bestard. Sie konnte zwar schnell mal eingeschnappt sein, aber Pep musste zugeben, dass sie eine tolle Köchin war, die im Handumdrehen eine leckere Paella oder seinen geliebten Reiseintopf *arroz brut* zaubern konnte.

Trotzdem kehrten seine Gedanken seit der Bootsfahrt zum Teufelshorn immer wieder zu Aina zurück wie ein Trinker in seine Lieblingsbar. In dieser ereignisreichen Nacht hatte er festgestellt, dass ihn nicht nur das Faible für Mode mit ihr verband, sondern auch der heimliche Traum, elterliche Erwartungen hinter sich zu lassen und der Enge des Dorflebens zu entfliehen. Die Begegnung hatte ihn verwirrt und verunsichert, was seine Gefühle für Angélica und seine Zukunftspläne anging. Seitdem hatte er hin und wieder heimlich mit Aina telefoniert, und sie hatten sich auch schon einmal unauffällig auf einen Drink in Palma getroffen. Angélica hatte davon natürlich keine Ahnung und Isabel ebenso wenig.

Magdalena, die im Sa Plaça kellnerte, kam aus der Bar, schlich sich an und kippte grinsend Peps Stuhl nach hinten.

»Hey! Kann man hier nicht mal in Ruhe sitzen?«

Sie zwinkerte ihm zu. »Lächeln, deine Chefin ist da.«

Pep blickte auf und zuckte zusammen, als er sah, dass die sonst so modebewusste Isabel – heute trug sie maßgeschneiderte marineblaue Shorts und eine orangefarbene Leinenbluse – zu zwei hölzernen Wäscheklammern gegriffen hatte, um ihre wilde Mähne zu bändigen. Er stand auf und begrüßte sie mit Wangenküsschen, während Magdalena neben ihnen herumwuselte.

»Wie immer, Bel?«

Isabel strahlte sie an. »Das wäre toll, *reina*.«

Pep setzte die Sonnenbrille ab. »Hast du gerade Wäsche aufgehängt?«

»Sehr gute Beobachtungsgabe. Aus dir wird noch ein richtiger Detektiv.«

»Und deshalb ist mir auch nicht entgangen, dass irgendein Tollpatsch gestern schon wieder mein *moto* geklaut und es mit einem Kratzer zurückgestellt hat.«

»Das muss in den engen Sträßchen bei Ca'n Mas passiert sein. Entschuldige.«

»Warum nimmst du nicht einfach dein Auto?«

»Pequeñito braucht eine Ruhepause bei der Hitze. Außerdem ist dein *moto* viel schneller.«

Pep schnaubte. »Du hast Glück, dass mein Cousin Mechaniker ist. Er hat dich übrigens King Kong getauft, weil du einfach nicht weißt, wie stark du bist.«

Grinsend dachte Isabel an den Riesengorilla, der im berühmten Hollywoodfilm mit bloßen Händen Autos hochhebt und auf Wolkenkratzer klettert. Es gab schlimmere Spitznamen!

Pep gähnte. »Wir hätten uns auch in Sant Martí treffen können.«

»Schon okay. Außerdem ist Fornalutx näher an Ca'n Mayol. Sind denn die neuen Gäste aus Deutschland heute Morgen pünktlich angekommen?«

»Natürlich – es sind ja Deutsche! Um Punkt neun stand ihr Taxi vor der Tür, und dann habe ich sie direkt zur Casa Sirena gefahren und ihnen alles gezeigt.«

Magdalena stellte einen starken Cortado und einen Teller *tostadas* vor Isabel auf den Tisch.

»Und warum hast du Wäscheklammern in den Haaren?«, wollte Pep wissen.

Isabel sah ihn mit gespielter Entrüstung an. »Da deine Schwester mir erst am Freitag die Haare schneiden kann, musste ich leider zu drastischen Maßnahmen greifen.«

Sie träufelte Olivenöl auf ihren Toast und streute Salz und Pfeffer auf das Tomatenpüree. »Ich wollte übrigens mit dir über William Fox reden. Er ist nicht der, der er vorgibt zu sein. Das solltest du wissen, bevor wir mit Florentina und Idò zu Ca'n Mayol fahren.«

Pep stöhnte. »Ja, schon klar. Er ist ein Junkie und hat eine Geliebte, und vielleicht hat er auch seine Mutter umgebracht.«

Isabel grinste breit. »Damit könntest du natürlich recht haben, aber ich habe inzwischen herausgefunden, dass der Schriftsteller William Fox krank ist und zurzeit in Amerika lebt, und das bedeutet, unser William Fox ist ein Betrüger.«

»Wie bist du denn darauf gekommen?«

Isabel nahm einen großen Schluck Kaffee.

»Ich gebe zu, dass er mir von Anfang an verdächtig vorkam. Als wir ihn und seine Frau letzten Donnerstag im Bon Día getroffen haben, da stimmte mit den beiden irgendetwas nicht, deshalb habe ich eines seiner Bücher bestellt in der Hoffnung auf einen Hinweis, und ich habe im Internet nach Fotos von ihm gesucht, aber ich habe nichts gefunden.«

Pep starrte sie an. »Erzähl weiter.«

»Gestern rief mich Julian Mosquera an, mein Polizeikontakt aus Kolumbien. Er hat mir erzählt, dass Angel Mas zur sogenannten Diablo-Bruderschaft gehört hat und sich in Verkleidung als Enzo Ortega ausgegeben hat. Da war es mir klar! Unser William Fox hat im Laden eine Sonnenbrille getragen, und dann diese langen, struppigen Haare und der Bart. Offensichtlich hat er eines der wenigen Fotos des Schriftstellers im Internet gesehen und versucht, den Hippie-Look zu kopieren.«

»Aber warum gibt es denn keine aktuellen Fotos von William Fox?«

»Sein Verlag in London sagt, er will nichts Privates preisgeben.«

»Du hast seinen Verlag kontaktiert?«, rief Pep.

»Ich habe mit seiner Lektorin Sophie Barnes telefoniert und behauptet, ich wolle den echten William Fox zu einem Literaturfestival in Sóller einladen.«

»Wie kannst du ihr so eine Lügengeschichte auftischen?«

»Um die Wahrheit zu erfahren! Sophie hat mir jedenfalls erzählt, dass Fox in Amerika ist und nicht so bald nach Europa kommt. Und sie hat mir das hier gemailt.«

Sie hielt Pep ein Bild hin. Es zeigte einen rundlichen älteren Herrn mit kurzen grauen Haaren und einem Schnurrbart.

»Ist das der Schriftsteller?«

»Ja.«

»Er sieht vollkommen anders aus als unser Mr Fox.«

Sie schob ihren leeren Teller zur Seite. »Eben.«

»Könnte es nicht vielleicht zwei Krimiautoren mit demselben Namen geben?«

»Schon möglich, aber sie schreiben ganz bestimmt keine Bücher mit identischen Titeln.«

Pep zuckte die Schultern. »Okay, der Typ verkleidet sich also als ein bekannter Schriftsteller. Na und? Vielleicht ist er nur ein armseliger Psycho-Fan oder ein gescheiterter Autor, der seinen Traum leben möchte.«

Isabel lächelte. »Ich glaube nicht. Halt die Augen auf, wenn wir in Ca'n Mayol sind – und kein Wort zu den anderen.«

»Dieses Haus ist sowieso gruselig. Natürlich passe ich auf, allein schon wegen der Gespenster.«

Isabel lachte. »Kümmere dich lieber um die Lebenden, Pep.«

»Und warum sollen Idò und Florentina davon nichts wissen?«

»Sie sollen sich so natürlich wie möglich verhalten, damit sie keinen Verdacht erregen. Ich erzähle ihnen später davon.«

»Und was genau soll ich machen?«

»Sei einfach aufmerksam, was im Haus und auf dem Grundstück so los ist, und hinterher tauschen wir uns über unsere Beobachtungen aus.«

Isabel schlenderte ins Café, bezahlte die Rechnung bei Magdalena und trat wieder hinaus in den Sonnenschein. Quer über die *plaça* winkte sie Juan Albertí, dem ehemaligen Bürgermeister von Fornalutx, und ihrer alten Freundin Sari zu, die gemeinsam vor der Bar Deportivo saßen und Kaffee tranken.

Dann trat sie wieder zu Pep an den Tisch.

»Idò und Florentina holen uns erst in einer halben Stunde ab. Ich gehe noch schnell bei Es Turo vorbei und kaufe ein paar von ihren *croquetas*.«

Pep nickte. »Okay, wir sehen uns dann am Parkplatz – und sei pünktlich.«

Als Pep gerade gehen wollte, hielt Isabel ihn am Arm fest. »Ich weiß, du warst gestern nicht im Büro, aber vielleicht hast du in der Zeitung gelesen, dass Afrim Cana in Son Barassa ermordet aufgefunden wurde. Er ist gefoltert und mit einem Metallkabel erhängt worden.«

»Was?« Pep riss schockiert Mund und Augen auf. »Wieso sagst du das erst jetzt? Wer hat ihn umgebracht?«

»Du hast es also noch nicht mitbekommen?«

»Ich war ziemlich beschäftigt«, erwiderte er.

»Wer ein Detektiv sein möchte, muss Augen und Ohren offen halten.«

»Bist du da gewesen?«

»Ich habe die Leiche gefunden.«

Pep rieb sich die Stirn. »Warum überrascht mich das nicht?«

Isabel ignorierte seine Bemerkung. »Es gibt eine Verbindung nach Kolumbien. Ich glaube, Cana ist von einem alten Feind von Mas umgebracht worden.«

»Aber warum, was hat der mit Cana zu tun?«

»Mas hatte wahrscheinlich in seinem Haus etwas sehr Wertvolles versteckt, und wer immer Cana getötet hat, dachte vermutlich, er hätte es gestohlen.«

»Und was war das?«

»Diamanten.«

»Das bedeutet also, der Psychokiller, der Cana und Mas auf dem Gewissen hat, läuft immer noch frei herum?«

»Es könnten sogar zwei Psychokiller frei herumlaufen – vielleicht auch drei.«

Pep erstarrte. »Na großartig. Ich hoffe, sie sind nicht auf dem Weg nach Sant Martí.«

Isabel klopfte ihm auf die Schulter. »Ich fürchte, genau dort wollen sie hin.«

»Das ist nicht witzig, Bel. Wir brauchen hier oben keine Mörder.«

»Nicht? Hast du nicht gesagt, ein Mord würde das langweilige Dorfleben ein bisschen aufmischen?«

Pep verdrehte die Augen, ließ sich zurück auf seinen Stuhl fallen und zog eine Schachtel Marlboro Lights aus der Tasche.

»Ich dachte, du hättest aufgehört?«

»Hatte ich auch, aber dann habe ich angefangen, bei dir zu arbeiten.«

Isabel setzte ihre Sonnenbrille auf, gab ihm zwei Wangenküsschen und flüsterte ihm ins Ohr: »Nur nicht den Kopf verlieren.«

Fassungslos blickte er ihr hinterher, während sie mit einem Lächeln auf den Lippen über die *plaça* davonspazierte. Diese Frau ließ sich wirklich durch gar nichts die Laune verderben.

*

Idò trat scharf auf die Bremse und bog schwungvoll in die Einfahrt zu Ca'n Mayol. Florentina bekreuzigte sich.

»Gott sein Dank haben wir alle einen Schutzengel«, murmelte sie.

Isabel stieß die Beifahrertür auf. »Nächstes Mal nehmen wir Pequeñito.«

»Auf gar keinen Fall«, widersprach Pep. »Der ist langsamer als eine Schnecke. Deshalb klaust du ja auch immer mein *moto*.«

Vom Gartenweg aus betrachtete er mit leichtem Schaudern die alte Finca. Gelbbraune Kletterpflanzen bedeckten die gesamte Fassade, und die Fenster verbargen sich hinter dunklen Läden. Auf dem Rasenstreifen vor der Haustür stand ein verdreckter schwarzer Golf.

»Es ist ganz still. Vielleicht sind sie weg?«, wunderte sich Idò.

»Ohne Auto bei der Hitze?«, widersprach Pep.

Florentina zuckte die Schultern. »Vielleicht machen sie einen Spaziergang.«

Isabel ging entschlossen an ihnen vorbei und knallte den Messingklopfer so kräftig gegen die Haustür, dass sie im selben Moment Angst bekam, er könnte abfallen. King Kong, ganz klar. Nach einer Weile hörte sie eine Frau leise husten, dann wurde der Schlüssel im Schloss gedreht. Im Türspalt erschien das blasse Gesicht von Mrs Fox, die ins helle Sonnenlicht blinzelte.

Isabel begrüßte sie fröhlich. »Hallo, Mrs Fox, das Reinigungsteam ist da.«

»Ich hatte gedacht, Sie bringen nur schnell frische Bettwäsche vorbei. Mein Mann arbeitet oben und möchte nicht gestört werden.«

Isabel nickte. »*No hay problema.* Wir halten uns von seinem Arbeitszimmer fern.«

Mrs Fox zuckte die Schultern. »Ich habe die Betten schon abgezogen, Sie müssen also gar nicht nach oben.«

»Gut, dann putzen wir nur unten, und Idò und Pep kümmern sich um den Pool«, sagte Florentina.

Ein wenig zögerlich ließ die Frau sie herein. Im Flur wand sich eine graue Marmortreppe mit kunstvoll verziertem Mahagonigeländer in die beiden oberen Stockwerke. Isabel vermietete das Haus schon seit einigen Jahren an Feriengäste und kannte jeden Winkel. Im ersten Stock gab es fünf Schlafzimmer, jedes mit einem eigenen Bad, sowie ein hübsches Arbeitszimmer mit Blick in den Garten und auf eine Obstbaumwiese. Im ausgebauten Dachgeschoss befand sich ein weiteres großes Zimmer mit einem Bad. Ein so geräumiges Haus, das mitten in herrlicher Landschaft und versteckt am Ende einer kleinen Privatstraße lag, wurde normalerweise für größere Familientreffen angemietet. Das Ehepaar Fox war eine Ausnahme.

Die Mayols, denen die Finca gehörte, waren schon älter, deshalb waren sie in eine Wohnung nach Palma gezogen. Da das Haus aber schon seit über dreihundert Jahren im Familienbesitz war, wollten sie es auch nicht verkaufen. Also hatten sie Isabel um Hilfe bei der Vermietung gebeten. Kein Einheimischer wollte im Haus wohnen, denn um die Finca rankten sich Spukgeschichten. Im Laufe der Jahrhunderte hatten verschiedene Mitglieder der Familie Mayol angeblich ein Mädchen mit braunen Haaren und einem weißen Kleid barfuß durch die Zimmer wandern sehen, vermutlich eine Ahnin, die während der schrecklichen Pestepidemie des siebzehnten Jahrhunderts gestorben war, aber es gab keine Dokumente, die diese Theorie bestätigt hätten. An ausländische Feriengäste ließ sich das Haus jedoch problemlos vermieten, und niemand hatte Isabel je von übersinnlichen Erscheinungen berichtet. Natürlich band sie den Mietern die Geistergeschichten auch nicht auf die Nase.

Jetzt sah Mrs Fox Isabel besorgt an und fragte: »Können Sie sich vielleicht einfach auf die Küche und den Garten beschränken?«

Isabel nickte beruhigend. »Wir sind im Nu wieder weg.«

Mrs Fox schob alle durch den Flur in die Küche.

»Bitte sehr. Das Wichtigste ist, dass mein Mann seine Ruhe hat.«

»Ich habe nur für ein Doppelbett frische Bettwäsche dabei«, grummelte Florentina auf Mallorquinisch zu ihrer Tochter. »Von welchen anderen Betten redet sie?«

Isabel wandte sich an Mrs Fox. »Wir haben leider nur ein Set Bettwäsche dabei. Brauchen Sie noch mehr?«

Die Frau schüttelte den Kopf und lachte verlegen auf. »Entschuldigen Sie, ich habe mich wohl etwas missverständlich ausgedrückt. Wir benutzen natürlich nur ein Bett – mein Fehler.«

Während Isabel Florentina besänftigte, traten Idò und Pep aus der Küche in den herrlichen Garten. Der große Swimmingpool schimmerte trüb in der Sonne.

Idò stemmte die Hände in die Hüften. »Meine Güte! Der braucht aber dringend Chlor.«

Pep ging zum Pool und blickte ins Wasser. Ein paar vertrocknete Blätter trieben darin herum, und eine rosa Luftmatratze drehte sich langsam um sich selbst wie eine schlaftrunkene Ballerina. Die Sonne brannte Pep auf den Rücken, aber er kniete sich hin und tauchte die Finger ins lauwarme Wasser. Dann stand er wieder auf und ließ den Blick über die Gipfel der Tramuntana-Berge schweifen.

»Träum nicht rum, Junge«, knurrte Idò. »Wir brauchen Chlor und die Kescher aus dem Poolraum.«

Pep schnaubte und trottete über die geflieste Terrasse zu einer kleinen *casita*.

In der Küche hatten Isabel und ihre Mutter gewartet, bis Mrs Fox im Obergeschoss verschwunden war.

»Merkwürdiges Frauenzimmer«, sagte Florentina. »Hat offenbar keine Ahnung, wie man einen Haushalt führt. Diese Küche ist das reinste Chaos.«

Isabel legte ihr die Hand auf die Schulter. »Nicht jeder ist so perfekt wie du, Mama. Kann ich dich zum Saubermachen allein lassen?«

»Und wo willst du hin? Hier ist doch wieder irgendwas im Gange.«

Isabel legte den Finger auf die Lippen. »Das glaube ich allerdings auch. Bin gleich wieder da«, sagte sie und schlich aus der Küche.

Fast eine halbe Stunde später kehrte sie mit sorgenvoller Miene zurück.

»Was ist los?«, zischte Florentina.

»Nichts. Bist du hier fertig?«

»Na, das lass ich mir gefallen. Du machst dich aus dem Staub, während ich hier schuften darf, und dann erwartest du auch noch, dass alles in null Komma nichts blitzt und blinkt!«

Isabel schob sie in den Garten und flüsterte: »Hier geht etwas Seltsames vor sich. Ich erzähle es dir im Auto. Komm, wir holen Idò und Pep.«

Florentina warf sich das alte Geschirrhandtuch über die Schulter und folgte ihrer Tochter über den Kies zum Poolhäuschen. Pep und Idò saßen auf dem ausgetrockneten Rasen und plauderten.

»Ich bin wohl die Einzige, die hier arbeitet«, brummte Florentina. »Was für eine Familie!«

»Ich kann dir versichern, dass Pep und ich geschuftet haben wie die Pferde. Wir haben den Pool sauber gemacht, die Garage gefegt und die Sprinkler auf der Obstbaumwiese angestellt. Wir haben pausenlos geackert.«

»Dann sind wir jetzt fertig?«, fragte Isabel.

Während die Männer gemächlich aufstanden und sich die Hosen abklopften, sah Isabel an der efeubewachsenen Außenwand des Hauses hoch. Plötzlich erschien an einem

Fenster im ersten Stock das blasse Gesicht eines jungen Mannes. Eine Sekunde später war es wieder verschwunden, und Isabel stellte überrascht fest, dass sie Gänsehaut hatte und ihr trotz der Sommerhitze ein Schauder über den Rücken lief. Ihre Mutter legte ihr beruhigend die Hand auf den Arm.

»Alles in Ordnung, Bel?«

Bevor sie antworten konnte, sagte Pep: »Ich hab's auch gesehen, da war ein Geistergesicht am Fenster.«

Idò lachte schallend. »Das muss Mr Fox gewesen sein.«

Pep schüttelte den Kopf. »Nein, das war ein junger Mann.«

Als sie in der Einfahrt standen, kam Mrs Fox aus dem Haus. »Vielen Dank. Wir sehen uns dann wohl nächste Woche wieder.«

»Ja, genau«, sagte Isabel lächelnd. »Und falls Sie Gäste bekommen, sagen Sie uns einfach Bescheid, dann beziehen wir gern noch mehr Betten.«

»Keine Sorge. Mein Mann lässt garantiert niemanden ins Haus, solange er schreibt.«

Isabel nahm auf dem Beifahrersitz Platz und sah aus dem offenen Fenster. »Ich kann gut verstehen, dass ein Schriftsteller absolute Ruhe braucht. Für so eine kreative Arbeit.«

Mrs Fox nickte. »So ist es. Sie lesen wohl gern?«

»O ja. Ich habe mir gerade ein neues Buch bestellt, es heißt *Brutal Maze*. Ein Thriller.«

Die Frau zuckte die Schultern. »Ich fürchte, das kenne ich nicht. Es erscheinen so viele neue Bücher. Man kommt kaum hinterher.«

Idò ließ den Motor an, und Isabel winkte aus dem Fenster, als sie losfuhren. Mrs Fox stand wie versteinert vor dem Haus und sah ihnen mit ernstem Gesicht hinterher.

Nach einer Weile brach Pep das Schweigen.

»Also, ihr habt gehört, was sie gesagt hat. Außer den beiden ist niemand in Ca'n Mayol – wie erklärst du jetzt das Geistergesicht oben am Fenster?«

»Um ehrlich zu sein, Pep, das kann ich nicht«, seufzte Isabel. »Aber wenn meine Vermutung über die dunklen Geheimnisse in Ca'n Mayol stimmt, dann hat jedes vernünftige Gespenst die Hosen voll.«

*

Als Isabel wieder nach Hause kam, war es schon Nachmittag. Zu ihrer Überraschung erwartete sie auf der Veranda Josep Casanovas mit einem bedrohlich großen Strauß Sonnenblumen.

»Bel! Genau im richtigen Moment. Ich wollte dich gerade zu einem Drink überreden.« Er trat ihr entgegen und drückte ihr die Blumen in den Arm. »Die sind genauso stark, fröhlich und schön wie du, und zufällig weiß ich, dass du die Kerne ebenso unwiderstehlich findest wie ich dich.«

Isabel hielt sich die Blumen vor die Nase, obwohl sie nicht dufteten. »Wie nett von dir, Josep, aber das ist wirklich nicht nötig. Eher hättest du Blumen verdient für deinen Aufmacher.«

Er beugte sich vor und drückte ihr einen langen Kuss auf die Wange, und genau in diesem Moment entdeckte sie Florentina und Doktor Ramis, die verschwörerisch grinsten. Im Nu waren sie hinter der Gartenmauer verschwunden und schlichen sich jetzt zweifellos dahinter an, um zu lauschen. Krampfhaft versuchte Isabel, sich in Richtung Haustür zurückzuziehen, wobei sie sich die Blumen wie eine Art Barriere vor die Brust hielt.

»So gern ich mit dir etwas trinken würde, Josep, ich habe leider noch Dringendes zu erledigen.«

Er ließ enttäuscht den Kopf hängen. »Nur ein schnelles Bier auf der *plaça*?«

Sie schüttelte den Kopf. »Ich muss wirklich –«

Er nahm ihren Arm. »Ach, bitte! Ich bin den ganzen Weg hierhergekommen, und vergiss nicht, dass ich neulich Himmel und Hölle in Bewegung gesetzt habe, um dich und deine Polizeifreunde auf die Titelseite zu bugsieren.«

Widerstrebend legte Isabel die Blumen vor der Haustür ab. »Okay. Einen Drink in der Bar Castell.«

Hastig zog sie ihn den Weg entlang auf die Straße und warf im Vorbeigehen einen kurzen Blick in Doktor Ramis' Garten. Sie hatte es geahnt – der Doktor und ihre Mutter standen flüsternd und kichernd zwischen den Kletterpflanzen an der Mauer. Grummelnd beschloss sie, bei ihrer Rückkehr den neugierigen Nachbarn und ihre kupplerische Mutter ordentlich zusammenzufalten.

*

Nachdem Isabel Josep Casanovas mit einer gemeinsamen Stunde in der Bar Castell besänftigt hatte, fuhr sie zu einer ihrer Reinigungskräfte und holte einen Schwung frische Bettwäsche ab. Zurück im Dorf, stellte sie ihr Auto am Rand der *plaça* ab und ging kurz in den Bon Día, um ein paar Einkäufe zu erledigen. Als sie mit Tüten beladen wieder heraustrat, sah sie, wie sich eine Gestalt in dunkelblauer Uniform, dazugehöriger Mütze und neongelber Weste über Pequeñitos Windschutzscheibe beugte.

»Kann ich Ihnen helfen?«, fragte Isabel.

Eine Frau mit Wieselgesicht und strähnigen braunen Haaren blitzte sie aus kühlen dunklen Augen an. »Sie bekommen einen Strafzettel. Sie haben auf einer gelben Linie geparkt.«

Isabel stellte ihre Einkaufstüten ab. »Ich war nur eine Sekunde weg und habe den Warnblinker angemacht. Wo ist das Problem? Ich wohne hier.«

Der kleine Mund zog sich missbilligend zusammen. »Und wenn Sie die Bürgermeisterin höchstpersönlich wären. Sie haben eine Ordnungswidrigkeit begangen.«

Damit riss die Frau das oberste Blatt von ihrem Block und klatschte es unter Pequeñitos Scheibenwischer. Darauf standen die Höhe des Bußgelds und jede Menge bösartiges Kleingedrucktes. Der Strafzettel flatterte im Wind.

»Sie müssen das Bußgeld innerhalb von zwei Tagen im *ajuntament* begleichen, ansonsten wird die doppelte Gebühr fällig. Es ist das Gebäude da drüben.« Die Frau deutete mit der Hand.

Isabel verschränkte die Arme vor der Brust. »*Gràcies*, aber ich weiß, wo sich das Rathaus befindet. Sie sind nicht von hier, oder?«

»Das muss ich Ihnen nicht beantworten.«

»Warum, haben Sie etwas zu verbergen?«

Der Wieselmund zuckte. »Ich komme aus Madrid. Ist das groß genug für ein Landei wie Sie?«

»Ich habe schon mal davon gehört. Aber vermutlich war die große Stadt zu viel für Sie? Sonst wären Sie wohl nicht in so einem winzigen *pueblo* gelandet.«

»Ich habe mir das nicht ausgesucht«, schnaubte die Frau. »Das Leben ist nun mal kein Wunschkonzert. Ich habe einen guten Job in der Buchhaltung bei El Corte Inglés aufgegeben, weil mein Mann hierherziehen wollte. Und jetzt sehen Sie sich an, was ich hier mache.«

»Was arbeitet denn Ihr Mann?«, fragte Isabel.

»Das geht Sie einen feuchten Kehricht an.« Die Frau zögerte, dann erklärte sie verärgert: »Er ist Sales Manager in einem Hotel in Palma, aber wir wohnen bei seiner Mutter in Sóller.«

»Dann sind Sie also sauer, weil Sie Ihr altes Leben aufgeben mussten und jetzt einen Job haben, der unter Ihrer Würde ist. Und es nervt Sie, dass Sie bei Ihrer Schwiegermutter wohnen.«

Die Frau wurde rot. »Was interessiert Sie das überhaupt?«

»Wissen Sie, Ihr Leben wäre viel angenehmer, wenn Sie ein klein wenig freundlicher zu den Leuten wären. Lassen Sie uns Dorfbewohner in Ruhe. Drücken Sie ab und an ein Auge zu, und sehen Sie das mit den Vorschriften ein bisschen locker, dann haben Sie im Handumdrehen neue Freunde.«

»Einfach so?«

Isabel betrachtete einen Moment lang den Strafzettel, dann zerriss sie ihn in winzige Fetzen und ließ sie fallen. Die Politesse schnappte entsetzt nach Luft und starrte Isabel wütend an.

»Ja, einfach so«, sagte Isabel mit einem Lächeln. »Man sieht sich.«

Sie stieg in ihr Auto, winkte dem verdatterten Wiesel fröhlich zu und trat aufs Gaspedal.

*

Satt und zufrieden wanderte Isabel durch die dunklen Straßen zurück nach Hause, den schnüffelnden Furó auf den Fersen. Sie hatte sich den Bauch mit selbst gemachten *croquetas* und *tumbet* vollgeschlagen, einer mallorquinischen Spezialität aus Auberginen, Kartoffeln und Paprika, und danach hatte es noch Florentinas köstlichen *lomo con col* gegeben, Schweinefilet mit Wirsing. Jetzt fehlte Isabel nichts mehr zu ihrem Glück. Beim Abendessen hatte sie ihrer Mutter und Onkel Idò vom falschen William Fox erzählt. Idò hatte ihr zur Vorsicht geraten, und Florentina hatte gejammert, dass ihr die Polizeiarbeit einfach zu sehr im Blut liege. Als Isabel auf ihrer Veranda stand und den Blick auf die von zarten Wolken umgebenen Berggipfel genoss, ertönte plötzlich ein schwaches, aber hartnäckiges Summen. Fluchend kniete sie sich auf die glatten Steine, drehte ihre Handtasche um und schüttelte sie, bis das hell leuchtende Telefon herausplumpste. Als sie es ans Ohr hielt, meldete sich mit bedrückter Stimme Capitán Gómez.

»Der Tod verfolgt uns, Isabel. Es hat leider in Banyalbufar einen weiteren schrecklichen Mord gegeben. Spaziergänger haben eine männliche Leiche entdeckt.«

»Wo denn?«

»Hinter der Straße Camí des Molí gibt es ein Waldstück,

das an einer Klippe endet. Von dort ist das Opfer anscheinend in die Tiefe gestürzt und unten auf den Felsen gelandet.«

»Haben Sie Tolo Bescheid gegeben?«

»Natürlich, aber er ist bedauerlicherweise wieder in Madrid.«

»Konnten Sie das Opfer identifizieren?«

Ernst sagte Gómez: »Anscheinend wurden Gesicht und Hände nach seinem Tod mit Säure behandelt. Gut möglich, dass wir gar nicht herausfinden können, wer er war.«

»Was ist mit seinen Zähnen? Können wir so etwas über ihn in Erfahrung bringen?«

»Ich fürchte, das Opfer hat keine Zähne.«

»Wie das?«

»Sieht aus, als hätte er ein Gebiss getragen, aber es ist nicht mehr da.«

»Wie alt schätzen Sie ihn?«

»Nach Haarfarbe und Hauttonus zwischen sechzig und siebzig. Laut Gerichtsmedizin wurde der Mann erst gefoltert und dann mit einem Draht erwürgt. Kommt Ihnen das bekannt vor?«

»Da hat wohl jemand als Kind zu oft Galgenmännchen gespielt.«

Capitán Gómez lachte trocken. »Und jetzt noch das Interessanteste. Der Gerichtsmediziner vermutet, dass das Opfer aus Lateinamerika stammt, vielleicht aus Kolumbien. Wollen Sie vielleicht zu uns rüberkommen?«

Isabel blies die Wangen auf. »Okay, geben Sie mir eine Stunde. Ich bin schon unterwegs.«

Fünfundzwanzig

Isabel beendete ihr Frühstück in der Bar Castell und warf einen prüfenden Blick in den dunklen Himmel. Es nieselte leicht, und die Sonne versteckte sich hinter schmutzig grauen Wolken. Vermutlich würde es am Abend ein Gewitter geben und hoffentlich auch richtigen Regen. Im Sommer litt ihr Gemüsegarten unter chronischem Durst, denn das wenige Wasser, das zu dieser Jahreszeit noch bis in die Häuser von Sant Martí gelangte, tropfte bräunlich wie Kakao aus den Hähnen und lief in dünnen traurigen Rinnsalen in den Abfluss. Es reichte kaum aus, um einen Wasserkessel zu füllen, geschweige denn, um einen Garten zu bewässern. In der vergangenen Woche war das Trinkwasser so knapp geworden, dass ein Vorrat mit Lastwagen ins Dorf geliefert werden musste und der Bürgermeister zum Wassersparen aufgerufen hatte. Die meisten Touristen hatten natürlich keine Ahnung von den Beschränkungen, die ihren Hotels auferlegt wurden, und beschwerten sich beim Management, sobald die Duschköpfe röchelten und gurgelten wie Verdurstende in der Wüste.

Isabel gähnte herzhaft. Schon wieder hatte sie einen langen Abend in Gesellschaft von Captitán Gómez und einer Leiche zugebracht. Nacho Blanco hatte geschätzt, dass das Opfer mindestens vierundzwanzig Stunden am Fuß der

Klippen gelegen hatte und etwa zwölf Stunden davor getötet worden war. Isabel hatte Gómez gedrängt, seine Männer die Hotels und Ferienwohnungen in der Nähe durchsuchen zu lassen, um vielleicht herausfinden zu können, wo die Leiche nach dem Mord mit Säure behandelt worden war. Im Morgengrauen war sie aus Banyalbufar nach Hause zurückgekehrt und hatte sofort Julian Mosquera angerufen und ihn um einen weiteren Gefallen gebeten. Dann hatte sie Tolo in seinem Hotel in Madrid geweckt, weil sie ein paar Hypothesen zu beiden Fällen mit ihm durchsprechen wollte. Er hatte ihr interessiert zugehört und sofort den nächsten Flug zurück auf die Insel gebucht.

Obwohl Isabel noch tausend Gedanken durch den Kopf schwirrten, sprang sie jetzt hastig auf, legte Rafael das Geld auf den Tresen und lief zur Tür.

»Wohin so eilig?«, rief er ihr hinterher.

Vor dem Café stieß sie mit Llorenços umfangreichem Bauch zusammen. Der Bürgermeister sah sie streng an.

»Da treffe ich ja genau die Richtige. Was höre ich da von unserer neuen Politesse über eine zerrissene *multa*?«

»Ach, komm, Llorenç! Knöllchen in Sant Martí, das ist doch wohl nicht dein Ernst.«

»Wir sind hier nicht im Wilden Westen, Bel. Auch in Sant Martí muss man sich an die Vorschriften halten. Als ehemalige Polizistin solltest du das wissen.«

»Was hat denn eine Politesse überhaupt hier zu suchen?«

»Der Stadtrat hat sie eingestellt, und ich musste zustimmen, dass sie hier im Dorf ihre Probezeit ableisten kann. Bring mir einfach den Strafzettel, dann verliere ich ihn. So mache ich es für die anderen Dorfbewohner auch.«

»Sie ist eine Gefahr für uns alle. Diese Frau hat sogar Doktor Ramis aus der Fassung gebracht.«

»Tja«, sagte Llorenç. »Trotzdem hast du die Sache nicht besser gemacht, indem du deinen Müll auf die Straße geworfen hast.«

Isabel stemmte entrüstet die Hände in die Hüften. »Ich habe nur den Strafzettel zerrissen, mehr nicht. Als Symbol des Widerstands und der Solidarität mit allen Freiheitskämpfern im Dorf.«

Llorenç kicherte. »Na ja, meine liebe Rebellin, in zwei Wochen ist sie sowieso wieder weg, also spiel einfach mit. Und denk dran, morgen ist das letzte Treffen des Festkomitees. Kaum zu glauben, dass das große Wochenende schon vor der Tür steht.«

Isabel hauchte ihm einen flüchtigen Kuss auf die Wange und machte sich auf den Weg über die *plaça*. Schnell kaufte sie noch ein paar Lose beim alten Valls – obwohl er blind und gebrechlich war, baute er immer noch jeden Freitag seinen ONCE-Lotterie-Stand auf dem Dorfplatz auf. Isabels Telefon klingelte, und sie lächelte, als sie Tolos Namen auf dem Display sah.

»Wie war's in Madrid?«

»Frag lieber nicht. Ich bin froh, dass ich wieder hier bin. Und – gibt es Neuigkeiten zu dem Toten in Banyalbufar?«

»Noch nicht, aber es muss sich ja wohl entweder um Cruz Ramírez oder Andres Moreno handeln, meinst du nicht?«

Tolo seufzte. »Gómez hat den Personenschutz für Camila Cortez verstärkt, falls der Mörder zu Ca'n Mas zurückkehren sollte, aber das ist unwahrscheinlich, oder?«

»Da wäre ich mir nicht so sicher.«

»Mach dir keine Sorgen. Wir gehen kein Risiko ein.« Er zögerte kurz. »Gestern Abend am Telefon hast du gesagt, dass es im Fall Miranda vorangeht. Was hast du damit gemeint?«

»Warte noch, bis ich das letzte Puzzleteil gefunden habe. Es dauert nicht mehr lange.«

»Okay, aber die Zeit wird langsam knapp. Jane Walters ist mit den Nerven am Ende, und morgen Abend kommt Frank Walters' Verlobte an. Das wird sicher kein fröhliches Wiedersehen.«

Nach dem Telefonat lief Isabel mit großen Schritten über die *plaça* und überlegte, ob sie Tolo hätte verraten sollen, dass der Miranda-Fall kurz vor einer erfreulichen Wendung stand und sie nur noch einige wenige Beweise brauchte, um ihre Theorie zu erhärten. Aber wenn sie sich nun doch täuschte? Fürs Erste würde sie ihre Erkenntnisse noch für sich behalten. Sie ging zum Camí Vell, wo ihre Schulfreundin Marga schon mit der Schere in der Hand auf sie wartete.

*

Es war elf Uhr abends, aber Isabel saß noch immer am Schreibtisch. Mehrere Stunden lang hatte sie ihre Wandtafel angestarrt und war wieder und wieder die Notizen in ihrem kleinen roten Buch durchgegangen. Dann bekam sie einen Anruf aus Kolumbien und wickelte anschließend nachdenklich einen Chupa Chup aus. Was sie von Julian Mosquera erfahren hatte, bestätigte einige ihrer Vermutungen.

Einer Eingebung folgend, wählte sie die Nummer von Ca'n Mas. Niemand meldete sich. Beunruhigt rief sie Capitán Gómez an.

»Zu so später Zeit, Isabel? Ist etwas passiert?«

»Ich habe versucht, Camila Cortez anzurufen, aber sie geht nicht ans Telefon. Könnten Sie Ihre Männer am Haus bitten, nach ihr zu sehen?«

»Ich vermute, die alte Dame schläft.«

»Sie hat mir erzählt, dass sie immer spät zu Bett geht. Ich habe ein ungutes Gefühl.«

Er seufzte missmutig. »Ich kümmere mich darum.«

Ein paar Minuten später klingelte das Telefon, und Isabel zuckte zusammen. Zu ihrer Überraschung war es Camila Cortez.

Ihre Stimme zitterte. »Isabel, dieser Tourist, der sich am Dienstag hier verlaufen hatte, ist zurückgekommen. Als er geklopft hat, dachte ich, es wäre einer von der Guardia.«

»Verdammt, wo stecken die denn?«, fragte Isabel erschrocken. »Sie sollten doch rund um die Uhr bei Ihnen Wache halten. Wo ist dieser Mann jetzt?«

»Im Arbeitszimmer«, flüsterte die Haushälterin. »Es ist Cruz Ramírez, aber ich habe ihn nicht wiedererkannt. Ich habe ihn so viele Jahre nicht gesehen, und er hat eine Gesichts-OP machen lassen. Das hat er mir erzählt.«

»Was will er von Ihnen?«

»Er sucht im Arbeitszimmer von Señor Mas nach den Diamanten. Als Sie angerufen haben, habe ich Ihre Nummer erkannt, aber er hat mir verboten ranzugehen.«

»Wo sind Sie jetzt?«

»In der Küche. Ich habe angeboten, ihm einen Kaffee zu

kochen, damit ich Sie anrufen kann. O Gott, was macht er nur mit mir, wenn er die Diamanten nicht findet! Ich glaube nicht, dass sie hier sind.«

»Ich auch nicht. Versuchen Sie, Ruhe zu bewahren, Señora. Ich bin schon auf dem Weg und habe auch die Guardia alarmiert. Wenn Sie können, schließen Sie sich irgendwo im Haus ein. Ich bin in wenigen Minuten bei Ihnen.«

Da zischte Camila Cortez zu Tode erschrocken: »Isabel, es ist zu spät. Er kommt die Treppe runter.«

Hastig rief Isabel ihr ein paar Anweisungen zu, aber die Haushälterin antwortete nicht mehr. Isabel hörte einen dumpfen Schlag, dann war die Verbindung tot.

*

Furó schlummerte friedlich in seinem Körbchen, als Isabel sich die Schlüssel von Peps *moto* schnappte und aus dem Büro rannte. Auf der rasenden Fahrt durch die engen, dunklen Straßen malte sie sich schon aus, welch ein grausiger Anblick sie in Ca'n Mas erwarten mochte. Sie betete, dass den diensthabenden Beamten der Guardia nichts zugestoßen war und Capitán Gómez Alarm geschlagen hatte. Als sie die Einfahrt erreichte, sah sie neben einem Fahrzeug der Militärpolizei zwei Beamte ohnmächtig auf dem Boden liegen, an Händen und Füßen gefesselt. Isabel stellte das *moto* ab und schlich über den Kies zu den Männern. Glücklicherweise atmeten sie, aber beide hatten blutende Kopfwunden. Isabel wollte Capitán Gómez anrufen, musste aber feststellen, dass sie in der Hektik ihr Telefon im Büro hatte liegen lassen. Sie fluchte leise und griff sich einen

Stein. Ihr war nur allzu bewusst, dass sie allein und unbewaffnet war.

Als sie sich zum Haus wandte, wurde sie plötzlich von den Scheinwerfern eines Autos geblendet, das mit hohem Tempo auf sie zuraste. Sie sprang zur Seite und rollte über den dreckigen Boden, dann rappelte sie sich hoch, schnappte sich Peps *moto* und nahm die Verfolgung auf. Als sie hinter dem silbernen Auto nach links aus der Einfahrt bog, tauchten am Ende der Straße zwei Fahrzeuge der Guardia auf. Isabel gab Gas, der Fahrtwind blies ihr unangenehm kalt ins Gesicht, aber sie war fest entschlossen, sich nicht abschütteln zu lassen. Sie sauste hinter dem Auto durch die engen Straßen und nahm für einen Augenblick hinter sich das Blaulicht und die Sirene eines Polizeifahrzeugs wahr. Während sie sich noch fragte, wo Cruz Ramírez hinwollte, nahm er schon die steile, kurvenreiche American Road und folgte ihr bis zum Kreisverkehr am Monument in Sóller. Hier bog er links ab und kurz darauf scharf rechts auf die Straße, die ins Bergdorf Deià führte.

Isabel zitterte vor Kälte, und ihr Herz raste. Die Straße schlängelte sich den schwarzen Berg hinauf. Ramírez schlingerte in halsbrecherischem Tempo durch die engen, gefährlichen Serpentinen. Rechts von ihnen glänzte am Fuß der steilen, zerklüfteten Felsen das Meer im Mondlicht. Links wucherte dichtes, wildes Gebüsch auf dem Hang. Die Scheinwerfer des Autos jagten die Schatten von der stillen Straße und beschienen dunkle Olivenbäume und Kiefernstämme. Im Spiegel sah Isabel zuckendes Blaulicht. Das Auto vor ihr bretterte mit quietschenden Reifen immer abenteuerlicher um die Haarnadelkurven.

Jetzt tauchte in der ruhigen Nachtluft unter einem blassen Mond die Silhouette des Dörfchens Deià auf. Isabel klammerte sich an den Lenker des *motos* und versuchte, an Ramírez dranzubleiben, obwohl er auf einem geraden Stück noch einmal beschleunigte. Sie rasten am Hinweisschild des Museums Ca'n Alluny vorbei, und während Isabel noch ganz darauf konzentriert war, mit der Geschwindigkeit des Autos mitzuhalten, wurde sie plötzlich von zwei grellen Scheinwerfern aus der entgegengesetzten Richtung geblendet. Sie machte einen Schlenker und brachte das *moto* mit einer Vollbremsung am Straßenrand zum Stehen. Hastig sprang sie ab und rannte ein Stück weiter. In diesem Moment erhob sich wie in Zeitlupe Ramírez' Auto in die Luft, drehte sich um die eigene Achse und landete mit einem scheußlichen Knirschen wieder auf der Straße. Unkontrolliert schlitterte es über den Asphalt und knallte mit voller Wucht gegen die Steinmauer von Ca n'Alluny, dem ehemaligen Zuhause des englischen Dichters Robert Graves.

*

Das hektische Blaulicht des Krankenwagens streifte den blassen Morgenhimmel. Isabel stand mit Tolo und Capitán Gómez an der Pforte des Museums. Sie war wie betäubt vom Bild der Verwüstung auf der Straße und zitterte vor Schock. Sie musste an ihre Anfangsjahre als Verkehrspolizistin in Barcelona denken, wo sie auf den gefährlichen Schnellstraßen oft ähnlich schreckliche Szenen gesehen hatte. Die Erinnerung an den abscheulichen Geruch dieser Verkehrsunfälle, eine ätzende Mischung aus Abgasen, Rauch und verbranntem Fleisch, war nicht verblasst. Ihr Blick wanderte von den verbogenen Metallteilen und Trümmern hinauf zu den Bergen rund um das Dorf. Die Spitze des Teix war in einen weichen, geheimnisvollen Nebel gehüllt, der zwischen den Kiefern, Eichen und Olivenbäumen an den steilen Hängen schwebte. Wenn sie jetzt doch nur dort oben sein könnte, Lichtjahre entfernt von dem Chaos um sie herum.

Das Knallen von Autotüren brachte sie zurück ins Hier und Jetzt. Eines der grünen Guardia-Fahrzeuge fuhr in Richtung Palma davon. Der silberne Audi von Cruz Ramírez lag mit eingedrückter Motorhaube am Straßenrand. Die Fahrertür war aus den Angeln gerissen worden und ein paar Meter entfernt zwischen anderen Trümmerteilen im Gebüsch gelandet. Im Autodach klaffte ein riesiger Längsriss, als wäre es von einem gigantischen Messer durchschnitten worden, aber wie durch ein Wunder war der Fahrer lebendig geborgen worden, wenn auch bewusstlos und schwer verletzt.

Isabel wandte sich an Capitán Gómez. »Es ist Cruz Ramírez. Von dem Foto mit Angel Mas wird man ihn kaum wiedererkennen. Glauben Sie, dass er durchkommt?«

Gómez zuckte die Schultern. »Hoffen wir's. Er könnte uns bestätigen, dass es sich bei der Leiche in Banyalbufar um Andres Moreno handelt.«

»Davon können wir wohl ausgehen«, erwiderte Isabel.

Tolo seufzte tief. »Das war ein vertrackter Fall, aber ich bin froh, dass wir die Schuldigen gefunden haben.«

Ohne lange zu überlegen, zog er seine Jacke aus und legte sie Isabel um die Schultern. »Du zitterst ja.«

Capitán Gómez lächelte zaghaft. »Diese Ermittlungen waren echte Teamarbeit, meine Freunde.« Er wandte sich an Isabel. »Und Sie haben bei der Lösung des Falles eine besonders wichtige Rolle gespielt.«

Bei diesem Kompliment grinste Tolo in sich hinein, doch Isabel lehnte sich gegen die Mauer des Museums und starrte die beiden Männer an.

»Was ist mit den Diamanten?«

Tolo schob skeptisch die Unterlippe vor. »Existieren die überhaupt? Aus den versteckten Dokumenten geht hervor, dass Mas mehrere gut gefüllte Offshore-Konten besitzt, aber Diamanten werden nirgendwo erwähnt.«

»Ich sehe das so«, erwiderte Capitán Gómez. »Isabel hatte von Anfang an recht, Afrim Cana hatte mit dem Tod von Mas nichts zu tun. Schon möglich, dass an jenem Abend im Safe Diamanten lagen, aber ich bezweifle es.«

»Vermutlich werden wir es nie erfahren«, sagte Tolo. »Es sei denn, Ramírez überlebt und redet. In der Zwischenzeit könnte es sich lohnen, das Haus und das Grundstück noch einmal gründlich zu durchsuchen.«

Capitán Gómez wandte sich an Isabel. »Meine Männer haben übrigens vor ein paar Stunden von einer Immobilienagentur in Banyalbufar erfahren, dass Andres Moreno sich anscheinend illegal Zutritt zu einer ihrer Ferienwohnungen verschafft hat. Die Tür wurde aufgebrochen, und gestern hat ein Nachbar beobachtet, wie ein lateinamerikanisch aussehender Mann die Wohnung verließ.«

»Ich frage mich, wie lange er sich dort schon versteckt hatte«, sagte Isabel.

»Wer weiß?«, sagte Capitán Gómez. »Wahrscheinlich hat

er erst Mas und dann Cana ermordet und anschließend auf eine Gelegenheit gewartet, Ca'n Mas zu durchsuchen, aber dann ist ihm Cruz Ramírez in die Quere gekommen.«

»Vielleicht hat Ramírez ihn aufgespürt, weil er gehofft hat, die Diamanten bei ihm zu finden – falls sie tatsächlich existieren. Als dieser Plan nicht aufging, hat er ihn umgebracht und ist zu Ca'n Mas zurückgefahren, um dort zu suchen«, überlegte Tolo.

Capitán Gómez zuckte die Schultern. »Wie dem auch sei. Im Badezimmer der Ferienwohnung haben wir jedenfalls mehrere leere Flaschen eines handelsüblichen Säurereinigers sowie Blutspuren gefunden, die höchstwahrscheinlich zur Leiche an den Klippen passen. In einer Kommode lagen zwei gefälschte Pässe und ein Haufen kolumbianischer Pesos.«

»Ganz offensichtlich hat Ramírez Moreno dort getötet und ihn mit der Säure behandelt«, sagte Isabel. »Wahrscheinlich hat er seine Spur in Son Barassa aufgenommen.«

»Ein übler Tod«, seufzte Tolo. Er warf einen Blick auf die Uhr und gähnte. »Es ist fast fünf. Ich muss mich ein paar Stunden ausruhen, dann fahre ich ins Büro und entwerfe eine Pressemitteilung.«

Capitán Gómez sagte freundlich: »Gute Idee. Fahren wir zusammen zurück nach Palma, dann können wir eine gemeinsame Erklärung vorbereiten, wenn wir ein bisschen geschlafen haben. Isabel, Sie müssen sich auch ausruhen. Ich lasse Sie von der Guardia nach Hause bringen.«

Isabel schüttelte den Kopf. »Danke für das Angebot, aber ich habe ein *moto*.«

Capitán Gómez' Telefon klingelte. Ein wenig genervt

ging er ran und entfernte sich ein paar Meter von den anderen.

Isabel wandte sich an Tolo. »Kennst du eigentlich William Graves?«

»Den Sohn des Schriftstellers? Nein.«

»Aber ich, und ich kann dir sagen, dass er von dem Schaden an der Mauer nicht begeistert sein wird.«

Tolo zog eine Grimasse. »In dem Fall überlasse ich es gern dir, ihn anzurufen und ihm die Sache zu erklären. Ich sorge dafür, dass das schnell wieder in Ordnung gebracht wird.«

Capitán Gómez gab ihnen ein Zeichen, sprach aber weiter in sein Telefon. Isabel packte Tolo am Ärmel.

»Hör mal, bevor du ein gemeinsames Statement mit Gómez verfasst, denk noch mal über ein paar Sachen nach.«

»Und die wären?«

»Wir wissen immer noch nicht, wer der junge Mann ist, der am Tag nach Mas' Ermordung in Kolumbien die Todesanzeigen in die Zeitung gesetzt hat.«

»Ist das denn noch wichtig? Vielleicht war es ein Freund oder Verwandter, von dem wir nichts wissen?«

»Aber wie soll er so schnell davon erfahren haben? Und woher hatte er das Bild von Mas als Ortega?«

»Keine Ahnung, aber hoffentlich kommt Ramírez durch und kann uns die fehlenden Informationen liefern.«

»Ich nehme an, der Polizeichef und Richter Baltazar wollen den Fall möglichst rasch abschließen.«

Tolo lächelte grimmig. »Darauf kannst du wetten. Aber das Gute ist, dass wir uns jetzt ganz darauf konzentrieren können, Miranda zu finden.«

Isabel schwieg einen Moment, dann sagte sie: »Übrigens, ich muss mit dir über zwei meiner Feriengäste reden.«

»Das merkwürdige Paar, von dem du mir neulich Abend am Telefon erzählt hast?«

»Genau die.«

Capitán Gómez kam zu ihnen zurück.

»Ihre Kutsche wartet, Tolo. Und Sie, Isabel, gehen jetzt besser auch schlafen. Sie sehen erschöpft aus.«

Wieder klingelte das Telefon des Capitán. Er lauschte und lächelte die anderen erleichtert an. »Die beiden Polizisten, die Ramírez niedergeschlagen hat, sind auf dem Weg der Besserung. Sie werden noch in Son Espases behandelt. Mit Camila Cortez ist auch alles in Ordnung.«

Isabel reckte den Daumen hoch. Tolo legte ihr sanft die Hand auf die Schulter.

»Wegen deiner Mieter – können wir das später besprechen?«

Isabel zögerte, aber dann sah sie die dunklen Ringe unter seinen Augen. »Natürlich. Versuch erst mal, ein bisschen Schlaf zu bekommen.«

Er gab ihr einen Kuss auf die Wange, dann ging er zum Auto der Guardia und rief lachend über die Schulter zurück: »Schön wär's.«

Sechsundzwanzig

Um kurz vor sechs war Isabel wieder zu Hause. Über der Nachbarschaft lag die Stille eines Wochenendmorgens. An jedem anderen Samstag wäre sie gern zum quirligen Markt von Sóller gefahren, aber seit sie für Tolo arbeitete, hatte sie nicht mehr viel Zeit für sich selbst. Wann in den letzten Wochen hatte sie den Luxus genießen können, ein Kapitel in einem Buch zu Ende zu lesen oder mit ihren Freunden zu einem Fußballspiel im Dorf zu gehen? Sie hatte die beiden Fälle fast gelöst, aber bevor sie Tolo ihre Erkenntnisse mitteilte, musste sie noch ein paar letzte Kleinigkeiten klären. Wenn das erledigt war, würde ihr Leben hoffentlich wieder in gewohnte Bahnen zurückkehren, und sie könnte sich eine Auszeit gönnen.

Sie stand vor Ca'n Moix und betrachtete ihren chaotischen Garten. Ein Brombeerstrauch bedrängte eine Kletterrose mit blassen, vertrockneten Blüten. Der Efeu, der sich an die Hauswand klammerte, bekam gelbe Blätter, und auf dem ausgedörrten Rasen hatte dichtes, angriffslustiges Unkraut die Herrschaft übernommen.

Traurig schüttelte Isabel den Kopf. »Wann habe ich dich eigentlich zuletzt gegossen?«

Nur ein paar träge Insekten brummten eine Antwort, ansonsten hüllte sich der Garten in beleidigtes Schweigen.

Die Sonne erschien über den Hügeln, und ein aufgeregter Hahnenschrei zerriss die Stille. Als Isabel auf der Veranda nach ihrem Schlüssel suchte, fiel hinter ihr das Gartentor ins Schloss, und Marga und Pep rannten auf sie zu.

Mit Tränen in den Augen fiel Marga Isabel um den Hals. »*Gràcies a deu!* Wir haben in den Nachrichten gehört, dass es letzte Nacht in Deià bei einer Verfolgungsjagd einen fürchterlichen Autounfall gegeben hat.«

Pep sagte: »Deine Mutter hat Marga und mich vor einer Stunde angerufen, sie war in heller Aufregung. Sie konnte nicht schlafen und war hierhergekommen, und da war der arme Furó ganz allein. Sie ist fast gestorben vor Angst um dich!«

»Warum bist du nicht ans Telefon gegangen?«, fragte Marga.

Müde schloss Isabel die Haustür auf. »Ich habe es dummerweise im Büro vergessen. Komisch, dass Mama es nicht gesehen hat.«

Nachdem Isabel Florentina angerufen und sie beruhigt hatte, erzählte sie bei einer Tasse Kaffee und einem Stück Mandelkuchen Marga und Pep von den Ereignissen der Nacht. Immer wieder unterbrachen die beiden sie mit Fragen, weil sie alles ganz genau wissen wollten, bis Marga irgendwann losmusste, um ihre Tochter Sofia von der Oma abzuholen, und sich mit zwei dicken Wangenküssen von Isabel verabschiedete.

Als Isabel mit Pep allein war, sagte er lächelnd: »Na ja, wenigstens ist der Mordfall Mas jetzt gelöst.«

Nachdenklich erwiderte Isabel: »Da bin ich mir nicht so sicher. Ich bin fast am Ziel, aber noch nicht ganz.«

»Alles in Ordnung mit dir?«

»Ich brauche nur etwas Schlaf.« Isabel ging in ihr Büro und warf einen kurzen Blick auf eine E-Mail mit Anhang, die sie von der Polizei in Québec erhalten hatte. Sie überlegte einen Moment, beschloss dann aber, die Mail erst zu lesen, nachdem sie geduscht hatte. Bevor sie ins Bad ging, rief sie kurz in Ca'n Mas an. Mit Erleichterung vernahm sie die Stimme von Camila Cortez. Die alte Dame beteuerte, dass Cruz Ramírez ihr kein Haar gekrümmt hatte.

»Was ist mit ihm geschehen?«, fragte sie Isabel.

»Er ist schwer verletzt nach einem Autounfall – zum Glück als Einziger – und liegt im Koma.«

Die Haushälterin stieß einen kleinen Schrei aus. »Ich habe es heute früh in den Nachrichten gesehen. Da haben sie von einem Unfall mit Verletzten berichtet. Und was ist mit Andres Moreno?«

»In Banyalbufar wurde eine Leiche gefunden. Wir vermuten, dass es sich dabei um Moreno handelt.«

»Damit geht ein langes Kapitel meines Lebens zu Ende, Isabel. Morgen Nachmittag kehre ich nach Bogotá zurück.«

»Ich komme vorbei, um mich zu verabschieden. Wann brechen Sie auf?«

»Das Taxi ist für drei Uhr bestellt.«

Nach dem Telefonat duschte Isabel und zog sich frische Sachen an. Hastig trank sie einen starken Cortado, dann schnappte sie sich die Schlüssel von Peps *moto* vom Tisch.

Pep starrte sie besorgt an. »Wo willst du hin?«

»Zu Ca'n Mayol.«

»Warum das denn? Was hast du nur immer mit den Fox? Ich bin froh, wenn sie bald weg sind.«

»Du verstehst das nicht, Pep.«

»Oh, doch. Du willst einfach nicht akzeptieren, dass sie nur zwei harmlose Spinner sind. Du bist schon genauso schlimm wie der alte Idò.«

»Was meinst du damit?«

»Er ist auch ganz besessen von ihnen. Gestern Abend hat er in Jordis Bar erzählt, wie er bei ihnen zum ersten Mal nach dem Pool gesehen hat. Mr Fox ist angeblich in wilder Hektik weggefahren, und seine Frau hat total nervös gewirkt. Natürlich musste er das Ganze für die Stammgäste noch mit dem geheimnisvollen Mann aufpeppen, den wir am Fenster gesehen haben.«

Isabel griff in ihre Tasche und nahm eine Handvoll Sonnenblumenkerne heraus. »Mein Onkel ist eben ein guter Geschichtenerzähler.«

Pep lachte. »Was du nicht sagst! Gestern hat er die ganze Zeit davon geschwafelt, welche Verschwendung es doch sei, dass die Fox zwei Autos haben, obwohl sie das Haus nie verlassen.«

»Da täuscht er sich aber. Sie haben nur einen schwarzen Golf.«

»Anscheinend nicht. Idò wusste noch genau, dass Mr Fox am ersten Tag ein blaues Auto hatte.«

Isabel zuckte zusammen. »Ein blaues?«

Pep sah sie überrascht an. »Das hat er gesagt.«

Aufgeregt rief Isabel ihren Onkel an. Erst beim sechsten Klingeln hob er ab. »Bel, bin ich froh, deine Stimme zu hören! Du hast ja wohl ein Abenteuer –«

»Idò, ich muss dich was fragen«, fiel sie ihm ins Wort. »Welche Farbe hatte das Auto, mit dem Mr Fox weggefahren ist, als du zum ersten Mal bei ihm in Ca'n Mayol warst? Bitte denk nach.«

»Wozu ... Also, das ist zwar schon zwei Wochen her, aber als wir am Donnerstag da waren, stand nur ein schwarzes Auto in der Garage. Und da ist mir wieder eingefallen, dass er zuletzt mit einem blauen Auto weggefahren ist.«

Pep sah Isabel fragend an.

»Weißt du noch, welche Marke es war?«

»Da bin ich mir nicht ganz sicher.« Er überlegte. »So ein typischer Mietwagen, wie man sie überall sieht.«

Isabel dankte ihm, legte auf und lief zur Tür.

Pep sah sie beunruhigt an. »Was hat er gesagt?«

»Warte! Ich muss erst mit Tolo und Gómez sprechen.«

Aber ärgerlicherweise erreichte sie bei beiden nur die Mailbox, und sie wollte keine lange Nachricht hinterlassen. Wahrscheinlich holten sie etwas Schlaf nach oder saßen schon an der Presseerklärung zum Fall Mas. Nervös lief Isabel auf nackten Füßen im Büro auf und ab, während der Ventilator ihr die dunklen Locken ins Gesicht wehte. Furó, irritiert von ihrer Unruhe, ließ sie nicht aus den Augen.

Pep runzelte die Stirn. »Du meinst, das blaue Auto, das Idò bei Ca'n Mayol gesehen hat, ist dasselbe, mit dem Miranda entführt wurde?«

»Und dasselbe, das ausgebrannt am Santuari de Lluc gefunden wurde.«

»Keine voreiligen Schlüsse, Bel. Es gibt Tausende von blauen Clios auf der Insel.«

»Es ist das letzte Puzzleteil, Pep. Es bestätigt nur, was ich sowieso schon weiß.«

Sie schwankte vor Erschöpfung. »Die E-Mail!«

Pep wurde langsam mulmig, als er sah, wie Isabel in ihr Büro rannte und sich an den Computer setzte. Einen Moment später klatschte sie begeistert in die Hände und kam mit ihrer Strohtasche über der Schulter an seinen Schreibtisch zurück.

»Ich bin ja ein Idiot! Heute ist Samstag!«

»Was willst du damit sagen?«

»Heute reisen unsere harmlosen Spinner aus Ca'n Mayol ab. Wir dürfen keine Zeit verlieren.«

»Bitte, Bel, mach mal langsam!«

Sie sah ihn eindringlich an. »Hör zu, wenn ich recht habe, dann wollen sie heute verschwinden. Mirandas Zukunft ist in Gefahr.«

Pep fielen fast die Augen aus dem Kopf. »Bist du *loco*? Falls deine Vermutung stimmt, sind diese Leute vielleicht bewaffnet und gefährlich.«

»Das glaube ich nicht. Außerdem bleibst du hier in Bereitschaft. Bitte versuch, Tolo und Gómez zu erreichen. Wenn du in einer halben Stunde noch keinen von beiden ans Telefon bekommen hast, ruf ihre diensthabenden Leute an, und schick mir Verstärkung.«

Pep baute sich vor ihr auf und verschränkte die Arme vor der Brust wie ein grimmiger Gott der griechischen Mythologie.

»Ich komme mit.«

»Auf keinen Fall«, erwiderte Isabel. »Ich will erst mal unauffällig die Lage auskundschaften, bis die Guardia oder die Polizei da sind.«

Pep schüttelte den Kopf. »Ich komme mit, ob du willst oder nicht.«

Isabel verdrehte die Augen. »Okay, aber es läuft folgendermaßen: Ich fahre mit deinem *moto* vor, und du kommst mit Pequeñito hinterher.«

»Musst du schon wieder mein *moto* nehmen? Gestern Nacht hast du es fast geschrottet.«

Sie sah ihn genervt an. »Hör auf zu jammern. Bitte mach einfach, was ich sage.«

Mürrisch nickte er.

»Du parkst ein Stück entfernt vom Haus und kontaktierst Tolo und Gómez.«

Pep steckte sein Telefon ein, schnappte sich den Autoschlüssel von Isabels Schreibtisch und pfiff nach Furó. »*Allez hop,* wir gehen auf Geisterjagd.«

Das Frettchen knurrte leise, schnaubte einmal und trippelte entschlossen hinter Pep die Treppe hinunter.

*

Isabel kauerte hinter einem großen Oleander am Rand der Einfahrt zu Ca'n Mayol und beobachtete mit einem Fernglas die Fenster der oberen Etage. Nichts regte sich, aber Mr und Mrs Fox mussten zu Hause sein. Die Haustür blieb geschlossen, aber die Wohnzimmerfenster standen einen Spaltbreit offen, und die hellen Gardinen flatterten leicht im Wind. Der schwarze Golf war blitzsauber und stand abfahrbereit in der Einfahrt. Isabel trug nie eine Uhr, aber sie schätzte, dass sie inzwischen zehn Minuten gewartet hatte – genug Zeit für Pep, um Tolo und Capitán Gómez oder sonst jemanden bei der Polizei zu erreichen. Sie hatte ihm eingeschärft, im Auto zu warten und die Beamten über alles zu informieren, während Isabel selbst die Lage checkte. Vorsichtig stand sie auf und versicherte sich, dass die Luft rein war, dann sprintete sie über die Einfahrt zur Garage. Dort versteckte sie sich hinter einem schweren Terrakottatopf mit Rosmarin und sah sich um. Bis auf das regelmäßige Zirpen der Zikaden im hohen Gras war alles still. Einen Moment lang schloss sie die Augen und spürte die Sonne auf ihrem Gesicht. Hoffentlich hatte ihr Instinkt sie nicht getrogen, hoffentlich waren ihre Ahnungen nicht nur ein Produkt ihrer übereifrigen Fantasie und bizarrer Zufälle. Immer noch war niemand zu sehen, und langsam richtete sie sich auf. Pep stand bestimmt schon mit Verstärkung bereit, sie konnte also einfach die Stellung halten, es sei denn, die Bewohner von Ca'n Mayol würden versuchen, das Haus zu verlassen. Plötzlich ertönte direkt neben ihr ein metallisches Klicken, und als Isabel sich umdrehte, sah sie eine Waffe auf sich gerichtet. Sie blickte nicht zum ersten Mal in den Lauf einer Pistole, aber solche Erlebnisse waren inzwischen lange her. Der Mann, der die Waffe hielt, betrachtete Isabel mit kaltem, ungeduldigem Blick. Er war jung, hatte kurze kastanienbraune Haare und eine Adlernase. Ohne die wilde Frisur, den Bart und die Sonnenbrille sah Mr Fox exakt aus wie der Geist, den sie und Pep einen Tag zuvor am Fenster gesehen hatten. Sie lächelte ihn fröhlich an. »Wie nett, Sie wiederzusehen, Mr Fox, oder soll ich Sie lieber mit Ihrem Decknamen John Gilbert ansprechen? Oder mit Ihrem echten Namen Jérôme Baudoin?«

Er zeigte mit der Pistole auf die Hintertür. »Los, Bewegung.«

Isabel ging langsam über den Kiesweg, dann hielt sie

kurz an, entfernte ein Steinchen aus ihrem linken Schuh und betrachtete den Himmel. »Was für ein herrlicher Tag. Perfektes Segelwetter, finden Sie nicht auch?«

Und sie fing an, in voller Lautstärke ein mallorquinisches Seemannslied zu pfeifen. Sofort schnauzte der Mann sie an: »Ruhe! Weitergehen.«

Er schob sie über den Weg und hielt ihr die Pistole an den Kopf. Dann wies er über den Rasen auf die Küchentür. »Rein da.«

Isabels Augen gewöhnten sich nur langsam an die plötzliche Düsternis in der Küche. Die grünen Fensterläden waren allesamt geschlossen. Der Mann zeigte auf einen Stuhl.

»Hinsetzen, Hände auf den Rücken.«

Isabel bemerkte seinen Akzent wie schon bei ihrer ersten Begegnung. Wie befohlen legte sie die Hände hinter die Lehne des Holzstuhls. Sie spürte, wie ihr Handschellen angelegt wurden, und unterdrückte einen erleichterten Seufzer. Der Mann ging quer durch den Raum und brüllte in den leeren Flur.

»Sabine! Frank! *Vite!*«

Dann kam er zurück und sah Isabel wütend an. »Ich habe von Anfang an geahnt, dass Sie Schwierigkeiten machen würden, schon als wir Sie in Sant Martí im Supermarkt getroffen haben. Sie haben viel zu viele Fragen gestellt. Mein Instinkt trügt mich fast nie.«

Isabel nickte ihm aufmunternd zu. »Meiner auch nicht. Ich wusste gleich, dass Sie ein Schwindler sind.«

Er lächelte gequält. »Und dann haben Sie eine Ausrede gefunden, um hier mit Ihrer komischen kleinen Mannschaft herumzuschnüffeln …«

»Das war meine Familie.«

»Von mir aus. Haben Sie mich da oben am Fenster entdeckt?«

»Ohne die Verkleidung sahen Sie ganz anders aus, aber ich wusste, dass Sie es waren.«

»Ich hätte besser aufpassen müssen.«

»Für mich hat es nur bestätigt, was ich ohnehin schon vermutet hatte – dass Sie der Bruder von Sabine Labelle sind, der Verlobten von Frank Walters, und dass Sie beide sich als Ehepaar Fox ausgeben.«

Jérôme Baudoin lehnte sich gegen die marmorne Arbeitsplatte und legte die Pistole neben sich. »Nachdem Sie gestern weg waren, habe ich ein paar Telefonanrufe getätigt und herausbekommen, dass Sie Polizistin sind.«

»Inzwischen nicht mehr.«

»Das spielt keine Rolle. Wie man so schön sagt: Einmal katholisch, immer katholisch.«

»Wusste gar nicht, dass der Vatikan so gute PR macht.«

Aus dem Flur ertönten hastige Schritte, dann stand Jérômes Schwester in der Tür.

Isabel begrüßte sie überschwänglich. »Ah, Mrs Fox, wie nett, Sie zu sehen. Aber vielleicht sollte ich Sie lieber mit Ihrem richtigen Namen ansprechen, Sabine Labelle. Eine weitere hervorragende Tarnung übrigens.«

Die Frau war sprachlos, und Isabel fuhr fort. »Ich habe mich über Ihren Nachnamen, Labelle, gewundert, aber dann habe ich mithilfe einer Kollegin in Québec herausgefunden, dass er von Ihrem frankokanadischen Ex-Mann stammt, von dem Sie vor drei Jahren geschieden wurden, und dass Ihr Mädchenname Baudoin lautet.«

Gequält blickte die Frau ihren Bruder an. »Sie weiß, wer wir sind! Was machen wir jetzt? Was, wenn sie die Polizei gerufen hat?«

»Sei still, Sabine. Ich habe ihr Motorrad am Weg gefunden, sie ist also allein gekommen. Aber wir müssen uns beeilen. Hol Frank.«

Die Frau zögerte noch, sie war blass vor Angst.

»Beeil dich!«, zischte Jérôme.

Wortlos verließ Sabine die Küche. Isabel wandte sich an ihren Bewacher. »Frank Walters ist also schon hier?«

»Ihr Timing ist perfekt. In einer Stunde wären wir weg gewesen, aber dank Ihres unerwarteten Besuchs werden wir noch früher aufbrechen müssen. Die Frage ist nur, was wir jetzt mit Ihnen anstellen.«

»Freilassen?«

»Beeindruckend, dass Sie noch zu Scherzen aufgelegt sind. Sie sind entweder sehr mutig oder sehr dumm.«

Aus dem Flur ertönten laute Stimmen, und Sabine tauchte wieder auf, diesmal mit Frank Walters im Schlepptau. Er sah müde und zerzaust aus und hatte blutunterlaufene Augen.

»Soso, Polizistin Isabel hat also einen Zweitjob als Ferienhausvermieterin? Wie geschäftstüchtig. Jérôme und ich haben erst gestern herausgekriegt, dass Isabel von der Polizei und Isabel von Home Sweet Home ein und dieselbe Person sind. Sie wissen ja, die Guardia überwacht in meinem Hotel in Pollença jeden meiner Schritte.«

Isabel verspürte einen scharfen Schmerz im Schulterblatt und wand sich auf ihrem Stuhl. Das letzte Mal, dass ihr jemand Handschellen angelegt hatte, war einige Jahre her. Im

Polizeihauptquartier von Palma hatten sie es oft zu Übungszwecken gemacht, und sie hatte sich jedes Mal mit einem Trick innerhalb von Sekunden aus den Handschellen befreit.

»Und wie sind Sie der Guardia entkommen?«, fragte sie.

Frank Walters setzte sich ihr gegenüber an den Tisch. »Ich habe mir einen Blaumann übergezogen und eine Kappe aufgesetzt, das Zeug lag in einem Wartungsraum im Keller. Dann bin ich über den Lastenaufzug und den Hintereingang raus. Kinderleicht. Sabine hat mich in einer kleinen Seitenstraße mit dem Golf abgeholt. Wir kommunizieren mit Prepaid-Telefonen aus Russland, davon kriegt die ach so schlaue Guardia überhaupt nichts mit. Aber das ist jetzt alles unwichtig. Ich will nur wissen, wie Sie es geschafft haben, uns zu enttarnen. Wir dachten, wir hätten unsere Spuren erfolgreich verwischt.«

»Gutes altes Polizeihandwerk. Zwei und zwei zusammenzählen und fünf herausbekommen.«

»Erzählen Sie, ich bin gespannt.«

Sabine packte ihn am Arm. »Frank, dafür haben wir keine Zeit. Wir müssen los. Vielleicht hat sie schon die Polizei alarmiert.«

Jérôme schüttelte den Kopf. »Das glaube ich nicht. Señorita Flores Montserrat scheint mir ein einsamer Wolf zu sein. Wahrscheinlich ist sie einfach arrogant.« Er feixte. »Ich nehme an, der wahre Grund, dass Sie so plötzlich aus dem Polizeidienst ausgeschieden sind, war Ihr Größenwahn. Sie sind kein Teamplayer.«

Isabel zuckte die Schultern. »Was soll ich sagen? Sie sind sehr scharfsinnig.«

Er legte nachdenklich den Finger an die Lippen. »Aber wenn Sie tatsächlich bei der Polizei rausgeflogen sind, warum wurden Sie dann für den Entführungsfall um Hilfe gebeten?«

»Das war früher mein Spezialgebiet, und die Kollegen brauchten schnell Ergebnisse.«

»Jetzt verstehe ich, Sie wollten den Fall ganz allein lösen und es dem Polizeichef unter die Nase reiben, damit Sie Ihren Job zurückbekommen. Aber das ist leider nach hinten losgegangen.«

»Möglicherweise haben Sie recht.« Isabel machte ein zerknirschtes Gesicht. »Ich könnte nicht eventuell ein Glas Wasser und einen Chupa Chup bekommen? Gestern habe ich gesehen, dass Sie welche haben. Wahrscheinlich für Miranda?«

Frank Walters lächelte süffisant. »Immerhin hat sie Humor. Also, erzählen Sie, was Sie zu wissen glauben.«

Isabel räusperte sich. »Es fing an, als ich zum ersten Mal bei Ihrer Ex-Frau, Jane Walters, in Pollença war. Sie hat mir Mirandas Zimmer gezeigt und erwähnt, dass sie nie ohne ihren kleinen blauen Stoffhasen Pinky ins Bett geht. Er war verschwunden.«

»Und was soll das zu bedeuten haben?«, fragte Jérôme.

»Dass Miranda vielleicht wusste, sie würde nach ihrem Geburtstagslunch nicht mehr in ihr Zimmer zurückkehren, und Pinky deshalb mitgenommen hat.« Isabel hielt kurz inne. »Eine andere Möglichkeit war, dass ihr Entführer Pinky gestohlen hatte, um ihn ihr später geben zu können. Aus diesem Grund bin ich davon ausgegangen, dass sie ihren Entführer kannte.«

»Weiter«, sagte Frank Walters ungeduldig.

»Sie haben Ihrer Tochter einen Band mit Roald-Dahl-Geschichten gekauft – anscheinend ihr Lieblingsbuch. Da habe ich überlegt, ob es irgendwelche Verbindungen gibt.«

»Wie meinen Sie das?«

Isabel lachte. »Ich bin auch ein Fan von Roald Dahl, und eine meiner Lieblingsgeschichten ist die vom fantastischen Mr Fox, der die Bauern austrickst, indem er direkt unter ihrer Nase einen Tunnel gräbt.«

Sabine fluchte. »Frank, du Idiot. Hast du deswegen den Namen Fox vorgeschlagen?«

»Es ist ein Allerweltsname, und außerdem gab es einen Schriftsteller, der so heißt. Ja, es stimmt, die Ironie hat mir gefallen. Warum hätte jemand diese Verbindung erkennen sollen?«

Isabel nickte. »Sie haben recht. Es war reiner Zufall, aber im Laufe der Zeit haben immer mehr Puzzleteile zusammengepasst. Das Problem war nur, dass ich keine Beweise hatte.«

Sie wandte sich an Jérôme. »Sie haben einen großen Fehler gemacht. Mal abgesehen von Ihrem sehr merkwürdigen Benehmen, als wir uns im Bon Día getroffen haben – und, wenn ich das sagen darf, Ihrem albernen Bart –, haben Sie sich als William Fox ausgegeben, der ein bekannter Krimiautor ist.«

Frank Walters zuckte die Schultern. »Ich bin ein Fan seiner Bücher, und da ich sowieso schon den Namen Fox vorgeschlagen hatte, bot der Schriftsteller sich als falsche Identität für Jérôme an, besonders, weil Fox die Öffentlichkeit scheut und es im Netz kaum Bilder von ihm gibt.«

Isabel sagte: »Das stimmt, aber dann habe ich seinen Verlag kontaktiert.«

»Wieso das denn?«, blaffte Sabine.

»Weil ich gemerkt habe, dass irgendetwas faul ist. Ich habe Ihrem Bruder den Schriftsteller nicht abgenommen.«

»Warum?«

»Weil er es mit seiner Zurückgezogenheit übertrieben hat. Es wirkte aufgesetzt. Vom Verlag habe ich dann erfahren, dass der Autor in Wirklichkeit in den USA lebt und außerdem krank ist. Damit hatte ich die Bestätigung, dass Sie beide Schwindler sind. Außerdem hat Fox' Lektorin mir den Titel seines nächsten Buches verraten, aber als ich den Ihnen gegenüber erwähnt habe, hatten Sie ihn noch nie gehört.«

Sabine fluchte wieder und starrte ihren Verlobten wütend an. »Das ist alles deine Schuld.«

»Na ja, dein Bruder war ganz offensichtlich ein mieser Schauspieler«, erwiderte er mit einem Blick auf Jérôme.

Isabel wandte sich wieder an Frank Walters. »Es hieß, dass Sie und Ihre Ex-Frau Jane gut miteinander auskommen, aber dann habe ich ein wenig genauer nachgeforscht und erfahren, dass es bei Ihrer Scheidung einen erbitterten Streit um das Sorgerecht für Miranda gegeben hat, den Sie verloren haben. Danach haben Sie einen Rückzieher gemacht, und das kam mir komisch vor.«

Er zuckte die Schultern. »Ich habe mich eben besonnen.«

»Das mag sein, aber wer würde nach einer so heftigen Auseinandersetzung seine Tochter plötzlich aufgeben?«

»Ich hatte keine andere Wahl. Jane hatte alle Trümpfe in der Hand. Dachte sie zumindest.«

Isabel rutschte wieder auf ihrem Stuhl hin und her. Langsam taten ihr die Arme weh. Dagegen würde sie bald etwas unternehmen müssen, aber jetzt war es erst einmal wichtiger, das Gespräch in Gang zu halten, bis die Kavallerie eintraf. Auf Zeit zu spielen war ihre einzige Chance.

Sie lächelte ihn an. »Miranda hat sich durch ihr Verhalten verraten. Am Tag der Entführung hat sie zur Feier ihres Geburtstags mit ihrer Mutter im Café del Mar Mittag gegessen. Jane Walters hat uns erzählt, dass Sie am Vorabend mit Miranda telefoniert hatten, angeblich, um ihr zu gratulieren, aber ich nehme an, in Wirklichkeit haben Sie ihr letzte Anweisungen gegeben?«

Frank Walters lächelte kalt. »Sprechen Sie weiter.«

»Es kam mir merkwürdig vor, dass Miranda an jenem Tag immer wieder mit ihrem Eimer zum Meer gegangen und zurückgekommen ist, bis ihre Mutter drinnen die Rechnung bezahlt hat. In diesem Moment ist die Kleine mit dem Eimer zum dritten Mal weggelaufen, und diesmal ist sie nicht mehr zurückgekommen. Den Eimer hat sie am Strand liegen lassen, aber ihren Barbie-Rucksack hat sie mitgenommen.«

»Und?«, fragte Jérome.

»Offensichtlich hatte ihr jemand gesagt, sie solle den Wassereimer als Vorwand benutzen, um sich unauffällig vom Restaurant entfernen zu können, bis ihre Mutter zum Bezahlen reinging. Dann ist Miranda wieder mit dem Eimer losgelaufen, aber diesmal zu ihrer Entführerin – der verkleideten Sabine –, und hat den Eimer auf dem Weg fallen lassen. Den Rucksack aber hat sie behalten, weil sie ihn brauchte. Darin war alles, was sie auf der Reise dabeihaben wollte, zum Beispiel ihr Badeanzug. Und Pinky hatte sie auch dabei.«

Frank Walters seufzte. »Ohne Pinky kann Miranda nicht einschlafen. Er musste einfach mit.«

»Aber vermutlich hatten Sie ihr gesagt, dass sie ihre Barbie und das Roald-Dahl-Buch dalassen muss, weil es sonst wie eine geplante Entführung ausgesehen hätte.«

»Ich wollte die Sachen später holen, aber das Buch war ja weg, weil Sie es mitgenommen hatten.«

Jetzt wandte Isabel sich an Sabine. »Sie waren ideal als Entführerin, denn Miranda hat Ihnen vertraut. Mit der blonden Perücke sahen Sie aus, als wären Sie ihre Mutter, sodass niemand Verdacht geschöpft hat. Aber es war natürlich ein Fehler, dass Sie Ihr silbernes Armband getragen haben.«

Unwillkürlich berührte Sabine das zarte Schmuckstück an ihrem Handgelenk.

»Genau«, sagte Isabel, »man kann es verschwommen auf dem Video erkennen, und es ist mir nicht aus dem Kopf gegangen. Irgendwo hatte ich so ein Armband schon einmal gesehen. Dann habe ich Ihres bemerkt, als wir uns letzten Montag im Wald getroffen haben, und da fiel mir wieder ein, dass ich es schon bei unserem ersten Treffen im Bon Día bemerkt hatte. Und dass die Initialen SB eingraviert waren.«

»Die Initialen haben Ihnen weitergeholfen? Wie das?«, fragte Jérôme.

»Weil ich von Anfang an die Vermutung hatte, dass Mrs Fox, oder besser gesagt, Sabine, Frankokanadierin ist.« Isabel warf Sabine einen Blick zu. »Ich fürchte, Ihr Akzent und Ihre Ausdrucksweise haben Sie verraten.«

Sabine sah Isabel fragend an.

»Im Wald zum Beispiel habe ich Ihr Telefongespräch mitangehört. Sie haben Französisch gesprochen, aber Sie haben einige frankokanadische Ausdrücke benutzt, zum Beispiel *chum* statt *copain* für Freund, und als Sie gesagt haben, dass Sie von einem Spaziergang kommen, haben Sie nicht das Wort *promenade* benutzt, sondern *marche*.«

»Sind Sie auch noch Linguistin?«, schnaubte Jérôme.

»Keineswegs, aber mein Vater beherrschte viele Sprachen und hat oft französisch mit mir gesprochen, obwohl er Spanier war. Es war zwar nur eine wilde Vermutung, aber ich habe eine Freundin bei der Polizei in Québec kontaktiert, und sie hat mir heute früh per Mail bestätigt, dass Ihr Familienname Baudoin lautet und Sie aus Montreal stammen. Und zufälligerweise hieß Ihre Mutter Monique – daher der Name Ihrer Jacht.«

»Was für eine clevere kleine Spürnase«, sagte Frank Walters.

Isabel sah Jérôme an. »Sie haben einen weiteren Fehler gemacht, als Sie am Abend Ihrer Ankunft ohne Verkleidung in den Hafen von Sóller gesegelt sind. Ein alter Fischer hat mir berichtet, dass ein junger Mann das Schiff geführt hat, aber von Ihrer Schwester habe ich letzten Montag erfahren, dass Sie keinen Skipper engagiert haben.«

Jetzt betrachtete Isabel Sabine.

»Was Sie bei Ihrer Verkleidung vergessen haben, abgesehen von Ihrem Armband, waren Ihre Sommersprossen. Daran habe ich erkannt, dass es sich bei Mrs Fox, Sabine Labelle und der Entführerin um ein und dieselbe Person gehandelt hat.«

Sabine starrte Isabel zornig an.

»Ach ja, und außerdem habe ich mich gewundert, dass Sie im Bon Día Chupa Chups und andere Süßigkeiten gekauft haben.«

»Nicht nur Kinder lieben Süßes«, sagte Frank Walters.

»Das stimmt, aber die wenigsten Erwachsenen mögen Lollis. Ich gehöre zwar zu diesen wenigen, aber das liegt vielleicht daran, dass ich in Wirklichkeit nur ein großes Kind bin.«

Sabine rang nervös die Hände. »Eher ein großes Problem.«

Isabel seufzte. »Ich habe keine Ahnung, was für eine Geschichte Sie und Frank Miranda eingeflüstert haben, um sie von ihrer Mutter wegzulocken. Aber von Jane Walters weiß ich, dass Miranda sehr gut ein Geheimnis für sich behalten kann und es liebt, andere zu überraschen.«

Frank Walters warf einen hastigen Blick auf die Uhr. »Das war nicht besonders schwierig. Ich habe Miranda erzählt, dass Sabine und ich am nächsten Tag auf Jérômes Jacht heiraten würden und dass sie unser Blumenmädchen sein sollte. Ihre Mutter und Marc würden wir natürlich einladen, aber es sollte eine Überraschung sein. Miranda hat geglaubt, dass wir sie nur für die Proben abholen und sie ihre Mutter am nächsten Tag wiedersieht.«

Isabel schüttelte den Kopf. »Wir können Sie nur Ihrer eigenen Tochter so eine gemeine Lüge auftischen?«

»Es ging nicht anders«, erwiderte er ungerührt. »Miranda ist mein Leben. Auf gar keinen Fall werde ich Jane und diesem schwachköpfigen Junkie Marc Got das Sorgerecht überlassen.«

»Aus den Gerichtsakten geht hervor, dass das gemeinsame Sorgerecht abgelehnt wurde, weil Sie Ihre Frau während der Scheidung bedroht haben. Ihr größter Feind waren Sie selbst.«

»Die Richterin war eine Frau. Ich hatte nicht die geringste Chance.«

Isabel wandte sich an Sabine. »Also, mal sehen, ob ich mir das richtig zusammengereimt habe. Nachdem Sie Miranda vom Strand weggelockt hatten, sind Sie in dem blauen Clio, den Jérôme unter dem Namen John Gilbert in Magaluf gemietet hatte, weggefahren. Das Auto haben Sie später auf einem Waldweg in der Nähe des Santuari de Lluc abgestellt und vermutlich ordentlich sauber gemacht, um alle DNA-Spuren zu entfernen, dann haben Sie es angezündet.«

»Bravo«, spottete Frank Walters.

»Anschließend sind Sie in den schwarzen Golf umgestiegen, den Sie nach Ihrer Ankunft in Port de Sóller gemietet hatten. Und wahrscheinlich halten Sie Miranda seitdem hier gefangen. Im Dachzimmer, vermute ich mal.«

Jérome warf ihr einen verächtlichen Blick zu.

»Aber am Tag der Entführung ist mein Onkel Idò vorbeigekommen, um den Pool zu reinigen, und hat gesehen, wie Sie in einem blauen Clio weggefahren sind. Ich nehme an, Ihre Schwester ist im Golf hinterhergekommen. Dann haben Sie den Golf am Santuari de Lluc stehen lassen und sind von dort aus gemeinsam zum Hafen von Pollença gefahren. Sabine hat am Strand gewartet, bis sie Miranda entführen konnte.«

Frank Walters lehnte sich an die Küchenwand und funkelte Isabel wütend an.

»Hören Sie endlich auf, es eine Entführung zu nennen. Miranda ist mein eigen Fleisch und Blut. Ich habe jedes Recht, sie mitzunehmen.«

»Sie ist kein Besitz, Mr Walters.«

Er fuhr sich mit der Hand durch die Haare. »Warum sind Sie überhaupt hergekommen? Doch sicher nicht, um uns zu beweisen, wie schlau Sie sind?«

Isabel schüttelte den Kopf. »Ich habe mir gedacht, dass Sie sich heute aus dem Staub machen wollten. Sabine, die angeblich in der Nähe von Korsika im Segelurlaub ist, soll heute Abend in Palma landen. Natürlich war sie in Wirklichkeit die ganze Zeit schon hier. Wer also hat als Sabine auf Korsika eine Jacht gechartert und am Freitag mit der Polizei gesprochen, nachdem die Beamten endlich jemanden auf dem Schiff erreicht hatten?«

»Sagen Sie es uns«, entgegnete Frank Walters.

»Die Informationen über Sabine Baudoin habe ich erst heute Morgen von der Polizei in Québec bekommen. Sabine hat außer dem älteren Bruder Jérôme noch eine zwei Jahre ältere Schwester namens Cécile, die ihr auffallend ähnlich sieht. Diese Schwester hat sich auf Korsika als Sabine ausgegeben.«

»Beeindruckende Schlussfolgerung«, sagte Jérôme.

»Und deshalb müssen Sie auch auf jeden Fall heute weg, denn wenn Sabine heute Abend nicht am Flughafen auftaucht, wird die Polizei bestimmt argwöhnisch, und dann würde Ihre ganze Geschichte ins Wanken geraten.«

Sabine knibbelte nervös an einem Fingernagel. »Sie weiß zu viel. Sie kann uns alles zerstören. Was machen wir jetzt mit ihr?«

Frank Walters legte ihr einen Arm um die Schulter. »Ganz ruhig, *chérie*. Bald sind wir weit weg. Das kann sie nicht verhindern.«

Isabel zog eine Augenbraue hoch. »Ach, wirklich? Sie glauben, Sie können einfach abhauen und mit Miranda irgendwo im Ausland untertauchen, ohne dass man Sie findet? Sind Sie wirklich so naiv?«

»Das passiert öfter, als Sie denken«, erwiderte Frank Walters. »Es gibt Tausende vermisster Kinder, die nie gefunden werden.«

Isabel starrte ihn an. »Wie können Sie glauben, Miranda würde ihre Mutter einfach so vergessen und Ihnen verzeihen, dass Sie sie so belogen haben?«

Sabine schlug mit der Faust auf den Tisch. »Ich werde ihre neue Mutter! Mit der Zeit wird Miranda Jane vergessen.«

»Miranda liebt ihre Mutter. Sie können sie doch nicht umprogrammieren!« Isabel senkte den Kopf und seufzte. »Sie machen sich etwas vor. Selbst wenn Sie es zum Hafen und auf Ihre Jacht schaffen und heute lossegeln, irgendwann wird die Polizei Sie erwischen.«

»Das glaube ich nicht«, erwiderte Jérôme. »Wir haben neue Identitäten und ein perfektes Versteck. Bis die Polizei spitzkriegt, was los ist, sind wir schon längst nicht mehr aufzuspüren.«

»Und wo befindet sich dieses Versteck?«

Frank Walters grinste spöttisch. »Wenn wir Ihnen das verraten würden, müssten wir Sie umbringen. Wir müssen Sie auch so schon für mindestens vierundzwanzig Stunden ausschalten. Nicht, dass Sie zu früh zur Polizei rennen.«

»Tja, da haben Sie leider Pech, denn ich habe die Polizei schon längst informiert. Sie wird jeden Moment hier sein«, erwiderte Isabel.

Jérome lachte trocken. »Sie sind allein hergekommen. Ich sagte doch schon, ich habe Ihr Motorrad gesehen. Ihre Neugier und Ihr Hochmut sind Ihnen zum Verhängnis geworden. Mir war sofort klar, dass Sie die Heldin spielen und den Fall allein lösen wollten. Und jetzt müssen wir uns leider verabschieden.«

Isabel sah Frank Walters prüfend an. »Noch ist es nicht zu spät, diesen Wahnsinn zu stoppen. Sie sagen, Sie tun es aus Liebe zu Miranda, aber wenn Sie Ihrer Tochter die Mutter wegnehmen, wird sie Sie hassen.«

»Jane lässt mir keine Wahl. Sie hat gelogen, um das Sorgerecht zu bekommen.«

»Inwiefern?«

»Sie hat vor Gericht gesagt, ich sei Alkoholiker und neige zu Gewaltausbrüchen. Sie hat nicht behauptet, dass ich Miranda geschlagen hätte, aber sie hat mich als tickende Zeitbombe dargestellt.«

»Und – stimmt das?«

»Trockener Alkoholiker – ja, tickende Zeitbombe – nein.«

Jérôme drängte Frank Walters: »Los, es wird Zeit.«

»Ist Miranda fertig?«

»Sie ist oben und spielt«, antwortete Sabine. »Ihre Sachen sind gepackt.«

»Gut«, sagte Jérome. »Nehmt den Golf. Ich kümmere mich um Señorita Flores Montserrat und komme dann mit ihrem Motorrad nach.«

Sabine sah ihren Bruder ängstlich an. »Ich will nicht, dass du hierbleibst. Wenn dir etwas zustößt?«

»Wenn ich in dreißig Minuten nicht am Hafen bin, seht zu, dass ihr wegkommt.«

An der Tür blieb Frank Walters noch einmal stehen. »Was hast du mit ihr vor?«

»Ich sorge dafür, dass man sie eine Weile nicht findet. Jetzt beeilt euch!«

Sabine umarmte ihren Bruder, dann eilten die beiden nach draußen. Als ihre Schritte verklungen waren, griff Jérôme langsam nach der Pistole auf der Arbeitsplatte. Er lächelte Isabel mitleidig an. »Zu dumm, dass Sie hergekommen sind. Es wäre für uns alle einfacher gewesen, wenn Sie nicht so neugierig wären. Sie sind in der Tat schlau, aber leider haben Sie sich damit nur selbst geschadet.«

Isabel bewegte ihre Finger. »Und was jetzt? Kommen Sie, Jérôme, Sie sind doch nicht blöd. Ich weiß nicht, wie Frank und Ihre Schwester Sie in diesen Schlamassel reingezogen haben, aber noch können Sie aussteigen.«

»Sie wissen gar nichts über mich. Selbst meine Schwester und Frank wissen nicht alles. Die beiden denken wahrscheinlich, dass neue Identitäten einfach vom Himmel fallen. In ihrer Verliebtheit glauben sie, was sie wollen.«

»Und was hat Sie dazu gebracht, Ihrer Schwester bei dieser Sache zu helfen?«

»Unsere Eltern sind kurz nacheinander gestorben. Innerhalb eines Jahres. Sabine war erst dreizehn und Cecile fünfzehn, ich bin kurz danach achtzehn geworden.«

»Und das hat Sie aus der Bahn geworfen, Sie sind an die falschen Leute geraten und in die Kriminalität abgerutscht?«

»So in etwa.«

»Ist das nicht ein bisschen klischeehaft?«

»Wie vieles im Leben. Meine Eltern sind beide an Krebs gestorben. Am Schluss waren sie verschuldet, denn die Privatkliniken in Montreal haben ihnen das Geld aus der Tasche gezogen. Nach ihrem Tod haben Sabine, Cécile und ich von Sozialhilfe gelebt und hatten eine Hypothek am Hals. Also habe ich das College geschmissen und bin über die entsprechenden Kontakte an einen der berüchtigtsten Betrüger in ganz Québec gekommen. Er hat mir alles beigebracht, was ich wissen musste. Als ich zwanzig war, gehörte das Haus uns, und wir waren finanziell aus dem Schneider. Ich habe Sabine und Cécile durch Schule und Uni gebracht und uns allen ein Leben aufgebaut. Cécile und ich haben als Bootsführer gearbeitet, Sabine als Lehrerin. Alles lief gut, bis sie Frank kennengelernt hat.«

»Und als Frank erwähnt hat, dass er das Sorgerecht für seine kleine Tochter verloren hat, haben Sie ihm Ihre Hilfe angeboten, sie zu entführen.«

»Entführen? Das klingt doch ein bisschen zu dramatisch. Wie Frank schon gesagt hat, es ging nur darum, sich zurückzuholen, was ihm gehört.«

»Und was ist mit Mirandas Mutter? Finden Sie es etwa in Ordnung, ihr das Herz zu brechen?«

»Ich habe das für meine kleine Schwester gemacht. Sie ist alles, was für mich zählt. Ich habe geschworen, ihr ein glückliches Leben zu ermöglichen, und dieses Versprechen habe ich gehalten.«

»Aber zu welchem Preis?«

Jérôme seufzte tief, dann grinste er Isabel an. »Es war

nett, mit Ihnen zu plaudern, aber jetzt muss ich mir dringend überlegen, was ich mit Ihnen anstelle.«

Isabel lief es kalt den Rücken hinunter. Wo blieben Tolo und Capitán Gómez? Hatte Pep sie erreicht? Wenn ja, warum waren sie noch nicht hier? Fürs Erste musste sie wohl sehen, wie sie allein klarkam. Während sie sich mit der Methode, die sie als junge Polizistin gelernt hatte, mühsam aus den Handschellen zwängte, ertönte im Flur plötzlich ein markerschütternder Schrei. In derselben Sekunde hatte sie die Hände frei und sprang auf. Jérôme stürzte zu ihr, packte sie an den Haaren und knallte ihren Kopf gegen die Tischplatte. Ein scharfer Schmerz durchzuckte sie, und sie fluchte laut, aber dann gelang es ihr, den Ellbogen hochzureißen und ihn Jérôme in die Brust zu rammen. Er stöhnte und ließ kurz locker. Sofort drehte sie sich und stieß ihm mit aller Kraft das Knie in den Schritt. Jérôme schrie auf und ließ die Pistole fallen. Bevor er sie wieder aufheben konnte, kam Pep in die Küche gestürmt und verpasste ihm, ohne zu zögern, einen wuchtigen Fausthieb gegen den Unterkiefer. Jérôme sackte zusammen. Plötzlich wurde Isabel schwindelig, und sie bemerkte, dass die Wunde an ihrem Kopf blutete. Sofort war Pep bei ihr und stützte sie. In diesem Moment flog die Hintertür auf, und Capitán Gómez stürmte herein, gefolgt von mehreren bewaffneten Männern der Guardia. Jemand führte Isabel hinaus in den hellen Sonnenschein, während dem bewusstlosen Jérôme auf dem Küchenfußboden Handschellen angelegt wurden. Capitán Gómez redete im Garten beruhigend auf Isabel ein, dann verschwand er um die Hausecke. Auf der Straße heulten die Polizeisirenen. Isabel wandte sich an Pep.

»Wo ist Furó?«

Pep deutete auf einen Strauch, aus dem neugierig eine Frettchennase guckte. Aus dem Nichts tauchte ein Sanitäter auf und machte sich an Isabels Kopfwunde zu schaffen. Sie legte Pep die Hand auf den Arm.

»Alles in Ordnung mit dir? Du siehst aus, als hättest du ein Gespenst gesehen.«

Er starrte sie mit aufgerissenen Augen an. »Das habe ich ja auch!«

»Aber was hast du überhaupt hier zu suchen? Du solltest doch im Auto warten.«

Er schnaubte verächtlich. »Da kannst du dich bei deinem blöden Frettchen bedanken. Ich hatte gerade Capitán Gómez und Tolo erreicht, als Furó plötzlich ausgerastet ist. Er ist aus dem Autofenster gesprungen, und mir ist nichts anderes übrig geblieben, als hinterherzurennen.«

Isabel brach in Gelächter aus. »Er hat mein Seemannslied gehört. Damit rufe ich ihn immer.«

»Daran hätte ich denken sollen. Er hat vor dem Haus wie verrückt herumgeschnüffelt. Ich wollte ihn weglocken, aber dann ist die Tür aufgegangen, und da stand ein kleines Mädchen mit braunen Haaren und blauen Augen, in einem weißen Kleid, und hat mich angeglotzt. Ich habe gedacht, das ist das Gespenst von Ca'n Mayol, und habe gekreischt wie am Spieß. Auf einmal sind Mrs Fox und Frank Walters aufgetaucht und wollten das Mädchen in den Golf verfrachten. Ich habe Frank Walters festgehalten, aber er hat mir einen rechten Haken verpasst. Und da hat Furó ihn ins Bein gebissen.«

»Und dann?«

»Das Mädchen hat geweint, und die Frau hat mit ihrer Handtasche nach mir geschlagen, aber ich habe es geschafft, ihr den Autoschlüssel aus der Hand zu reißen, so konnten sie nicht weg. Dann habe ich das Martinshorn gehört. Ich habe der Guardia und der Polizei die Frau und das Kind überlassen und bin rein, um dich zu suchen. Furó hat Walters an der Treppe in Schach gehalten, der Mann hat gebrüllt vor Schmerzen. Und als ich in die Küche gekommen bin, habe ich gesehen, wie Mr Fox dich angegriffen hat.«

»Oder besser gesagt, Jérôme Baudoin, der Bruder von Frank Walters' Verlobter.«

»Wie bitte? Wie hast du das denn schon wieder rausgekriegt?«

»Ist eine lange Geschichte, Pep. Aber Jérôme Baudoin ist das Gespenst, das wir Donnerstag am Fenster gesehen haben.«

»Und das kleine Mädchen ist Miranda Walters?«

»Sie war die ganze Zeit auf dem Dachboden eingesperrt. Sie müssen ihr die Haare abgeschnitten und gefärbt haben.«

»Du hattest von Anfang an recht. Ich hätte dir glauben sollen.«

»Aber ganz sicher war ich erst heute Morgen. Ich hätte auch auf dem falschen Dampfer sein können.«

Er lächelte. »Das bezweifle ich, Bel. Du bist vielleicht ein Tollpatsch und eine Sklaventreiberin, aber du weißt genau, was du tust. Nächstes Mal werde ich auf dich hören.«

»Ein nächstes Mal wird es hoffentlich nicht geben.«

Als sie benommen in den grellen Sonnenschein blinzelte, kam eine Gestalt auf sie zu. Es war Tolo. Auf seinem Gesicht spiegelten sich eine Menge widersprüchlicher Gefühle. Noch nie hatte Isabel sich so sehr gefreut, ihn zu sehen.

Siebenundzwanzig

Die Bar Castell war angesichts der frühen Stunde ungewöhnlich gut besucht. Die dramatischen Ereignisse des Vortags in Ca'n Mayol hatten sich herumgesprochen, und viele Dorfbewohner wollten der Heldin von Sant Martí persönlich gratulieren. Isabel, die an ihrem Lieblingstisch auf der Terrasse saß, nahm die Glückwünsche höflich entgegen, obwohl es ihr nicht gefiel, so im Mittelpunkt zu stehen. Rafael verscheuchte die Leute, schließlich brauche seine Stammkundin jetzt Ruhe. Es gab ein wenig Protest, aber dann trollten sich die meisten und strömten stattdessen auf die andere Seite der *plaça* zu Jordis Bar.

Isabel faltete ihren *El Periódico* zusammen und warf ihn auf den Tisch. Josep Casanovas hatte sein Versprechen gehalten – er hatte ihren Beitrag zu den Festnahmen in Ca'n Mayol mit keinem Wort erwähnt und außerdem eine Lobeshymne auf die Zusammenarbeit der Guardia Civil und der Nationalpolizei verfasst. Isabel trank ihren Kaffee aus und lächelte Pep zu.

»Wenigstens taucht dein Geisterkind nicht im Artikel auf.«

Pep schnaubte entrüstet. »Also wirklich, wenn du sie gesehen hättest, du wärst vor Schreck auch fast gestorben.«

»Ganz bestimmt«, grinste Isabel. »Aber das Wichtigste

ist doch, dass Miranda gesund und munter wieder bei ihrer Mutter ist.«

Pep nickte. »Die arme Kleine. An dem Erlebnis wird sie eine Weile zu knabbern haben.«

»Ich hoffe, sie versteht eines Tages, dass ihr Vater es aus Liebe getan hat. Er ist ein egoistischer Dummkopf, der die Realität aus den Augen verloren hat.«

»Es war verrückt von ihm zu glauben, er würde damit durchkommen.«

»Es sind schon merkwürdigere Dinge passiert als das, Pep.«

Er sah sie fragend an. »Du glaubst doch nicht wirklich, sie hätten einfach von der Bildfläche verschwinden können?«

Isabel machte ein finsteres Gesicht. »So etwas geschieht jeden Tag. Die Wahrheit ist oft merkwürdiger als jede Erfindung.«

»Und was ist mit Jérôme Baudoin?«

»Ich habe einen Backgroundcheck bei der Schweizer Kriminalpolizei angefordert, und gestern Abend haben sie sich zurückgemeldet. Eine Spezialeinheit, die Einsatzgruppe Tigris, war Baudoin schon zwischen Kanada und der Schweiz auf der Spur, aber er ist ihnen immer wieder entwischt. Er besaß mehrere Identitäten und war Teil eines weltweiten Netzwerks.«

»Was hat er auf dem Kerbholz?«

»Geldwäsche und Organisierte Kriminalität. Sie vermuten, dass seine Schwester Cécile mit ihm unter einer Decke gesteckt hat, aber dass Sabine nur sehr wenig über seine Machenschaften wusste.«

»Was passiert jetzt mit den beiden?«

Isabel stand auf und nahm ihre Tasche über die Schulter. »Sie werden für ein paar Jahre ins Gefängnis wandern. Die mysteriöse Cécile scheint sich in Luft aufgelöst zu haben, aber das wundert mich nicht.«

Pep strahlte Isabel an. »Und jetzt können wir endlich wieder zur Normalität zurückkehren, gerade noch rechtzeitig zum Dorffest heute Abend und zur Nit de Foc morgen.«

Isabel lächelte. »Ja, wir haben es fast geschafft.«

Pep folgte ihr durch die Bar. »Wie meinst du das?«

»Es sind noch ein paar Fragen offen, was den Tod von Mas angeht.«

»Der Mörder ist gefasst. Was willst du denn noch?«

Isabel zuckte die Schultern und berührte unwillkürlich den Verband an ihrer Stirn. Die Wunde war mit fünf Stichen genäht worden, aber sie pochte immer noch.

»Ich möchte ein paar letzte Details klären. Ramírez liegt noch auf der Intensivstation, deshalb kann ich ihn nicht fragen.«

Pep wollte Rafael einen Geldschein reichen, aber der winkte ab und nahm Isabel fest in den Arm.

»Mach bitte nie wieder solche Dummheiten, Bel. Wir brauchen keine tote Heldin«, flüsterte er.

Mit einem unergründlichen Lächeln verabschiedete sich Isabel und ging mit Pep die Stufen hinunter auf die *plaça*. Als sie über den Platz schlenderten, hakte er sich bei ihr ein.

»Warum nimmst du nicht heute mal frei? Ich halte die Stellung. Und später kann ich mit Furó einen langen Spaziergang machen.«

»Du willst mit Furó Gassi gehen? Ihr macht ja wirklich Fortschritte! Aber du könntest doch wahrscheinlich selbst einen freien Tag gebrauchen. Es tut mir leid, dass der Job nicht ganz so läuft wie ursprünglich gedacht.«

Pep lachte. »Ach, ich weiß nicht. Immerhin kommt bei so viel Aufregung und Abenteuern keine Langeweile auf. Das ist allemal spannender, als Leute vom Flughafen abzuholen.«

Isabel drückte seine Hand. »Danke, dass du mir in Ca'n Mayol so mutig zu Hilfe gekommen bist. Du hast mir wahrscheinlich das Leben gerettet.«

Er errötete ein bisschen. »Ach, Quatsch! Du bist bestens ohne mich zurechtgekommen. Ich habe den Typen nur aufgehalten. Und ich glaube nicht, dass er dich wirklich umbringen wollte.«

»Das werden wir zum Glück nie erfahren«, erwiderte sie.

Als sie Ca'n Moix erreichten, stand Doktor Ramis an seinem Gartentor und schnitt vertrocknete Blätter von den Büschen. Er zwinkerte Isabel zu.

»Sie haben Ihre Mutter gerade eben verpasst. Sie hatte gehofft, dass Sie im Bett liegen und sich ausruhen.«

»Eher friert die Hölle zu«, murmelte Pep.

»Und auch ich als Ihr Arzt, Bel, empfehle Ihnen Ruhe und Erholung und viel Schlaf.«

»Hm, nette Idee, Doktor Ramis, aber vorm Dorffest heute Abend muss ich noch ein paar Dinge zu Ende bringen.«

Er wischte sich über die Stirn. »Der Postbote hat einige Briefe gebracht, und Ihr reizender neuer Freund hat Ihnen

Blumen vor die Haustür gelegt. Ihre Mutter hat ihn gleich zum Fest heute Abend eingeladen.«

Isabel runzelte die Stirn. »Welcher Freund? Oh, sagen Sie nicht, dass Josep hier war.«

»Genau der«, erwiderte Doktor Ramis. »Der arme Junge schien krank vor Sorge um Sie.«

Isabel ging zum Haus und stöhnte, als sie vor der Tür einen Riesenstrauß Rosen entdeckte. Pep lachte laut.

»Das muss Liebe sein!«

Sie knuffte ihn in die Rippen. »Wenn er mich nur ein bisschen kennen würde, dann wüsste er, dass ich Blumen lieber in lebendigem Zustand mag.«

Sie hob die Post auf und betrat das Haus. In diesem Moment klingelte ihr Telefon. Es war Tolo.

»Bist du im Bett?«

»Was für eine Frage an eine Frau.«

»Dann formuliere ich es anders. Ruhst du dich aus?«

»Natürlich nicht. Es geht mir bestens. Gibt's was Neues?«

Er seufzte. »Miranda erholt sich gut. Ich habe ihrer Mutter berichtet, dass du großen Anteil an der Rettung ihrer Tochter hattest, und sie ist dir unendlich dankbar.«

»Und wie lief die Pressekonferenz heute Morgen?«

»Ein voller Erfolg. So ein Happy End sorgt natürlich für Begeisterung. Hauptsächlich dank dir werden morgen sämtliche Zeitungen berichten, dass Miranda heil zu ihrer Mutter zurückgekehrt ist. Damit sind wir alle gut aus der Sache rausgekommen. Es gibt nur noch einen kleinen Haken.«

»Und der wäre?«

»Cruz Ramírez liegt noch auf der Intensivstation, wir

müssen also abwarten, bis wir die Mas-Ermittlungen abschließen können. Das heißt, falls er durchkommt.«

Isabel lehnte sich an die kühle weiße Wand der *entrada* und beobachtete, wie Pep mit dem gigantischen Strauß roter Rosen in Richtung Küche wankte.

»Ich habe noch ein paar Bedenken –«

Tolo unterbrach sie mitten im Satz. »Ich auch. Mir gefällt es ebenso wenig, wenn Fragen offenbleiben. Sobald die Haushälterin heute Nachmittag nach Bogotá abgereist ist, werden wir das ganze Haus noch einmal durchsuchen, um zu sehen, ob diese Diamanten vielleicht doch existieren, und wir bleiben auch mit Julian Mosquera und den kolumbianischen Behörden in Kontakt.«

»Was passiert mit Ca'n Mas?«

»Angel Mas scheint kein Testament zu haben, also fällt es vermutlich an den Staat. Der Alte hat weder seiner Haushälterin noch der Kirche einen *céntimo* hinterlassen.«

»Vielleicht hatte er nicht vor, diese Welt jetzt schon zu verlassen«, erwiderte Isabel. »Wie geht's unserem Freund Capitán Gómez?«

»Schimpft immer noch über deinen Alleingang gestern. Jetzt bereitet er sich wohl auf die Nit de Foc in Sóller morgen Abend vor. Er ist für die Sicherheit zuständig.«

Isabel lachte. »Na, dann Prost. Und am Fall Mas hat er das Interesse verloren?«

»Sagen wir, er ist jetzt mit dringenderen Aufgaben in der Gemeinde beschäftigt. Außerdem hat er beschlossen, dass diese Diamanten nicht existieren. Fall erledigt.«

»Hat Gaspar noch was aus den beiden Drogenkurieren rausbekommen?«

»Nichts, was uns weiterhilft. Sie werden nach Guinea-Bissau abgeschoben.«

Isabel empfand Mitleid bei dem Gedanken an das Leben, in das die beiden zurückkehren würden, aber sie schob die Vorstellung beiseite. »Und du, Tolo, kommst du heute Abend zu unserem Dorffest?«

Seine Antwort klang ein wenig mürrisch. »Ich werde es versuchen, aber es sieht schlecht aus. Ich muss gleich zur Nachbesprechung mit Richter Baltazar und dem Polizeichef, das kann ein paar Stunden dauern. Und dann habe ich noch einen Haufen dringenden Papierkram für Lola Rubio zu erledigen.«

»Du wirst die enge Zusammenarbeit mit ihr bestimmt vermissen, jetzt, wo Miranda wieder da ist.«

»Ach, Madrid ist nicht weit. Wenn ich gebraucht werde, bin ich schnell dort.«

Nachdem sie aufgelegt hatte, verstaute Isabel das Telefon in ihrer Tasche und dachte nach. Sie war enttäuscht, dass Tolo anscheinend keine große Begeisterung für das Fest in Sant Martí aufbrachte, aber warum sollte er auch? Es war ihr Dorf, nicht seines, und ihr war klar, dass er erschöpft war. Außerdem musste sie den Tatsachen ins Auge sehen: Höchstwahrscheinlich hatte er in Madrid Gefühle für Lola Rubio entwickelt, und vielleicht würde die junge Frau ihn ja glücklich machen. Isabel wusste, dass er es nicht leicht gehabt hatte. Seine Frau Blanca war an Krebs gestorben, und er hatte seinen Sohn allein großziehen müssen. Das hatte er auf bewundernswerte Weise hinbekommen, Fabio machte ihm alle Ehre. Aber auch wenn sie versuchte, sich das Gegenteil einzureden – ihr Leben wäre nicht mehr dasselbe, wenn Tolo die Insel für die ehrgeizige und hübsche junge Lola verlassen würde. Mit einem traurigen Seufzer zog sie ihre Espadrilles aus und schlenderte in die Küche, wo Pep an der alten weißen Spüle immer noch mit den Rosen kämpfte.

»Soll ich sie dir ins Büro stellen?«, fragte er.

»Nein. Nimm du sie«, erwiderte Isabel mürrisch.

Er lachte. »Vielleicht solltest du Casanovas von seinen Qualen erlösen. Meine Schwester meint jedenfalls, er wäre eine gute Partie, und in der Zeitung steht, er wird bald Bürgermeister von Forn de Camp.«

Isabel sah ihn empört an. »Erstens würde deine liebe Schwester Marga mich auch mit einem Garderobenständer verheiraten, und zweitens ist die einzige Zeitung, die behauptet, dass Josep Casanovas Bürgermeister wird, seine eigene.«

»Trotzdem ist er –«

Aber Isabel ließ Pep einfach stehen und ging über die Terrasse in den vertrockneten Garten, um nach ihrem Gemüsebeet zu sehen. Resigniert betrachtete sie den traurigen Anblick, der sich ihr bot. Die letzten grünen Bohnen waren verschrumpelt, der Grünkohl war gelb, und zwischen den Terrakottaplatten, die das Gemüsebeet unterteilten, hatte sich Unkraut breitgemacht. Aber als sie ein paar zähe Überlebende entdeckte – einige überreife Tomaten und Auberginen –, keimte trotz der herben Verluste ein bisschen Hoffnung in ihr auf. Sie hockte sich auf den Boden und ließ eine Handvoll der rötlich-braunen Erde durch die Finger rieseln. Sie roch herrlich, und Isabel bedauerte, dass die Ermittlungsarbeit sie in den letzten zwei Wochen so in Anspruch genommen hatte. Sie ging zurück ins Haus. Auf der Treppe nach oben kam ihr Pep entgegen.

»Dein Freund aus Kolumbien ist am Telefon. Soll ich sagen, dass du beschäftigt bist?«

Sie schüttelte den Kopf. »Nein, ich möchte ihn sprechen.« Sie ließ Pep den Anruf in ihr Büro durchstellen, dann schloss sie die Tür hinter sich. Zehn Minuten später kam sie mit dem Autoschlüssel in der Hand wieder heraus.

Pep sah sie fragend an. »Wo willst du hin?«

»Ich muss Camila Cortez noch erwischen, bevor sie abreist. Der Kreis hat sich geschlossen.«

Pep stand der Mund offen. »Welcher Kreis?«

»Bitte ruf Capitán Gómez an, er soll sofort Verstärkung schicken. Bei Tolo brauchst du es nicht zu versuchen. Er ist in einer Besprechung mit Richter Baltazar, das wird noch dauern.«

Pep grinste. »Ist das schon wieder einer deiner dummen Scherze?«

Aber als er ihren Gesichtsausdruck sah, fuhr ihm der Schreck in die Glieder.

»Pep, mach einfach, was ich dir sage! Ich habe jetzt den Beweis, dass Camila Cortez die Mörderin von Angel Tulio Mas ist.«

Pep griff zum Telefon, während Isabel die Treppe hinunterrannte. Ängstlich rief er ihr hinterher, aber sie war schon zur Haustür hinaus. Einen Moment später hörte er die Ansage auf Capitán Gómez' Mailbox.

*

Isabel ließ sich in den bequemen Ledersessel sinken, in dem sich einst Angel Tulio Mas ausgeruht hatte. Die meisten Möbel im Arbeitszimmer des Ermordeten waren mit Tüchern abgedeckt, die Fensterläden waren verriegelt und die Vorhänge zugezogen. Der Deckenventilator surrte müde vor sich hin, während Isabel der Haushälterin lauschte, die ihr gegenübersaß. Die alte Dame sah sie mit schwermütigem Blick an, und ihre schmalen Finger spielten mit dem Kruzifix an ihrer Halskette.

»Wie schön, dass Sie vorbeigekommen sind. Die letzte Zeit war schrecklich. Ich werde eine Weile brauchen, um mich in Kolumbien wieder einzugewöhnen, aber nach dem entsetzlichen Verlust des armen Señor Mas bin ich froh, dass ich jetzt nach Hause kann.«

Isabel nickte verständnisvoll. »Wann brechen Sie auf?«

Camila Cortez nippte an ihrer Limonade. »Das Taxi müsste jeden Moment hier sein.«

»Dann will ich Sie nicht aufhalten.«

Die Haushälterin hüstelte. »Ist Ihre Limonade süß genug?«

Isabel hob das Glas und nickte. »Genauso köstlich wie beim letzten Mal.«

Camila Cortez rutschte auf ihrem Stuhl herum. »Und was ist aus Cruz Ramírez geworden? Ich habe heute in der Zeitung gelesen, dass er der Mörder von Andres Moreno ist.«

»Ja, das stimmt. Ramírez liegt immer noch in Son Espases, sein Zustand ist kritisch.«

Die alte Dame seufzte schwer. »Und Moreno hat Señor Mas umgebracht.«

Isabel lächelte. »Warum wollen Sie Moreno die Lorbeeren einheimsen lassen? Schließlich waren Sie es doch, die Mas getötet hat.«

Camila Cortez erstarrte. »Was sagen Sie da?«

»Ich habe Sie schon eine ganze Weile in Verdacht, Señora, aber ich konnte es nicht beweisen. Der Mord wirkte einfach zu perfekt, überall waren Afrim Canas Fingerabdrücke. Mir war klar, dass jemand ihm den Mord in die Schuhe schieben wollte, aber wer?«

Die Haushälterin schwieg.

»Der blutige Schriftzug an der Wand war so ordentlich, dass ich gleich an eine Frau denken musste. Die Geschichte von den vier maskierten Männern habe ich Ihnen von Anfang an nicht abgenommen. Sie deckte sich weder mit der Aussage Ihres Nachbarn Tomas Llull noch mit der von Cana selbst. Es war ein plumper Schwindel.«

»Na und?«, sagte die Frau gelassen. »Es hat mir etwas Zeit verschafft.«

»Das mag sein. Als ich Sie dann später befragt habe, haben Sie Andres Moreno bezichtigt, Mas umgebracht zu haben, und behauptet, er hätte den Alten betäubt vorgefunden. Das war gelogen. Und er hat Sie auch nicht gefesselt, denn er ist nie hier in Ca'n Mas gewesen, nicht wahr?«

Die Haushälterin hob eine Augenbraue. »Wenn Sie meinen.«

»Andres Moreno ist erst nach Mallorca gekommen, nachdem er die Todesanzeige von Señor Mas gesehen hatte, die Ihr Neffe Salvador in Kolumbien in die Zeitungen gesetzt hat. Ich habe gestern von der kolumbianischen Polizei erfahren, dass ein Mann, auf den Andres Morenos Beschreibung passt, sich zwei Tage nach dem Mord an Mas am Flughafen von Bogotá ein Ticket über Madrid nach Mallorca gekauft hat.«

»Er war ein böser Mann.«

»Und wie war das mit Cruz Ramírez? Sie haben geduldig gewartet, bis er seine Gefängnisstrafe fast abgesessen hatte, um ihn für Ihren Mordplan zu benutzen. Ich vermute, Sie haben ihm ein paar Wochen vor seiner Freilassung einen Brief geschrieben, mit dem Sie ihn hierherlocken wollten. Wahrscheinlich haben Sie vorgegeben, die Nachricht sei von Mas oder seinem Alter Ego Ortega.«

»Sie sind gut, Isabel. Wie haben Sie das erraten?«

»Mein Polizeikontakt in Kolumbien hat mich informiert, dass Ramírez zwei Wochen vor seiner Haftentlassung einen Brief aus Spanien erhalten hat.«

»Ja, ich habe ihm als Enzo Ortega geschrieben und behauptet, ich sei noch am Leben und wolle die Diamanten zurückgeben, die ich ihm und Moreno vor vielen Jahren gestohlen hatte. Ich habe ihm erzählt, ich würde ein zurückgezogenes Leben unter dem Namen Mas führen, sei gläubig geworden und wolle Wiedergutmachung leisten, sobald er aus dem Gefängnis entlassen sei. Ich habe ihm ein Versöhnungstreffen hier auf Mallorca vorgeschlagen, zwei Tage nachdem ich Mas umbringen wollte.«

»Und Ramírez hat das alles geschluckt?«

»Er hat zurückgeschrieben, dass er am genannten Tag kommen würde.«

»Und was geschah, als er hier war?«

»Er kam an dem Abend, an dem ich aus dem Krankenhaus entlassen wurde. Als er erfuhr, dass Mas umgebracht und der Safe leer geräumt worden war, wurde er fuchsteufelswild. Ich habe ihm gesagt, es müsse entweder Afrim Cana oder Andres Moreno gewesen sein, weil beide am Abend des Mordes hier waren. Ich habe erzählt, dass Moreno mich in der Küche gefesselt habe, aber dass ich nicht wisse, wer von ihnen Mas umgebracht hat.«

»Aber in Wirklichkeit war Moreno zu diesem Zeitpunkt noch gar nicht auf der Insel«, erwiderte Isabel.

»Das stimmt, aber Ramírez hat mir die Geschichte abgenommen. Ich habe ihm gesagt, dass Afrim Cana in Son Barassa wohnt, und anscheinend hat er ihn gefunden und umgebracht. Dann war es nur noch eine Frage der Zeit, bis er Andres Moreno ausfindig gemacht hatte, der dank der Todesanzeigen hierherkam wie ein Lamm zur Schlachtbank.«

Überwältigt von einer plötzlichen Müdigkeit schloss Isabel einen Moment lang die Augen. »Und am Abend des Mordes? Haben Sie gewartet, bis Afrim Cana weg war, und Mas danach mit dem Gift außer Gefecht gesetzt? In Mas' Glas befanden sich Spuren des Gifts, sodass es aussah, als hätte Cana es ihm verabreicht. Aber das stimmt nicht. Auf seinem Glas waren nämlich keine Fingerabdrücke von Cana.«

»Ich wusste, ich würde Canas Fingerabdrücke nicht auf das Glas bekommen, aber immerhin waren sie sonst überall im Arbeitszimmer.«

Isabel sah sie an. »Aber so schlau, wie Cana war, hätte er niemals so viele Spuren hinterlassen. Außerdem haben im Kühlschrank zwei Flaschen Club Colombia und nur eine Flasche San Miguel gefehlt. In jedes Regal der Minibar passen sechs Bierflaschen. Auf dem Regal mit San Miguel lagen noch fünf Flaschen, aber auf dem Regal mit Club Colombia nur noch vier.«

»Und das heißt?«

»Dass Sie eine weitere Flasche herausgenommen haben, nachdem Afrim Cana weg war, und Mas heimlich das Burundanga mit dem Bier ins Glas geschüttet haben. Nach nur ein paar Minuten konnte er sich nicht mehr rühren, und da das Gift wie ein Wahrheitsserum wirkt, hatten Sie ihn vollkommen unter Kontrolle. Die Bierflasche haben Sie vermutlich später irgendwo entsorgt.«

»Ja, in einem Mülleimer in Palma.«

»Als Sie mir das Geheimfach im Bücherregal gezeigt haben, erwähnten Sie den englischen Physiker Faraday. Das war ein Fehler. Es hat mich stutzig gemacht.«

»Warum? Interessieren Sie sich für Naturwissenschaften?«

»Ich habe Geisteswissenschaften studiert, aber den Namen Faraday kannte ich. Es hätte natürlich sein können, dass Ihr Wissen aus der Schule stammt, aber in diesem Moment wurde mir klar, dass Sie klug und gebildet sind.«

»Sie schmeicheln mir.«

»Zufälligerweise, Señora Cortez, habe ich heute etwas sehr Interessantes von meinem Kollegen aus Kolumbien erfahren. Sie haben unter Ihrem Mädchennamen Rodríguez fünfundzwanzig Jahre lang an den Universitäten in Medellín und Bogotá Pharmakologie gelehrt. Dann haben Sie geheiratet und den Namen Ihres Ehemanns Juan Cortez angenommen. Leider ist er schon fünf Jahre später an Krebs gestorben.«

Die Miene der alten Dame trübte sich.

»Warum um alles in der Welt sollten Sie nach einer solchen Laufbahn plötzlich einen Dienst als einfache Haushälterin für einen Mann wie Mas antreten? Die Antwort lautet: Sie hatten herausgefunden, dass er unter dem Namen Enzo Ortega die Diablo-Bruderschaft anführte, die für den Drogenbaron Pablo Escobar arbeitete.«

Schweigend starrte Camila Cortez Isabel an.

»Inzwischen weiß ich, dass nur ein Jahr nach dem Tod Ihres Mannes Ihr Bruder, Luis Rodríguez, ein bekannter Richter in Medellín, von Ortega und seinen Diablo-Killern ermordet wurde. Nachdem er einen Schuldspruch gegen Escobar gefällt hatte, ist er noch am selben Abend mit seiner Frau Rosa entführt worden. Einige Tage später fand man ihre Leichen auf einer Industriebrache. Sie waren nach einem satanistischen Ritual gefoltert und anschließend erschossen worden.«

Camila Cortez senkte den Kopf. »Bitte hören Sie auf.«

»Die beiden hatten einen kleinen Sohn, Salvador Rodríguez, der zum Glück zu diesem Zeitpunkt bei Ihnen in Bogotá war, sonst wäre er wahrscheinlich ebenfalls ermordet worden. Sie wurden sein Vormund und schickten ihn auf ein Internat in der Schweiz, wo er in Sicherheit war. Lange nach dem Ende von Escobars Herrschaft kehrte er nach Kolumbien zurück, und Sie finanzierten ihm ein Jurastudium. Er hat vor Kurzem an der Universität Javeriana in Bogotá seinen Abschluss gemacht.«

»Mein ganzer Stolz«, flüsterte sie.

Während Camila Cortez sich die Tränen aus den Augenwinkeln tupfte, zog Isabel ein Blatt Papier aus ihrer Strohtasche. Es trug das Wappen der Nationalen Universität von

Kolumbien mit dem Motto *Inter aulas academiae quaere verum*. Mühsam kratzte Isabel ihr Schullatein zusammen und übersetzte den Spruch: »Ergründe in den Hörsälen der Akademie die Wahrheit.«

Darunter befanden sich das Foto einer sehr viel jüngeren, ernst dreinblickenden Camila Cortez sowie eine Zusammenfassung ihrer akademischen Ausbildung und ihrer Lehrtätigkeit.

»Diese Kopie habe ich heute von der Personalabteilung der Universität erhalten. Daraus geht hervor, dass Sie eine gläubige Katholikin und angesehene Pharmakologin waren, aber kurz nach dem Mord an Ihrem Bruder haben Sie gekündigt und sind von der Bildfläche verschwunden.«

Camila Cortez senkte den Blick auf ihre Uhr und seufzte. Als sie antwortete, war ihr zaghaftes, dünnes Stimmchen der selbstbewussten Ausdrucksweise einer gebildeten Frau gewichen. »Kompliment, Isabel. Ich hatte von Anfang an vermutet, dass mehr in Ihnen steckt, als man auf den ersten Blick ahnt. Kein Wunder, dass Sie eine hervorragende Polizistin waren. Auch ich habe mich nämlich über Sie erkundigt.«

»An Ihrer Stelle hätte ich dasselbe getan.«

»Dann erzähle ich Ihnen jetzt ein paar Dinge, die Sie nicht wissen können. Nach dem grausamen Mord an meinem geliebten Bruder und seiner Frau Rosa habe ich mich in die Diablo-Bruderschaft eingeschlichen. Ich wollte Enzo Ortega so nah wie möglich kommen, denn ich hatte herausgefunden, dass er ihr Mörder war.«

»Sie wollten auf den richtigen Moment warten, um ihn zu töten. Auge um Auge?«

Die Haushälterin stieß einen Fluch aus. »Verstehen Sie denn nicht? Mas und seine Komplizen – Andres Moreno, Cruz Ramírez und Padre Paz García – haben meinen Bruder und seine Frau zu Tode gefoltert und meinen einzigen Neffen, der noch ein kleiner Junge war, zum Waisenkind gemacht. Können Sie sich auch nur ansatzweise vorstellen, wie ich mich gefühlt habe?«

Isabel sah sie stumm an.

»Ich habe Gott geschworen, dass ich mit seiner Hilfe diese Männer vernichten würde. Wissen Sie, Isabel, mein Bruder hat zu einer Zeit, als Medellín eine Schlangengrube war, Recht und Gesetz hochgehalten. Er war Richter, und er besaß ein Gewissen, er ließ sich nicht einschüchtern oder bestechen. Er hatte geschworen, für die Menschen wahres Recht zu sprechen, und diese Prinzipientreue hat er mit seinem Leben und dem Leben seiner geliebten Frau bezahlt.«

»Ich verstehe«, sagte Isabel leise.

Camila Cortez wischte sich eine Träne ab. »Von einem Tag auf den anderen habe ich mein bisheriges Leben hinter mir gelassen und mich in ein kaltes, emotionsloses Wesen verwandelt, das von nichts als Hass angetrieben wurde. Wenn der kleine Salvador nicht gewesen wäre, hätte ich allem sofort ein Ende gesetzt.«

»Sie hatten also doch noch genug Liebe im Herzen.«

Die alte Frau lachte kurz. »Ja, für ihn war noch ein kleiner Rest übrig.«

Isabel lehnte sich in ihrem Sessel zurück. »Sie wurden Haushälterin bei Ortega, oder besser gesagt, Angel Tulio Mas, und haben die Bruderschaft aus nächster Nähe erlebt?«

»Sie können mir glauben, es waren elende und einsame Jahre, erst in Medellín und später, als Pablo Escobar tot war, in Bogotá. Können Sie sich vorstellen, wie es ist, tagein, tagaus mit dem Mörder Ihres Bruders unter einem Dach zu leben und auf den Moment zu warten, an dem man endlich zuschlagen kann?«

Isabel schüttelte den Kopf. »Die Hölle auf Erden.«

Camila Cortez schlang die Arme um ihren schmalen Oberkörper, als wäre ihr plötzlich kalt. »Ja, das war es.« Sie tupfte sich Tränen aus den Augenwinkeln. »Entschuldigen Sie. Ich habe noch nie mit jemandem darüber gesprochen. Sie wecken die Albträume meiner Vergangenheit.«

»Was ist passiert, als Sie vor zwei Jahren nach Mallorca gezogen sind?«

»Ortega hat wieder seinen echten Namen Angel Tulio Mas angenommen und sich als großer Wohltäter ausgegeben, zugleich aber ein neues Netzwerk für seine Drogengeschäfte aufgebaut. Er machte Cana zu seinem Handlanger – den Rest kennen Sie.«

»In der Zwischenzeit wurde Padre Paz García in Medellín ermordet, Cruz Ramírez landete im Gefängnis, und Andres Moreno tauchte unter. Wie wollten Sie an die anderen Mitglieder der Bruderschaft herankommen?«

»Ich wusste, wann Ramírez entlassen werden sollte. Dann erfuhr ich, dass Moreno in Bogotá wiederaufgetaucht war, weil er Geld brauchte. Ich musste schnell handeln.«

»Ich vermute, keiner der beiden hatte eine Ahnung, dass Mas noch am Leben war?«

Sie lachte bitter. »Nein, er hatte seine Spuren sorgfältig

verwischt. Aber Mas hat mir blind vertraut und oft damit geprahlt, dass er den anderen Anführern der Bruderschaft Diamanten gestohlen hatte, deshalb wusste ich, dass ich sie damit ködern konnte. Dabei habe ich diese Diamanten nie zu Gesicht bekommen. Wenn sie je existiert haben, hat Mas sie sicherlich schon vor langer Zeit verkauft.«

»Erzählen Sie weiter«, sagte Isabel und hob ihr Glas an die Lippen.

»Wie ich Mas loswerden wollte, hatte ich mir schon genau überlegt. Ich hatte aus Kolumbien einen Vorrat an Burundanga mitgebracht und außerdem ein großes Messer, das ich ein paar Jahre zuvor in Medellín gekauft hatte. Aber mein Plan war, den Mord Ramírez und Moreno in die Schuhe zu schieben.«

»Und wie?«

Sie lächelte Isabel an. »Das war mir noch nicht ganz klar, aber dann half mir eine glückliche Fügung. Da wusste ich, dass Gott auf meiner Seite war.«

Isabel lauschte gebannt.

»Am Abend, als ich Mas umbringen wollte, kam um kurz nach sechs Afrim Cana zu Besuch. Er war allein und sehr aufgebracht, weil in den Höhlen am Teufelshorn ein Teil der letzten Kokainlieferung fehlte. Die Tür zum Arbeitszimmer stand offen, und ich konnte vom Flur aus alles mithören. Mas hatte natürlich den Verdacht, dass Cana ihn reinlegen wollte. Das war der perfekte Zeitpunkt für die Tat, denn jetzt würde man entweder Cana verdächtigen oder Ramírez und Moreno, wenn sie erst mal hier waren.«

»An Cruz Ramírez hatten Sie den gefälschten Brief geschickt, aber jetzt mussten Sie auch Moreno noch herlocken.«

»Deshalb habe ich meinen armen unwissenden Neffen Salvador am Tag nach der Tat die Todesanzeigen aufgeben lassen. Ich wusste, dass ich Moreno damit aufscheuchen würde.«

»Ihr Neffe hat keinen Verdacht geschöpft?«, fragte Isabel.

»Er hatte keinen Grund dazu. Er ist genauso integer wie sein Vater und könnte sich niemals vorstellen, dass ich zu einer solchen List fähig wäre. Ich habe ihn gebeten, die Anzeigen anonym aufzugeben und bar zu bezahlen. Er hatte keine Ahnung, dass Mas der berüchtigte Enzo Ortega war, der seinen Vater ermordet hatte. Er hat wirklich geglaubt, dass ich um den Alten getrauert habe und seine Verwandten und Freunde in Kolumbien benachrichtigen wollte. Ich habe ein Bild von Mas als Ortega beigefügt, um sicherzugehen, dass Moreno ihn wiedererkennt. Zum Glück hatte mein Neffe nie ein Bild dieses Monsters gesehen. Warten Sie einen Moment.«

Die Frau erhob sich unsicher und ging mit steifen Schritten zu einem Stuhl, auf dem eine schwarze Lederhandtasche lag. Sie nahm eine Brieftasche heraus und suchte darin herum. Dann ging sie langsam zu Isabel und reichte ihr ein Foto. »Hier, das ist Salvador mit seinen Eltern.«

Isabels Herz zog sich vor Mitleid zusammen, als sie die glückliche Familie betrachtete. Der kleine Junge hatte dicke, dunkle Locken und blickte mit großen braunen Augen nachdenklich in die Kamera. Er hielt die Hand seiner Mutter, die fröhlich lächelte. Luis, der Richter, strahlte Ruhe und Selbstvertrauen aus.

Camila Cortez kehrte zu ihrem Stuhl zurück. »Das war ein paar Monate bevor mein Bruder und seine Frau ermordet wurden.«

Sie lächelte Isabel traurig an. »Ah, Sie haben Ihre Limonade schon ausgetrunken. Sehr gut.«

Isabel legte die Hände ineinander. »Nachdem Sie Mas das Mittel verabreicht hatten, war es wahrscheinlich nicht mehr schwer, ihm die Kombination für den Safe zu entlocken, in dem er die Diamanten versteckt hatte. Burundanga ist ein sehr wirkungsvolles Wahrheitsserum, wie Sie als Pharmazeutin natürlich wissen.«

Camila Cortez warf Isabel einen wütenden Blick zu. »Nein, das stimmt nicht. Ich hatte kein Interesse an den Diamanten. Ich wollte ihn nur töten. Das Burundanga habe ich ihm gegeben, damit er sich nicht wehren konnte.«

»Und dass Sie mit seinem Blut LADRÓN, Dieb, an die Wand geschrieben haben, sollte uns auf die falsche Fährte locken?«

»So ist es. Meine Hände haben gezittert, aber als ich mit dem Messer wieder und wieder auf ihn eingestochen habe, kam ich mir vor wie eine Maschine. Als wäre ich nur die Zuschauerin eines brutalen Mordes, wie der Chor in einer griechischen Tragödie. Ich habe gar nichts empfunden.«

»Sie haben das Wort absichtlich nicht im mallorquinischen Dialekt geschrieben, um niemanden von der Insel in die Sache hineinzuziehen?«

»Ja, ich wollte nicht noch größeren Wirbel verursachen.«

»Und dann haben Sie nachts um zwei den Fernseher aufgedreht und die Verandatüren geöffnet, weil Sie wollten, dass Ihr Nachbar Tomas Llull es hört und ins Haus kommt.

Er musste Mas' Leiche finden und Sie in der Küche, gefesselt an einen Stuhl.«

»Der Mann ist ein neugieriger Dummkopf. Er war bestens dafür geeignet.«

»Sie haben also den Fernseher angeschaltet und sich dann selbst gefesselt und in der Küche eingeschlossen?«

»Richtig. Ich hatte mir alles genau überlegt. Ich habe die Küche von innen abgeschlossen und den Schlüssel in meiner Kleidung versteckt. Ich habe mich sogar selbst mit dem Stuhl auf den Boden fallen lassen, damit die Verletzungen glaubwürdig sind. Die Ärzte im Son Espases haben es mir abgekauft.«

»Aber es ergab keinen Sinn. Warum hätte der Mörder Sie am Leben lassen sollen? Sie waren doch eine Zeugin. Trotzdem, Sie haben hervorragend geschauspielert, Señora Cortez.«

»Das Kompliment kann ich zurückgeben. Auch Sie haben mich überzeugt, als Sie hier aufgetaucht sind und angeblich einen platten Reifen hatten, aber hinterher habe ich gemerkt, dass das Bild von Mas und den Mitgliedern der Bruderschaft weg war, und mich gefragt, ob Sie es vielleicht eingesteckt haben.«

»Ich hatte es sogar schon am Tag des Mordes mitgenommen, als ich zum ersten Mal hier war.«

»Jedenfalls hat das Verschwinden des Fotos mich beunruhigt. Daraufhin habe ich Erkundigungen über Sie eingeholt. Sie haben mir ziemliche Schwierigkeiten bereitet.«

Isabel lächelte. »Gesetzesbrechern bereite ich gern Schwierigkeiten, Señora Cortez. Das bedeutet nämlich meistens, dass ich mich meinem Ziel nähere.«

Die alte Frau nickte. »Ja, aber ich habe Sie unterschätzt.«

»Und wo haben Sie das Messer entsorgt?«, fragte Isabel. »Nach dem Mord haben Sie es sicherlich mit Salzsäure oder etwas Ähnlichem abgewischt, um DNA-Spuren zu vernichten. Dann haben Sie es im Geheimfach des Bücherregals versteckt, damit die Spurensicherung es nicht findet. Als ich den Safe untersucht habe, hat er schwach nach Chlorreiniger gerochen, deshalb war mir klar, dass er ausgewischt wurde.«

Camila Cortez nickte. »Es wäre keine DNA mehr zu finden gewesen.«

»Aber das Messer mussten Sie trotzdem loswerden. Ich vermute, Sie haben es beseitigt, als Sie im Krankenhaus waren.«

»Auch damit haben Sie recht, Isabel. Es war riskant, aber ich hatte es tatsächlich bei mir, dazu noch den Plastikoverall und die Gummihandschuhe, die ich für den Mord angezogen hatte. Ich habe alles im Son Espases in den Müllschlucker geworfen.«

Sie stand auf. »Ich habe nicht mehr viel Zeit, Isabel, mein Taxi wird nun bald kommen.«

Isabel erhob sich ebenfalls. »Wie geht es Ihnen damit, für den Tod von drei Menschen verantwortlich zu sein?«

Die Haushälterin zuckte die Schultern. »Ganz gut. Auf einen Schlag habe ich Mas, Cana, Moreno und hoffentlich bald auch Ramírez erledigt. Sie waren allesamt Monster, die kein Mitleid verdient haben.«

»Was für ein Netz wir doch spinnen«, murmelte Isabel. »Ihnen ist klar, dass ich Sie nicht nach Kolumbien abreisen lassen kann?«

Camila Cortez lachte leise. »Oh, doch, das können Sie, Isabel, denn bald werden Sie tief und fest schlafen. Hat Sie meine Limonade nicht misstrauisch gemacht?«

Isabel ging zur Verandatür und versuchte, die Läden zu öffnen.

»Brauchen Sie frische Luft? Ich reise sehr wohl nach Kolumbien ab. Dort werden meine Rechtsanwälte dafür sorgen, dass man mich nicht nach Spanien ausliefert. Ich möchte mich vor einem kolumbianischen Gericht verantworten.«

An der Haustür ertönte ein kräftiges Klopfen. »Da ist das Taxi schon. Das Burundanga wird Sie schlafen lassen, aber morgen früh sind Sie wieder putzmunter. Leben Sie wohl, Isabel.«

Damit verließ die Haushälterin das Arbeitszimmer. Kurz darauf hörte Isabel vor der Tür ein Gerangel und laute Rufe, und wenig später erschien Capitán Gómez im Zimmer.

Isabel begrüßte ihn erfreut. »Sie waren also schneller als der Taxifahrer?«

»Wir haben ihn in der Einfahrt angehalten und wieder weggeschickt. Dann haben wir zugegriffen. Ist mit Ihnen alles in Ordnung?«

»Señora Cortez wollte mich mit ihrer Limonade betäuben, aber ich hatte das schon geahnt und das Zeug unauffällig in den Topf da geschüttet.« Sie zeigte auf ein Messinggefäß neben ihrem Sessel. »Trotzdem bin ich gerade ein bisschen wacklig auf den Beinen. Ich glaube, ich brauche etwas frische Luft und eine Mütze Schlaf.«

Besorgt nahm der Capitán sie am Arm und führte sie auf die sonnige Veranda.

»Pep hat Sie also erreicht?«, fragte Isabel.

»Ich konnte kaum glauben, was er mir über Camila Cortez erzählt hat«, erwiderte Gómez leise. »Wer hätte gedacht, dass sie fähig wäre, Mas umzubringen?«

Isabel nickte. »Es ist wirklich unfassbar. Ich werde Ihnen alles erklären, wenn wir in Ihrem Büro sind.«

Vor dem Haus stand Camila Cortez in Handschellen und mit gesenktem Kopf zwischen zwei Männern der Guardia. Die beiden wollten die Haushälterin gerade zu einem Polizeiauto führen, da berührte Isabel Capitán Gómez am Arm.

»Kann ich kurz mit ihr sprechen?«

Er zögerte einen Moment, aber dann nickte er und entfernte sich, um einen Telefonanruf zu erledigen.

Camila Cortez sah Isabel mit einem matten Lächeln an. »Wie klug von Ihnen, die Guardia im Voraus zu alarmieren. Ich hätte damit rechnen müssen, genauso wie mit der Tatsache, dass Sie nicht auf meine Limonade hereinfallen.« Sie zuckte die Schultern. »Wie gesagt, ich habe Sie unterschätzt.«

Isabel erwiderte mit gesenkter Stimme: »Sagen Sie mir die Wahrheit. Ich glaube, Sie haben Mas die Kombination des Safes abgeluchst, bevor Sie ihn umgebracht haben, und anschließend die Diamanten gestohlen.«

»Eine sehr fantasievolle Theorie, die aber leider falsch ist.«

»Als ich Sie neulich auf der Post getroffen habe, hat Señora Coll mir erzählt, Sie hätten am Vortag ein Päckchen nach Kolumbien geschickt.«

»Wie amüsant, dass Sie sich Ihre Informationen von der

alten Plaudertasche holen. Ich dachte immer, Postbeamte wären diskret.«

»In unserem Dorf nicht.«

»Ich habe eine kleine Olivenholzschale als Geschenk an meinen Neffen geschickt, mehr nicht.«

Isabel wandte den Blick ab. »Sie können sicher sein, Señora Cortez, dass ich die Wahrheit herausfinde, egal, wie lange es dauert, und alles an die Polizei weitergebe. Dann könnte Ihr Neffe in die Sache hineingezogen werden.«

Die Haushälterin sah Isabel eindringlich an. »Bitte, bevor Sie so etwas tun, kontaktieren Sie Salvador in Bogotá und fragen ihn, was er über die Diamanten weiß. Mehr verlange ich nicht. Ich mag in Ihren Augen eine Mörderin sein, aber mein Motiv war ehrenhaft.«

»Ich überlege es mir«, erwiderte Isabel.

Sie blieben vor dem grünen Van der Guardia stehen.

»Wenn Sie mir versprechen, dass Sie Salvador anrufen, verrate ich Ihnen etwas, das Sie sehr interessieren wird.«

Isabel verschränkte die Arme vor der Brust. »Und was soll das nun wieder sein?«

Camila Cortez versicherte sich, dass Capitán Gómez und seine Männer außer Hörweite waren. »Ich habe Informationen über Ihren vermissten Onkel.«

Isabel erschrak. »Was soll das heißen?«

»Ich spreche von Hugo Flores Romero.«

Isabel bekam einen trockenen Mund. »Sie wissen etwas über ihn?«

»Als Zeichen meines guten Willens kann ich Ihnen sagen, dass er vor zwei Jahren, als ich Kolumbien verlassen habe, noch am Leben war.«

Sie zögerte und strich sich mit zitternden Fingern eine Haarsträhne aus dem Gesicht. »Ihr Onkel wurde zwei Wochen lang auf dem Anwesen außerhalb von Bogotá, wo ich mit Mas gelebt habe, gefangen gehalten. Mas' Komplizen haben ihn eines Abends gebracht und in den Keller gesperrt. Ich habe ihn mit Essen versorgt und mit ihm geredet, deshalb weiß ich, wer er war. Es ging ihm den Umständen entsprechend gut.«

»Warum haben diese Leute ihn gefangen gehalten?«

»Ich habe nicht danach gefragt, und er hat es mir nicht gesagt.«

»Wo ist er danach hingebracht worden?«

»Das weiß ich nicht.«

»Warum sollte ich Ihnen glauben, wenn Sie mich bisher immer wieder angelogen haben?«

»Weil ich nichts mehr zu verlieren habe.«

»Ich muss mehr wissen.«

»Das ist alles, was ich Ihnen sagen kann.«

Camila Cortez sah Isabel lange an, dann nahm sie ihre Hand und drückte sie.

»Leben Sie wohl, Isabel. Bitte denken Sie nicht schlecht von mir.«

Die Männer der Guardia halfen der alten Frau, in den Van zu steigen. Mit rot geränderten Augen starrte sie Isabel durch das Fenster an, während das Auto langsam losfuhr. Capitán Gómez beendete seinen Anruf und näherte sich mit großen Schritten.

»Wer hätte das gedacht, Isabel? Diese Frau hat uns alle zum Narren gehalten. Aber am Ende kommt doch immer die Wahrheit ans Licht.«

Isabel lächelte ihn an. »Ist das so? Da wäre ich mir nicht so sicher. Was wird jetzt aus Señora Cortez?«

Gómez nahm seine Sonnenbrille ab und putzte sie mit einem blütenweißen Taschentuch. »Die kolumbianische Regierung will sie sicherlich zurückholen. Aber ob die spanischen Behörden da mitspielen? Ich vermute jedenfalls, dass sie angesichts ihres Alters, der fürchterlichen Verbrechen von Angel Tulio Mas und des brutalen Erbes von Pablo Escobar und seiner Schergen ein mildes Urteil erhalten wird, ob nun in Spanien oder in Kolumbien.«

»Auf gewisse Weise würde mich das erleichtern. Sie hat ein entsetzliches Verbrechen begangen, aber es waren auch wirklich außergewöhnliche Umstände.«

Er runzelte die Stirn. »Trotzdem muss der Gerechtigkeit Genüge getan werden, Isabel. Ohne Ausnahme.« Er stieg in sein Auto, ließ den Motor an und fragte durchs offene Fenster: »Sollen wir uns im Hauptquartier der Guardia treffen?«

Isabel nickte. »Ich muss nur kurz meine Familie anrufen, damit sie wissen, dass alles in Ordnung ist.«

Er lächelte grimmig. »Und ich sage besser Tolo Bescheid, dass Ihnen nichts geschehen ist. Er wird genauso ungehalten sein wie ich über Ihren Leichtsinn, die Sache selbst in die Hand zu nehmen, und das zum wiederholten Male. Was sollen wir nur mit Ihnen machen, Isabel?«

Dann nickte er ihr kurz zu und fuhr davon. Isabel ließ sich auf den Fahrersitz ihres Autos fallen und hing eine Weile ihren Gedanken nach. Die Ereignisse und die beunruhigenden Enthüllungen der Haushälterin hatten sie vollkommen durcheinandergebracht, aber es glomm wieder ein winziger Funken Hoffnung in ihrem Herzen, dass ihr Onkel Hugo vielleicht, vielleicht noch am Leben war.

*

Als Isabel am frühen Abend die Haustür von Ca'n Moix aufstieß, entdeckte sie als Erstes den Schlüsselbund ihrer Mutter auf einem Stuhl in der *entrada*. Aus der oberen Etage hörte sie fröhliche Stimmen, und ein Lächeln huschte über ihr Gesicht. Die Abschlussbesprechung mit Capitán Gómez im Hauptquartier der Guardia in Palma war lang und anstrengend gewesen. Auf dem Rückweg nach Sant Martí hatte Tolo sie angerufen und ihr ordentlich den Kopf gewaschen, dass sie allein zu Camila Cortez gefahren war. Trotzdem klang er unheimlich erleichtert, dass man Mas' Mörderin endlich gefasst hatte. Isabel war zwar enttäuscht, dass er ihr für das Dorffest am Abend endgültig abgesagt hatte, aber wenigstens versprach er, am nächsten Tag zur Nit de Foc zu kommen.

Im Büro hatten Florentina und Idò es sich auf dem Ledersofa gemütlich gemacht, während Pep mit Furó im Schoß auf dem Fußboden herumlümmelte. Die beiden jungen Wilden hatten offensichtlich Spaß miteinander, und Isabel freute sich, dass ihr Frettchen sich nun doch mit Pep verbrüderte. Vielleicht hatte das gemeinsame Abenteuer in Ca'n Mayol am Tag zuvor sie zusammengeschweißt. Alle sahen erwartungsvoll auf, als Isabel das Zimmer betrat.

Sie grinste. »Schön, dass ihr euch bei mir wohlfühlt.«

»Wie geht's deinem Kopf?«, fragte ihre Mutter besorgt und rührte in ihrem Eiskaffee.

»Alles in Ordnung.«

»Wenn ich daran denke, dass du ohne Pep gestern vielleicht gestorben wärst«, sagte Florentina.

»Das stimmt. Er hat was gut bei mir«, erwiderte Isabel und zwinkerte Pep zu.

Pep lächelte bescheiden. »Zu dumm, dass ich dich heute nicht begleitet habe. Diese verrückte alte Haushälterin hätte dich auch umbringen können!«

Isabel schüttelte den Kopf. »Sie wollte mich nur für ein paar Stunden betäuben, um von der Insel fliehen zu können. Sie ist Pharmakologin und weiß genau, wie sie das Burundanga dosieren muss.«

Onkel Idò schnaubte. »Zum Glück war unsere Bel ihr einen Schritt voraus.«

Pep sah zu Isabel auf. »Ich verstehe nur immer noch nicht, warum sie unbedingt nach Kolumbien zurückwollte. Haben die kein Auslieferungsabkommen mit Spanien?«

»Doch, aber ich glaube, Camila Cortez hätte sich dort sicher gefühlt und auf eine Art Immunität gehofft. Der Mord an ihrem Bruder war damals ein Schock für das Land. Vermutlich hätte man in ihr eher eine Heldin gesehen als eine Mörderin. Enzo Ortega und die Diablo-Bruderschaft waren gefürchtet und verhasst.«

»Und du willst uns wirklich weismachen, dass diese kleine, schmächtige Frau den alten Mas betäubt und brutal erstochen hat?«, fragte Onkel Idò. »Das ist ja kaum zu glauben.«

Florentina erschauderte. »Ich habe den Mann nie leiden können, aber so ein blutiges Ende hätte ich ihm nun auch nicht gewünscht.«

Isabel zog eine Augenbraue hoch. »Diese Frau hat sich vor Kummer verzehrt, bis sie nur noch Hass im Herzen hatte. Sie tut mir leid.«

Bedrückt und schweigend saßen sie beisammen, bis die Tür aufging und ein über das ganze Gesicht strahlender Doktor Ramis hereintrat.

»Sind wir alle bereit für das große Dorffest?«

Isabel seufzte. »Ich bin gerade erst nach Hause gekommen, und die letzten Tage waren ziemlich anstrengend. Vielleicht muss ich heute mal passen.«

Von allen Seiten ertönte lauter Protest.

»Auf gar keinen Fall, junge Dame«, sagte Idò. »Als Mitglied von Llorenç Komitee hast du Anwesenheitspflicht.«

»Außerdem wird es lustig«, ermunterte Pep sie. »Auch wenn es nur dasselbe langweilige Essen gibt wie jedes Jahr.«

Florentina warf einen Blick auf ihre Uhr und sprang vom Sofa. »In einer Stunde geht es schon los, und wir müssen noch die Bar im Festzelt aufbauen. Komm, Pep, beeil dich!«

»Und was ist mit Idò?«, fragte Pep.

»Keine Sorge«, sagte Idò wichtigtuerisch. »Ich trage auch meinen Teil bei.«

»Ja klar, du hilfst später dabei, die Bar leer zu trinken«, murmelte Pep.

Isabel ging gähnend zur Treppe. »Ich dusche erst mal und ziehe mich um.«

»Ja, mach das, besonders, weil dein netter Journalist auch kommt«, sagte ihre Mutter.

»Wie bitte?«

Florentina warf Doktor Ramis einen verschwörerischen

Blick zu. »Als er dir neulich diese hübschen Blumen vorbeigebracht hat, habe ich ihn für heute Abend eingeladen.«

Der Doktor zuckte hilflos die Schultern. »Ich hatte dir davon erzählt, Bel. Wahrscheinlich hast du es wieder vergessen.«

Isabel schloss die Augen und zwang sich, langsam bis zehn zu zählen. Sie musste sich schwer zusammenreißen, doch schließlich stieß sie einen leisen Fluch aus und stampfte die Treppe hinauf. Heute kam es wirklich knüppeldick.

Achtundzwanzig

Es war Montagmorgen, und die betagte Kirchenuhr von Sant Martí absolvierte mühevoll ihre zehn klapprigen Schläge, gefolgt von einem dissonanten kleinen Nachbimmeln. Missmutig starrte Llorenç auf das Ziffernblatt am Turm. Die Uhr musste dringend generalüberholt werden, was die knappen Dorffinanzen sehr beanspruchen würde. Kopfschüttelnd kickte er sich die abgewetzten Espadrilles von den Füßen und breitete die nackten Arme in der Sonne aus. Dann grinste er Isabel an, die ihm gegenübersaß.

»Ich muss der glücklichste Bürgermeister der Welt sein. Ich habe nicht nur einen herrlichen Job im schönsten Dorf der Welt, ich kann auch noch jederzeit mit einer Frau Kaffee trinken, die faszinierender ist als Kleopatra.«

Isabel biss auf einen Sonnenblumenkern. »Aber vergiss nicht, dass Kleopatra eine Vorliebe für Giftschlangen hatte.«

Der Bürgermeister lachte. »Manchmal muss man sich in Gefahr begeben.«

»Freut mich, dass du das so siehst, Llorenç, denn Furó interessiert sich gerade sehr für deine nackten Füße.«

Als Llorenç merkte, wie begeistert das Frettchen an seinen Espadrilles schnüffelte, zog er schnell die Füße hoch.

Isabel lachte. »Keine Sorge, er tut dir nichts. Er hat nur einen kleinen Fußfetisch.«

Vorsichtig stellte Llorenç die Füße wieder auf den Terrassenfliesen ab. »Ich möchte dir gratulieren, dass du sowohl den Miranda- als auch den Mas-Fall gelöst hast. Die Polizei und die Guardia ernten zwar die Lorbeeren in der Presse, aber ich weiß, wer die wahre Arbeit geleistet hat.«

Isabel lächelte. »Ich bleibe gern unter dem Radar.«

»Und ich werde nichts verraten. Heute Abend feiern wir Nit de Foc, und unser kleines Dorffest gestern war ja wohl auch ein voller Erfolg.«

»Wie könnte es anders sein mit dir am Ruder?«

Er drohte ihr mit dem Finger. »Du willst nur einem alten Mann Honig um den Bart schmieren! Aber ich bin froh, dass Pep doch noch einsichtig war, was das Essen angeht. Er ist ein guter Junge, aber er muss noch viel lernen.«

Isabel fragte sich, was genau Llorenç wohl mit »einsichtig« meinte.

»Und dein Journalistenfreund war auch da. Wie heißt er noch mal, Josep Casanovas? Er will wohl nächstes Jahr Bürgermeister in Forn de Camp werden.«

»Das habe ich auch gehört. Um ehrlich zu sein, ich war nicht gerade begeistert, dass meine Mutter ihn eingeladen hat.«

»Aber er könnte Karriere machen, Bel. Du bist über dreißig, so langsam wird es Zeit, ein Nest zu bauen.«

»Vielen Dank für den Hinweis. Aber ich bin eigentlich ganz zufrieden mit dem Singleleben, Llorenç.«

»Vielleicht muss dich nur der richtige Mann bezaubern.«

»Ich habe schon ein Frettchen, das diese Aufgabe jeden Tag übernimmt.«

Plötzlich beugte Llorenç sich vor und sagte leise: »Hör

mal, ich muss mit dir über Pep reden, aber das bleibt unter uns, ja?« Er deutete mit dem Kopf auf den Innenraum des Cafés. »Der alte Jordi hat mir erzählt, er hätte Pep letztes Wochenende mit der hübschen Aina von der Bäckerei in Morells gesehen, sie haben zusammen in Palma in einem Café gesessen. Angélica weiß nichts davon, aber es wird nicht lange dauern, bis sie es herausfindet.«

Isabel zuckte die Schultern. »Ich würde da nicht zu viel hineininterpretieren. Aina hat uns bei der Aufklärung des Mordes an Mas geholfen. Pep wird ihr ein paar Fragen gestellt haben.«

Llorenç brummte erleichtert. »Na, da werde ich Jordi aber das Maul stopfen. Und dass du Pep mit derart wichtigen Aufgaben betraust, beeindruckend. Ich weiß natürlich, dass er meine Angélica niemals so hintergehen würde. Er ist ja vollkommen in sie vernarrt.«

»Absolut.«

»Und was genau hatte Aina mit der Sache zu tun?«

»Darüber muss ich Stillschweigen bewahren, Llorenç.«

Er tippte sich an die Nase.

»Natürlich, Diskretion muss sein. Das verstehe ich.«

Er leerte sein Bierglas und lehnte sich zurück. »Ich bin froh, dass diese beiden Fälle nun gelöst sind. Es hat auf die Stimmung im Dorf gedrückt. Auch wenn die Sache mit der alten Camila Cortez traurig ist. Sich vorzustellen, dass sie so viele Jahre mit dem Mörder ihres Bruders unter einem Dach gelebt hat!« Llorenç seufzte, bevor er fragte: »Von Cruz Ramírez gibt es noch keine Neuigkeiten?«

»Ich glaube, er liegt noch immer im Koma.«

Jordi erschien mit einem Geschirrhandtuch über der

Schulter. »Schön, dich zur Abwechslung auch mal in meiner Bar zu sehen, Bel. Rafael wird bestimmt den ganzen Tag lang schmollen.«

Sie blickte hinauf zur Terrasse der Bar Castell und nickte. »Ich muss ihm wohl beim nächsten Mal Abbitte leisten.«

»Und übrigens, wenn du deinen diebischen Onkel siehst, richte ihm aus, dass er mir vom letzten Pokerspiel noch zwanzig Euro schuldet.«

Isabel stand auf, verabschiedete sich mit einem Wangenküsschen von Llorenç und machte sich auf den Weg über die *plaça,* Furó dicht auf den Fersen.

*

Im Büro traf Isabel auf Pep, der zu den Gipsy Kings durchs Zimmer tanzte. Ein Blick von ihr reichte aus, und er schaltete die Musik ab.

»Ich habe mich nur ein bisschen in Stimmung gebracht«, verteidigte er sich.

Isabel sah ihn mitleidig an, während Furó sich in sein Körbchen zurückzog.

»Ich habe dir gerade den Allerwertesten gerettet«, berichtete sie dann. »Die Sittenpolizei von Sant Martí hat dich am Wochenende mit Aina in Palma gesehen. Dein zukünftiger Schwiegervater war nicht sehr angetan. Ich habe dich rausgeboxt, obwohl du es nicht verdient hättest.«

»Was hast du gesagt?«

»Dass du Aina Fragen zum Mas-Fall gestellt hast.«

Pep verschränkte die Arme. »In diesem Dorf kann man nichts tun, ohne dass einem jemand dazwischenfunkt …«

»Moment mal. Du willst mir doch nicht erzählen, dass das ein vollkommen harmloses Treffen war?«

Pep wurde rot. »Wir haben nur ein paar Stunden zusammen im Café gesessen.«

»Ach, deshalb warst du sauer, dass ich am Wochenende dein *moto* ausgeliehen habe. Du wolltest Aina auf dem Weg nach Palma damit beeindrucken.«

Er verzog das Gesicht. »Du klingst schon wie meine Mutter! Was ist denn so schlimm daran, wenn ich mich mit Aina auf einen Drink treffe?«

»Gar nichts, solange deine Freundin damit einverstanden ist.«

»Ja, okay, das ist sie natürlich nicht. Danke, dass du mich rausgehauen hast, aber um ehrlich zu sein, ich bin nicht mehr so sicher, was Angélica angeht.«

»Das erklärt, warum du in letzter Zeit so launisch warst. Aber ich rate dir, triff keine vorschnelle Entscheidung.«

In diesem Moment platzte Florentina herein. »Was für eine Entscheidung?«

Pep sah sie mürrisch an und schlich zu seinem Schreibtisch. »Frag lieber nicht.«

Isabel warf ihrer Mutter einen warnenden Blick zu. »Okay, wollen wir los zum Strand? Wo steckt Idò?«

»Hier!« Schon stand er mit einem schiefen Grinsen in der Tür. »Hey, Pep, Jordi hat mir erzählt, dass du Angélica betrügst. Sie wird dir die Hölle heißmachen.«

Isabel erwiderte: »Und Jordi macht sie dir heiß, wenn du deine zwanzig Euro Schulden nicht bezahlst.«

Florentina sah Pep an. »Was höre ich da, junger Mann? Ich hoffe, das stimmt nicht.«

»Ist euch in diesem Dorf denn nichts zu intim?«, stöhnte er.

»Natürlich nicht!«, rief Idò. »Die Dorfbewohner stecken ihre Nase in alles.«

Isabel nahm ihre schwere Strohtasche. »Ich habe die Sachen fürs Picknick. *Venga!* Pep kann sein Geständnis auch unterwegs abliefern.«

»Und du deines«, sagte Florentina.

Isabel blieb abrupt stehen. »Meines?«

»Über die junge Liebe zu Josep Casanovas natürlich«, trällerte ihre Mutter.

Peps Gesicht hellte sich auf. »Na, das ist ja mal eine Überraschung.«

Mit finsterem Blick drückte Isabel ihm die Tasche mit Essen und Wein in den Arm und trug ihm auf, sie in Pequeñitos Kofferraum zu laden. Grummelnd machte er sich auf den Weg. Musste er sich eigentlich an einem Sonntag etwas von ihr sagen lassen? Andererseits tat sie ihm vielleicht gerade einen Gefallen – wenn er ihre Einladung an den Strand nicht angenommen hätte, müsste er jetzt mit Angélica und ihrer Familie zu Mittag essen, und die war immer noch sauer wegen seines Rendezvous mit Aina in Palma. Konnten Frauen denn nie vernünftig sein?

*

Als Isabel Pequeñito in einer Nebenstraße der *plaça* in eine winzige Parklücke quetschte, hörte sie, wie auf dem Bürgersteig jemand nach ihr rief. Sie hatte soeben ihre Mutter, Pep und Idò zu Hause abgesetzt, aber in der Nähe ihres

Hauses keinen Parkplatz gefunden. Zu ihrem Missfallen erblickte sie das Wiesel, das ihr bestimmt schon ein Knöllchen unter den Scheibenwischer stecken wollte, bevor sie überhaupt aussteigen konnte. Sie kurbelte die Fenster hoch und sprang aus dem Auto.

»Was spricht dagegen, dass ich hier parke?«

Die junge Frau zuckte die Schultern. »Nichts, außer dass Sie schon wieder auf einer gelben Linie stehen.«

Isabel runzelte die Stirn. Das Wiesel trug nicht ihre Politessenuniform, sondern Jeans und ein T-Shirt, und die dunklen Haare fielen ihr offen auf die Schultern. Sie sah fast menschlich aus.

»Sind Sie heute nicht im Dienst?«, fragte Isabel misstrauisch.

»Es interessiert Sie vielleicht«, erwiderte die Frau, »dass ich gekündigt habe. Das war nicht der richtige Job für mich.«

»Und was wollen Sie stattdessen machen?«

»Ich kann wieder als Buchhalterin bei El Corte Inglés anfangen. In Palma!«

Für Isabel wäre das eher ein Albtraum gewesen, aber die Geschmäcker waren nun mal verschieden.

»Enhorabuena!«, sagte sie deshalb. »Das freut mich für Sie. Und wo werden Sie wohnen?«

»Mein Mann hat beschlossen, dass es bei seiner Mutter zu beengt ist, und da wir jetzt ein besseres Einkommen haben, können wir eine Wohnung in Palma mieten.«

»Das ist ja fantastisch. Bestimmt findet sich hier schnell eine Nachfolgerin für Sie.«

Lachend schüttelte die Frau den Kopf. »Ich habe dem

Stadtrat von Sóller berichtet, dass die Einwohner von Sant Martí sehr gesetzestreu sind und man hier im Prinzip keine Polizeiaufsicht benötigt. Vor Politessen werden Sie hier eine Weile Ruhe haben.«

Isabel lächelte. Wie sehr es die Menschen doch veränderte, wenn sie zufrieden waren. »*Gràcies.* Viel Glück mit dem neuen Job. Und besuchen Sie uns mal.«

Isabel schloss das Auto ab und wollte schon in Richtung *plaça* gehen, als das Wiesel ihr noch einmal hinterherrief. »Haben Sie nicht etwas vergessen?«

Sie zeigte auf den Parkscheinautomaten. Isabel verdrehte die Augen und begann, in ihrer Tasche nach dem Portemonnaie zu suchen, aber da prustete die Frau los. »War nur ein Scherz!«

Isabel nickte ein wenig unsicher. Kichernde Politessen, die sich nicht mehr an die Regeln hielten. Was kam als Nächstes?

Auf der *plaça* lief Isabel Padre Agustí in die Arme, der mit wehendem schwarzem Talar auf sie zukam und sie mit ernster Miene begrüßte. »Ah, Isabel, was war das für eine Woche in Sant Martí. Ich kann kaum glauben, dass ein so frommes Gemeindemitglied wie Camila Cortez sich vollkommen dem Teufel ergeben hat.«

»Nun ja, Padre, es haben hier noch eine Menge weiterer Teufel ihr Unwesen getrieben.«

Er schüttelte traurig den Kopf. »Und was soll man zu Angel sagen? Wir können nur für seine Seele beten.«

»Ich bin nicht sicher, ob er eine hatte«, murmelte Isabel. »Aber ich hoffe doch, Padre, dass Sie uns heute zur Nit de Foc in Sóller begleiten.«

Der alte Mann schüttelte den Kopf. »Leider nein. Ich muss einige ältere Gemeindemitglieder besuchen und meine Predigt vorbereiten.«

Lächelnd sah Isabel ihm hinterher, als er zurück zur Kirche schlurfte, nicht, ohne unterwegs immer wieder pflichtbewusst stehen zu bleiben, um den einen oder anderen Dorfbewohner zu grüßen.

Da riss die Stimme des Bürgermeisters sie aus ihren Gedanken. »Er hält sich wacker, nicht wahr? Einer vom alten Schlag und stark wie ein Ochse. Hoffentlich bleibt er uns noch einige Jahre erhalten.«

Isabel wollte sich gerade verabschieden, als der Bürgermeister ihr vertraulich zuraunte: »Wie geht es Tolo? Kommt er heute Abend zum Fest?«

Isabel zuckte die Schultern. »Ich hoffe es.«

»Schön, denn ich würde ihm gern persönlich gratulieren. Ihr seid ein Erfolgsteam, und ich muss schon sagen, dass ich besonders stolz auf meinen zukünftigen Schwiegersohn bin. Angélica erzählt überall herum, was für ein Held Pep ist. Er hat sich zu einem großartigen jungen Mann gemausert.«

Endlich gelang es Isabel, sich aus Llorençs Klauen zu befreien, und ohne weitere Zwischenfälle erreichte sie ihr Zuhause. Im Büro telefonierte Pep laut auf Englisch mit einer Kundin.

Als er aufgelegt hatte, knallte er mit dramatischer Geste den Kopf auf den Schreibtisch.

Isabel grinste. »Was ist los mit dir?«

»Ich habe gerade einer Engländerin fünfzehn Minuten lang erklärt, wie sie von den Gärten von Alfabia nach Fornalutx kommt. Hingekommen ist sie heute Morgen problemlos, aber jetzt findet sie nicht mehr zurück, und da hat sie sich gedacht, rufe ich doch einfach mal Home Sweet Home an. Aber das ist ja wohl kaum unsere Aufgabe, oder?«

Isabel lachte.

»Bist du bereit für heute Abend? Ich vermute, du gehst mit Angélica, nicht mit Aina?«

Er tippte mit einem Stift gegen seinen Notizblock. »Aina hat ein Stipendium bekommen, sie studiert ab Oktober in Barcelona. Anscheinend war ihr Professor in Palma ganz aus dem Häuschen über irgend so einen alten Ziegenknochen, den sie der Uni geschenkt hat – damit war die Sache geritzt.«

»Wo sie den wohl gefunden hat«, murmelte Isabel leise und grinste. »Dann ist also alles in bester Ordnung zwischen dir und Angélica?«

»Besser als je zuvor. Sie war ganz schön eifersüchtig auf Aina, obwohl zwischen uns überhaupt nichts gewesen ist. Und jetzt verhält sie sich ganz anders als früher.«

Isabel lachte. Bestimmt hatte Llorenç bei Angélica ein gutes Wort für Pep eingelegt. »Na, dann hoffe ich mal, dass das so bleibt.«

»Aina hat mir übrigens erzählt, dass die Torrens-Brüder nicht ins Gefängnis müssen. Wie kommt das?«

»Das ist ein bisschen kompliziert, Pep. Sagen wir mal so – Francesc und Felip haben sich bei der Polizei sehr kooperativ gezeigt. Dank ihrer Aussagen wandert der Rest von Afrim Canas Gang für viele Jahre ins Gefängnis. Damit ist wenigstens einer der Kokainzuströme auf die Insel gestoppt.«

Pep sah sie zweifelnd an. »Darauf würde ich nicht wetten.«

Isabel zog sich in ihr Büro zurück, um in Ruhe eine E-Mail an Julian Mosquera zu schreiben und Emilio Navarro in Barcelona eine Nachricht zu hinterlassen. Es würde ihn sicherlich interessieren, was Isabel von Camila Cortez erfahren hatte – dass ihr Onkel Hugo möglicherweise noch lebte und in Kolumbien gefangen gehalten wurde. Um halb fünf am Nachmittag erhielt sie dann die erhoffte Antwort von Julian. In Kolumbien war es jetzt halb zehn Uhr morgens. Sie wählte die Nummer, die er ihr geschickt hatte, und nach dem vierten Klingeln meldete sich eine junge, freundliche Stimme. Isabel zögerte einen Moment. »Señor Salvador Rodríguez?«

»*Sí.* Hier ist Salvador. Und wer sind Sie?«

Isabel lehnte sich in ihrem Schreibtischstuhl zurück. Es würde ein langes Gespräch werden.

*

Auf den Bürgersteigen um Sóllers breite Plaça de la Constitució mit der alten Kirche Sant Bartomeu und dem hübschen Rathaus wimmelte es von Menschen. Gegenüber der Kirche befand sich ein erhöhter runder Platz mit einem alten Brunnen, wo sich im Sommer Tänzer und Straßenkünstler tummelten und den Rest des Jahres Kinder Fahrrad fuhren und Mütter mit Kinderwagen saßen. Jetzt drängten sich hier die Einheimischen und warteten gespannt auf den Beginn des berühmten Feuerlaufs Correfoc. Zu diesem Spektakel, das einmal im Jahr von den Esclatabutzes, einer

Gruppe aus Sóller, auf die Beine gestellt wurde, gehörten Feuer und Musik, tanzende Teufel und atemberaubende Pyrotechnik. Isabel stand inmitten eines Grüppchens aus Sant Martí am Rand des Platzes und sah sich unruhig nach Tolo um. Sie hatte ihm auf die Mailbox gesprochen, er solle sie und die anderen um halb zehn vorm Café Paris treffen, aber jetzt wartete sie schon seit zwanzig Minuten, und er war immer noch nicht aufgetaucht. Während mehr und mehr Zuschauer auf die *plaça* strömten, versuchte Isabel vergeblich, Tolo zu erreichen. Florentina bemerkte ihre Nervosität und rief über die Musik aus den riesigen Lautsprechern: »Mach dir keine Sorgen, er ist bestimmt bald hier. Als er vorhin im Büro angerufen hat, habe ich ihm gesagt, er soll unbedingt kommen.«

Isabel runzelte die Stirn. »Er hat im Büro angerufen?«

Pep nickte. »Als du geduscht hast. Florentina hat ihm vom Fest in Sant Martí vorgeschwärmt, um ihm Appetit zu machen.«

Florentina lachte. »Ich habe ihm gesagt, dass er etwas verpasst hat, aber dass der nette Josep Casanovas dir Gesellschaft geleistet hat.«

Isabel riss die Augen auf. »Du hast ihm gesagt, dass Josep mit mir da war?«

»War das falsch?«

Isabel versuchte, ihre Empörung zu verbergen. »Ich gehe ihn mal suchen.«

Sie überquerte die Straße und blickte die Avinguda de Cristòfol Colom hinunter, die zum Eisladen Sa Fabrica de Gelats und zum Markt führte. Horden fröhlicher Stadtbewohner und Touristen liefen unter der Aufsicht von

Guardia-Beamten mit Trillerpfeifen zum Hauptplatz. Die Innenstadt war für Autos gesperrt worden, nur zwei Feuerwehrfahrzeuge und ein Krankenwagen des Roten Kreuzes durften passieren. Langsam rollten sie durch die schmalen Straßen zum Markt, wo sie während der Veranstaltung bereitstehen würden. Nach dem Correfoc richteten die Feuerwehrleute traditionell ihre Schläuche auf die überhitzten Feiernden und bescherten ihnen eine kalte Dusche. Isabel ging die Calle Bauzá hinunter bis zur Post, aber nirgendwo in den Besucherströmen entdeckte sie Tolo. Enttäuscht lief sie zurück zum Platz. Die Feierlaune war ihr vergangen. Beim Dorffest am Vorabend hatte sie Josep Casanovas unmissverständlich klargemacht, dass sie gern Freunde bleiben konnten, aber dass er sich auf mehr als das keine Hoffnungen machen solle. Daraufhin hatte er einen gut einstudierten gekränkten Blick aufgesetzt, doch am Ende des Abends war er schon wieder bester Laune und hatte eine ganze Schar schnatternder junger Frauen im Schlepptau. Sein Frust würde schnell vergehen. Aber was hatte das alles mit Tolo zu tun? Ihm war es doch sicher egal, ob sie und Casanovas ein Paar waren? Als Isabel wieder auf den Platz kam, sah sie zu ihrer Überraschung Tolo mit ihrer Mutter und Onkel Idò in ein Gespräch vertieft. Florentina winkte ihr aufgeregt zu.

»Da bist du ja! Ich habe Tolo gerade erzählt, dass du dir schon große Sorgen gemacht hast, wo er bleibt.«

»Etwas übertrieben«, erwiderte Isabel.

Tolo grinste und umarmte sie. »Tut mir leid, dass ich mich verspätet habe, aber hier ist ja der Teufel los – wortwörtlich –, und ich habe keinen Parkplatz gefunden. Am

Ende musste ich das Auto einfach an der Hauptstraße stehen lassen.«

»Meins steht hinter der Post – im Parkverbot natürlich.«

Er lachte. »Hoffen wir mal, dass Gómez und seine Leute heute Abend nicht zu fleißig sind. Möchtest du ein Bier?«

Pep klopfte ihm auf den Arm. »Llorenç ist zur Bar gegangen und holt Getränke für alle. Du kannst mir tragen helfen.«

Die beiden drängten sich zur Bar Bini und begannen, mit dem Besitzer zu plaudern. Innerhalb kürzester Zeit bildete sich hinter ihnen eine lange Schlange. Kleine Jungs liefen vorbei und schmissen Knallfrösche, und zwei Teenager jagten mit einem Böller in einer Coladose ein paar Touristen einen Heidenschreck ein. Llorenç packte einen von ihnen am Kragen. »Beim nächsten Mal erfährt dein Vater davon, Juan.«

Der Junge machte ein angemessen betretenes Gesicht, murmelte eine Entschuldigung und verdrückte sich im Gewühl.

Da tauchte Marga mit ihrer Tochter Sofia aus der Menge auf. »Was für ein Tumult, Bel. Es wird jedes Jahr voller.«

Isabel nickte und nahm ihre Patentochter auf den Arm. »Willst du nachher auch durchs Feuer rennen?«

Sofia kreischte und kicherte, dann streckte sie die Arme nach Florentina aus.

Marga lachte. »Kommt, sollen wir in die Mitte gehen?«

Isabel warf Pep einen Blick zu. »Ich hoffe, du hast keine Socken an.«

Er warf seinen leeren Bierbecher weg. »Natürlich nicht. *Venga!*«

Isabel wandte sich an Tolo. »Wie steht's mit dir?«

Bevor er Zeit hatte zu überlegen, packte sie ihn am Arm, und schon waren sie direkt vor dem Rathaus zwischen den Feiernden, die unter lautem Lachen wild durcheinanderrannten, während sie von kostümierten Dämonen gejagt wurden, die von allen Seiten sprühende Funken auf sie regnen ließen. Isabel und Tolo folgten Pep und Marga, die sich kreischend duckten und gar nicht mehr aufhören konnten zu lachen, als heiße Asche in Peps Schuh landete und er ihn panisch in die Menge kickte. Zwanzig Minuten später kehrten sie zu den anderen zurück, erschöpft, aber in Hochstimmung.

»Das habe ich nicht mehr gemacht, seit ich zwanzig war«, japste Tolo.

Florentina schüttelte entrüstet den Kopf. »Ich hätte nicht gedacht, dass ein Hauptkommissar bei diesen Albernheiten mitmacht. Sie sind ja genauso verrückt wie unsere Bel.«

Tolo sah auf die Uhr und flüsterte Isabel zu: »Hast du Lust, etwas zu essen? Ich bin halb verhungert, und ich glaube, wir haben uns noch eine Menge zu erzählen.«

Isabel nickte, und sie lösten sich von der Gruppe und drängelten sich durch die Menge auf der *plaça*. Als sie die Calle Bauzá entlanggingen, sagte Tolo: »Ich habe mir heute Nachmittag solche Sorgen um dich gemacht. Tut mir leid, dass ich nicht früher gekommen bin. Ich verstehe immer noch nicht, warum du solch ein Risiko eingegangen bist.«

»Ich wollte Camila Cortez davon abhalten, das Land zu verlassen, und ich musste noch einige Vermutungen endgültig bestätigen. Aber ich wusste, dass sie mir nichts tun würde.«

»Sie hat ja auch nur versucht, dich zu vergiften.«

Isabel schüttelte den Kopf. »Sie wollte mich nur betäuben.«

Tolo lachte und hakte sich bei Isabel unter. »Und das ist natürlich vollkommen in Ordnung!«

Isabel sah ihn an. »Ich habe heute Morgen mit Salvador Rodríguez telefoniert, dem Neffen von Camila Cortez.«

Tolo zog eine Augenbraue hoch. »Das würde ich an deiner Stelle den zuständigen Richter lieber nicht wissen lassen, und Gómez auch nicht.«

»Ich sage es dir, damit es unser Geheimnis bleibt.«

Tolo seufzte. »Er hat die Diamanten.«

»Was? Woher weißt du das?«

»Ich vermute es nur. Ich gehe genau wie du davon aus, dass Camila Cortez den alten Mas nicht nur betäubt hat, damit er sich nicht wehren kann, sondern auch, um ihm die Kombination für den Safe zu entlocken.«

»Salvador hat mir erzählt, dass sie ihm ein Säckchen mit Diamanten geschickt hat. Es war das Paket, das sie letzten Montag bei Señora Coll in die Post gegeben hat.«

»Was hat er damit gemacht?«

»Er hat sie verschenkt.«

»Wie bitte?«

»An den Leiter des Waisenhauses in Medellín, in dem viele Kinder leben, deren Eltern von der Diablo-Bruderschaft ermordet wurden. Er hat mir erzählt, dass er als Student jeden Sommer in diesem Waisenhaus gearbeitet hat und vor Kurzem Mitglied des Kuratoriums geworden ist.«

»Vertraust du ihm?«

»Ja, aber ich habe Julian trotzdem gebeten, den Leiter des

Waisenhauses zu überprüfen und zu recherchieren, wann und wie Salvador für ihn gearbeitet hat. Der Leiter ist blitzsauber, er hat dem Heim mehr als dreißig Jahre seines Lebens gewidmet. Sie finanzieren sich nur über Spenden und leben von der Hand in den Mund. Das Geld, das sie für die Diamanten bekommen, wird das Leben dieser Kinder sehr viel besser machen.«

»Und welche Rolle spielt Salvador Rodríguez dabei?«

»Er hat mir versprochen, als Mitglied des Kuratoriums darüber zu wachen, dass das Geld gut verwendet wird.«

»Bel, du weißt, dass die Diamanten eigentlich der kolumbianischen Regierung ausgehändigt werden müssen.«

»Und was passiert dann damit? Vermutlich stecken irgendwelche korrupten Politiker sie sich in die eigene Tasche.«

Nachdenklich schüttelte Tolo den Kopf. »Und wie hat Salvador Rodríguez die Nachricht von der Mordtat seiner Tante aufgenommen?«

»Julian hatte ihm schon alles berichtet, aber er war immer noch geschockt und konnte es kaum glauben. Er hat mir versichert, dass er ihre Tat nicht gutheißt, aber er ist überzeugt, dass sie aus Liebe und Treue gehandelt hat. Er hat versprochen, immer für sie da zu sein.«

Tolo betrachtete ausgiebig seine Schuhe, dann klatschte er in die Hände. »Diese Unterhaltung hat nie stattgefunden. Soweit wir beide wissen, sind diese Diamanten nur ein Gerücht.«

»*Gràcies.*«

Er seufzte. »Cruz Ramírez ist übrigens vor ein paar Stunden gestorben. Unter diesen Umständen ist es vielleicht das

Beste. Er ist nicht wieder zu Bewusstsein gekommen und nimmt die letzten Geheimnisse mit ins Grab.«

Eine Weile gingen sie schweigend weiter, dann sagte Tolo plötzlich: »Dich belastet noch etwas, oder? Die Fälle sind beide gelöst, deshalb vermute ich, dass es um deinen Onkel Hugo geht.«

Isabel nickte. »Letzten Dienstag hat mich Emilio Navarro angerufen. Ein Privatdetektiv, ich habe ihn angeheuert, um Hugos Verschwinden aufzuklären.«

Tolo sah sie besorgt an. »Hältst du das für klug?«

»Er ist verschwiegen und hat sehr viel Erfahrung.«

»Warum hast du mir nichts davon erzählt?«

Isabel sah ihn an. »Warum sollte ich? Das ist eine Familienangelegenheit.«

»Ich dachte, du vertraust mir.«

»Ich wollte dich nicht damit belasten. Du hast so viel um die Ohren.«

Tolo legte ihr die Hand auf die Schulter. »Für dich habe ich immer Zeit. Erzähl mir alles.«

Also berichtete Isabel ihm ausführlich von ihrem Telefonat mit Emilio Navarro und schloss mit dem Tod der einzigen Augenzeugin, der Prostituierten Daniela Sánchez.

»Wenn dein Onkel zu der Zeit, als er gekidnappt wurde, Nachforschungen über einen der führenden kolumbianischen Drogenbarone angestellt hat, dann ist es wahrscheinlich, vor allem in Verbindung mit Sánchez' Zeugenaussage, dass er in die Hände von Kolumbianern gefallen ist und die ETA nichts mit seinem Verschwinden zu tun hat. Hast du seit dem Telefonat letzte Woche ein Update von Emilio bekommen?«

»Ich habe ihm heute früh auf die Mailbox gesprochen, und vorhin hat er mich zurückgerufen. Im Licht der neuen Informationen hat er beschlossen, so bald wie möglich nach Kolumbien zu fliegen und sich dort umzusehen.«

»Warum so plötzlich? Was für neue Informationen?«

»Das wollte ich dir gerade erklären. Gestern hat Camila Cortez mir erzählt, dass sie vor ihrer Übersiedlung nach Mallorca meinen Onkel Hugo in Mas' Haus in Bogotá gesehen hat. Anscheinend wurde er dort zwei Wochen lang gefangen gehalten.«

»Im Ernst?« Tolo starrte sie an. »Glaubst du ihr das?«

»Sie konnte mir nicht viel mehr als das sagen, aber sie hat mir Hoffnung gemacht, dass er noch lebt.«

Tolo nickte bedächtig.

Isabel fuhr fort: »Wenn Emilio in Kolumbien auf eine heiße Spur stößt, fliege ich auch hin.«

»Aber nicht ohne mich.«

Sie sah ihn an. »Das erwarte ich nicht von dir. Was ist mit deiner Arbeit?«

»Es gibt sehr viel wichtigere Dinge in meinem Leben als die Arbeit, Bel.«

Zögernd sagte sie: »Lola Rubio zum Beispiel?«

Tolo blieb abrupt stehen und sah sie überrascht an. »Lola Rubio? Bist du verrückt, Bel? Die Frau ist ein absoluter Albtraum! Ja, sie ist klug und ehrgeizig, aber hauptsächlich ist sie neurotisch und verdammt langweilig. Als wir einmal zusammen essen waren, hat sie nur rohes Gemüse gegessen und keinen einzigen Tropfen Wein getrunken.«

Isabel sah ihn verwirrt an. »Aber du hast sie doch so bewundert.«

Er lachte. »Ich gebe zu, sie hat hervorragende Arbeit geleistet, aber privat ist sie zum Weglaufen. Ich habe kein Problem, noch mal mit ihr zusammenzuarbeiten, aber im Moment bin ich gottfroh, sie los zu sein.«

Nebeneinander gingen sie die stille Straße entlang. Aus der Ferne hörte man leise das Krachen des Feuerwerks, und blaue und goldene Lichter erhellten den Himmel.

Unvermittelt blieb Tolo stehen und nahm Isabel fest in die Arme. »Ich bin so froh, dass dir nichts passiert ist. Ohne dich hätten wir die Fälle nie gelöst. Dein scharfer Verstand und deine Intuition sind beeindruckend wie eh und je.«

Isabel fiel aus allen Wolken und wusste gar nicht, was sie sagen sollte. Grinsend bemühte sie sich um Fassung.

»Und wo steht jetzt dein Auto?«, fragte Tolo.

Sie sah sich um. »Eine Straße weiter. Hier ist kaum Guardia unterwegs, da ist also hoffentlich nichts passiert. Lass uns rauf nach Fornalutx fahren. Wie wär's mit Abendessen im Ca N'Antuna? Danach kann ich dich zu deinem Auto zurückbringen. Oder wenn du möchtest«, fügte sie hinzu, »kannst du auch mit zu Ca'n Moix kommen.«

»Sehr gern.«

Sie sah ihn ernst an. »Übrigens war nicht ich es, die Josep Casanovas gestern zum Dorffest eingeladen hat. Er bedeutet mir nichts, aber meine Mutter hat sich mal wieder eingemischt …«

»Lass gut sein«, erwiderte er. »Pep hat mir vorhin am Telefon erzählt, wie sehr es dich nervt, dass Casanovas dir hinterherläuft. Es geht mich natürlich nichts an, aber ein wenig erleichtert war ich schon. Weil ich mit dir über etwas reden wollte. Über uns, um genau zu sein.«

»Oh?«

Er zögerte, dann lächelte er sie an. »Kümmern wir uns erst um das Essen. Sonst verhungern wir noch.«

Als sie in die Calle Morales bogen, stöhnte Isabel auf. Um Pequeñito schwirrten drei Guardia-Beamte herum. Einer hatte schon ein Knöllchen unter den Scheibenwischer geklemmt, ein anderer lugte neugierig ins Innere. Isabel trat ihnen entgegen.

»Kommt schon, Leute, so ein kleines Wägelchen. Das steht doch hier niemandem im Weg.«

Einer der Männer sah sie prüfend an. »Bel! Bist du das? Erinnerst du dich an mich? Paco? Ich habe vor zwei Jahren auf dem Kommissariat in Palma gearbeitet.«

»Natürlich.« Sie gab ihm die Hand. »Kannst du noch mal ein Auge zudrücken, Paco?«

Er seufzte. »So einfach geht das nicht. Wir haben das Bußgeld jetzt schon verhängt. Auch an einem Abend wie heute kannst du nicht einfach parken, wie du lustig bist, Bel.«

Unwillig nahm Isabel das Knöllchen in die Hand und studierte es im Licht der Straßenlaterne. »Tja, ich fürchte, dann muss ich diesmal in den sauren Apfel beißen.«

Da schnappte plötzlich eine Hand nach dem Zettel und riss ihn Isabel aus den Fingern. Sie drehte sich um und blickte direkt in die Reptilienaugen von Capitán Gómez. Mit einem dünnen Lächeln wandte er sich an Tolo und schüttelte ihm die Hand.

»Wie reizend, zwei Turteltauben, die unser Fest genießen. Trotzdem, Isabel, ist das Parken in diesem Bereich strengstens verboten.«

»Ich weiß, ich weiß …«

»Aber es trifft sich gut, dass wir uns hier sehen. Ich habe heute Nachricht vom Innenminister erhalten, der sich anerkennend über die sehr erfolgreiche Zusammenarbeit der Guardia Civil und der Policía Nacional äußert. Er spricht uns allen dreien eine Belobigung aus. Und Sie, Isabel, werden wohl dazu noch vom Minister persönlich einen Brief erhalten, in dem er Ihnen für Ihre Hilfe dankt. Und was das hier angeht …«

Er hob den Strafzettel in die Höhe, riss ihn lässig in kleine Stücke und ließ die Fetzen auf das Kopfsteinpflaster segeln. Dann grinste er freudlos.

»Wo wir gerade in Feierstimmung sind, ignorieren wir mal diesen kleinen Fehltritt.«

Tolo stieg auf der Beifahrerseite ins Auto, und Isabel gab dem Capitán ein Küsschen auf die Wange.

»Das ist sehr nett von Ihnen, Álvaro.«

Als sie den Motor startete, lächelte Capitán Gómez sie durchs offene Fenster an, und es wirkte beinahe bedrohlich. »Ich wünsche Ihnen beiden einen angenehmen Abend. Aber vergessen Sie nicht, dass der Waffenstillstand zwischen uns vermutlich nicht von langer Dauer ist.«

Als Pequeñito über das Kopfsteinpflaster der engen Straße davonbrauste, blickte Isabel verstohlen in den Rückspiegel, aber da war nur noch der einsame Lichtkegel der Straßenlaterne. Capitán Gómez war lautlos wie eine Kobra im Dunkel der Nacht verschwunden.

Dank

Wie immer gilt mein Dank meinem geduldigen Ehemann Alan, meinem Sohn Ollie sowie Cecilia und Alex für ihr unerschütterliches Vertrauen und ihre beständige Ermutigung. Besonderer Dank meinem guten Freund und begnadeten Illustrator Chris Corr, der mich von Beginn an auf meiner literarischen Reise begleitet und unterstützt hat, sowie meiner großartigen Lektorin Lucy York.

Herzlichen Dank auch an die Designer Chris Jones und Ben Ottridge, deren wertvolle Expertise und kreative Ideen dieses Werk bereichert haben.

Zum Schluss ein aufrichtiger Dank an meine Freundin, die Hotelierin Vanessa Cabau, für ihre Großzügigkeit und Geduld bei der Korrektur meiner spanischen Grammatik und der Akzente.

Krimi
336 Seiten
Auch erhältlich als eBook, Hörbuch und Hörbuch-Download

Der Inselpolizist Enrico Rizzi hat es auf Capri zumeist mit kleineren Delikten zu tun und daher genügend Zeit, seinem Vater in den Obst- und Gemüsegärten hoch über dem Golf von Neapel zu helfen. Bis mitten im August ein Toter in einem Ruderboot an den felsigen Strand getrieben wird: Jack Milani, Spross einer Industriellenfamilie und Student der Ozeanologie. Es ist der erste Mordfall für den jungen Rizzi, ein Fall, bei dem es neben der Aufklärung eines Verbrechens auch um die Zukunft der Weltmeere geht.